AF758874

छाउपर

राज सरगम

FP

प्रकाशक : फाइनप्रिन्ट बुक्स
कर्पोरेट तथा सम्पादकीय कार्यालय
फाइनप्रिन्ट प्रा. लि.
विशालनगर, काठमाडौं
पोस्ट बक्स : १९०४१
फोन : ०१-४४४३२६३
इमेल : fineprint@wlink.com.np
वेबसाइट : www.fineprint.com.np

फाइनप्रिन्टद्वारा प्रथम पटक प्रकाशित, **कात्तिक २०७३**

सर्वाधिकार © राज सरगम
ISBN: 978-9937-665-11-7

यस पुस्तकको कुनै अंश वा पूरै पुस्तक कुनै माध्यमद्वारा पुनरूत्पादन, फोटोकपी वा प्रसारण गर्न पाइने छैन । कसैले त्यसो गरेको पाइए प्रतिलिपि अधिकार ऐनअन्तर्गत कारबाही गरिनेछ ।

CHHAUGHAR BY RAJ SARGAM

एक दिन

कुखुरी काँऽ

कुखुरी काँऽऽ

कुखुरी काँऽऽऽ

कुखुरी काँऽऽऽऽ

भाले बास्यो । निदाएकालाई उठाउन बास्यो । मेरो कानको जाली नै एकछिन त टिनिन्न भयो ।

छेवैमा सुत्नुभएकी इजाको पनि निद्रा खुल्यो । हत्केलाले कपाल सोर्दै उठ्नुभयो इजा । थकाइ र निद्रा भगाउने लामो हाइ काढ्दै मेरो निधारभरिको कपाल पन्छाएर गहिरो हेर्नुभयो । म खिसिक्क हाँसेर कोल्टे सुतें ।

प्रायः इजासँगै उठ्ने गर्थें म तर आज उठ्नै मन लागेन । कहिले कोखातिर, कहिले तल्लो पेटतिर च्वास्सच्वास्स पारेको थियो । सियैले घोचेझैं पारेको थियो । पाँचचोटि त दिसा गइसकेकी थिएँ । पातलो दिसा । मध्यरात मनतातो तेलले पेट मिचिदिनुभएको थियो इजाले । त्यसपछि मात्रै अलि सन्चो भएको थियो ।

मलाई उठ्नै मन लागेन ।

"उट्ठ्या हई, ए कला, कला ?" घचघच्याउँदै इजाले मलाई उठ् भन्नुभयो ।

म केही बोलिनँ । बोल्ने तागत पनि निखिएछ झाडाले ।

नाइटोवरिपरि हातले सुमसुम्याउनुभयो । पेट दुख्नुको कारण खोज्दै हुनुहुन्थ्यो कि ? इजाको हात पन्छाइदिएँ ।

केहीछिनपछि मायाले पिंडौला मुसार्दै सिरक ओढाइदिनुभयो ।

इजालाई फेरि लामो हाइ आयो । निद्रै नपुगेर होला । पुगोस् पनि कसरी ! राति चारचोटि दिसा जाँदा इजालाई लिएर बाहिर गएकी हुँ । के थाहा, रातभरि मेरो चिन्ताले निद्रै लागेन कि ! अझ भाइको पीर त्यत्तिकै होला ।

जिङ्ग्रिङ्ग भएको कपाल घुच्चुकमा थुपारेर बाँध्नुभयो इजाले । सिरानको चोलो निकालेर लगाउनुभयो । चोलोको पोल्टाबाट सलाई निकालेर मट्टितेल टुकी जलाउनुभयो र आफ्नो गोडाको सिरकलाई पन्छाउँदै अलिकति गोडा फट्टाएर झुक्नुभयो । ढाड दुखेर हो कि झुक्नुभएको !

पेटिकोट साँप्रोतिर फर्केको थियो । हातले पैतालासम्म छुँदै बाटुला साँप्रो मिचेझैं गर्नुभयो । ओहो, कामले गलेछन् इजाका गोडाका मासु त !

चोलोको गोजीबाट चुरोट निकालेर सल्काउनुभयो । लामो सर्को तान्दै एकध्यानले झ्यालतिर हेर्नुभयो ।

"छिःछिः गनआई !" नाकमै ठोक्किन आएको धूवाँलाई हातले तह लगाउँदै भनें ।

"गनाए सुँङ्गदिन् त !" चुरोट तान्दै भन्नुभयो इजाले ।

घुर्क्याउँदै टाउको बटारेर सिरक ओढें ।

"तल्तिर झानया है, आ ।"

मैले सुने नसुनेझैं गरें । हातमा टुकी लिएर तलाबाट झर्नुभयो इजा । तर, धूवाँको गन्ध तलामा छाइरह्यो ।

मलाई हाच्छ्युँ आयो । फेरि काँसो लाग्लाजस्तो भो । चुरोटको गन्धले पनि उल्टी आउन खोज्थ्यो । इजालाई धेरैचोटि "चुरोट नखानूस्" भनेकी थिएँ तर अहँ कहिल्यै मान्नुभएन । म पेटमा हुँदा खान सिक्नुभएको रे । बाबाको कन्नापछाडि खाइहाल्नुहुन्थ्यो । तलतल लाग्दो होला ।

उठेर आङ तन्काएँ । झ्यालछेउ उभिएर आँगनतिर हेरें । शीत पलाएको थियो भुइँभरिका बुटामा । हेरें, परपर भुइँसँग जोडिएको आकाश पनि । तीनतारा अझै बिलाएका थिएनन् ।

धूवाँ पुत्तायो तलामुनिबाट । कुँडोको ताउलो बसालेर कुचो लगाउनुभयो इजाले । गोबर र माटो भिजाएर दैलोदेखि भित्र थानसम्म लिप्नुभयो । अनि, जुठा भाँडा माझेर हातमुख धुनुभयो ।

तल उत्रिएर मैले पनि हातमुख धोएँ । चुलाछेउमा बसेर पेट सेकाउँदै इजाको काम हेरें । इजाले हरियो धनियाँ, लसुन ल्याएर अचार पिँध्नुभयो अनि बासी रोटी तताउनुभयो भुङ्ग्रोमा । पालीको खाटमा सुतेका बाज्येले खोकेको भान्छाबाटै सुनिरहें । खोक्दैखोक्दै धारामा गई पानीको भाँडो समाए सायद । घरपछाडि हुँदै बारीबारी पुछारतिर गए । पर पुग्दा पनि बाज्येको लामो काँसो सुनिँदै थियो । सायद बाज्ये हग्न गएका थिए ।

इजाले अचार राखेर मलाई रोटी दिनुभयो तर अचानक मेरो हातको रोटी खोस्दै भन्नुभो– "तु देवताखिं पानी राखिबट खाएई रोटो ।"

जुठो मुखले देउतालाई जल चढाए बाज्ये रिसाउँथे । त्यसैले चोखो मुखले चोखो जल राख्न मलाई भन्नुभयो ।

इजाले एक गाँस रोटी निल्न नपाउँदै पल्लो घरबाट गौमती बउजूले बोलाइन्– "काखीऽ काखीऽऽ ।"

"पख हे ला, आइग्या," घाँटीको रोटी पानीले निल्दै भन्नुभयो इजाले । अर्को रोटीमा अचार लतपताउँदै बाहिरिनुभयो । घुटुक्क थुक निलेर इजाको पछिपछि आएँ ।

टाँडको नाम्लो, पालीको भाँटामा राखेको आँसी पटुकीमा घुसार्दै डोकोको घाँस खाली गर्नुभयो । गौमती बउजूले इजालाई चाँडो जाऔँ भनिन् । इजाले डोको बोकेर मलाई हेर्दै भन्नुभयो– "कला, कुँडामी निक्करी आगो लायै । तेरा ब्वा, बजेई, बुदी आउन्या हुन् आज । खेल्ल जनझाएइ ।"

इजा डोको बोकेर रोटी चपाउँदै जानुभयो । बाटैबाटो गइरहेका दिदीहरूसँगै मिसिनुभयो । गौमती बउजू पनि दौडिँदै तगारोबाट निस्किन् । बिस्तारै इजा र बउजू भीडमा बिलाउनुभयो । अनि, बिलाए प्रभातको कमलो मिरमिरेमा सबै सबै ।

▪ ▪ ▪

बाज्ये खोक्दैखोक्दै आएको थाहा पाएर छिट्छिटो भित्र गएँ । थानमा राखेको कलश, पूजाको थाली, घन्टीलाई धारामा लगी चोखो माटोले मस्काएर पखालें । कलशमा पानी भरेर फूलको एकएक थुङ्गा राखी थानमा लगेर थपक्क राखें र दुवै हात जोडेर नमस्कार गरें ।

बज्यैले जहिले पनि थानमा कलश राख्दा 'मु पनि राख्दछु थानमी पानी' भनेर जिद्दी गर्थें । बज्यै घरमा नभएको बिहान, इजा घाँस काट्न गएको बिहान थानमा जलको कलश मैले नै राख्थें । जुम्ल्याहा हात जोडेर देउलाई ढोग्थें । यसो गर्न बज्यैले सिकाएकी हुन् । भगवान्ले सोचेको कुरा दिन्छन् भनेर मैले पानीको कलश राख्न थालेकी हुँ । देउअघि उभिएर के माग्ने भनेर बज्यैसँग सोधेकी पनि थिएँ ।

"विद्या माग, अनि निगो पोइ पाऊँ भनी माग," बज्यैले भनेकी थिइन् ।

"अँ, मागीबट पोइ दिन्या हुन् कि देउ ?" मैले नपत्याएर लाडिँदै भनेकी थिएँ ।

बज्यै मज्जाले हाँसिन् । त्यसपछि सप्पैथोक मागे पनि पोइ मागिनँ, बरू राम मागेकी थिएँ ।

बाहिर बाज्ये बर्बराउँदै नुहाउने सुर कस्दै थिए । म बाहिर आएँ ।

नुहाउने नाममा बाज्येले टुप्पी मात्रै भिजाए । जनै समाएर पिठ्यूँभरि रगडे र पानी हाल्दै मन्त्र जपे । त्यसपछि लङ्गुटी फेरेर कलशमा पानी भरे । तुलसी मठमा र झुल्कँदै गरेको सूर्यलाई पानी चढाए । अनि, थानमा धूप जलाएर आफ्ना देउपितृहरूको नाम पनि लिए ।

भित्र आएर बाज्ये थानमा बसे । त्यहाँ ध्वजाहरू, त्रिशूलहरू थिए । ढुङ्गाका मूर्ति पनि थिए । फोटोका देउता भित्तामा टाँसिएका थिए । तिनका मुन्तिर दियो बालेर राखिएको थियो । बाज्येले फोटाका देवतालाई पहेंलो टीका लगाइदिए । त्यसपछि आफूले टीका लगाएर मलाई लगाइदिए । फूलको एकपत्र च्यातेर मेरो कानमा सिउरिदिँदै गोडा ढोगेर आशिष र दक्षिणा दिए ।

दक्षिणा पोको पार्दै मैले सोधें– "बाज्ये, दिनदिनै पूजा अरिबट तमी क्या माग्दा छौ ?"

"मु तेरा लागि विद्या माग्दछु," बाज्येले भने ।

आफूले नपढी देउले मात्रै के विद्या देलान् र है ? सधैं थानमा चोखो पानी राखेर देउपितृ सम्झने इजालाई त आजसम्म विद्या दिएनन् देउताले ।

■ ■ ■

इजाले हाम्रो जन्मदर्ता गरिदिएको घरलाई गाविस भवन भन्छन् । हो, बाज्ये त्यही गाविसको पियन थिए । चार वर्ष भयो बाज्ये काममा नगएको । अँ, पेन्सन पाक्यो रे बाज्येको ।

बाज्येका ठाउँमा बाबाले त्यहाँ काम गर्थे । स्कुल छुट्टी भएको बेला म बाबासँग त्यहाँ जान्थें । बाबाका सरले मलाई धेरै माया गर्थे । उनै सरको सल्लाह र आडमा बाबाले भाइलाई उपचार गर्न धनगढी लिएर गएका थिए । आज सप्पै आउँदै थिए । त्यसैले बिहानैदेखि भेट्न हतार गरिरहेकी थिएँ । अझ भाइलाई भेट्न आत्तिएकी थिएँ ।

बाज्येका एक छोरा मात्र बाबा । एक छोराको पहिलो सन्तान म । बाज्येको जेठी नातिनी । म जन्मिँदा त बाहुनले 'साह्रै लक्षिनकी छ' भनेर भनेका थिए रे । लक्षिनकी छु पनि ।

म जन्मेपछि भाइ जन्म्यो । म जन्मेको सालमै घरमा भैंसी ब्याएको थियो रे । त्यसै वर्ष बाबालाई चिट्ठामा टिभी पनि परेको थियो रे । अचेल त त्यो टिभी बिग्रेर बसेको छ । रेडियो भने बज्थ्यो । गीत आउने समयमा मलाई त्यो चाहिहाल्थ्यो । किनभने, म गीतमा नाचिटोपल्थें, छमछम ।

कुनै गीत आएको छ कि भनेर रेडियो खोलें भने बाज्ये आँखा तर्दै आउँथे र रेडियो थुतेर भित्ताको कीलामा झुन्ड्याइहाल्थे । म भने बाज्येका आँखा छलेर रेडियो तलामा लैजाने उपाय सोच्थें ।

बाज्येसँग पहिले त डराउँथें । हो, जुँगे ह्याउ लाउँदै बूढा उभिए भने मेरा हातगोडा नै थरर्र काम्थ्यो । तर, अचेल अलिअलि मात्र डराउने भएकी थिएँ । कतिपय कुरामा त अटेरी नै देखाउँथें ।

गाईभैंसीलाई घाँस हालेर मकैका साना बोट गोड्न थाले बाज्येले । मैले भने पढ्ने विचारले दलानमा झुन्ड्याएको झोला झिकें । पालीमा गुन्द्री बिछ्याएर झोला खोल्न थालें ।

झोला साह्रै पुरानो भइसकेको थियो । पाँच पढ्दा किनेको । कत्ति पटक त इजाले सिलाइसक्नुभयो । आज धनगढीबाट आउँदा बाबाले मलाई पक्कै झोला ल्याइदिन्छन् होला । मैले पछ्याउँदा बाबाले भनेका पनि थिए– "मेरी चेलीलाई निक्को झोला ल्याइदिउँला । घरै बसेइ हा ।"

बाबाले यति भनेपछि म घरै बसेकी थिएँ । नत्र म पनि जान्थें बज्यैको हात समाएर धनगढी । केही कुरा ल्याइदिन्छु भनेपछि पछ्याउँदिनँ पनि । तर, भाइ कत्ति मान्दैन । ऊ पछ्यायो भने त लगेरै जानुपर्छ । अलि अटेरी पनि छ ।

हीरा आइपुगी पढ्न । आज त ढिलो आई, नत्र ऊ अझ छिट्टो आइपुग्थी । ऊ मेरो कक्षा साथी पनि हो । त्यति मात्रै होइन, गाउँको साथी पनि हो ।

अस्तिको रात पनि हाम्रै घरमा बसेकी थिई । त्यो रात हामीले नौ बजेसम्म पढेका थियौं । अरू दिन त सात बजे नै सुत्थें म । भात खानेबित्तिकै ओछ्यानमा लम्पसार भइदिन्थें । इजा कत्ति कराउनुहुन्थ्यो । बज्यै भने मेरो पक्षमा बोल्थिन्– "सिन दे ।"

बज्यैले सुत्न दे भनेपछि इजा चुप । बज्यैको आडले अझै तङ्र्याउँथ्यो । अनि, म त ओछ्यानमै खुसुखुसु चलेर घन्टौं बिताइदिन्थें ।

हीराले गुन्द्री समाई । मैले झोला समाएँ । तलामा टुइँटुइँ गयौं ।

"रामले त आउनैन भन्यो," झोला खोल्दै हीराले भनी ।

राम आउँदैन भन्नेबित्तिकै मलाई झ्याउ लाग्यो । ऊ भएपछि पढ्न खुब मन लाग्थ्यो । नआएको पाठ पनि मज्जाले सिकाउँथ्यो । हामी एकै कक्षामा एउटै बेन्चमा बसेर पढ्थ्यौं । घरमा पनि सँगसँगै हुन्थ्यौं ।

"केइ ?" मैले भनें ।

"इजासित गडा गयाछ भन्यो ।"

बारीमा गएको सुनेर चुपचाप भएँ । खोलेको किताबतिर हेर्नै मन लागेन । तलामाथिको झ्याल खोलें । र, तगारोतिर हेरें । राम आउँदैछ कि भनेर हेरें ।

राम प्रायः एक्कासि आउँथ्यो ।

"हट् !" तर्साउलाझैं भन्थ्यो ।

हामी चिरिर्र चिच्याउँदै एकै ठाउँमा गुट्मुटिन्थ्यौं ।

'केलाई छल्लाई, केलाई छल्लाई ? हिहिहि-हाहाहा' गर्दै एकै ठाउँ खाँदिन्थ्यौं । थाकेको सास लामोलामो तान्दै छोड्दै खिस्सखिस्स हाँस्थ्यो ऊ । त्यो हाँसोमा आफ्नो हाँसो मिलाउँदै स्कुलको पाठ गर्न थाल्थ्यौं ।

तर, आज ऊ आइपुगेको थिएन । ऊ आउने आशाको एक झिल्को मभित्र बलिरहेको थियो । जतिबेला पनि आँखा तगारोतिर हामफाल्दै थिए, पुलुक्क पुलुक्क !

"ए कला, कला !"

बाज्ये मकै गोड्दागोड्दै कराए । माथिल्लो झ्यालबाट पढ्दैछु भनें । पढे-नपढेको विचार गर्न बाज्येले बेलाबेला डाँको लगाउँथे । बाज्येलाई किताब समाएर झ्यालबाटै देखाएँ । खिस्स हाँसेझैं गरे । बाज्येको निधारको पसिनामा घामको प्रकाश टिलिक्क टल्कियो । कोदाली छोडेर पसिना पुछ्दै लामो सुस्केरा हाले बाज्येले ।

"हरिहरि रामराम, यै कन्नोले निउड्डलै हुनैन् ।"

बाज्येलाई साह्रै ढाड दुख्थ्यो । घोप्टो परेपछि बाज्येको ढाड नै बाङ्गिन्थ्यो । तब हरिहरि रामराम आउँथ्यो बाज्येको मुखमा । कत्ति दिन त्यो ढाडमा बज्यैले तातो तेलले सेकिदिएकी थिइन् । मैले ढाड टेकिदिएबापत ज्याला पाएकी थिएँ ।

"ए कला, आज तेरा ब्वा आउन्या हुन् ?"

रामीकाकाले आँगनबाटै बोलेको सुनें । पुलुक्क हेर्दै भनें– "अँ अँ, आउन्या हुन् ।"

उनी बाखीलाई बोको लगाउन आएका थिए । बाखीमाथि बोकोलाई चढाएको देखेर हीरालाई कोट्याएँ । हीराले तल पुलुक्क हेरी । अलिकति लाज मानेर मलाई चिमोटी ।

प्याट्ट हानें हीरालाई । उसले जामाको फुर्को टोकेर तल पुलुक्क हेरी ।

त्यसपछि चुपचाप पढ्न थाल्यौं हामी ।

धेरै पछि रामीकाकाले बोलाएर तल ओर्लिएँ । बाज्येलाई मकैबारीमा देखिनँ । रामीकाकाले बोका लगाएको पैसा पाँच रूपैयाँ दिएर गए । स्कुल जाने जामामा पैसा राखें र चुलोमा आगो लगाइदिएँ ।

सुपो बोकेर मङ्गली दिदी आइन् । हाम्रो खलोमा ओखल थियो । धान कुट्ने ओखल । बिहानै सुरू हुन्थ्यो धान कुट्न । जाँतो पनि थियो हाम्रोमा तर घुमाउनै सकिन्न । बज्यैले त फनफन घुमाइदिन्थिन् । मुसल त अलिअलि चलाउँथें । अघिल्लो वर्ष मेरो गोडा च्यापिएको थियो मुसलले । बाज्येले त्यहीबेलादेखि ओखल छुनै दिँदैन थिए ।

बाज्ये खोक्दै आए गोठबाट । दौडिएर टाँडमा गएँ । मङ्गली दिदी एक्लै धान कुट्न थालिन् । फेरि पढ्न थाल्यौं हामी ।

"कला, ए कला ! इस्कुल झाऊ ला ।" राम कराएको सुनें ।

माथिल्लो तलाको झ्यालबाट पुलुक्क हेरें । मसँगै हीराले पनि हेरी । ऊ त स्कुलको ड्रेस लगाएर आइसकेको थियो । तगारोमा उभिएर हेऱ्यो मात्रै । पढ्दापढ्दै नौ बजेको थाहै भएनछ हामीलाई ।

हीरा तल हतारिएर गई । आफूलाई भने राम हेर्न ठिक्कै ।

"कला, छिट्टाइ आ । मु गया," तगारोछेउबाट हीरा कराई ।

राम पनि पछिपछि जान लागेको देखेर भनें– "राम, पख्न ! सातै झाउली !"

ऊ आएर खाटमा थपक्क बस्यो । बाज्येअघि गम्भीर भएर बस्थ्यो । बाज्येसँग ऊ पनि डराउँथ्यो ।

उसलाई जिस्कनका लागि म एक्लै हुनुपर्थ्यो । तर, राम जति चकचके भए पनि मान्छेको अघि सोझो भएर बस्थ्यो । उसको यही बानी निको लाग्थ्यो ।

ऊ बिहान पढ्न नआएकाले एकछिन ठुस्सिएँ । बाज्ये भएकाले उसलाई चिमोटेर दुखाउन पाइनँ । उसको आडमा बसेर बिहान किन नआएको सोधें मात्र ।

उसको पूरै ध्यान किताबमा थियो । मेरो भने उसमा । बाज्ये भान्साबाट कराए– "कला, भात छिटाई खा ।"

छिटछिटो कपडा लगाएर भात खाएँ । हात धोएर थाल जुठेल्नामा राखिदिएँ । चिसा हात जामामै पुछें र खाटमा छरिएका किताब झोलामा राखें ।

आइँऽ आइँऽऽ

भैंसी करायो । सुसारे खोजेको होला । तर, इजा आइपुग्नुभएको थिएन । मैले थाहा पाएदेखि इजा मात्रै घाँस काट्न गएको देखेकी थिएँ । तर, दूध बेच्न भने बाज्ये मात्रै जान्थे । दूध बेचेरै तेरा बाबालाई पढाएको हुँ भन्थे । दही मथ्ने, पारो धुने, घ्यु बनाउनेचाहिँ बज्यैले गर्थिन् ।

बाज्येले भैंसी सारेको मैले देखेकी थिइनँ । बरू, बाँझो गरामा बाख्रा चराएको देखेकी थिएँ । अझ बोकालाई त छाडा नै छोडिदिन्थे । बोका देउको नाममा चढाइसकेकाले त्यसो गरेका हुन् ।

हाम्रो गाउँतिर त बोका त के चेली पनि छाडा छोडिदिन्थे । तिनलाई द्यौकी मान्दथे । निङ्गलासैनी देवीको मन्दिरतिर द्यौकीहरू अझै पनि भेटिन्छन् रे । ती द्यौकीहरू पनि मन्दिरलाई चढाइएका हुन् रे । बिचरा द्यौकीहरू गाउँ रूँघेर बस्थे । बज्यैले भनेकी, मन्दिरकै हाताभित्र लुटिन्थे रे द्यौकीहरू ।

म्याँऽ म्याँऽऽ

तगारोतिर दौडिँदै बोका करायो ।

त्यतैबाट घाँसको डोका बोकेर आउनुभएको इजालाई देखें ।

घाँसको डोका टाँडमा राख्दै निधारको पसिना धोतीको फुर्कोले पुछेर तान्नुभयो लामो सुस्केरा । पटपट फुटेका कुर्कुच्चातिर हेर्दै मुसार्नुभयो । मचक्क टेक्न सक्नुभएको थिएन । गोडामा जतासुकै लामा धर्के नीलडाम थिए । पिँडौलाभरि वनका काँडाले कोतरेका थिए ।

थाप्लोको पछ्यौराले फेरि मुख पुछ्नुभयो । मैले पानी लगेर दिएँ । टाँडको छेवैमा बसेर पानी पिउँदै मलाई हेर्नुभयो । "इस्कुल झान लागेइ होइ ?"

मैले टाउको तल गर्दै 'अँ' भनें ।

"भात खाहाली ?" फेरि सोध्नुभयो इजाले ।

खाइसकें भनें ।

इजा थकाइमा पनि मुस्कुराउनुभयो अनुहारभरि । मलाई काखमा राखेर नमिलेको कपाल अझै मिलाएर बाँधिदिनुभयो । इजाको गालामा चुप्प खाइदिएँ ।

इजाको थकाइ मेटियो, मैले दिएको पानीले । सुकेको आँत रसायो कि मैले दिएको मायाले ! मेरो कपाल मुसार्दा हातमा लागेको तेल इजाले

नाडी, गोडामा मुसार्दै भन्नुभयो– "द हेद्दी गोडा कसा घिनालाग्दा । झा धोइबट आ ।"

धारामा गोडा धुँदै भाइ, बज्यै, बाबा कतिखेर आउने हुन् इजा भनी सोधें ।

"आउन लाग्या हुन्ना । तु इस्कुल झा । निक्करी पढेई, नतर मेरा जनरी घाँस काट्ट रे ग्वालो हुनु पड्ला ।"

पढ्न नसक्नु गोठालो हुनु हो गाउँमा । त्यसैले पनि मलाई पढ्नमा जोर गर्नुहुन्थ्यो । इजाको यत्रो मिहिनेतले म थाक्थें तर इजा थाकेको कहिल्यै देखेकी थिइनँ ।

"कला झाऊँ, नतर...," रामले झोला भिर्दै भन्यो ।

उसको आँखामा हेरें । उसको हतारो बुझें । कक्षाको अगाडि बेन्चमा बस्न पाइन्न कि भनेर आत्तिएको थियो । केही नबोली म रामको पछिपछि लागें । महादेव मन्दिरमा हीरा र उसकी बहिनीलाई भेट्यौं । भोलिबाट त भाइ पनि हुनेछ ।

बाटोभरि पाठको नै कुरा गऱ्यो रामले । म भने बाबाले ल्याइदिने चीजहरू सुनाउन हतारिएकी थिएँ । हिँड्दाहिँड्दै रामको कुरा काटेर बाबाले ल्याइदिने चीजबारे भनें । सुरूमा त झोलाकै कुरा गरें । कुरा गर्दागर्दै हामी स्कुल पुग्यौं ।

जनसङ्ख्याको अन्तिम कक्षा भएन, छैटौं कक्षापछि छुट्टी भयो । रामले चुङ्गी खेल्न चौरमा बोलायो । रातभरि पेट दुखिरहेकाले म भने खेल्न सकिनँ । मलाई घर जाऊँजस्तो लागिरह्यो । भाइलाई कतिखेर भेटुँ भइरह्यो । रामलाई भनें– "राम घर झानैन ?"

रामले खेल्दाखेल्दै पछि आउँछु भन्यो । हीरा पनि मसँगै नजाने भई । खिन्न भएर झोला भिरें ।

म हिँडें एक्लै घरतिर लुरूलुरू ।

■ ■ ■

एकफेर उकालो उक्लें । देउराली ढिस्कोमा पुगेर सुस्ताएँ । रूइनोको हाँगा भाँचेर देउरालीमा चढाउँदै हेरें गाउँतिर । अझै एकफेरो ओरालो झर्नु थियो, गाउँ पुग्न ।

पिसाब लागेर बसिदिएँ बाटोछेउको झाडीमा । अनि, फटाफट जामा लगाएँ र घरतिर दौडिएँ । अचानक साँप्राबीच तातो गिलो महसुस भयो । कच्छा भिजेको जस्तो भयो । साँप्रा टाँसिएलाझैं गऱ्यो । अप्ठ्यारो भएकाले रोकिएँ । हात पछि लगेर बाहिरबाट चाक छामें ।

झा... कच्छाइनै गु आइग्यो ।

अघि पिसाब गर्दा पनि पखाला लाग्लाझैं भएको थियो । स्कुलमा त झन् तीनचोटि हग्न गएँ । अहिले भने कट्टुमै, छिछि ! छेरौटीले ।

बुटाको छेल परेर जामा माथि सारें । तिघ्राभरि रगत पो देखें । पात चुँड्दै पुछें । अलि माथि जामा सारेर हेरेको त पूरै रगतैरगत । मनमा चिसो पसेर एक्कासि कहालिएँ– "इजाऽऽ !"

कतै नहेरी दौडिएँ घरतिर ।

स्याँस्याँ गर्दै तगारोबाटै इजालाई बोलाएँ– "इजा, इजा !"

आँसुको झरी गालाभरि भयो । खुट्टा भुइँमा पटकपटक बजारें ।

म भित्र पस्न नपाउँदै भान्साबाट इजा बोल्दै आउनुभयो– "क्या भ्यो कला, क्याइ चिडानी छई ?"

"जुगो जुगो" भन्दै जामातिर देखाएँ । इजाले मेरो जामा माथि सार्नुभयो । गोडा अलिकति फट्टा भन्दै मेरो टाङमुनि निहुरिएर हेर्नुभयो ।

"जुगो होइनब," इजाले सजिलै भन्नुभयो ।

"क्या हो त ?" एकै सासमा सोधें इजालाई ।

"ए ब्वारी !" अथाडोबाट तल झर्दै इजालाई बोलाउनुभयो बाज्येले ।

"बाइर जनआया, कला छाउ भई," पहिले नै इजाले भन्नुभयो ।

बाज्येको आवाज र पदचाप भित्रै हराए । म हतारिएँ, बाज्येले आएर सुमसुम्याएको हेर्न । अहो ! बाज्ये भित्रै भासिनुभो । एक्कासि मेरो चिच्याहट पनि आँसुमा बग्यो । तर पनि, डर आँसुमा मिसिएर बगेन । रगत बग्न पनि छोडेन ।

म आत्तिए पनि घरका आत्तिएनन् रत्तिभर । धेरै पछि मनमा गडेको डर र जुका बिस्तारै पातलियो तर पातलिएन मबाट चुहिएको रगत ।

इजाले मलाई घरपछाडि लिएर जानुभयो । मैले भनें– "इजा, ब्वा बजेइ, बुदी आयाइन ?"

"पारे चौतरा पुग्याछन्," इजाले भन्नुभयो ।

"इजा, मु झाउ, चौतारा याँइलाई त हो ।"

इजाले मेरो नाडी बलियो गरी समाउनुभयो । फुत्कने प्रयास गरें तर अहँ, सकिनँ ।

"जन झा ।" इजाको अनुहारमा रिस देखें । मेरो जिद्दी र बल फुस्सै भयो । मेरो मन भने चौतारोतिर हामफालिरह्यो । मनसँग ज्यान हाम्फाल्न धेरैपटक खोज्यो । कत्ति दिनुभएन इजाले ।

"ए ब्वारी, याँ आ ला ।"

"क्यइ बोलाया, काखी ?" खलोबाटै पल्लाघरकी गौमती बउजू बोलिन् ।

"कला छाउ भई । मुखी गउत हाल्देरे सक्कभर एई हेरिराख धइँ ।"

बउजूले गिलासमा गउँत लिएर आइन् । इजालाई गउँत छर्किएपछि बउजू बसेर इजा जानुभयो ।

बउजूले आँखा सन्काउँदै हेरिन् । उनका आँखा नै नसालु र गाजलु थिए । जति जिस्काए पनि माया गर्थिन् । असाध्यै माया गर्थिन् । अटेरी नगरी थपक्क बसें ।

मैले भनें– "तमलाई छोइबट क्या हुन्या हो, बउजू ?"

"चेलो रिसउन्या हो ।"

"काँ छ चेलो ?"

बउजूले पेटतिर देखाइन् । सेकाएर फुलिएको रोटोजस्तै पुक्क थियो बउजूको पेट । अस्ति नै त्यहाँ छाम्न दिएकी थिइन् । छुँदा त कस्तो डर लागेको थियो ।

घरपछाडि अम्बाको बुटाभरि फल लागेको थियो । हिजो चढेर अम्बा खाएकी थिएँ । अहिले पनि खाऊँखाऊँ लागेर बुटा जान लागें । तर, छुन दिइनन् बुटा बउजूले ।

छाउ भएकाले फलका बोट छुन हुँदैन भनिन् । बुटा छुन नपाएको झोकमा ढेल्लोले पाकेको अम्बालाई झटारो हानें । घरिघरि निसाना चुक्यो ।

इजाले चाक्लो लामो कपडाको धरो, कच्छा र जामा लिएर आउनुभयो । कपडा खोल्न लगाउनुभयो । भसक्कै लाज र सङ्कोच लाग्यो । फेर्नै मानिनँ ।

"रगतै बस्त्या है । अर्खा लत्ता ला," इजाले रिसाउँदै भन्नुभयो र मेरो जामा खोल्दिन थाल्नुभयो ।

घरिघरि इजाको हात हटाएँ तर इजाले कत्ति मान्नुभएन । माथिल्लो कमिज खोलेँ । अप्ठ्यारो मानेर सानो गन्जी पनि खोलेँ । मेरा साना आँखाको उज्यालोमा टल्लल टल्कियो कलिलो छाती । झट्ट हेर्दा सिमलका काँडाजस्ता । मुख रातो थियो, मुसा पलाएजस्ता । तिनै अङ्गले लाज हुर्काइदियो मभित्र । त्यसैले त नाङ्गो पिठ्यूँ इजा र बउजूतिर फर्काएर छिट्छिटो गन्जी लगाएँ । जामा खोल्न भने अझै लाज लागिरह्यो ।

"क्याइ लाज मान्निछ यो, छोरेट्टो आच्छी ।"

केटाअघि मात्रै लाज मान्नुपर्छ भन्ने छ त ! लाज आएपछि मेरो के लाग्थ्यो ! जे होस्, जामा र कच्छा पनि खोलेँ ।

कच्छा भिजेर रातै । जामा र कच्छा पोको पारेर भुइँमा राखी साँप्रोको रगत सबै पुछिदिनुभयो इजाले । अनि, फोरफोर कुरा छोपिने गरी धरोले फनफन बेरिदिनुभयो । लजाएर हुरूक्कै भएँ । सायद मजति त फूल पनि लजाएन होला कि ! मेरो अनुहारमा त कत्ति लाली रहेन । छोरी मान्छेलाई अचम्मैको लाज किन थोपरिदिएका होलान् है भगवान्ले ?

तगारोबाटै बज्यैले दम भरिएको आवाजमा भनिन्– "ब्वारी, ए ब्वारी, ब्वारी ! काँ गई ब्वारी ।"

इजा केही नबोली जानुभयो ।

"काँ छ कला, कला !" बाबाले सोधे ।

बाबालाई कतैबाट घरमा पुग्नेबित्तिकै चिसो पानीको गिलास टक्र्याउने म नै हुँ । सायद पानीको गिलास खोजे होलान् बाबाले । भाइले भने एकोहोरो बोलाउन थाल्यो ।

अचानक चिच्याएँ– बाबुऽऽ

सायद बाज्येबाट उम्किएर आउन खोजिरहेको थियो होला भाइ । तर, भाइ आउनुअगाडि नै बाज्ये बोलेको सुनें– "तुइले दिदीलाई हेद्दो हुनैन, लाटा ।"

सायद सबैले थाहा पाए, मेरो छाउपडी ।

घरअगाडि बाबा, भाइ र बाज्येबज्यै थिए । म भने घरपछाडि थिएँ । हामीलाई छेकिदिने घर ठिङ्ग उभिएको थियो । अहो ! तर, मैले भित्तोसम्म छुन पाइनँ । मैले लिपेको भित्तो, मैले नै छुन नपाउने भएछु छाउपडीले ।

भाइको सास बढ्थ्यो । उसको सास बढ्दै होला कि घट्दै होला ? दौडिँदादौडिँदै थाकिहाल्थ्यो । अहिले कस्तो भएको होला भाइलाई ?

बज्यैको दम र प्रेसर उच्च थियो । स्याँस्याँ पनि खुब हुन्थ्यो । उनलाई पनि जचाउने भनेर गएका हुन् । बज्यैको त्यो घ्यारघ्यार आज रोकिए होला कि उस्तै होला ।

लामो दम भरिएको सास छोड्दै बज्यैले बाज्येसँग सोधिन्– "कैलसम्म लुगाइबट राख्न्या हौ ?"

"बाइस दिनतक लुगाउनो पड्या छ, नत्र देउपितृ...," बाज्येले फ्याट्टै भने ।

आफ्नो जमानामा बाइस दिन बारेको कुरा सुनाउँदै बज्यैले पनि बाज्येको कुरामा सहमति जनाइन् । पन्ध्र दिनबारे पनि हुन्छ भन्दै पातलकोट, दुनि, सानागाउँको घटना सुनाए बाबाले । बाज्येबज्यैको मनलाई कुनै असर परेन । तर, मेरो मनमा भने गहिरो असर पर्दै थियो ।

गन्थनमन्थन नटुङ्ग्याई इजा घरपछाडि आएपछि आत्तिएर नसुनेझैं सोधेँ– "क्या भन्या बाज्येले, इजा ?"

"बाइस दिनसम्म छाउ बार्नु पड्या छ भन्या ।"

"काँ इजा ? बउजूको घर ?"

इजाले केही बोल्नुभएन । घरको भित्तातिर हेरेर ठसठसिनुभयो । उहाँको ध्यान भङ्ग गर्दै फेरि चर्कै सोधेँ– "मु काँ सिन्या, इजा ?"

इजाले झर्किंदै 'गोठ' भन्नुभो ।

"अइँए अइँए, मु त गोठ सिनैन, गोठ सिनैन मु," अटेर गर्दै मैले खुट्टा बजारिरहेँ । चिडचिडाइरहेँ । गिडगिडाइरहेँ । इजा उठेर घरअगाडि जानुभयो ।

मेरो रहर भासियो । कुँडो उम्लेजसरी भकभक उम्लिन थाल्यो मेरो मन । कोपर्न मन लाग्यो इजालाई । रिसले रन्थनिँदै लुलो भएँ । खल्लो मन लिएर घरअगाडिको कल्याङकुलुङ आवाज सुन्न थालेँ ।

"छाउगोठ क्याइ लाउन्या हौ रे ? नानकी छ पालीमी सेल्ली ।"

छाउगोठ किन पठाउने ? सानी छ, पालीमा सुताऊँ भने बाबाले । मेरो मायाले भनेका थिए कि इजाको मन राख्न ! पत्तो भएन । तर, बाज्येबज्यैले चुइक्क बोलेको सुनिनँ । बाबाको आडले बिस्तारै इजाले बरू थप्नुभयो– "पारे गाई गोठौडी... ।"

बाज्ये एक्कासि चर्किएर कराए– "पारे थानमी लिइबट राख छाउगीलाई... धइँ धेगला तम्रालौ तमासा र मनामानी, देउपित्रगी नमान्या पाछ ।"

यसपछि कोही बोलेको सुनिएन । देउपितृको नामले सबै सेलाए । चुपचाप इजा घरपछाडि आउनुभयो । मैले आत्तिँदै सोधिहालें– "इजा, मु काँ बस्त्यारे ? गोठ ?"

इजाले हाम्रो बारीको पुछारतिर देखाउनुभयो । हेरें । पर छाउगोठ थियो । हो, त्यही छाउगोठमा म छाउपडी बस्ने रे । बाइस दिन बस्ने रे ।

त्यति टाढा एक्लै बस्ने रे । मेरो त सातै गयो ।

चिरिर्र चिच्याएर हातगोडा फ्याँकें, इजालाई हातै हातले हानें । भनें– "नाइ झानैन मु । नाइ झानैन मु, इजा । मु झानैन ।"

"बाज्ये, बाज्ये ! बज्यै, बज्यै ।"

कोही पनि बोल्दै बोलेनन् । सप्पैको आवाज सुन्न आत्तिएँ । तर, अघिसम्मको कल्याङमल्याङ सामसुमै भयो ।

अरूबेला बाज्येले म रोएको सुन्नै नहुने । कहाँ, के भयो, किन रोएको भन्दै हेरीखोजी गर्दै काखमा लिन्थे । हत्केलाले पूरै शरीर मुसार्थे र मेरा आँसु पुछ्दै कोटको खल्तीबाट रूपैयाँ निकालेर फकाउँथे । तर, आज ?

म रोइरहें । बाबा पनि बोलेनन्, न त घरपछाडि नै आए । भाइ पनि आएन । सायद उसको कान फुकिदिए बाज्येले, बज्यैले । कोही आएनन् घरपछाडि, इजाबाहेक । मलाई भने घरिघरि जान मन लागिरह्यो घरअगाडिको आँगनमा ।

बज्यैकी प्यारी नातिनी म । उनको त म मुटुकै टुक्रा भने हुन्थ्यो । कमिलाले टोक्दा पनि बज्यै कत्ति आत्तिन्थिन् ! इजाले पिट्न थाल्नुभयो भने आएर छेक्ने गर्थिन् । तर, आज छेक्ने कुरा त परै जाओस्, देखिन पनि आइनन् । अब बाइस दिन कुनै कुरा सोध्न नपाउने भएँ । बज्यैको कथा सुनेर

कत्ति रमाउँथें कत्ति म ! बज्यैको कथाबिना कटाउनुपर्ने भयो बाइस रात ।

एकछिनपछि दरी, कम्मल र एउटा कपडाको पोको समाएर इजा आउनुभो । मलाई सम्झाउने प्रयास गर्नुभयो । थैलीबाट पाँचको नोट झिकेर हातमा थमाउनु पनि भयो र फकाउनुभयो रूँदिन कि भनेर । तर, म रोइरहें । र, मलाई हिंड भनेर अघिअघि लाग्नुभो । म इजाको पछिपछि लागें र मेरो पछिपछि बउजू ।

हिंड्न अप्ठ्यारो भयो । धरो बेस्सरी कस्सिएर होला । लामो कदम अघि बढाउन सकिरहेकी थिइनँ । गोडा फट्टाएर हिंड्न खोजें तर आँठो सानो भएकाले गाह्रो भो ।

मलाई हिंड्न मन लागेन, छाउगोठ जानै मन लागेन । रोक्कीरोक्की फर्कर घरतिर हेरें । इजाले चर्कै कराउनुभयो– "फर्कीफर्की कति हेद्दीछ ।"

"साँप्रामा ठोकिएको धरोले अप्ठ्यारो पारेको कुरा इजालाई सुनाएँ । तर, इजाले वास्तै गर्नुभएन ।

म्याउँऽ म्याउँऽ म्याउँऽ

बिरालोको आवाज टाठो सुनियो । पछि फर्किएर हेरें– घरको अथाडोको झ्यालमा बसेर कराएको देखें । दौडिएर आउँछ कि ठानें तर आइपुगेन । घरकै बिरालो हो । मैले खाना खाने बेला मसँगै घुस्रिन्थ्यो । दूधसँग भात खाएपछि उसलाई पनि बोट्क्यामा दिनुपर्थ्यो ।

बिरालोले बरू मलाई झ्यालबाटै भए पनि हेऱ्यो तर भाइले कतैबाट बोलाएन । कसरी बोलाओस् र उसले ! सायद बाज्येको सिक्कामा भुलेको होला । बज्यैका खानेकुराले बाँधिदिएको होला ।

गोडा आलीबाट चिप्लिएको मौका पारी फर्कर हेरें, कतै भाइ देख्न पाउँछु कि भनेर । घर र अम्बाको बुटा सानो देखियो । र, देखियो झ्याल पनि मुसाको दुलोजत्रो ।

घरिघरि मुन्टो पछि फर्काउँदै हिंडें, झ्यालबाट भाइले 'दिदीऽऽ' भनेर कराउँछ कि भनेर ।

अहँ अहँ, ऊ आएको हावाले समेत बताएन । मनै निसाइलो भो ।

"पइल्ली छाउकी बेला बुदीखिं हेद्दुनाइ । लुक्दु पड्ढछ ।"

"हेऱ्या क्या हुन्छ ?"

"पाप लाग्दोछ ।"

पहिलो छाउपडी भएबखत दाजु वा भाइलाई हेरे पाप लाग्छ अरे । मनमनै भनें– म पापी बन्न चाहन्नँ पनि । उसै पनि भाइ रोगी थियो, अझै रोगी बनाउन चाहन्नथें ।

हिँड्दाहिँड्दै मनले खुसुक्क भनेको थियो मलाई, आफ्नै घर हेर्न बन्चित बनाउने गुण पो रहेछ छाउ ! अनि, दाजुभाइका अगाडि लुक्नुपर्ने नियति पो रहेछ छाउ ।

▪ ▪ ▪

छाउगोठ आइपुग्यौं ।

हाम्रो बारीको पुछार र जङ्गलको किनारमा सलाईका बट्टाजत्रा दुइटा कटेरा थिए । खरले छाएका, चोइटाले बारेका, माटोले लिपेका । हो, ती नै छाउगोठ हुन् । सुनसान ठाउँका भूतघरझैं लाग्थे ती ।

छाउघरबाट उत्तरतिर हाम्रो घर देखिन्थ्यो र अन्य घर पनि । घरभन्दा माथि अग्ला पहाड थिए र त्यसभन्दा पनि माथि हिमालहरू, जसका नाम मलाई थाहा थिएन । खेतको लामो फाँट दक्षिणतिर फैलिएको थियो र देखिएको बस्ती हीराको गाउँ पर्थ्यो ।

खेतका फाँटभरि मकैका बोट उम्रिएका थिए । फँडानी गर्दागर्दै छुटेका फाट्टफुट्ट बुट्यानमा पनि हरियाली पलाएको थियो । पर ठूलो चिलाउनेको रूख थियो । कटेरोको बीस कदम पर मकैको ढोड ठडाएर राखिएको थियो । अनि, केही पर अर्को पुरानो कटेरो दुखेर बसेको थियो । झट्ट हेर्दा हाम्री बज्यैले झैं टेको खोजेको थियो ।

त्यो कटेरो चालीस कदम पर होला । मेरो सानो कदमको चालीस कदम । म पनि त बाह्रतेह्र वर्षकी पुगें । त्यो मेरो नजिकको बस्ती भनुँ कि छोडेको घर । देखिएको भ्रम हो कि डर !

बीचमा उत्तरदक्षिणतिर लम्बिएको लामो आली थियो । त्यही आलीसँग जोडिएको थियो हाम्रो घरतिरको आली पनि ।

छाउगोठ वरिपरि लपक्कै दूबो मौलाएको थियो । टाँड तल बाक्लै घाँस पलाएको थियो । भुइँ टाँडका खाँबोमा विषालु च्याउ सप्रेका थिए ।

टाँडमुनिको खाँबामा फट्याङ्ग्रो आफ्ना खुट्टा झट्कार्दै थियो । फट्याङ्ग्रो ताकेर बसेको नीलो रातो टाउको भएको छेपारोले झम्टियो । बिचरो फट्याङ्ग्रो !

पुराना लगाउने कपडा, छाउगोठको छानामा यत्रतत्र झुन्डिएका थिए । केही थाङ्ना सुकेका थिए । कटेरोको छेवैबाट फर्सीको झ्याङ छानाभरि फैलिएको थियो । टाँड उक्लने काठको चार खुर्खिट्टो पनि मक्किएर कमजोर भएको थियो । त्यही आँठोसँगै जोडिएको खुर्खिट्टो टेकेर इजा छाउगोठभित्र पस्नुभो । अर्को कटेरोको ढोकानिर बसेर भागरथी दिदी टोलाइरहेकी थिइन् । सायद उनको मनले उनलाई बिर्सन खोजिरहेको थियो कि ! म भने गोठ बिर्सने कोसिसमा थिएँ । यो बिरानो ठाउँमा मन कसरी लगाऊँ ? जहाँ मान्छेका कल्याङकुलुङ कत्ति थिएनन् । अहो ! कस्तो एक्लो ठाउँ रोजेको यो छाउले, जहाँ आफन्तका आवाज सुन्नै नपाइने ।

पछि फर्केर हेर्दा घर धेरै टाढा देखियो । अझ देखियो धागेडोरी जत्तिकै आली । त्यही आलीआली भोटेकुकुर पनि आइरहेको देखें ।

"च्यो भोटे च्यो ।" कुकुरलाई बोलाएँ । आएर गोडा सुँघ्न थाल्यो । मैले त्यसलाई मुसारें । त्यसले मेरो हात चाट्न खोज्दै पुच्छर घुमायो ।

इजाले छाउगोठ बढार्दा ढोकाबाट धूलो उडेर बाहिरियो । ह्वास्स बाहिरसम्मै ढुँडीढुँडी गनायो । सायद धेरै दिन भएको रहेछ कोही नआएको । गोठ सफा गरिसकेपछि टाँढमा दरी बिछ्याइदिनुभयो । बोरा पट्याई सिरानी बनाएर राखिदिनुभयो ।

बाहिर बसेर भागरथी दिदीसँग गफिन थालिन् बउजू ।

"मेरी नन्नलौ ठूली भैगइन्," बउजूले भागरथी दिदीलाई सुनाइन् । आजै ठूली भएँ बउजूका लागि । उनलाई म नछुनी भएकामा आनन्द आएको थियो । उनलाई सुनाउन मन थियो– कला पनि छुइ भई, ठूली भई भनेर । कति रिस उठेको ! खिस्सखिस्स हाँस्दै कुरा चपाउन थालिन् भागरथी दिदीसँग । पल्लो छाप्रोबाट भागरथी दिदी बोलिन्– "होइ, कला लौ बाइर सरी । कै तक हो, बउजू ?"

स्कुलबाट आउँदाआउँदै म छुइ भएको कुरा सुनाइन् बउजूले । छाउगोठमा भूत लाग्ने, तर्साउने, एक्लै सुत्दा ऐंठन पर्ने आदिबारे पनि सुनाइन् ।

"ए कला, भित्र आ ।"

इजा फेरि झर्किनुभयो । कतै मलाई बाबा या भाइले देखिहाल्छन् कि भनेर । या भनुँ मेरो रगत कतै बाहिरहुँदो चुहिन्छ कि भनेर ! तब त मलाई लुकाउन हतार गर्दै हुनुहुन्थ्यो इजा । त्यसभन्दा बर्ता आतुर मलाई भो, छाउगोठबाट टाढाटाढा जाने । जहाँ लुक्न नपरोस् ।

चार खुर्खिट्टो चढें । देखें, इजा कुप्रो परेर बस्नुभएको । म इजाको कुमकुम पुग्थें । मैले कुर्कुचा उचालेर मनमनै भनें– धुरीको बल्लीमा टाउकोले छुन्छ ।

ओछ्यान मिलाएर लगाइदिनुभएको रहेछ । मेरो हातको चार बाहँ डोरी दुवैतिरको कुम खाँबोमा बाँधेर कपडा राखिदिने झोक बनाइदिनुभएको थियो । चारैतिर हेरें । तीन जनासम्म सुत्न मिल्थ्यो ।

फुसको डाँठ छानैमा गलिसकेको थियो, नयाँ छाउने ध्यान कसले दिनू ! टाँड आङखुडे-बाङखुडे भए पनि रातो माटोले लिपिएको थियो । भित्ता भने चोइटिएका थिए र देखिएको थियो माटो छोडेका छोइटाहरू ।

भित्तामा दुइटा खोपा थिए । एउटा खोपामा मसिना काँटा, कपाल बाँध्ने रबर, फुटेको एउटा सिसा, केही दाँत भाँचिएका काँगियो, फेयर एन्ड लभ्लीको रित्तो पत्ता, कपालको गुजुल्टो र माकुराका जाला थिए । अर्को खोपामा चुरोटका ठुटा, बिंडीको मुठो, ओसिएको सलाईको बट्टा, चुरोटको खरानी ।

ध्यारध्यार पुराना थाङ्ना च्यात्नुभयो इजाले ।

सबै चोट्को टकटक्याएर सिरानीतिर राखिदिनुभयो अनि बाहिर गएर कटेरो छेउछाउको घाँस काट्न थाल्नुभयो ।

एक्कासि म उफ्रिएँ टाँडमा । टाँडमा लिपेको माटो फ्वास्स दब्यो । डोरो घुमाइ खेल्न मिल्छ कि मिल्दैन भनेर विचार गरेकी थिएँ, टाँड त करक्क भयो । डरले रोकिएँ । चुङ्गी खेल्न मिल्छ कि मिल्दैन, त्यो पनि विचार गर्ने मन थियो । तर, इजाको हप्काइदप्काइले मेरो उत्ताउलोपनमा बार लगाइदिन्थ्यो । मलाई सोझी, कम बोल्ने र ज्ञानी छोरी बनाउने विचार इजाको । तर, मलाई भने चकचक नगरी बस्न नसक्ने बानी लागिसकेको थियो ।

भित्रपट्टि एक हात लम्बाइचौडाइको झ्याल थियो । त्यो झ्यालमा स्कुलमा जस्तो फलामको सरिया हालिएको थिएन । मेरो बूढीऔंलाजत्रै चारवटा लौरा थिए । त्यसैको छेवैमा गएर हेरें । पल्लोपट्टि पनि सुत्ने ठाउँ थियो । पल्लो टाँडमा को सुत्छन् भनी इजालाई सोधें ।

त्यहाँ कोही सुत्दा रहेनछन् । सुत्केरी हुन थाले भने त्यहाँ आएर बस्दारहेछन् । गएको महिना मङ्गली दिदीको कइसीले छोरी त्यहीँ जन्माएकी रहिछन् ।

मनमनै भनें– यस्तो फोहरमा बच्चा कसरी जन्माउलान् ?

कटेरोको पश्चिमतिरको भित्ताको सानो प्वालबाट बाहिर चिहाएँ । पल्लो छाप्रो मजाले देखियो । बीचको आली गाउँतिर लम्बिएको देखें । हेर्दै जाँदा परको गाउँ देखियो अनि देखियो अलि वरको ठूलो चिलाउनेको रूख ।

"कला, ए कला !"

इजाले बोल्नेबित्तिकै प्वाल छोडें । ढोकामा उभिएर इजाको कुरा सुनें ।

"छबक्क भितर बसेइ ।"

"मु एक्कली ?" मैले भनें ।

बउजू नै बीचमा प्याच्चै बोलिन्– "नाइ, तम्रा पोइ आउन्या हुन् । हाहाहा ।"

खुब हाँसिन् बउजू । नाक खुम्चाउँदै भित्र पसें । इजाले भने घाँस बाँध्दै भन्नुभयो– "ए भागरथी, यै कला, हेरेइ हा ।"

"हुन्छ, काखी," भागरथी दिदीले भनिन् ।

केही बोल्न सकिनँ । रून मन लाग्यो बरू । भित्रभित्र त रोइसकेकी थिएँ । प्वाक्क आँसुको ढेको फुटेन । मन त भरङ्ग भयो ।

"बाहिर जनआएई, कला ।" छाउगोठभरि गुन्जियो इजाको वचन । म बाहिर जानु पनि इजाका लागि विपत्ति निम्तिनुझैं भो ।

घाँसको मुठा उचालेर थाप्लोमा राख्नुभयो । जाँदाजाँदै फेरि भनिहाल्नुभयो– "बाहिर जन आएई ।"

मेरो मन भने जतिखेर पनि बाहिर उड्न खोज्दै थियो । चिच्याएर भन्न मन लाग्थ्यो– म यो छाउगोठमा एक बस्दिनँ, दुई बस्दिनँ... ।

तर, मेरो दुर्भाग्य ! यतिखेर चिच्याहट छातीभित्रै पुतपुतायो । मेरो मन मभित्रै छटपटायो ।

इजा र बउजू चप्पल पड्काउँदै जानुभयो । जतिजति इजा टाढिँदै जानुभो, त्यतित्यति म बाँडिँदै गएँ । त्यतित्यति छाउगोठ छोडेको घरजस्तै लाग्न थाल्यो– ह्वाङ्ग । म त कतैबाट पनि भरिन सकिनँ । कस्तो नरमाइलो लाग्यो । बेचिएको गाई लैजाँदा, गोठको बाच्छीले हेरेर आत्तिएझैं, म आत्तिइरहेकी थिएँ । बाच्छीले दाम्लो चुँडाल्न खोजेझैं, म छाउ छुटाउन खोजिरहेकी थिएँ ।

कसरी बसूँ, कसरी सुतूँ, कुन आसनमा बसेर मन हलुको राखूँ । छटपटिएँ । घैंटोमा खाँदेको सिन्कीजस्तो पो भएँ । उकुसमुकुस-उकुसमुकुस । कत्ति मन सम्हालिएन ।

हाँस्यो छाउघर, मलाई नै गिज्याएर– आइस् कला, आइस् । बस्-बस् । अब चार भित्तामा कैदी भएर बस् ।

मलाई रूवाएर हाँस्यो, चर्किएको भित्तो र गलेको फुस पनि । खोपाहरू डिच्चडिच्च हाँसेझैं लाग्यो । दबिएको भुइँ पनि छेपारोको भित्रबाहिर गर्ने घाँटीजस्तो लाग्यो ।

निसास्सिएर सास फेर्न गाह्रो भो । धूवाँ नै धूवाँले घेरेर अँठ्यायो । आफैंआफैं पड्किउँलाझैं भएँ । फुटेर चारैतिर छरपस्ट हुन मात्रै बाँकी थिएँ । सम्हाल्न खोज्दा पनि मन बिचल्लीमा पर्‍यो । बरर्र आँसु झर्‍यो, झरिरह्यो ।

आँसुले गाला चिसियो । रोएर छातीमा अड्किएको दम, घडीको टिकटिक सुईजसरी हिक्कहिक्क गरेर छोडें । बाहुलाले गालाको चिसो पुछें । भित्तामा आड लागेर टोलाएँ । बिस्तारै मेरो चीत्कार जङ्गली रूवाइझैं हरायो आफैंभित्र ।

रानी खान्या हंशराज रौतेलो २, दैकेला ३ ।

रून्छ मन धड्कन्छ छात्ती, सम्झन्छु जै बेला ।

मसिनो स्वर, विरही भाका गुन्जियो हावाको सुरतालमा । तिखो भएर छिर्‍यो त्यही भित्ताको प्वालबाट मेरो हृदयसम्म । आएर ठोकियो गुनगुनाहट मेरो वातावरणभरि । हृदयको तार हल्लियो झनन्न-झनन्न !

उराठ मनको अधुरो बह भरियो म बसेको छाउगोठभित्र । जगायो मेरो एकान्तलाई निरन्तर र लोभिएँ पल्लो छाउगोठ बस्ने भागरथी दिदीसँग ।

घुँडो टेक्दै भित्ते प्वालबाट हेरें । पल्लो छाप्रोमा भागरथी दिदीको निन्याउरो अनुहार देखें । बह पोखिरहेकी थिइन् सायद लयमा । आवाज सुनाएर फकाइरहेकी थिइन् सायद मनलाई । तर, म कसरी फकाऊँ मनलाई ! त्यतिको गीत गाउन पनि आउँदैन मलाई त ।

मेरो छटपटीले शब्द बुझ्ने कोसिस गरिनँ तर बुझ्न खोजिरहें त्यतैकतै उनको विरह आवाज र उदासउदास अनुहार ।

भागरथी दिदी, मेरो साथी होइनन् । मैले घरिघरि भेटिराख्ने मान्छे पनि होइनन् । तर, हामी एकै गाउँका हौं । उनकी इजाले चौतारो चोकमा जुत्ता सिलाउँथिन् । हो, त्यहीँ सुनेको हुँ उनको नाम, भागरथी भूल ।

उनले गाएको गीत सकिन नपाउँदै ताली बजाएँ । पुलुक्क मतिर हेरेर भागरथी दिदी सम्हालिन खोजिन् । गीतैको भाकामा उनका आँखा रसाएको देखें । सोध्न मन लागेको थियो 'गीत गाउँदै किन रोएको नि' भनेर । तर, सोधिनँ ।

"खुब निगो रैछ तम्रो डागो," मैले गोठको दैलोमा उभिएर भनें ।

सुनिनन् कि भनेर अलि जोडले फेरि भनें । उनले पुलुक्क हेरिन् । तर, केही बोलिनन् । सायद, मेरो आवाजले उनलाई बिथोलिदियो । व्यर्थै खलबलाएछु मैले । बरू, उनले मन हलुका बनाइन् गाएरै । मैले मन हलुका बनाएँ रोएरै । रूँदारूँदा गोठमै पल्टिएँ ।

. . .

"कला, ए कला !"

झसङ्ग भएँ । निदाएकी रहेछु । एक निद्रा त मजाले सुतेछु । उठ्दै कपाल बाँधेर हेरें । बाहिर त अँध्यारो भइसकेको रहेछ ।

इजाको हातको टर्चले छाउगोठ उज्यालो भयो । भुइँमा मट्टितेल-टुकी र सलाई दिएर बाल्न लगाउनुभयो । टुकी बालें । छाउगोठको चारै भित्ता बत्तीको प्रकाशले सेता देखिए । कुनै भित्तो टालेको जामाजस्तो पनि देखिएको थियो । र देखियो, मेरो सास चलेको ज्यान पनि ।

ढोकानिर बसेर हेरें । दोस्रो खुर्खिट्टोमा पैताला राखेर हल्लाइरहें । पल्लो कटेरोतिर हेरेको त भागरथी दिदी देखिनँ । तर, छाउगोठभित्र मट्टितेल-टुकी सानो बातोमा भने झलल्ल बलिरहेको थियो ।

बउजूको हातमा खानाको थाली, पानीको लोटा र अरू के-के थियो ।

छाप्रोभन्दा चार कदम पर बसेर थाली थाप्न लगाइन् । परैबाट थाली थापें । अलक्क राखिदिँदै भनिन्– "भात खा ।"

तर, डरले कामेको मेरो हडमा भोक थिएन । मात्र डर थियो । भातले कत्ति जित्न सक्थेन ।

मलाई खानाको थाली उठाउनै मन लागेन । भोक मेटिएपछि खाना त्यति रूच्दैन पनि । फेरि यो डर पलाएको रातमा भातको भन्दा ज्यानको माया लागेको थियो ।

धेरैबेरपछि खानाको थाली उठाएँ । छोइन्छ कि भनेर इजा पछि सर्नुभो । अहो कस्तो तागत यो छाउमा, ममतामयी इजाले नै अलग्याउने । यसरी प्रत्येक छुवाइलाई किनारा लगाउन सक्ने अपचिलो बेला किन ल्यायो होला शरीरले । यति अपत्यारिलो भ्रम किन दियो रगत चुहिँदैमा ? इजाको आँखा हेरेर आफूलाई बारम्बार सोध्न खोजिरहेकी थिएँ तर सकेकी थिइनँ ।

हातमा पुरानो जाली कपडाले बेरेको तरबार र झोला इजाले आफूछेउ राखेर बस्नुभएको थियो । त्यो झोला उठाएर इजाले मतिरको भुइँमा राखिदिनुभयो । झोलाको रङ्ग स्पष्ट देखिएको थिएन । इजाले झोलामा टर्च बाल्दै भन्नुभयो– "तेरा ब्वाले ल्यायाहुन् तुइकी, राख ।"

सामुन्ने भातको थालीले भन्दा पनि नयाँ झोलाले तान्यो । रातोरातो, कालोकालो, मोटो कपडाको झोला । खल्ती नै खल्ती भएको । उठाएर भित्र लगें र बत्तीको उज्यालोमा खोतल्न मात्रै के लागेकी थिएँ, इजाले 'पहिला भात खा' भन्नुभयो । घरिघरि भनेपछि भात खान थालें ।

इजा र बउजू आलीमा टुक्रुक्क बसेर बात मार्न थाले । खाना खाएर हात चुठें । इजा र बउजू जान लाग्दैगर्दा भनें– "मु एक्काली सिन्या, डर लाग्दिछ ?"

"अरू को सिन्छ त, भागरथी ताँ एक्कली सिएकी छ । क्यै हुनैन ।"

म एक्लै यहाँ सुत्दिनँ भन्दै पिन्चे भएँ । गनगन गर्दै गोठलाई नकारें । मागेको कुरा नपाएर ठुस्किएको बच्चाझैं गरें ।

इजा रिसाउनुभयो । अँध्यारोमा पनि इजाको रिस, बिरालोको आँखाझैं टल्कियो । मनमनै आत्तिएँ । कहिल्यै एक्लै सुतेकी थिइनँ । हो त ! अझ यो

जङ्गल किनारको छाउगोठमा कसरी सुतूँ ? बाज्येबज्यैको काखमा सुतेकी छोरीलाई कसरी 'एक्लै सुत्' भनेर जान खोज्नुभएको होला इजाले ! रिस उठ्यो, भनिहालें– "मु एक्कली सिनैन, नाइँ नाइँ ।"

मेरो डर मनमा फुलिँदै आएकाले केही जिद्दी पनि गरें ।

तर, अचम्मैसँग इजा पड्किनुभयो– "छाउ भएकी होइ । तुइलाई जोतोइ कोखिला लाइबट सियाउन्या हुन्न । अटेर जनअर ।"

छुन मिल्थ्यो भने इजाले चड्कनै लगाउनुहुन्थ्यो ! छाउले धन्न पिटाइबाट चाहिँ बचायो । इजाको रिस कम हुन नपाउँदै बउजूले पनि थपिन्– "अब नन्नेबुदी कोखिला लाइबट सियाउन्या हुन् ।"

बूढाले काखमा राखेर सुताउने भएँ अरे म । छुइ नभएर पो रहेछ मैले बूढो नपाएको । बिहे नभएको ।

बउजूको वचनले केही बोल्नै नसक्ने भएँ । कुराहरू घाँटीमै गाँठो पऱ्यो । अकमक्क भएँ । थरर्र मुटु काम्यो । थाहा थिएन, भूतघर कस्तो हुन्छ ! आफूलाई भने चिहान घाटमा छु झैं लाग्यो । साँच्चै चिहानघाट कस्तो होला ?

पहिलोचोटि एक्लै सुत्न लाग्दै थिएँ, त्यो पनि जङ्गलमा । भूतको बास हुने छाप्राहरूमा । डर त लागिहाल्ने भो ! अरू त अरू, बाज्ये पनि डराउँथे होलान् यहाँ एक्लै सुत्न ।

मनमनै बज्यै सम्झिएँ । उनको न्यानो कोखेला सम्झिएँ । बज्यैलाई यहाँ आउन मिल्छ भने पठाइदिनु न इजा भनें । तर, बज्यै पनि यहाँ आउन नमिल्ने, चर्कै भन्नुभयो इजाले ।

म खिन्न भएँ । घरको न्यानो घाँटीको थुकसँगै निलेर बज्यैलाई बिर्सें । आसाले भरिएको मनले पल्लो गोठ देख्यो । गोठभित्रको मधुरो बत्तीको प्रकाश देखें । तर, अझै देखिनँ भागरथी दिदी ।

यही छाउले पहिलोचोटि एक्लो बनायो । यही छाउगोठमा पहिलोचोटि एक्लै सुत्न सकिरहेकी थिइनँ । तैपनि, आशाको त्यान्द्रो समाएर भनें– "इजा, मु भागरथी दिदीसित सिउँ ।"

"एक्कली सिया पनि, मेरी चेली डरै मान्निन," मायाले भन्नुभयो ।

इजाले मलाई बडो साहस दिनुभो । आफूले पनि एक्लै सुतेको फुटकर कथाहरू सुनाउनुभो । आँटिली छोरीको दर्जामा उभ्याइदिनुभयो । तर, म डरले भित्रभित्र खोक्रिँदै आएँ । कथा सुन्न मजा आउँदो रहेछ तर कथा भोग्न भने कति गाह्रो, है ? भीरमा फुलेको लालीगुराँसजस्तो ।

जालीमा बेरिएको तरबारलाई छाउगोठको दैलोमा अड्याएर बाँधिदिनु भयो– यसो गऱ्यौं भने भूतप्रेत गोठभित्र आउन पाउँदैनन् भन्नुहुन्छ इजा ।

इजा र बउजू जानुभयो । टर्चको प्रकाश देखिन्जेल हेरें । त्यो प्रकाश हराउनेबित्तिकै मभन्दा पनि छाउगोठ एक्लो लाग्यो । त्यही एक्लोमा मिसिएँ । र, मिसियो झ्याउँकिरीको आवाज :

झ्याउँझ्याउँऽ झ्याउँझ्याउँऽ झ्याउँझ्याउँऽ झ्याउँझ्याउँऽ

झ्याउँकिरी छाउगोठको टाँडमुनि नै कराउँदै थिए । गुन्जियो चिलाउनेको रूखतिरबाट स्यालको हुइयाँ पनि ।

क्रमशः स्यालको हुइयाँ लहरै बाक्लियो । फेरै हालेर बाक्लियो । हाम्रै मकैबारीको छेवैमा करायो । पूरै छाउगोठ घेरियो, स्यालै स्यालको हुइयाँले । आत्तिँदै आयो मन । डरले मन चिसो भयो । बिस्तारै प्वालबाट भागरथी दिदीको छाउगोठतिर हेरेर कराएँ– "भागरथी दिदीऽ ! भागरथी दिदीऽऽ ! भागरथी दिदीऽऽऽ !"

अहँ, भागरथी दिदी बोलिनन् । कत्ति बोलिनन् ।

चिसो हावा चल्यो । उल्लु करायो, त्यतै चिलाउनेको रूखतिर । करायो एकछिन पछि चमेरो पनि । फत्ल्याक्क छानामा केही खस्यो । सरसर चलेजस्तो पनि लाग्यो । के होला त ? फेरि मनमनै डराएँ । एक्कासि मनले भन्यो– लौ, भूत आयो ।

भूत । भूत । भूत ।

मनको हरेक शङ्काले भन्यो । बोक्सी आई, भेष बदलेर । मलाई लिनै आई । अहो म त झन्झन् कायर भएँ ।

फुत्त प्वालबाट केही छिऱ्यो । चिरिर्र चिच्याएँ । आँखा नै चिम्लिएँ । अनुहार त दुई गोडाबीचमा लगेर लुकाएँ । सासै रोकेर कक्रिएँ । आफैभित्र तर्सिएँ ।

म्याउँऽ म्याउँऽ

बिरालोको आवाज आयो ।

बिस्तारै टाउको उठाएर हेरें । केही देखिनँ । छाउगोठ अँध्यारो पो लाग्यो । निख्खर कालो । टुकी बलेको थिएन ।

खोपाको सलाई कोरें । टुकी ढलेको रहेछ, उठाएर जलाएँ । बत्तीको प्रकाशमा देखेजति सबै हेरें । धन्न, बिरालो घरकै रहेछ । बिरालोको आडमा लामो सास तानें । एकैछिन भूत र बोक्सी बिलाए मनबाट । डर पनि अलिकति पछि हटेझैं लाग्यो ।

बिरालोलाई काखमा लिएँ । साथी पाएजस्तै लाग्यो । बिरालो काखमा राखेर प्वालबाट हेरें, पर जुनकीरी बल्ने र निभ्ने गर्दै थिई । पल्लो छाउगोठ सुनसान भए पनि बोलाएँ भागरथी दिदीलाई । तर, भागरथी दिदी बोलिनन् । अहँ, कत्ति बोलिनन् । मेरो आवाज भित्ताको प्वालबाट थोरै गएर हो कि ?

कालो डर छाउगोठभरि नै भरियो । मैले आफूलाई नै कम सुन्न र कम देख्न थालें । बिरालोलाई छोडेर दुलो बुझ्न चाहें । रगतै भएको जामा, कच्छा र गन्जीलाई गुटमुट्याएर प्वाल बन्द गरें ।

आफू सुरक्षित छु भन्ने लाग्यो । भित्तामा अडेस लागेर बसें । बिरालो ढोकाबाट निस्कन खोज्यो । मैले छोप्न खोजेको पुच्छर मात्रै छुन पुगें । बिरालो गयो ।

फेरि एक्लो भएँ । लौन, डर ह्वात्तै अगाडि सऱ्यो । पूरै ढोकाले मलाई डस्न थाल्यो । ह्वाङ्ग परेको ढोकापछि कालो भरिएको थियो । परपर घरहरूमा बत्तीको मसिनो ज्योति देखिएको थियो । बाँकी जताततै सामसुम । अन्धकार ।

डर छेक्न तरबारलाई जाली लुगामा बेरेर ढोकाछेऊ राखिएको थियो तर त्यसले मेरो मनको डरलाई छोप्न सकेन ।

ह्वाङ्ग ढोका बन्द गर्ने मसँग कैयौं जामा, कट्टु र गन्जी थिएनन् । ढोकाबाट बाहिर हेरें, केही पाउँछु कि भनेर । तर, डरमात्रै पाएँ । एक्कासि छानामा केही फ्यात्त खस्यो, फेरि तर्सिएँ । बहुत आत्तिएँ । चिच्याएर रून मन लाग्यो । सकिनँ, आवाज निकाल्न पनि । दौडिएर घर जान पनि सकिनँ । न सकें, भागरथी दिदीको छाउघरतिर लम्कन । भयानक अत्यास बढ्दाबढ्दै भौतारिएँ छाउगोठमा ।

झट्ट भित्तामा फल्याको देखें । उठाएर ढोकामा ढ्यापी हालें । अनि, इजाले बनाएर गएको धरोले बलियो गरी बाँधेर एकछिन त लामो सास तानें ।

छानामा मचक्क टेकेर हिंडेजस्तो लाग्यो । पुलुक्क भित्री छानो हेर्न थालें । टेक्नेको खुट्टा तल आउँछ झैं लाग्यो । चुहिन्छ कि झैं हेरें । कतैबाट पनि चुहिएन, र झरेन पनि । लामै सास तानेर छोडें ।

▪ ▪ ▪

केहीबेरपछि ढोकाछेवैमा कुकुर भुकेको सुनें । हतपत फल्याकोबाट चियाएँ । घरकै भोटेकुकुर रहेछ । फल्याको खोल्नेबित्तिकै पुच्छर हल्लाउँदै टाँडमाथि उक्लियो भोटेकुकुर । भित्र सबै चहारेर बाहिर निस्क्यो अनि बाहिरै बसेर भुक्न थाल्यो ।

खुर्खिट्टो छेवैमा कट्टा बिछ्याइदिएँ । घरमा पनि कट्टो या फिनो नबिछ्याएसम्म बस्दैनथ्यो भोटेकुकुर । मैले कट्टा बिछ्याएको ठाउँमा चाक टेकायो र परपर हेर्दै भुक्न थाल्यो । मलाई भने परान आएजत्तिकै भयो ।

भोटेकुकुर आएर मन हलुको भयो । हावा पनि छिर्न नमिल्ने बनाएँ । फेरि तर्साउला कि भनेर बडो चनाखो भएँ ।

बिरालो कराएर आउन खोजेकाले प्वालको कपडा निकालिदिएँ, बिरालो फुत्त आयो । काखमा लिएर सुमसुम्याएँ । बिस्तारै काख तताइदियो । उसको घुराइले डर पनि हटाइदियो ।

बिरालो र कुकुरलाई माया गर्ने म नै हुँ घरमा । दूधसँग भात खान लाग्दा यी दुवैलाई दूधभात दिएकै हुन्थें । आज यी दुवै मेरा साथी भए ।

झोला तानेर सुमसुम्याएँ । चेनवाला झोला । चारवटा खल्ती भएको । चेन लगाएँ, बन्द गरें । लगाएँ, बन्द गरें । लगाएँ, बन्द गरें ।

एकछिन बोकेर यताउता चारपाँच चोटि गरें । भारी भएर पनि हलुको लाग्यो । खुसीले गमक्क भएँ । उड्यो, छाउगोठ भित्रैभित्र खुसीको एउटा रङ्ग । पोतियो डराएको मनभरि उमङ्ग ।

पिठ्यूँबाट निकालेर राखें । खोलेर हेर्दा छवटा नयाँ कापी देखें । चिल्लो पन्ना भएको विज्ञान कापी पनि । एउटा औजारबक्स पनि थियो,

स्केल, कम्पास, इरेजर, सिसाकलम भएको । बन्द गरेर झोलाकै खल्तीमा राखें । अर्को खल्तीमा दुईवटा फुल्टिङ थिए । र, एउटा मसीको सानो प्याकेट ।

छवटा गोली मिठाई । एउटा त खोलेर खाइहालें । त्यही गुलियोमा मिसियो एक्लोपन ।

झोलाको तल, दुईदुई बित्ता लामा चार टुक्रा उखु पनि रहेछन् । मेरो बित्ताको दुई बित्ता । कति नै लामो हुन्छ र ! ती उखुका टुक्राले एकोहोरो मन तानिरहे ।

पहाडमा उखु हुँदैन भन्थे बाज्येले । तराईमा भने खुब हुन्छ अरे । गाविस सरको खेतमा लपक्कै छ रे उखु । उनको घर धनगढी हो । हो, त्यहीँबाट ल्याएकी हुन् बज्यैले उखु । एक टुक्रा रामलाई, एक टुक्रा हीरालाई, बाँकी दुई टुक्रा मलाई । भाग लगाएरै राखें ।

भित्तामा झोला अडाएर बिरालोलाई काखमा च्यापेर पल्टिएँ । बिरालोको तातो मेरो ज्यानमा मिसिँदै आयो । एकान्तमा ऊ मेरो साथी भइदियो । घरमा पनि ऊ मसँग सुत्थ्यो । तर, आज निर्दोष पशुलाई म नछुनी भएको थाहा थिएन । मेरो फोरफोरबाट आएको रातो रगत थाहा थिएन ।

निद्रा लागेको थिएन, एकछिन बिरालो हेरें । मायाले मुसारें पनि । उसका आँखा टिलिल्ल टल्किएका थिए । आयो साथी बनेर बिरालो गोठमा । बज्यैको कर्कस बिरालोको घुराइमा पाएँ । बाज्येको घुराइ कुकुरको भुकाइमा पाएँ । तब त ममा प्राण पलाएर आयो । बिस्तारै मभित्रको डर पनि हराएर गयो ।

धेरैपटक निदाउने प्रयत्न गरें । चिम्लिएँ आँखा, गहिरो सुत्न चाहेर । तर, मनले घरिघरि कोल्टे फेरें । बल गरेर पटकपटक आँखा चिम्लिएँ । पलपल छटपटी बढिरह्यो । मन जागिरह्यो । कुराहरूको भीड बाक्लिँदै आयो । के-के हुन्, के-के हुन्, कुरा खेलेका मनमा ।

फेरि कोल्टे फेरें । भुसुक्क निदाउनै सकिनँ । ओछ्यान बदलेर हो कि निद्रा नलागेको ! डर लागेर हो कि निद्रा नलागेको ! केही छुट्याउनै सकिनँ । यता र उता फर्कंदाफर्कंदै भाले बास्यो ।

दुई दिन

"कला ! कला !"

इजाको बोलीले निद्रा उड्यो भुर्रर्र । अबेरसम्म सुतेको देखेर इजा रिसाउनु पनि भयो । उठेर प्वालको कपडा तानें । फुत्त बिरालो निस्कियो त्यहीँबाट । फल्याको निकालेर बाहिर हेरें । छोयो बिहानी बतासले सुस्तरीसुस्तरी साससम्मै ।

"तुइले कट्टो केलाई कुगुरखिं लाइदिई ?"

ठाडै हप्काउनुभयो इजाले । मान्छेलाई चाहिने कट्टो कुकुरलाई बिछ्याइदिएकी थिएँ । त्यसैले पनि इजा फनफनिनुभयो । तर, म केही नबोली टाँडमा बसें । दोस्रो खुड्किलोमा गोडा राखेर भित्तामा अडेस लागें ।

हडीऽ हडीऽ ! धुरऽ धुरऽ

सुतिरहेको कुकुरलाई उठाउँदै हान्नुभयो इजाले । कुइँकुइँ गर्दै कुकुर उठ्यो । आएर मेरो छेवैमा लाडिन खोज्यो । एकछिन सुमसुम्याएँ । पुच्छर घुमाउँदै बस्न लाग्यो तर इजाले कुकुर खेदाउनुभयो । कट्टो उठाएर टक्टका भन्नुभयो । अल्छी मानीमानी टक्टक्याएर भित्र राखें ।

"तुइलाई डर लागिन, कला ?" भागरथी दिदीले सोधिन् । खिस्स हाँस्दै मतिर हेरिन् । उनको कुरालाई केही वास्तै गरिनँ । हिजो राति जति बोलाउँदा पनि बोलिनन् । मरेको र बाँचेको केही थाहा नपाउने मान्छे । त्यतिबेलासम्म बोलाउँदा त लासै पनि उठ्थ्यो होला तर उनी उठिनन् । त्यसैले पनि जिउँदो हो कि मरेको, छुट्याउनै सकिनँ ।

"ल काँ हेद्दलाछ ।" भागरथी दिदीले तानेको ध्यान चुँडियो । इजाले अर्नी हाल्न थाल माग्नुभयो । भित्रबाट थाल ल्याएँ ।

अब इजाले ल्याएपछि मात्र खान पाउने भएँ भन्दै थाली राखिदिएँ ।

थाल नधोई थापेको देखेर हकार्नुभयो इजाले । धुन त मुख पनि धोएकी थिइनँ ।

अल्छी मानीमानी लोटा ल्याएर पानी थापें । हात-मुख धोएँ । थाली धोएर अर्नी थापें ।

कोदोको रोटी, तिल, गोलभेँडा र धनियाँ मिलाएको अचार राखिदिएपछि खान थालें । भागरथी दिदीले हेरिरहेको देखें । खाने हो भनेर इसारा गरें । खाइसकेको भनिन् । खाँदाखाँदै के-के नपुगेजस्तो लागेर मैले इजालाई सोधें– "इजा, दूध ल्याएइन ?"

"गोरस खानु हुनैन तइले अब ।"

"दही ?"

"दूध, दही, घ्यु, खानु हुनैन छाउगी बेला ।"

लौ, अब दूध, दही र घ्युबाट पनि बन्चित भएँ । छाउ हुनेले दूधै खान नहुने रहेछ । यो भैंसी पनि आजै नछुने भएको भए जाती हुने नि ! तर, यो भैंसी छाउ हुँदैन । किन नभएको होला है ?

"क्याइ भयो आँखा राता ?" इजाले सोधे पनि केही बोलिनँ । नाक खुम्च्याएर रिस पोखें इजालाई । जे भने पनि म घर सुत्न नपाउने । त्यसैले चुप बसें र इजाको कुरा सुन्न थालें ।

भाइले मलाई भेट्न जिद्दी गरेको रहेछ । बाज्येले सम्झाउँदा रोयो रे । इजालाई पछ्याउँदै म भएठाउँमा आउन नि खोजेको रहेछ । तर, दिएनछन् यहाँ आउन बाज्येले । बिचरोको मन ।

पहिलेको भन्दा सन्चो भएको छ रे उसलाई । केही रोग देखिएनछ । तर, भोलिका दिनमा मुटुको समस्या देखिन सक्छ भनेका रहेछन् डाक्टरले ।

भाइले मलाई खुब माया गर्थ्यो । कस्तो छाउ हो यो, भाइलाई दिदीबाट टाढा राख्ने ! मैले भाइलाई हेर्दैमा पाप लाग्ने । भाइले मलाई भेट्दैमा बाज्येलाई सही नसक्नु हुने ।

भाइलाई हतार भएको होला धनगढीको बसाइ सुनाउन, उसले किनेका नयाँ चीज देखाउन । अझ हतार भएको होला मीठोमीठो खाएको कुरा भन्न । मलाई पनि हतार थियो, उसले अचटेर थुनिएको सास तान्न । उसलाई रूवाएर फेरि फकाउन ।

बज्यैलाई त दम गडेको छ रे । उनलाई त एक डोको औषधि दिएर पठाएछन् डाक्टरले । छिप्पिएको बिमार भएर त होला त्यतिका दबाई दिएको ।

बिहानै बिरालोलाई चिम्टैचिम्टाले हानिछन् अरे बज्यैले । बाज्येको रिस बेलामौकामा कुकुर-बिरालाले पाउँछन् । बिचरो बिरालोको म्याउँम्याउँ बज्यैले बुझ्नु कसरी ! उसले बित्थ्याँ लौरो खायो । बज्यैको गुनासो सुन्नुपर्‍यो । बिचरा बिरालो ।

बाज्ये पनि कुकुरदेखि खुब रिसाएछन् अरे । राति घरमा नभुकेकाले बाज्येले रोटी नै दिएनछन् भोटेकुकुरलाई ।

"रात काँ मर्‍याछि भोट्या ?" नभएका दाँतलाई किटेरै भए पनि बाज्येले कुकुरलाई झटारो हानेछन् । भोटेकुकुरको भागको रोटी पनि बोकालाई दिएछन् । कुकुरले नातिनीलाई गुन लाको कसरी बुझाओस् थोते बाज्येलाई ।

अनि बिचरा भोटेकुकुरले कसरी भनोस्, यहाँ रात काटेको कुरा ।

इजाको कुरा सुनिरहेकी थिएँ । एकैछिनमा भोटेकुकुर आएर मेरो गोडा सुमसुम्यायो । जिब्राबाट र्‍याल चुहाइरह्यो । सुँघेर कुरा लगाएझैं लाग्यो– मलाई केही खान दिएनन्, कला । म भोकै छु । बूढाले मलाई लौराले हाने ।

आधा रोटी दिएँ ।

बिरालो प्वालबाट भित्र झर्‍यो । म्याउँ गरेर मेरो कोखेलामा आयो । उसको छुवाइभरि अचम्मको माया छचल्किएर छयाप्छ्याप्ती भयो । आँखा भिज्दै आए । उसलाई पनि आधा रोटी दिएँ । उसले रोटी मात्रै देखेर एकछिन हेरिरह्यो ।

दूधको आस गरेको थियो होला तर मैले त दूध खान पाइनँ । ला, भोक लागे यसै खा । नत्र मुसा मारेर खा, मनमनै यति कुरा भनें ।

केहीबेरपछि रोटी बोकेर छानोतिर गयो बिरालो । बुझेर गयो कि

नबुझेर, उही जानोस् ।

"हड धुन । कलालौ झान्या होगि, काखी ?" पल्लो छाउगोठबाट कपडाको पुन्तुरो समाई भागरथी दिदी निस्किन् । इजाले मलाई पनि जा भन्नुभयो ।

धुने र लगाउने कपडाका दुईवटा पोको पार्न लगाउनुभयो । साबुन, स्याम्पु, नयाँ कच्छा त्यही पोकोमा हाल्न लगाउनुभयो साथसाथै उखु पनि हालें ।

ढोकामा फल्याको लगाएँ । पोकाबाट उखुका दुई टुक्रा निकालें । दिदीलाई एक टुक्रा दिएँ । अर्को टुक्रा मैले नै चुस्दै दिदीको पछिपछि हिँडें ।

पर पुगेर फर्केर हेर्दा इजा घरतिर जाँदै गरेको देखें ।

हामी खोलामा पुग्यौं । पारिपट्टि मेरै उमेरकाले गाईवस्तु चराइरहेका थिए । खोलो तर्दै वारिपारि गरिरहेका गोठाल्नीहरू घाँसको भारी बोकेर आउँदै गरिरहेका थिए ।

चाक्लो ढुङ्गामा बसेर भागरथी दिदी कपडा धुन थालिन् । म भने ढुङ्गैढुङ्गामा टेक्दै बीच्चमा गएँ । अनि, एउटा ढुङ्गामा बसेर हिजो रगत लागेका कच्छा, जामा र गन्जी मिच्न थालें ।

झ्याप्प... प्याट्... च्वाम्ल्याङ्ङ... च्वाम्ल्याङ्ङ... झ्याप्प... प्याट्...

कपडा घुमाएर ढुङ्गामा हान्दै पानीमा चोपल्दै गरेकी भागरथी दिदीतिर हेरें । एउटा पछ्यौरा बेरेर हडका लत्ता खोल्न थालिन् दिदीले । बसेर बिस्तारै टाङमुनि हात लगिन् । दुवै खुट्टा हल्लाउँदै तलको सुरूवाल, कच्छो र कपडाको पोको निकालिन् । त्यो पोको देखेर म नै अचम्ममा परें । त्यत्रो पोको कसरी लुकाएर राखे होलिन् टाङमुनि ? पुक्क देखिनुपर्ने टाङमुनि, मैले हेर्न भुलें कि ! फेरि कसले वास्ता गर्छ र फोरफोरतिर ? उनले मुसुक्क हाँसेर हेरिन् । उनको मुस्कान रसिलो लाग्यो ।

भागरथी दिदीले त्यो सानो पोको खोलेको हेरें । त्यसमा केही राखेको होला कि भनेर हेरिरहें । तर, त्यो कपडाको मात्र पोको रहेछ । किन त्यसरी मिलाएर राखेकी होलिन् ? मलाई निकै कौतूहल लागिरह्यो तर झट्ट सोध्नै सकिनँ ।

जसोतसो कपडा धोएँ । अझ हड त धुन बाँकी नै थियो । पछ्यौरा

बाँधें, छातीसम्म ल्याएर । खोलें, माथिल्लो चोलो । भित्रको गन्जी । अनि, लगाएको जामासँगै पानीमा गएँ । तल्लो ज्यान पानीमा चोपें ।

पानीले मलाई पखाल्दै गयो । मेरो फोहर रगत लिएर गयो । भित्रको धरो, कच्छा, जामा खोलें । ढुङ्गामा राखें । नुहाउन लाग्दालाग्दै भागरथी दिदी आइन् । उनको पिठ्यूँ मैले मिचिदिएँ । मेरो टाउकोमा स्याम्पु लगाएर मिचिदिइन् । फोरफोर कुरा बेस्सरी मिचेर धोऊ भनिन् । म भने लाजले राती भएँ ।

कपडा बदल्न नपाउँदै ग्वालाहरू पौडी खेल्न आइहाले । एउटाले सुसेली मारिहाल्यो । कपडा फेरें, हतारहतार । धोएको कपडा सबै पोको पाऱ्यौं । ग्वाला आएका केटाहरू हामीलाई हेर्न लागेपछि छिट्छिटो त्यहाँबाट हिंड्यौं ।

हिंड्दै गर्दा दिदीसँग सोधें– "दिदी, तमले क्या राख्या हौ ?"

"ए, रगत जनचुइयौ भनिबट राख्या हुँ ।"

कुरा अगाडि बढाउनै आएन । उनैले रोकिएर भनिन्– "केइ चुप लागी ? रगत चुइया छ ?"

मैले टाउको तलमाथि गरें ।

पहिलोपटक छाउ हुनेको धेरै रगत देखिन सक्छ भनिन् दिदीले ।

गोठ आउनेआउने बेलामा फेरि दिदीले भनिन्– "यसै कुटुरो बनाइदिउँला तुखिं ।"

■ ■ ■

छाउगोठ पुग्यौं । धोएका कपडा सुकायौं । केहीछिनमै दिदीले कपडाको पोका बनाएर दिइन् । मैले कसरी राख्ने भनेर सोधें । उनले सजिलो गरी भनिदिन् ।

लगाउन त लगाउँछु तर एक्लै भएपछि, मनमनै भनेर लिएँ ।

छाउगोठमा बसेर कपडाको पोकोलाई ओर्काइफर्काइ हेरें । पुलुक्कपुलुक्क बाहिर पनि हेरें । बाहिर कोही थिएनन् । भागरथी दिदी आफ्नो छाउगोठ गइसकेकी थिइन् । फलेको अलिकति लगाएर प्वालमा कपडाको बुझो हालें । तलको कपडा खोलेर थ्याच्च बसें । गोडो फट्याएर बिस्तारै झुकेर हेरें । त्यति देखिएन साँप्राबीच । अझै टाउको तल गरेर हेरें । फोरफोर कुराभन्दा

माथि कैलाकैला रौं देखें । कस्तोकस्तो लाग्यो ।

झसङ्ग भयो मन । छेपारो खुरूर्र छानोमा दौडिएको रहेछ । कपडाको पोकोले रगत चुहाउने फोरफोरलाई ढाकिदिएँ । कपडाको धरो बाँधेर कच्छा लगाएँ ।

एकछिन त घाँडो झुन्ड्याएजस्तै भयो । गाईको घाँडो । गाई दौडिंदा गोडामा ठोकिएझैं पोको मेरो दुई साँप्रामा ठोकियो । अप्ठ्यारो लाग्यो ।

तल पुक्क फुलिएको जस्तो पनि लाग्यो । सजिलो पार्न एकछिन बस्ने, उठ्ने गरें । केही मिलेजस्तो भएपछि कपाल कोरें, खोपाको थोत्रो काइँयोले । हातले अनुहार बेस्सरी माडें । झिक्क राम्री देखिएँ आफ्नै आँखामा । सायद नुहाइधुवाइले होला ।

गालामा थोरै किरिम लगाएँ । आँखामा गाजल । कपाल सिनित्त पारेर फराक लगाएँ । स्कुलको झोला बोकें । फेरि दायाँबायाँ हिँडें । सुहायो कि सुहाएन भन्नेमा निकै ध्यान पुऱ्याएँ । निधार खालीखाली लाग्यो । सम्झिएँ– सधैं त म, बाज्येको हातको टीका निधारभरि भरेर, उनले दिएको दक्षिणा थापेर स्कुल जान्थें । तर, आज कसले दिन्छ टीका, आशिष र दक्षिणा !

निराश भएर थचक्क बसें । झोलाको फिता चलाएर मनसँग लडें ।

खै के सुर चल्यो, स्कुल जान्छु भन्यो मनले ।

जुरूक्क उठेर झोला बोकें । पहिलो खुड्किलो मात्रै के टेक्न लागेकी थिएँ, ढोकासामुन्ने इजा देखें । केही नबोली इजालाई हेरिरहें । इजाले पनि एकसुरले हेर्नुभयो । खै, के हेर्नुभयो ! म कला होइन कि जसरी हेर्नुभयो । या ममा कुनै नयाँ कला थपियो कि ? साँच्चै, थपियो कि छाउको अलिकति लाली । केही ठम्याउन सकिनँ ।

"काँ झाने होइ ?" इजाले सोध्नुभो ।

"इस्कुल ।"

"इस्कुल झानु हुनैन ।"

"सरले आज पाठ हेर्नुहुन्छ । मैले पाठ गरेको छु । त्यसैले पनि म स्कुल जाने हुँ ।" मैले भनें । तर, इजा बीचैमा पड्किनुभयो ।

"केलाई बढी बोल्ल लाछै ? इस्कुलका पाठ याइँ पढ्यै ।"

"अँ, सरले पढाया जसो हुन्छ कि आफूले पढ्याको," अलि चर्कोसँग भनें ।

"इस्कुल पाछा झाल्ली, छाउ भया बेला झानु हुनैन । बुदी इस्कुल झान्या हो, ऊ धेख्द्या हो तुखिं," इजा झनक्क रिसाएर पड्किनुभयो ।

मन भसक्कै मऱ्यो । स्कुल पछि जाने रे म । छुइ भएकीले स्कुल जान नहुने रे । भाइले देख्छ भनेर स्कुल जान पनि दिनुभएन इजाले । कस्तो कन्सरी तातियो मेरो । पैतालासम्मै पो घोच्यो । भकभक मुटु उसिनियो मभित्र । पहिलो पटक नछुनी भएकी केटीले स्कुल पनि हेर्नु भएनछ । स्कुलमा भाइ जान्छ । इजाको छोरो जान्छ अरे । हो बाज्येको नाति जान्छ रे । तर, म जान पाउँदिनँ । किनभने, पहिलो छाउ भएकी थिएँ । डुल्नु नहुने, स्कुल जान नमिल्ने भएकी थिएँ ।

म त लुक्नपर्ने पो रहेछ ! म नदेखिनुपर्ने रहेछ, दाजुभाइको आँखामा । होइन, मेरो साटो दाजुभाइलाई लुकाएर राखे पनि त हुने । स्कुल तिनले नगए पनि त हुन्थ्यो । छोरीको पढाइ छुटे फरक पर्दैन इजालाई तर भाइको पढाइ छुट्नु भएन । यो इजालाई पढाइको वास्ता थिएन मेरो । पढाइभन्दा पनि मेरो छाउपडीलाई बढी चासो दिन थाल्नुभयो । त्यसैले यो भयानक छाउ बार्न मैले लुक्नुपऱ्यो । लुकाएर यहाँ राख्नुपऱ्यो । यो अँध्यारो गोठ कुर्नुपर्ने भो ।

ती बैकान हुन्, ती नछुनी हुँदैनन् । तिनको शरीरमा मेरो जस्तो रगत बगाउने गोप्य अङ्ग छैन । छुइको कष्ट बेहोर्न पर्दैन तिनले । लुक्न पर्दैन तिनले गोठमा । स्कुल छोड्नु पर्दैन तिनले । ती छोरा हुन् । नाति हुन् । लोग्नेमान्छे हुन् ।

यो गोठबाट बोलाएको सुनिने भए, इजाले मेरो आवाज जति दबाए पनि मैले भाइलाई बोलाउँथें । गिद्रो अँठ्याएर यही परान फुस्काए पनि म भाइलाई छाउगोठ र छाउ देखाउँथें । कसलाई कति पाप लाग्छ भाइलाई हेर्दैमा ? फेल भए पनि पास भए पनि मनको एक कुनामा यसको परीक्षा पनि दिन मन लाग्यो ।

मैले हेर्दैमा पहिरो जान्छ कि ? घरहरू काम्छन् कि ? खोलो उल्टो बग्छ कि ? हैजा आउँछ कि ? बाज्येका देउताले बाज्येलाई सताउँछन् कि ! या देउता भागेर वन पस्छन् ?

मलाई यस्तैयस्तै चकचक गर्न मन थियो । तर, त्यसो गर्न पनि आँट

आएको थिएन ।

हरायो मलाई समयले । कि हराइदिएको हो यो छाउले ! नचाहेरै गोठ बस्नुपर्दा मनमा औडाहा भयो । हे भगवान्, बीच जङ्गलमा हराएर रोएकी म अभागिनीको डाँको कसले सुनिदिने होला ?

छाउपडीले स्कुल जान छेकिदिएको थियो । अझ बाइस दिन खोस्ने भयो । मेरो रहर मऱ्यो एकैछिनमा । म ओइलाएँ, ओइलिएको सागजसरी । साथीहरूलाई झोला देखाउने ठूलो रहर निमोठियो । भागेर स्कुल जान मन थियो तर भागेर कति टाढा पुगिन्छ र ? साँझ यहीँ फर्कनुपर्थ्यो । यही चिसोमा सुत्नुपर्थ्यो ।

"ल भात छोड," इजाले भन्नुभो ।

"खानैन !"

झर्किएँ । रिसले तातो भएँ । तात्तिएँ आफैं भित्रैभित्र । रून पो मन लाग्यो । भित्तामा अडेस लागेर रोएँ । सुँक्कसुँक्क गर्दै, नाक तान्दै रोएँ ।

"भात ठन्नो भयो, कला । ल्या थाली," केहीबेरपछि इजाले भन्नुभयो । चिसो भात र चिसो आँखा दुवैलाई स्विकारें । चुँडालें रूवाइको धागो । बाँकी रूवाइका हिक्कहिक्क कतै लगेर फ्याँक्न सकिनँ । पखाले आफ्नै आँसुले रिसलाई । रहरलाई मारे रूवाइको हतियारले । हृदय भुलाएँ आफैंसँग केहीछिन । नियतिले दिएको अलिकति दुःखलाई बिर्सें । भोक हरायो । इजाको मायाले मेरो लिँडेढिपी पगालिदियो । मैले भात नखाए इजालाई पिरलो । थाली थापें, इजाले भात हाल्दै भन्नुभयो– "देउपित्तर रिस्सिन्छन् छाउ नबारे । बालख्ख जसो जनअरेइ, अब तुँ ठूली भैगइ, कला ।"

भातको गाँस घाँटीमै अड्कियो इजाका कुराले । न वाक्न सकें, न त निल्नै सकें । थालमा हेरेर भात खेलाएँ । मन खेल्यो मभित्रको ओढारमा । तर, यो गोठमा मेरो ज्यान खेल्न कत्ति सकेको थिएन ।

एक्लै बस्नुपर्छ, लुकेर दिन काट्नुपर्छ । दाजुभाइलाई हेर्नुहुँदैन । कसैले पहिले नै भनिदिएका भए म घरमा एक्लै सुत्ने बानी लगाउँथें नि ! भाइलाई साथी बनाउँथिनँ । अरू त अरू बज्यैले पनि भनिनन् । अनि, स्कुलमा पनि भनिदिएनन् । नत्र, जिद्दी गरेर भए पनि एक्लै सुत्थें, एक्लै खेल्थें । एकान्तमा

एक्लै बस्ने बानी लगाउँथें नि !

तर, एक्लै कतै जान खोज्दा भाइलाई पनि लैजा भन्थिन् बज्यैले । एक्लै खेल्न खोज्दा भाइलाई पनि साथैमा खेला भन्थिन् बज्यैले तर आज भाइलाई किन जा भनिनन् ? दिदी भेट्न खोज्ने भाइलाई किन पठाइनन् ?

एक्लै सुतेको दिन त इजालाई चिन्ता लाग्थ्यो । तर, यो छाउगोठमा एक्लै सुत्दा उनलाई किन चिन्ता छैन ? यो वनमा एक्लै बस्दा किन कुनै आपत्ति छैन ? एकाएक जहानै बदलिने कारण छाउ नै हो त ?

एक रात कसैका पाहुना हुन जाँदा के खाई, कसरी सुती, निद्रा पर्‍यो कि परेन होला भनेर फिकर गर्ने बाज्येबज्यैलाई कुनै पीर भएन आज यो छाउ परेदेखि । कुनै पछुतो छैन जहानलाई, चेली गोठमा लुक्दा पनि ।

परीक्षाको कष्टलाई सजिलो पार्न वर्षभरि पढेकी थिएँ स्कुलमा । तर, यो नछुनीको कष्ट काट्न कुनै पढाइ भएन । कुनै तालिम र अभ्यास भएन । छाउ के भएँ, तुरून्तै कष्ट पनि सुरू भयो । यो छाउगोठ बाइस दिनलाई सुत्ने कोठा सम्झनुपर्ने भयो । घरको कोठा, थान, अथाडो, भान्सा, खलो सबै सम्झनुपर्ने भयो । यहाँ बसेर अभ्यास गर्नुपर्ने भयो छाउ बार्ने । यहाँ बसेर लुक्ने बानी बसाल्नुपर्ने भयो ताकि बाज्ये र उनका देउ सुरक्षित भइरहून् ।

अनि, यो गोठमा बसेर बाज्येको धर्म जोगाइदिनुपर्‍यो । बज्यैको पाप मोचन गरिदिनुपर्‍यो । इजाको भ्रम जिउँदो राखिदिनुपर्‍यो । त्यसैले मैले गोठलाई छाउघर सम्झिनुपर्‍यो । हो, छाउघर ।

▪ ▪ ▪

यो माटो पनि त गाँसिएको थियो हाम्रा घरसम्मको माटोसँग । मलाई छोएर बहने हावा पुगेको थियो हाम्रो घरसम्म । थानमा लिप्ने माटो पनि त मिसिएको थियो यो माटोसँग । त्यहाँको माटो चोखो भयो, मैले टेकेको माटो अशुद्ध भयो । अचम्म, छाउ भएकीलाई त यो माटो पनि छुन नदिनुपर्ने थियो ! तब पो छाउ हुनुमा मजा हुन्थ्यो ।

देउभन्दा नि मन्दिरका महादेव र पार्वती ठूला लाग्थे । तर, आज थाहा भो, हाम्रा बाज्येका देउता पो ठूला रहेछन् । कुलदेउता पो ठूला रहेछन् ।

भगवान् संसारमा छन् रे तर कहाँ ? हाम्रो गाउँमा त कहिल्यै आएका

थिएनन् । घरघरमा कुल-कुलायन पनि हुने रहेछन् । देउता हुन् रे, कुल त । तिनलाई चोखोनितो गरेर पुज्नुपर्छ रे । त्यसो गरे देउताले भलो गर्ने रहेछन् । नगरे श्राप दिने रहेछन् रे ।

उमेर बढ्दै जाने क्रमसँगै धेरै कुरा पनि सिक्दै गइन्छ भन्नुभयो इजाले । सानोमा देउका कुरा बुझिँदैन भने पनि इजाले, मेरो मनमा देउताबारे बुझ्न कति रहर छ कति ! मलाई त भगवान् मन्दिरमा मात्रै हुन्छन् भन्ने लागेको थियो पहिले । घरमा पनि हुने रहेछन् । हो त हाम्रो बाज्येका भगवान् घरैमा त थिए ।

तर खै, घरका भगवान् कहिल्यै सामुन्ने आएनन् । मैले भगवान् राखेकै भित्तोपछाडि कतिचोटि पिसाब गरिदिएँ, भगवान् कहिल्यै रिसाएनन् । मैले मुखै नधोई चोखो पानी राखिदिएकी थिएँ, तैंले मुख धोएकी छैनस् भनेनन् भगवान्ले ।

बाज्येले मन्दिरका भगवान्लाई सम्झेका रहेनछन् । आफ्ना कुल पो सम्झिएका रहेछन् । पितृ सम्झिएका रहेछन् । गाई, भैंसी, बाख्रा, कुकुर, बिरालो मात्रै पाल्न मिल्ने सम्झेकी थिएँ, होइन रहेछ । देउता पनि पाल्न मिल्दोरहेछ । देउताको पनि रेखदेख गर्नु पर्दोरहेछ यहाँ । देउतालाई पनि एउटै घरमा थुनेर राख्न मिल्दोरहेछ । बिचरा ती देउतालाई कति घुम्न मन लागेको होला ! कसले बुझ्ने तिनको मन ?

देउता आउँथे बाज्येको हडमा । मैले त भगवान् कामेका होलान् सम्झिएकी पहिले । तर, बाज्येले पालेका देउता पो काम्दा रहेछन् । बाज्येको थान मन्दिर रहेनछ । त्यो, मात्र बाज्येका देउता बस्ने थलो रहेछ । देउको सिंहासन त बाबाका सरको कुर्सीजस्तै पो लाग्यो !

इजाले सबै भाँडो पोको पारेर जान लाग्दा रामलाई र हीरालाई गोठमा पठाइदिनुहोला भनें । हीरा र रामको नाम सुनेर इजाले भनिहाल्नुभयो– "अँ अँ, हीरा आईभन्या पठाइदिउँला । राम छकालै आयाछ्यो । मावल गयकी छ भन्यापछि नबोली गयो ।"

राम बिहानै मलाई खोज्दै घर आइपुगेछ । इजाले त्यस्सै मामाघर गई भन्दिनुभयो । सायद मलाई खोज्दै गाउँ डुल्यो होला उसले ।

झनक्क रिस उठ्यो । मुर्मुरिएँ । इजाले किन झुटो बोल्नुभएको होला !

बिचरो त्यो सोझो रामलाई झुटो बोलेर के-के न छोरी लुकाउन खोज्नुभएको होला । यो कलाको रङ्ग मलाई भन्दा ज्यादा रामलाई थाहा थियो । बाहिरी रङ्ग मात्र होइन, मनको रङ्ग पनि उसले जान्दथ्यो । तर, ऊ चिनाउन खोज्दैनथ्यो । ऊ मान्छे नै गम्दारिलो थियो । अनि, छट्टु पनि । उसले पत्ता लगाइहाल्थ्यो । बरू, आउँछ कि आउँदैन, त्यो समयले भन्ला ।

भाइले भेट्न नमिलेपछि, के रामले पनि भेट्न नमिल्ने भएँ म ? राम त मेरो दाजुभाइ पर्दैन । ऊ मेरो साथी हो । मिल्ने साथी । ऊ, हीरा र म एकै बेन्चमा बस्थ्यौं । राम जहिले पनि पहिला हुन्थ्यो । दोस्रातेस्रा त कहिले हीरा, कहिले म ।

पर पुग्नुभएकी इजालाई टाँडको तल्लो खुट्किलो टेकेर रामले मलाई भेट्न मिल्छ, मिल्दैन सोधें ।

इजा टक्क अडिएर मतिर फर्किएर भन्नुभयो– "तेरा लाग्दा ऊ भोलबटी यँही आइबट बसला, भिट्ट त हुनुछ ।"

रामले भेट्न मिल्छ भन्ने सुनेर मन हलुङ्गो भो । केही भन्न मन लागेन । रामको पढाइ बिग्रेला भनेर त्यसो भन्नुभएको रहेछ । हो पनि, मेरो कारण उसको पढाइ नबिग्रियोस् । उसको बसाइ यतै नहोस् । उसकी इजाले थाहा पाइन् भने कति सत्तोसराप हाल्दिहुन् ।

म पोहोर एकहप्ता बिमार हुँदा राम स्कुलै गएन । घरबाट स्कुल जान्छु भनेर दिनभरि हाम्रो घरमा आएर मलाई हँसाउँथ्यो । त्यति जाती साथीलाई भेट्न पनि पाइनँ ।

इजा पनि रामलाई जाती मान्नुहुन्थ्यो । रामको ख्याल राख्नुहुन्थ्यो । उसको पढाइ नै राम्रो थियो । सायद म छाउ भएकी एउटी केटीको गोठमा धाएर पढाइ नबिगारोस् भनेर होला । इजाले ठीकै भन्नुभएको रहेछ ।

फेरि मन पल्टियो रामतिर । मलाई एकछिन भेट्न आउँदैमा ऊ फेल भइहाल्छ र ? पहिलो नभए पनि दोस्रो त भएर देखाउँथ्यो । बेकारमा इजाले बिचरोलाई झल्लाइदिनुभयो ।

आफूलाई रामको कस्तो न्यास्रो लागिरहेको थियो । ऊ घरमा आउँदा यता पठाइदिएको भए भइहाल्थ्यो नि ! मर्न नसकेकी बूढीमाउले किन मामाघर गई भन्नुपरेको होला । रामले मलाई देखेर कुन अर्को पाप हुने

थियो र ? इजाले पनि कति झुट बोल्न परेको ! भित्रभित्र म त रन्थनिएँ ।

म मामाघर भइदिएको भए रामले भेटिसक्थ्यो । ऊ दौडिँदै आउँथ्यो अनि लामोलामो सास तानेर भन्थ्यो– "कला, हीरा घर झान्या है, झाउँ हिँड ।"

म पनि हीराको घर जान तुरून्तै तयार भइहाल्थें । रामले मेरो हात समाउँथ्यो । हामी खेतको डिलडिलै दौडिएर हीराको घर पुगिहाल्थ्यौं । अनि, हामी हीराको घरको अथाडोमा गएर पढ्न मन लागे पढ्थ्यौं, नत्र खेल्थ्यौं ।

खेल्दाखेल्दै उसले मलाई अँचेड्थ्यो । कहिले मैले अँचेड्थें । सायद सबैभन्दा धेरै उसले नै छोएको थियो मलाई । पूरै शिरदेखि पाउसम्म छोएको थियो । त्यति त मैले आफैंले आफैंलाई पनि छोएकी थिइनँ हुँला ।

रामले मेरो छातीमा पनि धेरैचोटि छोएको थियो । तर, थाहा छैन उसलाई यो छातीको छुवाइ । उसले त मेरो छातीमा दुईवटा टुसा पलाएको छ भन्ने पनि याद गरेको छैन होला । याद रहोस् पनि कसरी ! यो छाती नउम्रँदैदेखिको ऊ मेरो साथी हो ।

मैले कहिल्यै वास्ता गरिनँ, उसको छुवाइलाई । कहिल्यै रोकिनँ पनि उसलाई । रोक्न बाध्य पार्ने लज्जा, डर नआएर हो कि ! तर, आज सम्झिँदा मनमा काउकुती लागेर आउँछ ।

उसले देखिने कलालाई मात्रै छोएको थिएन, नदेखिने कलालाई पनि छोएको थियो । सायद त्यो कलाबारे म नै अन्जान थिएँ । इजाले भन्नुभएको म बच्चा रहिन रे । छोरेट्टी भएछु रे । छाउले मेरो काया बदलिदिएछ । जीवनको एउटा पाया थपेछ छाउले । चोलालाई रङ्ग भरिदिएछ । छाउले छोरेट्टी बनाइदियो त ?

▪ ▪ ▪

दिनभरि बस्दाबस्दा पट्यारै लाग्यो । धेरैबेर सुतेपछि उठेर विज्ञान कापीमा भोटेकुकुरको चित्र बनाएँ । जतिचोटि बनाए पनि चित्तबुझ्दो बनाउन सकिनँ । इरेजरले मेट्दै, बनाउँदै गरें । चित्रले कुनै पूर्ण आकार लिन सकेन ।

बनाउँदा-बनाउँदैको अधुरो चित्र हेरें । त्यस्तै अधकल्चो भएकी छु भन्ने

लाग्यो आफूलाई । मनकै आकार गतिलो बनेको थिएन । न ज्यानको आकार सुहाउँदो थियो । अर्को सादा पाना हेरें । के बनाऊँ भइरहेका बेला बाज्येको कुल सम्झिएँ । त्यसपछि बाज्येको हडमा आउने देउको चित्र बनाउन मन भो । तर, बनाऊँ कसरी, जसलाई मैले आजसम्म देखेकी थिइनँ । एकदिन त अवश्य देख्नेछु । त्यसदिन चित्र अनिवार्य बनाउनेछु ।

"कला, ए कला ! काखी, काँ छ कला ?"

हीराको आवाज सुनेर पुलुक्क बाहिर हेरें । आलीमा ठिङ्ग उभिएकी रहिछे । ह्वात्तै बढ्यो खुसी । हलुङ्गो भयो ज्यान । एक्कासि चिच्याएँ– हीराऽऽ !

आवाज फुस्किन पाएको थिएन, बाहिर हामफाल्न थालें । अन्तिम खुड्किलो टेक्न नपाउँदै इजा झर्किनुभयो । रोकिए, मेरा गोडा जहाँको तहीँ । हीराको मुख हेर्नसमेत सकिनँ । कस्तो डर र लाज लाग्यो । खिन्न भएर आयो मन । इजाको हप्काइले नमजा लाग्यो । हीराको अनुहारै पहेंलो भयो । मेरो अनुहार भने नीलो, रातो । छटपटी सेलायो, त्यही खुड्किलोमा ।

इजाको बोली कडक थियो । जिद्दी गरेको भए झटारो पाउँथें । त्यसैले चुपचाप पसें, छाउगोठभित्रै । फेरि ढोकानिर उभिएर हेरें हीरालाई । ऊ केही बोलिन । सायद उसले बुझ्दै थिई, म नछुने भएकी थिएँ भन्ने कुरा । छाउ बार्न आएकी हुँ भन्ने कुरा ।

स्कुलबाट सीधै यहाँ आएकी रहिछे । रामले हीरालाई भनेछ, म मामाघर गएको कुरा । तर, हीराले पत्याइनछ । पत्याउनु पनि कसरी, कहीँ जानुपर्‍यो भने म हीरालाई भनिसक्थें ।

हीराको हात समाएर उसकी बहिनीले हेरिरही । गहिरो गरी । निकै गहिरो गरी । सायद म गोठमा बस्नुको कारण खोजिरहेकी थिई कि ?

हीराले प्याट्ट हानी बहिनीलाई । पुलुक्क हेरी बहिनीले मेरो अनुहारमा । उसका आँखा बिस्तारै झुके । मेरो आँखा भने बिझायो ।

मेरो मन धक्क भयो । हीराकी बहिनीलाई के थाहा, म छाउगोठ बस्नुको कारण । हीराले भनेकी रहिनछे छुइ हुँदा बस्ने गोठबारे । मलाई बोल्न आँटै आएन । इजाको कर्कस आवाजपछि झन् केही बोल्न सकिनँ । इजा किन यति कडा हुनुभएको होला ! कसैले नपाएकी छोरी मै रहेछु । मनमनै थोपरें मनकै

फोहर आफैंमा । इजाले खाजा, पानी राखिदिनुभयो र घाँस लुछ्न थाल्नुभयो ।

"झाने है, हीरा," अलिअलि तानेको घाँस सिमलसामल पारेर भन्नुभयो इजाले ।

पछि आउँछु भन्दै हीराले बहिनीलाई पठाई । इजाले घाँसको भारी बोकेर बाहिर ननिस्कन भन्नुभयो । त्यसैले गोठको दैलोमा नै कल्लिएँ ।

इजा र हीराकी बहिनी गएपछि हीरा सरासर ढोकैमा आई । म अलमल्ल परें ।

किन भित्र आएकी भनेर भन्न पनि सकिनँ । ऊ आएर आँखा सन्काउँदै मीठो हाँसो मुस्कुराई । झ्याप्प मलाई अँगालो हालेर भनी– "मु भित्र आए क्या होला ?"

मभित्रको खुसीको गाँठो फुकालिदिई हीराले । गम्लङ्ग उसको अँगालोमा भरिँदा एक्लोपन उड्यो । एकछिन त तारा खसेजस्तो लाग्यो जामामा । पत्याउनै नसक्ने उमङ्ग भएर फर्की हीरा त ।

एक्कासि गोठमा बढेको एक्लोपनको हुस्सु त छ्याङ्गै फाट्यो । ओसिएको गोठ पनि तातिएझैं लाग्यो । आँसुले रूझेको मन पनि हीराको छुवाइले निचोरिँदै आयो । यस्तो लाग्यो, छाउगोठमा घाम भएर पो आइदिई हीरा । उसको हाँसोको छाडापनमा म छिल्लिन थालें । उसले चिमोटेको दुखाइमा म खितखिताउन थालें । म पोखिँदै आएँ हीराको मायाभरि र ऊ पोखिई नाम मात्रको कलामा । मिसियौं हामी खुब । कति सुन्दर लाग्यो एकछिन, देखिएजतिको संसार । चर्किएको भित्तो पनि रसौंलाझैं गऱ्यो ।

हामीलाई बाँधिदिने कुनै औजार या चीज रहेनन् । हामीलाई थुनिदिने कुनै बाँध रहेनन् । हामीलाई छेकिदिने पर्खाल पनि रहेनन् । हामी उड्न खोज्दै थियौं उमङ्गको आकाशमा । हामी बग्दै गयौं मिलनको गहिराइतिर । लुटपुटियौं एकअर्कामा । हेऱ्यौं एकअर्कालाई कहिल्यै नदेखेजसरी । अनि, कम्मर भाँच्दै हातले पारा लगाउँदै हीराले गुनगुनाई :

तेइजा मेइजा घाँस गैन
काजी, घाँस गैन
तेइजाको बिटो लोटी गयो

काजी लोटी गयो ।

उसैको गीतलाई टपक्क टिपे ओठले । स्वरमा स्वर मिसाएँ । नाचें उठेर, उसकै गोडाको तालमा । हातको घुमाइमा । कम्मर मर्काइमा । र, बिर्सिएँ एकछिनलाई मलाई ओत दिने छाउगोठलाई नै ।

दुवैले लामोलामो सास तान्यौं । त्यसपछि उफ्रियौं, रस्सी घुमाइ खेल्न । तर, होचो छाउघरले दिएन हामीलाई रस्सी घुमाइ खेल्न । र, बाहिर खेल्न मेरो छाउले दिएन ।

मेरो मनमा लागेको दुई दिनदेखिको हुस्सु फाट्यो । उसको साथले म एकैछिनमा भरिएँ । अघिसम्म कति भोकाएकी म, एक्कासि अघाएँ । मलाई हीराले मीठो पल दिई । त्यति मीठो त इजाले बनाएर ल्याएको खाजा पनि थिएन ।

उसले स्कुलमा पढाएको पाठहरू देखाई । मैले ती पाठ कापीमा सारें । मैले विज्ञान कापीमा बनाएका चित्र देखाएँ । उसले मन पराई ।

रामलाई बोलाएर लिएर आइज भन्दा भोलि बिहान ल्याउँछु भनेर टारी । उसले मेरो झोला हेर्न थाली । झोलामा राखेका चकलेट देखी । दिएँ । खाई । अर्को चकलेट बहिनीलाई दे भनेर दिएँ ।

"रामखिं दिनीइन मिठाई ?" हातको मिठाई हेर्दै भनी ।

"अ मु आफूई दिउला रामखिं ।"

रामलाई आफैंले दिन्छु भनेर टार्दै थिएँ तर हीराले खोसेरै लिई । केही भनिनँ । उसले आफ्नो कापी दिई, एकदुई चित्र बनाइदिनू भनेर । अनि, एक्कासि आफ्नो झोला बोकेर जान थाली । मलाई नरमाइलो लाग्न थाल्यो । बिस्तारै खोक्रिन थालें । मेरो मनको एक हिस्सा काटिँदै जान थाल्यो । आफैं बीचबाट चिरिँदै आएँ ।

"हीरा, झान्या है ?" मैसँग बसिदिए नि हुन्थ्यो भन्ने मन बनाएर भनें ।

"हेर त ला, अँनारो भइगयो, बाबा हान्या हुन् ।"

घाम डुब्न लाग्दै थियो । घामसँगै हीरा जाँदै थिई मन अँध्यारो पारेर । बाबाको डरले घर फर्किन आत्तिएकी थिई होला । गोठको डरले म आत्तिएकी थिएँ ।

आत्तिएर एक्कासि झोला खोतलें । उखुको एक टुक्रा निकालेर

हीरालाई दिएँ । उसले उखु समाउँदै भनी– "बज्यैले ल्याएगा हुनगी ?"

मैले टाउको मात्रै हल्लाएर अँ भनें । उखु टोक्दै भनी– "रामखिं खैं ?"

रामलाई म आफैं उखु दिन्छु भनिदिएँ । ऊ केही बोलिन । मुसुक्क हाँसेर सरासर गई । ऊ गइरहेको हेरिरहें, परसम्म । उसले फर्केर हेरी । मेरा आँखा रसाए, चुहियो तप्प आँसु गालातिर । हृदय तन्कियो मेरो क्रमशः ऊ गएतिरै । हो, रबरजस्तै तन्कियो । ऊ देखिन छोडेपछि एक्कासि चुँडिएँ । मायाको धागो मैसँग भए पनि हीरा चङ्गा भइदिई । त्यसपछि आधाआधी मात्रै भएँ । छोडेको घरको चुलोजस्तै पो भएँ ।

▪ ▪ ▪

अँध्यारो बढ्दै आयो । परपरका ढुटाका थुप्रामा अनेक रूप देखिन थाले । सलबलाउन थाल्यो अँध्यारोमा शङ्का र डरको भूत । मनको भूत जागेर कोट्याउन थाल्यो जतासुकै । आत्तिँदै प्वालबाट बोलाएँ, भागरथी दिदीलाई– "भागरथी दिदीऽ । भागरथी दिदीऽ । भागरथी दिदीऽ ।"

छाउघरभित्र मेरो आवाज बारम्बार गुन्जियो । भित्तामा ठोकिएर मेरो कानमा बजिरह्यो । आयो प्वालबाट भागरथी दिदीको आवाज पनि– "क्या भ्यो, कला ? मु याँइलाई छु ।"

उनको आवाजले मनलाई थमथमायो । प्वालबाट हेरें पल्लो गोठ । बाहिर बत्तीको बातो नाचेको देखें । हातमा टुकी समाएर आफ्नो ढोकानिर उभिएकी रहिछन् भागरथी दिदी । बत्ती ढोकाको डिलमा राखेर उनी मेडामा बसिन् र मकैको खोसेला च्यात्न थालिन् ।

टुकीलाई डिलमा राखेर म पनि ढोकानिर आएर बसें । भागरथी दिदीलाई भनें– "क्या बनाउन लागेइछौ, दिदी ! चकटी हो ।"

"अँ ! तु जान्निछई चकटी बुन्न ?"

"नाइ, झान्नैन ।"

"मु सिकाइदिउला । सिक्त्या है ?"

मैले 'अँ' भनें ।

मकैको खोसेला च्यात्दै सोधें– "तमलाई डर लाग्दिन दिदी, छाउगोठ एक्कली बस्त ?"

"पइल्ली-पइल्ली खुब डर मान्या छ्याँ । अछेल त बानी पडिगई ।"

कुराकानी गर्दागर्दै इजा र बउजू पनि आए । आउनेबित्तिकै बउजूले भनिन्– "कसो छ मेरी नन्दको हालचाल ?"

म केही बोलिनँ । उनको मुखमा पुलुक्क हेर्दा त अँध्यारोले केही देखिनँ । बउजूको बोलीलाई वास्ता नगरेकाले इजाले हप्काउनुभयो– "क्याइ बोल्लाइन ?"

इजाका गन्थनमन्थनले टाउको दुखे पनि सुनिदिएँ । केहीछिनपछि इजा र बउजू गए । टर्चको उज्यालो देखिन्जेल हेरें ।

अघिल्लो दिनझैं बिरालो, कुकुर बाहिर आएर बसिसकेका थिए । त्यसैले मभित्रको डर हराएको थियो । सानो उमेरको मान्छेको साथी कुकुर र बिराला भए । नत्र त म एक्ली । छटपटिएर कतिन्जेल बाँच्थें हुँला र ?

फल्याको लगाएँ, प्वाल छोपें । हीराले पढ् भनेको जति सबै पढें । अनि, हीराको कापीमा चित्र बनाउन थालें । तर, के बनाउने ? सिसाकलमको चुच्चो टोक्दै सोच्न थालें । जे बनाए पनि निको चित्र बनाउनै पर्थ्यो किनभने हीराले चित्र रामलाई देखाउँछे । र, यदि नराम्रो चित्र भए रामले मुन्टो बटार्छ । नाक खुम्च्याएर मेरो नै लाज गराउँछ ।

राम्रो चित्र बनाएका बेला रामले मक्खै बनाइदिन्थ्यो मलाई । अनि, 'सिकाइदे न' भन्थ्यो । तर, 'सिकाइदिन्छु आ न' मैले कहिल्यै भनिनँ ।

उसको अघि त म जिरो । चित्र बनाउन सिपालु भए पनि पढ्नमा कमजोर थिएँ । अनि, जिरो भएन त ? म अङ्ग्रेजी र गणितमा कमजोर थिएँ । यी दुई विषयका पाठ बुझाइदिने राम नै हो । तर, नेपालीको पाठ भने सजिलो लाग्थ्यो । छिट्टो कण्ठस्थ हुन्थ्यो ।

मलाई नेपाली पढ्न मन लाग्न थालेको बज्यैको कथा सुनेर हो । उनका कथा घतलाग्दा हुन्थे । बज्यैका सम्झनामा कोरिएका कतिपय कथामा उनका निजी अतीत पनि मिसिएकाले होला उनलाई कण्ठस्थ थिए ।

कक्षा छको नेपाली किताबमा त छवटा कथा थिए । पछि ती कथा बज्यैलाई पढेर पनि सुनाएँ । मेरी नातिनी पढेर सुनाउन सक्ने भई भनेर बज्यै मक्खै । बड्डीलाई सुनाउँदा बाबालाई भनिहालिन्– "तेरी चेली कथा बोल्ल सिपालु हुन्या हो । अछेलै कथा रेडियोमा बोलेजसो बोल्ली छ ।"

रेडियोमा कथा खुब सुन्थें म । प्रत्येक पाँच बजेको समाचारपछि आउने

बाल चौतारी सुन्थें अझ । रेडियोमा बोल्ने काका कति मीठो बोल्थे । हाम्रा स्कुलमा सर पनि त्यसरी नै बोले पो !

सरले नेपाली पढाउँदा पनि 'कथा पढेर सुना, कला' भन्नुहुन्थ्यो । म फरर्र पढेर सुनाइदिन्थें । परर्र ताली बजाउँथें सप्पैले । मन खुसीले फुल्थ्यो । रामले कुहिनाले घोचेर आँखा सन्काउँथ्यो । म लाजले भुतुक्कै हुन्थें ।

गुनगुन-गुनगुन कुरा गरेको सुनें । फल्याकोबाट हेर्न डराएर प्वालबाट निक्करी हेरें । बेसी नै आवाज आयो । प्वालमा कान लगाए पनि बोलेको बुझिनँ । चारैतिर हेरें तर बाहिर कोही देखिनँ । फल्याको पन्छाएर हेरें । ढोकाबाट पनि केही देखिनँ । त्यसपछि एकध्यानले सुन्दै परपर हेर्न थालें ।

हिजो राति इजा र बज्यै आएका रहेछन् यहाँ । इजाले र भागरथी दिदीले भनेपछि थाहा पाएँ । आफूले नदेखेपछि के पत्याउनू र ?

आए पनि होलान्, जेठी नातिनी थिई । परैबाट भए पनि त सुरक्षा गर्नु थियो । फेरि घरको पहिलो इज्जत पनि त हुँ । पहिलो सन्तानमा खनिएको माया त्यसै कहाँ पोख्न दिइन्छ र ? छोरीलाई त झन् बढी माया गर्छन् । अर्काको घर जाने नै हो । थोरै दिनका पाहुनालाई सक्दो मानसम्मान नगर्ने को होलान् र ?

ठक्ठक्... ठक्ठक्...

ढोकामा हानेको आवाजले मन एक्कासि चिसियो । फल्याको बलियो गरेर बाँधें । अनि, प्वालमा कपडा कोचार्न लाग्दा आँखा भागरथी दिदीको छाउगोठमा अडियो । भागरथी दिदीको छाउघरको ढोकैमा झ्यारर्र सलाईको काँटी बल्यो ।

यो को मान्छे हो त ? प्वालबाटै हेरें ।

ढोका खोलेर बाहिर भागरथी दिदी निस्किन् । सरासर आएर मेडामा बसिन् । त्यो चुरोट तानिरहेको मान्छे पनि बस्यो । उसले चुरोट तान्दा चुरोट अझ पहेंलो भएर आयो । त्यही मधुरो प्रकाशमा त्यो अपरिचित अनुहार चिन्न खोजें । र, चिनेर मनले मलाई खुसुक्क भन्यो– भरत काका । रामको काका ।

चुरोट तान्न छाडे हराउँथे भरत काका । कताकता अँध्यारोमा उनको शरीरको आकार चल्थ्यो । सलबलाउँथ्यो । भागरथी दिदीले भनिन्– "क्याखी आया हौ यै मध्यारात ?"

"तेरा मयाले ।"

"क्याइ खाना छौ यति सिगरेट ?" भागरथी दिदीले मुखको चुरोट तानेर निभाइदिइन् ।

भागरथी दिदीकै मायाले सिगरेट खाएको हो भने काकाले । अचम्मै, लत पनि अरूको कारणले लाग्ने हो र ?

दस कदम परपर जूनकीरी निभ्दैबल्दै थियो । झ्याउँकिरीको भुनभुनले तिनलाई कुनै अप्ठ्यारो पारेको थिएन ।

सलाईको काँटी फेरि जल्यो । सानो मधुरो प्रकाशमा दुवैको अनुहार देखियो । एकअर्कालाई देखुन्जेल हेरे प्रकाशमा । एकछिन त अचम्मै लाग्यो । सलाईको काँटी निभ्नेबित्तिकै दिदी उठिन् । दिदीले भित्र बलेको टुकी ल्याएर दैलोमा राखिन् । त्यही टुकीको प्रकाशले मलाई देखायो भरत काका र भागरथी दिदीको मिलन । काका छेवैमा एउटा झोला र दिदी छेवैमा भोटेकुकुर थियो । भागरथी दिदीले कुकुरलाई सुमसुम्याइरहेकी थिइन् ।

चुपचाप फेरि सलबलाए काका । एउटा झोला निकालेर खोतले । एक पुरिया बिस्कुट निकालेर भागरथी दिदीलाई दिए । फोरेर दुइटा भोटेकुकुरलाई दिइन् दिदीले । हातमा लाउने चुरा, किरिम, गाजल, लेवन्टी, भित्र लाउने बटिस, पेन्टी, चकलेट, उनको पोल्टामा राखिदिए ।

भागरथी दिदीले बटिस हातमा झुन्ड्याएर हाँस्दै भनिन्– "यसा माल किन्ना लाज मान्नाइन तमी ।"

केही बोलेनन् काका । भागरथी दिदीले उनको कुममा शिर राखिन् । भरत काकाको हात समाएर छातीसँगै टाँसिन् । भरत काकाले पछिबाट हात कुममा राखेर उनलाई सजिलो पारिदिए ।

एउटा नयाँ पाना निकालें । रेखा कोरें चित्र बनाउन ती दुवैको । दुरूस्त बनाउनै सकिनँ ।

दिक्क मान्दै फेरि प्वालबाट हेरें ।

यतिखेर भागरथी दिदीको काखमा भरत काकाको शिर देखें । भागरथी दिदीले निधारमा हात राखेकी थिइन् । भोटेकुकुरको कान पनि चलाइरहेका थिए भरत काकाले । एकछिनपछि भरत काका उठेर बिस्तारै गए र अँध्यारोमा बिलाए ।

भागरथी दिदीले उभिएर हेरिरहिन् । धेरैबेर हेरिरहिन् ।

म भने प्वालमा कपडा कोचारेर पल्टिएँ ।

तीन दिन

बिहानै उठेर फल्याको खोलें । घाम आएर मेरो मुखभरि पोतियो । खुर्खिट्टोमा खुट्टा राखेर दैलोमा बसें । अनि, फराकिलो खेत र परपरका पहाड हेर्न थालें । हेर्दाहेर्दै बेली रात भागरथी दिदी र भरत काका बसेको ठाउँ हेर्न पुगें । अल्झियो मनमा दिदी र काकाको रात्रिकालीन मिलन ।

भागरथी दिदीको छाउगोठ हेरें । ढोकामा नै बसेर चकटी बुनिरहेकी थिइन् दिदी । बाहिर बसेर उनकी इजा कुरा गर्दै थिइन् ।

भोक लागेर इजा सम्झिएँ । यतिबेलासम्म पनि आइपुग्नुभएको थिएन । घाँटी तन्काएर घरतिर तन्किएको लामो आलीतिर हेरें । कोही आएको देखिनँ । बरू, आली नै धमिलो देखियो ।

धेरैपछि भोटेकुकुर आएर मेरो गोडा सुमसुमाउन थाल्यो । एकछिन मसँग भुलेर गयो भागरथी दिदीको छेउ । चकटी बुनिरहेकी भागरथी दिदीको गोडा सुँघ्यो कुकुरले । हिजो रातिको बिस्कुट खोजेको होला । या बिस्कुट ल्याउने भरत काका खोजेको होला । पर आलीतिरबाट इजा आइरहेको देखें ।

"ए कला, खाजा खाइ ला," भागरथी दिदीले सोधिन् ।

"खाया छैन । तमले खाया, दिदी ?"

"मुइले त खाया हुँ । आज निक्करी निन लाग्यी गि नै ?"

रातभरि डराएको मन मसँग थियो । के डर लाग्छ र तिमीलाई, दिदी ! तिमीलाई पहरा दिनेहरू रातिराति आउँदा रहेछन् । तिमीलाई चाहनेहरू रातिराति धाउँदा रहेछन् । तिमीलाई आफ्नो बनाउन खोज्नेहरूले के-के

ल्याइदिँदा रहेछन् । तब त तिमी ढुक्कले निदायौ । यस्तैयस्तै भन्न मन लागेको थियो तर भन्न सकिनँ । त्यति डाहा पनि थिएन तिनलाई भेट्न आउने मान्छेसँग, न भागरथी दिदीसँग कुनै रिसइबी नै थियो ।

भागरथी दिदीलाई हेरेर मनमनै भनें– भागरथी दिदी, तिम्रो डरलाई मायाले जितेको रहेछ । डर हुने ठाउँमा माया फुलेको रहेछ । छुइ हुनु पनि तिमीलाई त फाइदा रहेछ । यसरी मायाले के-के कुराहरू लिएर आउने मान्छे बनाएकी रहिछौ ।

इजा आएर खाजाको पोको दिनुभयो । केही नबोली हेरिरहनुभयो । मायाले भन्दा पनि दयाले हेरेझैं लाग्यो ।

निधारमा पछ्यौरा बाँध्नुभएको थियो । सायद टाउको फेरि दुखेछ । हुन पनि हो । वनदेखि घरसम्म, चुलोदेखि गोठसम्म इजा नै हो काम गर्ने ।

इजालाई टाउकोको बिमार थियो । पछ्यौराले टाउको छोड्दैनथ्यो । अँचेटिदिऊँ भने पनि नछुनी भएकी थिएँ । छाउ भएकी छोरीले छुँदा फेरि टाउको दुख्ला । हेर्नु सिवाय अरू के गर्न सक्थें र ?

पोको फुकाएँ । रोटी र पाउरोटी थियो । पाउरोटी काखमा च्यापेर रोटी खान थालें । खाँदै भनें– "इजा, लुगाइबट चाहा ल्याउन मिल्लैन ?"

सरासर 'मिल्दैन' भन्नुभयो । एकचोटि विचार गरे पनि हुने नि ! तर, इजा मान्नुहुन्न, थाहा थियो । बाज्येबज्यैले इजालाई आफूभन्दा पनि कडा छोइछिटो बार्ने बनाइदिएका थिए ।

पाउरोटी हेरेर चिया सम्झिएँ । दूधको चिया नभए पनि कालो चिया बनाएर ल्याइदिएको भए सुरूप्प पार्थें नि !

पाउरोटी चियामा डुबाएर खाने बानी थियो । निख्लो त घाँटीमै अड्किन्थ्यो । तैपनि, टोक्दै-चपाउँदै इजालाई हेरें । घरमा गिलासभरि चिया नपाए खुट्टा फ्याँक्दै रून्थें । सिङ्गै पाउरोटी नपाए चिया नै हुऱ्याइदिन्थें । त्यस्तो रून सिपालु थिएँ म । मैले रोएर मागेको चीज तुरून्तै ल्याएर आइहाल्नुहुन्थ्यो इजा । तर, रोएर सबै नपाइने रहेछ भन्ने बुझ्दै थिएँ छाउ भएपछि । हो त, सबै पाउन सकिनँ रोएर । रून्नु नै सबै पाएसरी रहेछ । त्यसैले कहिले चिच्याएर त कहिले चुपचाप रोएर मन बुझाउँदै थिएँ ।

बाबालाई मेरो माया लागेको रहेछ । बिहानभरि मेरो कुरा गरेछन् । म घर नभएको दुई दिन, दुई वर्षजस्तो भएछ रे बाबालाई । मेरै कुरा गरेर रात कटेछ इजा र बाबाको ।

आज पनि रोएर हैरान गरेछ भाइले । यहाँ आउन खोज्दा बाज्येले आउन दिएनछन् । उसलाई पैसा र खानेकुरा देखाएर भुलाएछन् । उसले मौका पायो भने लुकेर पनि आइदिन्थ्यो । आफूलाई मन लागेको ठाउँमा जान ऊ अनेक बहाना बनाउँथ्यो । तर, ऊ बेचिएको थियो बाज्येको एकएक पैसामा । बज्यैका खानेकुरामा ।

आफू भने आफ्नै जुनीले अलग्गिएँ । आफ्नै शरीरले टाढिनुपऱ्यो । शरीरले पनि कति अनौठो अनुभूति दियो, समयको चालमा । के बनाएका होलान् भगवान्‌ले यो हामीलाई ? बाल्खैमा पर सर्नुपर्ने । छाउ भएँ भनेर सबैलाई भन्नुपर्ने । अनि, गोठमा लुक्नुपर्ने ।

यो छाउ कस्तो अचम्मको ! यो छाउको रगत झनै अचम्मको !

रगत त पहिले पनि आउँथ्यो । एकपटक हात काटेर रगतको धारो बगेको थियो । त्यतिखेर भान्सामा लगेर इजाले काटेको ठाममा झुम्रोले बाँधिदिनुभएको थियो । नाकको नाथ्री फुटेर रगत आउँदा मेरो नाक समाउँदै ठाडो शिर बनाएर बस्न लगाएर बज्यैले ओखती लगाइदिएकी थिइन् । मासी परेर रगतै रगत दिसा गर्दा काँचो केरा खुवाउने, अस्पताल पुऱ्याउने बाबाले गरेका थिए । चाकमा पिलो आउँदा पिलो फोडेर पिप र पिलोको मुखबाट आएको रगत झुम्रोले पुछिदिएका थिए बाज्येले । त्यतिखेर म छुइ भइनँ, अहिले छाउको रगत आउँदा कसरी छुइ भएँ ?

हातको रगत । नाकको रगत । मासीको रगत । पिलोको रगत । यो छाउको रगत । सबै मेरै शरीरबाट आएका हुन् । तर, तिनमा के फरक छ त ?

मेरो पिलोको पनि फोहर रगत हो, होइन र ? त्यो पनि मेरो शरीरबाट निस्किएकै हो । तर, त्यो फोहर रगतले मलाई कहिल्यै गोठमा ल्याएन । त्यतिखेर बरू सबैले हेरखोज गरेका थिए । चिन्ता मानेका थिए । माया पाइरहें जहान सबैको । हाईहाई गरे सबैले । सबैको प्यारी भएकी थिएँ ।

तर, अहिले छाउ हुनेबित्तिकै न बाज्येले चिन्ता गरे, न त बज्यैले खोजिन् । न बाबाले फकाए, न त इजाले । न त भाइले नै 'के भो कला' भनेर सोध्ने मौका पायो ।

फोरफोर अङ्गबाट रगत के चुहियो, सबैबाट टाढिएँ । छाउगोठ पो उपहार पाएँ । अब त ओत दिएर रेखदेख गर्ने छाउगोठ होला । मेरो स्याहार गर्ने यो कटेरो होला । मेरो आड, भरोसा यही छाउघर हुने होला । त्यसैले घरको जाँत बिर्सिएर यहाँ रच्नु छ कष्टको जाँत ।

यो रगतले मेरो बालापन खोस्यो । चकचके र चञ्चल स्वभावहरू खोस्यो । यो रगतले मेरो उटपट्याङ, उपद्रो बानी खोस्यो । साँच्चै, यही रगत आएदेखि म निराश हुन थालें । यही रगत लुकाउन म एकान्तमा आएँ ।

थाहा छ, यही रगत आएदेखि मैले अगाडिको फोरफोरमा लामोलामो कपडाको धरो बान्न थालें । कपडाको गुइँठो कोचार्न थालें । कतै रगत चुहिन्छ कि भन्ने डरले टाठो हुन थालें ।

■ ■ ■

सबैका आँखाभरि पर सारिदियो छाउले र हडको घाँगरो तन्काइदियो ।

"झिक्कै जनसोच, कला ।"

झस्किएर समालिएँ ।

के-के गमेर बस्दै थिएँ, इजाले ढुङ्गा हानिदिनुभयो सोचको तलाउमा ।

"एक्कली बाहिर जनआएई । तेरा बाज्ये मुसँग रिस्सिन्या हुन ।"

यति भनेर इजा जानुभयो । बाज्येको डर मलाई देखाएर जानुभयो । त्यही डर बिर्सन बाहिर गएर दौडिन मन थियो । दुई पाखुरा फैलाएर 'हुँऽ' भन्दै आलीआली कुद्न मन थियो । तर, इजाले बाहिर नजा भन्नुभएको थियो ।

भागरथी दिदीले चकटी बुन्दै गरेको देखेर भनें– "दिदी, गाड झान्या हौ हड धुन ?"

मैले खोलामा जान खोजे पनि दिदीले हातको चकटी देखाउँदै भनिन्– "यो चकटी बुन्यापाछा झाउँली ।"

उनी चकटी बुन्न तल्लीन भइन् । मचाहिँ भित्र पसेर किताब पढ्न थालें ।

दिउँसो भयो । अझै भागरथी दिदीले चकटी बुनिसकेकी रहिनछन् । पढिराख्न पनि दिक्क लाग्यो । भागरथी दिदीलाई बोलाएँ । गोठको दैलोमा बस्न लगाएँ । उनले चकटी बुन्न सिकाइन् पनि । मैले भने चकटी बुन्ने मकैको खोसेला मसिनो गरेर च्यातिदिएँ र उनको हातको कला पनि निक्करी हेरें ।

दिउँसोको खाना लिएर इजा आउनुभयो र मलाई खुवाएर जानुभयो । पछिपछि भोटेकुकुर आयो र गयो पनि ।

इरेजर निकाल्न झोला खोतलें । तर, उखुको ठुन्का हात पऱ्यो । रामलाई राखेको उखु । उखुको टुक्रामा राम रसायो । धोको थियो, आफ्नै हातले उसलाई उखु दिने । तर, उसलाई कसरी भेट्ने ? सोचें, हीराले ल्याएर आए पनि हुन्थ्यो नि ! या राम आफैं आएको भए हुने नि ! उखुलाई झोलामै राखेर चित्र बनाउन थालें ।

धेरैपछि भागरथी दिदी पनि तयार हुनुभयो खोला जान । धुने र नुहाउने कपडा पोको पारेर हामी आलीआली गयौं । नुहाइधुवाइ गर्ने बहानामा खोलोसम्म पुग्दा मेरा गोडा तङ्ग्रिन्थे । त्यसैले पनि खोला धाउन हतारिन्थें म ।

खोलोलाई चुमेर बरालिने बतासले छोइदियो तनभरि । कपडाको कुटिरो दिदीलाई दिएर उभिएँ बाहाँ फैलाएर । गुनगनाउँदै दौडिएको पानीको छनछन भरियो मनभरि ।

खोलापारि भैंसीलाई नुहाइदिँदै गरेका गोठालेहरू थिए । खोलोवारिको ढुङ्गा टेकेर हामी बग्दै गरेको पानीछेउ पुग्यौं । अप्ठ्यारो मानीमानी नुहाउन लाग्यौं ।

पानीको चञ्चलतामा आफैंलाई मिसाएँ । भागरथी दिदी ढुङ्गाको छातीमा बसेर कुर्कुच्चा घोट्न थालिन् । उनैको सिको गर्दै बसें म पनि । पाँच जना मेरै उमेरका केटाहरू कराउँदै आए पारितिरबाट । गाडको किनार लुगा फुकालेर हामफाले झ्वाम्लाङ्ग ।

त्यही भीडमा रामजस्तै केटो देखें । गहिरो हेरें । हो त, राम नै । उचाल्नी र पछार्नी गर्दै पौडी खेल्न थाले ती सबैले । अचम्मै लाग्यो, राम यहाँ कहिल्यै नआउने मान्छे । कसरी आयो, पौडी खेल्न ?

ऊ ज्यादा किताबमै भुल्ने गर्थ्यो । सायद कसैको लहलहैमा लागेर आयो आज गाड ?

चिच्याएर बोलाउन मन थियो उसलाई । तर, आवाज घाँटीभन्दा माथि आएन ।

मलाई यसरी नुहाएको देखेर के भन्ने हो ? नछुनी भएको कुरा थाहा पायो भने के सोच्ला उसले ?

पानीलाई अँजुलीले हुत्याउँदै माछाजस्तै खेलेको रामलाई हेरिरहें ।

मेरो चञ्चलता रसाउन थाल्यो ज्यानमा । काउकुती लाग्यो मनमा । हाम फाल्न मन भयो खोलामा इवाम्म ।

"ए कला !"

आवाज आएतिर पुलुक्क हेरें । खिस्स हाँस्यो राम । पौडिँदा थाकेको सासमै फेरि थप्यो– "तु कैतग आइ ?"

म मामाघर गएको कुरा सुनेको थियो उसले । त्यसैले आश्चर्य मान्दै थियो खोलामा मलाई भेट्दा ।

म नै बोल्न सकिनँ बरू । उसलाई देखेर झम्टिने मान्छे, एकैछिनमा डराएँ । समालिएर पेटिकोटलाई बलियो गरी बाँधें । ढुङ्गाको दायाँबायाँ हेरें । कैयौं शङ्काले रगत खोज्यो । अनि, त्यही रगत लुकाउन होसियार भएँ । रामले कच्छा मात्रै लगाएको थियो । उसको पातलो लुरे ज्यानले बोकेको करङका भाटाभित्र सास तलमाथि भइरहेको थियो । सामुन्ने ढुङ्गामा बसेर कुर्कुच्चा घोट्दै मसँग बोल्न थाल्यो– "हाप छुट्टी भइछ्यो आज ।"

हाफ छुट्टी भएको भन्यो स्कुलमा । शुक्रबार रहेछ कि आज । शुक्रबार हामी कबड्डी खेल्थ्यौं । जहिले पनि जित्ने राम र हाम्रो टिम हुन्थ्यो ।

पौडी खेलौं भन्दै एक्कासि उठेर हात तान्यो रामले । उसलाई के थाहा, म नछुनी भएर आएकी थिएँ भन्ने । हड धुनभन्दा पनि रगत धुन आएकी थिएँ भन्ने ।

नखेल्ने विचारले अटेर भई बसिरहें ।

"आ, आ हड धुन आन । केलाई बोल्लिन् ?"

म चुपचाप बसिरहें । उसले मलाई झम्टियो । च्याप्प हात समाएर पानीमा धकालेर आफू पनि पौडिन थाल्यो । हामी दुई जना खुब पौडी

खेल्यौं । खेल्दाखेल्दा पेटिकोटको नारा खुकुलो भयो । काखीतिर लगेर कसें । रामले च्याप्प समाएर पछारिदियो । पेटिकोट एक्कासि खुल्यो । मेरो पातलो कलिलो माथिल्लो ज्यान नाङ्गियो ।

उसको आँखा ठोकियो मेरो चुच्चो छातीमा । तर, उसलाई थाहा भएन, मेरो कलिलो छातीको घोचाइ । छिटछिटो हातले पेटिकोट माथि सारेर थ्याच्च बसें । आधा हर पानीमुनि लुकाएर पेटिकोट कसें ।

चुर्लुम्म डुबेर मेरो गोडानिर आयो राम । मलाई काँधमा हालेर पछारिदियो । पेटिकोट माथि नै आयो । माथि ढाकेर तल उदाङ्गो भयो । केही गर्न भ्याइनँ ।

एक्कासि थरर्र मुटु काम्यो । नछुने भएको डरले काम्यो । उसले काँधमा हालेर पछार्‍यो, उसको काँधमा रगत लाग्यो कि भन्ने डरले चिसो पस्यो । पूरै ज्यान पानीले ढाकेर बसें । उसले घाँटीभन्दा तल सबै डुबाएर मेरो छेवैमा आएर भन्यो– "अझ डुब्द्या है ।"

उसले मतिर झम्टिउँलाझैं गर्‍यो । मैले हातले उसलाई धकेल्न थालें । उसले मसँग लड्न थाल्यो । मैले रोकें, भएभरको बल लगाएर । पानी छ्याप्न थाल्यो । मैले पनि पानी छ्याप्न थालें । सुरू भयो, छेपाछेप ।

अचानक मेरो साँप्रोमा चिप्लो लाग्यो । जति समाए पनि आउँदै आएन । पेटिकोटलाई छातीसम्म बाँधेर अलि छेउमा आएर हेरें । जुका देखेर चिच्याएँ । डरले खुट्टा गोडाचाल गर्न थालें । राम आएर 'क्या भ्यो, क्या भ्यो' भन्न थाल्यो ।

"जुगाऽ !" गिडगिडाउँदो बोलीमा रूँदैरूँदै भनें ।

"काँलाई ?" रामले सोध्यो ।

भन्नै सकिनँ । हातले पेटिकोट उचालेर आफैंले गोडातिर हेरें । रामले घुँडा टेकिहाल्यो । पेटिकोटै ह्वात्तै उठायो । डरले दाँत किटेर आँखा चिम्लिएँ । एकैछिनमा, उसको हातले मेरो फोरफोर छेवैबाट जुका तान्यो । म झसङ्ग भएँ । मनमा चिसो पस्यो ।

फ्याट्ट जुका हातमा देखायो ।

"जुगो, जुगो । हेर ला जुगो ।"

म जुका हेर्न पनि डराइरहें । उसको हातभरि रगत देखें । जुकालाई चुँडेर फ्याँक्दै खिस्सखिस्स हाँस्यो । लुरे ज्यानको पातलो छाती र पेटमा हात नचाइदिएँ । काउकुती मानेर हाम्फाल्यो खोलामा । उसलाई हेरेर हाँस्न थालें तर जानिनँ खुलेर हाँस्न पनि मैले ।

उसका साथीहरूले बोलाए । जान लाग्दालाग्दै भन्यो– "बासा मन्दिर जाँत लाग्द्या हो । आएई हा ।"

पानीलाई पाखुराले काट्दै पारि गयो राम । केटाहरूको भीडमा मिसियो । पर पाँच केटामध्ये एकले फर्किएर हेरेको देखें । जो भए पनि राम नै सम्झिएर टोलाइरहें ।

भनेकी थिएँ नि, हावाभन्दा छिटो आउँछ राम । आयो, हावाजसरी नै । छुस्स भित्रबाहिर छोएर गयो । मेरो न्यास्रो कम गराएर गयो ।

कपडा धुँदाधुँदै झोलाको उखु सम्झिएँ । यहाँ ल्याएको भए रामलाई दिन... । ऊ आउला भन्ने के थाहा भयो र !

बाटोभरि रामले छुस्स छोएको अनुभूति भइरह्यो । उसले आज मेरो फोरफोर अङ्ग छोयो । तर, उसलाई के थाहा, उसले छोएको ठाउँ कुतकुती लाग्ने ठाउँ हो भन्ने । छाउ हुने चीज हो भन्ने ।

त्यो छुवाइले डर पलायो । अनि, अरू के-के लाग्यो के-के ।

उसले देख्यो मेरो फोरफोर । यो छाउ । तर, उसको नजरले ती सबैको हेक्का राखेन ।

साँझ पर्दै आयो । सम्झनामा राम नजिकिँदै आउँदा सोचें, राम जाँगे र सर्टमै कत्ति राम्रो देखिएको ।

उसले कपालमा तेल घस्दैनथ्यो । अनुहारमा किरिम पोत्दैनथ्यो । कानमा, नाकमा, हातमा केही लगाउन्न थियो । तैपनि, साह्रै राम्रो देखिन्थ्यो ।

अघिल्लो दिनझैं आफूलाई सिँगारें । तर, मैले जे गरे पनि, जे लगाए पनि पूरै राम्री देखिन्नथें । गौमती बउजूझैं अग्ली नभएर हो कि राम्री नदेखिएकी ?

यति लगाउने कुरा पनि बउजूबाट सिकेकी हुँ । इजाले त्यति लाएको देख्दिनँ । तर, बउजू त उत्पादै लगाउँछिन् । तिनका त लाउने कुरा पनि के-के हुन् के-के !

दक्षिणा पाएको पैसाले, घरमा पाहुना आएर फर्किंदा दिएको पैसाले कि पेन्सिल, सादा पाना या बउजूका जस्ता मेकअपका सामान किन्ने गर्थें। अचेल त इजाले पनि ल्याइदिन थाल्नुभएको थियो ती सामान। के थाहा, इजाको आँखामा म ठूली हुँदै गरेकीले हो कि !

झोलाबाट पैसा, उखु निकालेर खल्तीमा हालेर तयार भएँ। बाहिर हेर्दा त्यसैत्यसै रमाइलो लाग्यो। मन हलुका भयो साँझको जाँत सम्झिएर। उखु छाम्नेबित्तिकै राम रसायो मनभरि। कति खुसी होला यो उखुले राम ! कल्पेर मनले रामलाई जिस्काउन थाल्यो। अनौठो लाजले भित्रैभित्र मुस्कुराएँ।

भागरथी दिदीलाई बोलाएँ– "मन्दिर झाने हौ, दिदी ?"

दिदीले जान्छु भनिन्। मेरो मन झनै खुसी भयो, मन्दिर दिदीको साथै जान पाउँदा। त्यहीँ बोलाएको थियो रामले मलाई पनि। सोचें, जाँतको भीडमा हामी लुकामारी खेल्नेछौं। सेल खानेछौं। देउडा नाचमा गोडाको ताल मिलाउनेछौं। देउडा गीतमा आफ्ना आवाज मिसाउनेछौं। अनि, मिरमिरेमा भजन गाएर नाच्नेछौं र महादेवको कोखेलामा निदाउनेछौं।

फेरि बोलाएँ दिदीलाई– "दिदी !"

तर, दिदी बोलिनन्।

सायद उनी तयार हुँदै थिइन्।

■ ■ ■

भोटेकुकुर आयो। पाण उक्लिन कुइँकुइँ गर्दै लाडियो। पछिपछि इजा पनि आउनुभएको रहेछ। म चिटिक्क भएर बसेको देखेर इजा मुसुक्क हाँस्नुभयो।

"कला, चाहा छोड।"

चियाको नाम लिनेबित्तिकै बादल फाटेको दिनजस्तै भएँ। गिलास ल्याएर थापें। कालो चिया देखेर जानीजानी सोधें– "यो के हो ?"

"कालो चाहा।"

"यसो चाहा खान्न।"

झनक्क रिसाएर खान मानिनँ। दूधको चिया खाइरहेको बानी, कालो

चियामा मन कसरी रमाउँथ्यो र ? ठुस्सिएर फुल्लिएँ ।

"खाँ त खाँ, निगो छ ।"

एक सर्को तानेको त मीठै लाग्यो । अदुवाको सुगन्धले पनि मन नमानीनमानी खाएँ । कालै चियामा चित्त बुझाएँ ।

"हिट्, कला" भन्दै भागरथी दिदी बाहिर आइन् ।

चिटिक्क परेकी दिदीलाई कहाँ जान लागेको भनी सोध्नुभयो इजाले ।

"जाँत, महादेव मन्दिर," दिदीले भनिन् । "तु झा, कला झानिन्," एक्कासि भन्नुभयो ।

"क्याइ नजाने मु ?"

झर्किएर जिद्दी गरें । जुरूक्कै उठेर भित्र गएँ । रिस उम्लियो, हृदय कराईमा । खुट्टा बजार्न थालें, पूरै ज्यान लुलो बनाएर । भागरथी दिदीले भनिन्– "कला, मु गयाँ ।"

भागरथी दिदी हिँडिन् । उनी गएको पदचाप जति कम हुँदै गयो, मेरो मन उति च्यातिँदै थियो । प्वालबाट हेरेको त, भागरथी दिदी पर पुगेको देखें । अघिसम्मको हरियो रहर ओइलायो । चुपचाप भिज्दै आए आँखा । मन्दिर, जाँत, राम पखाल्दै लग्यो आँसुले । भित्तामा अडेस लागेर पल्लो भित्ता हेरें । भित्ता पनि बिजाउन थाल्यो आफूलाई । इजा बाहिर बसेर घाँस तान्न थाल्नुभयो । म भित्रभित्रै पाक्न थालें । ग्वाँग्वाँ रूवाइको झ्याली बज्यो ।

इजाले घाँस काट्दै भन्नुभयो– "तुइले पूजा अद्दो हुनैन । प्रसाद खानु हुनैन । उसै गइ क्या हुने हो जाँत ।"

झन् चर्कोचर्को रोएँ । मेरो रूवाइको जाँत छाउगोठमा नै सुरू भयो । कोही आएनन्, रूवाइको जाँत सुनेर । घाँस मुठो पारेर इजा जानुभयो । रून छाडेर म थुप्रिएँ छाउगोठमै । हातको चकलेट र उखु हेरेर रामलाई सम्झिएँ । भित्रभित्रै भताभुङ्ग देखें, मैले नदेखेको जाँत ।

पहिलोचोटि छाउ हुनेलाई घुम्नडुल्न मिल्ने रहेनछ । त्यसैले त म छाउगोठको पाहुना भएकी थिएँ । चार भित्तामा थुनिएकी थिएँ । चलनको जाँतले छाउपडीहरू कतै जान नमिल्ने बनायो । एकैठाउँ घुमिरहने जाँतो पो बनाइदियो ।

राति भयो । टुकी बालें । इजाले आएर खाना खुवाएर जानुभयो ।

खल्तीको उखु झोलामा राखेर पल्टिएँ । निदाउन सकिनँ । हंश पूरै महादेव मन्दिरको जाँततिर गइरह्यो ।

बासा खर्कै, भोल्या खर्कै, भैंसाको थुन्तानी ।

कठै दैन, मेरो पिर्ता टुटाउनको जनरौ सन्तानी ॥

मीठो देउडा गीत सुरिलो आवाजमा गुनगुनाउँदै आइपुगिन् भागरथी दिदी । राति हुँदा पनि एक्लै कसरी हिँड्न सकेकी होलिन् ? डर पनि नलाग्ने यिनलाई त !

प्वालबाट हेर्दा ढोकानिर भरत काका पनि देखें । पुऱ्याउन आएका होलान् सायद । टुकी जलाएर गोठमा बोलाइन्, भागरथी दिदीले । केही बोलिनँ । गुनगुन कुरा सुने पनि केही बुझिनँ ।

"कला ! कला !" छाउगोठको ढोकाछेवैबाट बोलिन् भागरथी दिदी ।

फल्याको खोलें । हातमा केही पोको लिएर भागरथी दिदी मुसुक्क हाँस्दै आइन् र छेवैमा बसिन् । पोको खोलेर देखाइन्– बाबर, सेल र तामाको अचार ।

मेलामा रामलाई भेटेकी रहिछन् दिदीले । रामले तामाको अचार, सेल, बाबर लिएर आएको रहेछ । भागरथी दिदीलाई भेटेर दिनू भनेछ । हीरा पनि आएकी रहिछे । उसले चारवटा चकलेट किनेर पठाइदिइछे, मलाई । यहाँ आउन मन नभएको होइन हीरालाई तर उसको इजा बिमार थिइन् । घरको सबै काम उसैले गर्नुपऱ्यो होला । इजा बिसेक भएपछि आउँछु भन्दिनू भनेर भनिछे ।

केहीछिनपछि भागरथी दिदी गइन् । एक्लै सुत्ने कोसिस गर्न थालें । चिलाउनेको बोटतिर स्यालको हुइयाँ सुनियो । त्यही हुइयाँको लयमा मेरो निद्रालु मन गुन्जियो ।

चार दिन

ढिलो उठें । उठेर पनि के गर्नु, कतै जानु थिएन । पहिलोपटक छाउ हुनेको त लुक्नु नै पहिलो काम रहेछ ।

घरिघरि हुत्तिन्थें बाहिर । तर, चार भित्ताभन्दा बाहिर टेक्नै पाएनन् गोडाले । अनुहारमा हात लगें । छाम्दा गाला पुक्क भएझैं लाग्यो । उठेर आफूलाई पैतालासम्म हेरें । भैंसी कम्लाएझैं मेरो ज्यान कम्लाएको लाग्यो । सायद मोटाएकी थिएँ कि !

फिस्टीजत्री त थिएँ तर अनुहार भने भरिलो भएको थियो । औंलाले गाला दबाउँदा औंला गड्यो । फुलेको थियो क्यारे चिसोले ज्यान ।

मतमती भएर थुकथुकी लागेको छ अनि टाउको पनि भारी भएको थियो । हातगोडा पनि झम्झमाइरहेको थियो । नाक पनि समाएको थियो । नाकको डाँडी भरिएको थियो सिँगानले । सिँगान फ्याँक्न खोजें, अहँ सिँगान आएन ।

कतै पिनास त भएन ? अघिल्लोचोटि पनि पिनास हुँदा फुकिमागेकी थिएँ । अब यो छाउ भएकी केटीको नाकमा कसले खरानी धसीधसी पिनास फुकिदिने ? कसले क्यामुनाको पात खुवाइदिने ?

चिसोले समायो भनेर नुहाइधुवाइ गर्न पनि गइनँ । आफूलाई सफा गरेर के गर्नु, घुम्न जानु थिएन । विवाह, पूजापाठ या स्कुल कतै जानु थिएन । त्यसैले के नुहाइरहनुपर्‍यो भन्ने लाग्यो । फेरि अघिल्लो दिन त नुहाएको हुँ ।

दिक्क लागेर परपर हेरें । आकाशको क्षितिजमा हेरें । बादल लागेको थियो तलतिर । खेतका गरा हेरें । मकैका बोट हल्लिँदै थिए, बतासको लहैलहैमा । अनि, मन हल्लिएको थियो यो अनकन्टार गोठमा ।

कटक्क पेट काटेर के गरूँ, के गरूँ बनायो । दुखाइलाई बिर्सँदै नेपाली किताबको कथा पढ्न थालें, युधिष्ठिरको परीक्षा ।

कथा पढिसकेर किताब बन्द गरी चित्र बनाउन थालें । बिहानपख देखिने हिमाल बनाउन मन थियो तर हिमाल बादलको थुप्रोले ढाकिएको थियो । कालासेता बादल मडारिएको थियो आकाशे भुइँभरि । अनि, बादलहरूका थुप्राले छिनछिनमा आकार बदल्दै थिए । त्यही बदलिरहने रङ्ग पोत्न मन थियो तर सिसाकलममा त्यो रङ्ग थिएन । तिनलाई हेर्दाहेर्दै घाम छानोमाथि पुग्यो । तर, घामलाई बादलले छोपिदियो । र, फैलियो मेरो धरतीमा छायैछाया ।

पश्चिमतिर अँध्यारो भएर आयो । घामको तातो छाउघरमा सेलायो । बर्सिन बाँकी रह्यो, बादल पानी बनेर ।

भागरथी दिदीलाई बोलाएँ । उनी आइन्, हातमा सियोधागो लिएर । एउटा पेटिकोट मेरो छाउगोठमा बसेर सिलाउन थालिन् । मैले पनि अलिअलि च्यातिएको लुगा सिलाएँ ।

लुगा सिलाउँदै रातको कुरा पनि सुनाइन् । राम र हीराको कुरा पनि गरिन् । मलाई जिस्काइन्, खोलामा रामसँग नुहाएको कुरा जोडेर । मलाई हँसाइन्, कतिकतिखेर आँखाहरू सन्काएर । थाक्दिनँ म रामका बारे सुनेर, थाक्छन् बरू भन्ने मान्छेहरू ।

धेरैपछि भरत काकालाई दिदीले मन पराएको कुरा पनि कोट्याएँ ।

शङ्कालु भएर दिदीले पुलुक्क मलाई हेरिन् । आँखामा अर्कै चमक देखें, जो म नै बुझ्न सक्दिनँ, त्यो चमकको परिभाषा ।

"नाइहे, कन्ने भन्यो तुँलाई ?"

उही सियोधागोमा टोलाएर बोलिन् । साँचो भन्न अप्ठ्यारो मानिन् सायद, त्यसैले एकै सासमा भनिभ्याएँ आफूले देखेका कुराहरू ।

एकोहोरो जिद्दी गर्दा पनि केही बोलिनन् दिदी । मलाई भने रहस्य जान्न हतार थियो । सिलाइरहेको कुर्ता तान्दा सियोले घोचिहाल्यो दिदीको हातमा । मलाई डर लाग्यो । उनले औंला मुखमा च्यापिन् । अनि, गोला आँखाले मायाले हेरिन् ।

धेरै पछि मुसुमुसु हाँसिन् । अलिकति खुकुलो भएँ । मेरो हात समाएर आफूतिर तानिन् । टाउकोलाई छातीसम्म लगाएर मेरो जुम्रा हेर्न थालिन् ।

अझै पनि बोलिनन् उनी । विश्वास लागेन कि ममाथि ? मैले कपाल बाँध्दै हेरें । उनका आँखा तल झुके । सियोले घोचेको हातलाई मुसार्दै उनलाई हेरें । कसैलाई दिदी र भरत काकाको प्रेमबारे भन्नेछैन भनेर वचन दिएँ । चुपचाप उनको काखमा टाउको राखिदिएँ । मेरो कपालको जरामा औंला दौडिन थाले भागरथी दिदीका । साउती मारेझैं गरिन्– "कसैगी जनभनेइ हा ।"

उनको आँखामा आँखा सोझाएर 'अँ' भनें ।

त्यसपछि दिदीको ओठबाट प्रेमको कथा बग्न थाल्यो, पारि खोला बगेजसरी ।

भरत काका र भागरथी दिदीको प्रेम छिप्पिसकेको रहेछ । तर, समयले एक हुन दिएको रहेनछ । त्यही प्रेम दूबोजसरी मौलाएछ दुवैको मनमा आजसम्म ।

यी दुवैको प्रेम अझै पनि मरेको थिएन । बरू, झन्झन् हरियो भएर फैलिँदै थियो । मायाको सिँचाइ गर्न कत्ति नबिर्सेका दुवैले । वर्षमा एकदुईपटक भेटिने यी पुराना जोडीको प्रेमकथाले मलाई पो चकित पा¥यो । प्रेम यति रसिलो हुन्छ र सुन्नमा ? अझ रसिलो भएर आइन् भागरथी दिदी आफ्नै प्रेमका बातले ।

मेरो जस्तै उमेरबाट सुरू भएको रहेछ दिदी र काकाको प्रेम । प्रेम गरे पनि विवाह गर्न सकेनछन् भरत काकाले भागरथी दिदीलाई । कति लामो बाँचेको होला यो प्रेम, अर्काको जोईपोइ भएर पनि । कति टिक्न सकेको होला यो प्रेम, यत्तिका दूरीमा पनि । यति अटुट हुन्छ होला र प्रेम ?

भागरथी भुलको प्रेम भरत भट्ट । भरत भट्टले चाहेको मान्छे भागरथी भुल । एकअर्कामा हुर्कंदै गरेको प्रेम जति लुकाउन खोजे पनि, देखियो एक दिन दुनियाँको नजरमा । गोठालो जाँदा लगाएको माया गाउँभरि फैलिएछ । फैलियो माया, कुरा काट्नेहरूको जमातमा । अनि, मच्चियो भट्ट परिवारमा सार्कीको प्रेमको पिङ । त्यसपछि के चाहियो र ? बावनलाई जात बचाउन परेन ?

दिदीलाई धेरै पिटेछन् भट्टेनीहरूले । सारा भट्ट परिवारले गाउँबाट नै खेदाउन थालेका रहेछन् । भरत काका दसमा पढ्दै गरेको उमेर । भागरथी दिदीले भने छ पढेर छोडेकी रहिछन् ।

हाम्रो स्कुलको हेडसरको घरमा मकै भाँचिदिने, मल बोकिदिने, बुटामा चढेर घाँस काटिदिने, गाईबाख्रा खोलेर माथि वनमा चराउने यस्तैयस्तै काम गर्दै छ कक्षासम्म पढ्न पाएकी रहिछन् दिदीले । त्यही पढाइ पनि छुट्यो प्रेमको किस्साले ।

भागरथी दिदीका बा छैनन् । दिदी सात वर्षको हुँदा पहिरोमा परेर मरेका रहेछन् उनका बा । दिदीका बाले हाम्रो घरमा पनि काम गरेका रहेछन् । खेत जोत्ने । जुत्ता सिइदिने । मल फ्याँकिदिने । धान लगाइदिने । यति गरिदिएपछि बाज्येबज्यैले 'खलौ' दिने रहेछन् ।

वर्षभरि काम गरेको ज्याला एकदुई सुपो धान, दुईचार माना पिठो लिएर जग्गा हुनेलाई वर्षभरि खान पुग्ने बनाइदिने दिदीका बालाई धान लाउँदालाउँदै पहिरोले सँगै लगेछ ।

पढ्ने लोभले हेडसरको घरमा गोठाल्नी बसेकी रहिछन् । भरत काकालाई मन पराई भनेर भागरथी दिदीलाई ग्वालाबाट हटाएछन्, स्कुलबाट नाम काटिदिएछन् हाम्रा हेडसरले ।

भरत काकाका बाले पनि उनलाई धनगढी पठाएछन् अनि उतै पढाउन थालेछन् । उनका मान्छे प्रशस्तै थिए धनगढीमा । अहिले पनि जहानैसहित उतै बस्छन् उनी । यहाँ गाउँमा त उनका काकाकाकी अर्थात् रामका बा, इजा बस्छन् ।

केही सीप नलागेर भागरथी दिदी र उनकी इजाले माथि चौतारी चोकमा जुत्ता सिलाउने काम गर्न थालेछन् । चार वर्षसम्म पनि भरत काका आएनछन् । यो चार वर्षमा चारवटा पत्र पाइछन् । त्यही चिठीले भागरथी दिदीको प्रेम सधैं ताजा राखेको रहेछ ।

समयको कोल्टेसँगै दिदीको जीवनले पनि कोल्टे फेरेछ । चार वर्ष बित्दानबित्दै उता भरत काकाले विवाह गरेको खबर आयो । यता भागरथी दिदी रोएर रातदिन काट्न थालिछन् । काकाको कुनै पत्र पनि आएनछ । प्रेमको एक थुँगा फूल मनको थानमा राखेर प्रार्थना गरिछन् । तर, सुनिदिएनन् भगवान्ले ।

त्यसपछि भागरथी दिदी इजाको खुसीका लागि विवाह गर्न तयार भइछिन् । भागरथी दिदीले आफ्नो प्रेम मनकै कुनै कुनामा सँगालेर माथिल्लो

खोलापारिका आफ्नै थरको एक जना दाइसँग विवाह गरिछन् । विवाह भएको वर्षदिनमै भागरथी दिदीको लोग्ने खसेछन् । त्यसपछि त भागरथी दिदीको जीवन सेतो बादलजस्तै न बर्सन सक्यो पानी बनेर, न हराउन सक्यो आकाश छोडेर ।

यिनको लोग्ने भारतको सिमला भन्ने ठाउँमा नोकरी गर्ने रहेछन् । नोकरी के भन्नु, पहाड फोडेर निकालेका ढुङ्गा फोड्ने काम । एक दिन त्यही ढुङ्गाले चेपिएर मरे भन्ने खबर आएको रहेछ ।

जे जस्तो भए पनि गाउँमै ज्याला गरेर खाएको राम्रो । धेरैथोरै मीठोनमीठो जे जस्तो हुन्छ, खाने । गाउँघरमा जेजति कमाउन सकिन्छ, त्यसैमा चित्त बुझाउने । यहीँ मरेको भए काखमा लिएर एकछिन भए पनि रून पाउने थिइन् भागरथी दिदी । परदेशमा मरे भन्छन् । आँखाले नदेखेको कुरा अझै पनि परदेशमै छन् जस्तो लाग्छ भनिन् दिदीले । बिचरी !

भागरथी दिदीको कथाव्यथाले मलाई भिजायो । प्रेम च्यातेर विवाहको टालो हालिन् उनले । त्यही विवाहको टालो पनि च्यातियो । भगवान् पनि कति रूवाउँछन् कसैलाई त ! कति पीडा थोपरिदिन्छन् कसैकसैमाथि ।

सेतो लगाउँदैमा प्रेम सेतो हुँदो रहेनछ । सिन्दूर पुछिँदैमा प्रेम पुछिँदो रहेनछ । सिउँदो खाली हुँदैमा प्रेम खाली हुँदो रहेनछ । भागरथी दिदीको प्रेम देख्दा त्यस्तै लाग्यो । मलाई लाग्यो, भागरथी दिदीको प्रेम अझै रातो भएको छ, रातो घन्टीफूलजस्तो । समयले चुरापोते खोसे पनि प्रेम खोस्न सक्दो रहेनछ । मन खोस्न सक्दो रहेनछ । त्यसैले त आजसम्म पनि उनको प्रेम बाँचिरहेको थियो ।

भरत काकाले अझै पनि भगाएर लैजान्छु भन्छन् रे, भागरथी दिदीलाई । तर, उनका बच्चाहरू देखेर त्यसो गर्न सकेकी रहिनछन् । उनको घरको इज्जत बचाउन आफ्नो प्रेमको त्याग गरिरहिछन् दिदीले । प्रेममा मान्छे यति समर्पित हुँदाहुन् र ?

■ ■ ■

गड्याङऽ गुड्डुङऽऽ

आकाश बोल्यो पश्चिम थर्काएर । उठेर भित्तामा अडेस लागें । मनको धागोमा भागरथी दिदीका कुरा उन्दाउन्दै निदाएकी रहेछु । बज्यैले लगाइदिएको बानी । मन पनि बेस्मारी खेलाएछु । ज्यानभन्दा पनि मन पो भारी भयो । मनकै बिमारले मर्छु जस्तै भएँ ।

छिः कस्तो नराम्रो सोचेकी हुँला । मनको बिमार पनि होला र !

भरत काका वर्षमा एकादुई पटक गाउँ आउँछन् । प्रायः गरेर वैशाख पूर्णिमामा आउँछन् । भोलि यो गाउँका घरघरमा कुलपूजा छ । धेरै आफ्ना आफन्तीहरू यहाँ आइपुगेका होलान् । तिनै भीडहरूमा मिसिने भरत काका पनि हुन् ।

भरत काकालाई भेट्न पो मन लाग्यो । अनि, नजिकैबाट चिन्न मन लाग्यो तिनलाई ।

भागरथी दिदीले मेरो सानो मनमा विशाल प्रेमकथा लेखिदिइन् । योभन्दा ठूलो प्रेमकथा सुनेकी थिइनँ मैले । त्यसैले यी दुवैलाई फेरि एकै ठाउँ हेर्न मन लाग्यो ।

पूरै आकाश कालियो । आकाशको किनारतिर बिजुलीले फोटो खिच्न थाल्यो, पिलिकपिलिक ।

"मेग लाग्दया जसो छ ।"

वातावरण एक्कासि चिसियो । बाहिर सुकाएका कपडा उठाउन थालिन् भागरथी दिदीले । उठेर ढोकामा पुग्न नपाउँदै मेरा कपडा ल्याएर दिइन् । केही नबोलेर कपडा समाएँ । मुसुक्क हाँस्दै भनिन्– "निन पुगी ला ?"

मैले टाउको मात्रै हल्लाएँ । गीत गुनगुनाउँदै भागरथी दिदी आफ्नो छाउगोठ गइन् । पूरै शरीरमा माया पलायो । र, फैलियो मभित्र उनी अटाउने ठाउँ । साँच्चै, भागरथी दिदी नभएको भए म एक्लै के गर्थें हुँला ?

गड्याङगुडुङ गर्दै आकाश करायो ।

अघि थुप्रिएका बादलहरू बाझ्दै चिच्याउन थाले । हावाले आफ्नो गति क्रमशः बढाउन थाल्यो । परपरबाट पानी सुसाएर आयो । भित्र बसेर पानी परेको हेर्न थालें । पानी जोरजोरले दन्कियो । हावा पनि मिसिएर बाछिटा हान्न थाल्यो पश्चिमबाट ।

ढोकाको माटो पानीले गलाउन थाल्यो । पानीको तिखो चोटले भित्ता पनि उप्किन थाले । र, बर्सियो पानी क्रमशः तप्पतप्प !

पानीका थोपा निधारमा परे । भात खाने थाली थापें । ट्वाङट्वाङ थाल बजायो पानीका थोपाले । ओछ्यान पन्छाएँ । अर्को ठाउँमा चुहिन थाल्यो । गिलास थापें । अर्को ठाउँमा चुहिन लाग्दा जर्किन थापें ।

लपक्कै पानी चुहिन थाल्यो । आत्तिएँ । के गरूँ, के गरूँ भएँ । म त गोठभित्रै रूझ्न थालें । कपडा झोकमा हालें । पानी परिरह्यो । प्वालबाट हेरें, पल्लो छाउघर । भागरथी दिदी देखिनँ । तर, त्यो गोठको भित्ताको माटो रसाएर आयो । चिरिएको ठाउँठाउँमा पानी पलाएर आयो ।

म त एउटा कुनामा गुटमुटिएँ । ओढ्ने, ओछ्याउने र लगाउने कपडा आफैँसँग खाँदें । जतापट्टि कम पानी चुहियो, त्यतैतिर सर्न थालें । म जताजता सर्छु, त्यतै पानी चुहिन थाल्यो ।

आफू बसिरहेको पछाडि चिसो लाग्यो । अलिकति अघि सरेर पछाडि हेरें । माटो त सप्पै गलेर झरेछ । भित्तो चाल्नाजस्तो बनाइदियो । त्यसैत्यसै अत्तालिएँ ।

'इजा, इजा, इजा' भन्दै कराउन थालें ।

'हे भगवान्' भन्दै हात जोडें । मनमनै बाज्येको देउता पनि सम्झिएँ । अहँ, पानी रोकिएन । हातगोडा चिसा भए । चाक पनि भिज्यो । नाक, कान, मुख भिज्दैभिज्दै ज्यानको भित्रबाहिर पूरै भिज्यो ।

प्वालबाट पनि बाछिटा पानी छिऱ्यो । आत्तिँदै भागरथी दिदीलाई बोलाएँ– "भागरथी दिदी, भागरथी दिदी !"

बोलाउँदा-बोलाउँदै प्वालबाट हेरें । भागरथी दिदी बसेको छाउघरका भित्तामा काठका चोइटा मात्रै देखें । यो छाउको जाँत मिसियो पानीको झरीमा । दर्केको पानीको जाँतले रूवाबासी ल्याउन थाल्यो दिउँसै छाउघरभरि ।

चोइटाको कप्टेराबाट भागरथी दिदी देखें । उनी भित्तोलाई प्लास्टिक कट्टाले ढाकेर पानी रोक्दै थिइन् ।

तर, झरीले चोइटै गलाउलाझैं गरेको छ । अनि, बाछिटाले भित्रै छिरूँलाझैं गरेको छ । भित्तो पनि गल्दै जान थाल्यो छाउघरको । एक्कासि हावा सुसाएर आयो । भागरथी दिदीको छाउगोठको छानो त ह्वात्तै

फर्काइदियो । खरका एकएक पत्र उडे हावामा । निस्किए, एकएक डाँठ हावासँग जान । उनको हातको कट्टा पनि उड्यो । कपडा सबै गुटमुटाउँदै गिलो ढोकाबाट हाम्फालेर मेरो छाउघरतिर आइन् ।

"छाउगोठै उडायो, कला । अब कसो विपत्... !"

दिदीका केही कुरा बुझ्नै सकिनँ । कानै ड्याम्म थुनिएझैं भयो ।

म त बोल्नै नसक्ने भएँ । बोल्न खोजें, ओठ मात्रै काम्यो । उनले मेरो ओठबाट निस्किएको जाडो देखिन् । मलाई निथ्रुक्क भएको देखेर आधाआधी चिसो कम्मल ओढाइदिइन् । छेक्यो कम्मलले अलिअलि निर्दयी हावालाई ।

"दिदी, अब काँलाई बस्त्या ?" सासैले भए पनि भनें ।

मुखको चुचोले गोठको भित्री कुना देखाइन् । कट्टो गुटमुटाएर कुनामा बसिन् । मलाई फ्याट्ट तानेर आफ्नो काखमा राखिन् । दुवै बाहाले चिरिप्प अँगालिन् । कताकता सास रोकिएझैं लाग्यो । कताकता चिसो छेकिएझैं लाग्यो । बडो मायाले छातीमा टाँसिन् । कुखुराको पोथीले चल्लालाई प्वाँखमा लुकाएझैं लुकाइन् दिदीले मलाई कोखेलामा ।

प्वालमा कपडाको बुझो हालिदिइन् । फल्याको लगाइदिइन् । बाछिटा कम भयो । तर, छानो गलेर रसाएका डाँठबाट भने पानी चुहिरह्यो, तप्पतप्प ।

भागरथी दिदी पूरै भिजिन् । उनको सासबाहेक अन्त कतै तातो थिएन । भगवान्को नाम लिँदै पानी थामिने कामना गरिन् ।

छानो चुहिनाले गोठ भित्र पनि रूझ्यो । हड रूझाएकाले जाडो बढिरह्यो । यति त खोलाको बीचमा जाँदा पनि रूझिनँ । चिसो बिस्तारै पस्यो मुटुभित्र ।

लुगलुग कामें । दाँत किटकिटाउन थालें । एकछिनपछि पानीको रिमझिम पातलियो । पूर्वतिरको आकाश अलिकति उघ्रिएलाझैं गऱ्यो । देखियो, नाङ्गो पहाड झिसमिसेको प्रभातजसरी । बतासको सुस्केरा कम भयो । बिस्तारै बाहिर निस्कियौं दिदी र म । जलमग्न भएको थियो देखेजतिको संसार ।

छ्याङ्ग आकाश खुलेपछि इजा र बउजू लुरूलुरू आएको देखें ।

नजिक आउनेबित्तिकै सोधे– "रूझ्या कि नाइँ ?"

झनक्क रिस उठ्यो । इजाको अनुहार हेर्न पनि मन लागेन । झन् जाडो पलायो । एकछिनपछि सेलायो रिस । मरिसकेपछि आए हुन्थ्यो नि, किन छिटो आको ? प्याच्च भन्न सकिनँ । केही बोलिनँ । पानीले भित्र गिलो भएको देखें । छानोमा हाल्ने त्रिपाल ल्याउनुभएको रहेछ ।

इजाले छानोमा त्रिपाल हालिदिनुभयो । चारपाटे मुङ्ग्राले चारैतिर च्यापिदिनुभयो । पल्ला छाउतिर हेरें ।

उडाएको सबै खर समेट्न लागिन् भागरथी दिदी । परबाट उनैको इजा र धौले ओड पनि आइरहेको देखें ।

भागरथी दिदीको छाउघर पनि मिलाएर छाइदिन थाले धौले ओडले । उनी र उनकी आमाले केही कट्टा पनि छापेर चेपिदिए मुङ्ग्राले । अनि, लाग्यो, सास फेर्दैछ गोठले ।

भित्र गएर कपडा फेरें, पछ्यौरा ओढेर चिसा कपडा बाहिर ल्याएर सुकाएँ । ज्यान न्यानो हुँदै आयो, मुटु काम्न छोड्यो ।

म सुत्ने छाउघर लिप्न माटो ओसारें कट्टामा, भागरथी दिदीले माटो मुछेर भत्किएको भित्री भित्ता लिपिन् । छाउघरको बाहिर पनि लिपिदिइन् । बिस्तारै घामको रापले सुक्दै आयो । भागरथी दिदीले आफू सुत्ने गोठ पनि लिप्न थालिन् । दिदीको गोठका चोइटा नै सबै तल झरेका थिए । तिनलाई सँगालेर दिदीको छेउ राखिदिएँ । चोइटा भित्तामा ठडाएर माटो छ्याप्दै मिलाउँदै सम्याइन् दिदीले । काम गर्दागर्दै घाम सेलाएर आयो पश्चिमतिरबाट । बाँकी रहिहाल्यो ।

राति यो चिसो भुइँमा कसरी सुत्ने हो ? यो चिसो भित्तामा कसरी अडेस लगाउने हो ? ओसाउन बेर छैन । ओत लिने ठाउँ त यही हो ।

रातको खाना खाइवरि सुत्ने बेला भयो । एक्लै सुत्न डर लागेर भागरथी दिदीलाई आफू सुतेको गोठमा नै सुत्न बोलाएँ । तर, दिदीले भित्रैबाट भनिन्– "तुखिं असजि होला ।"

आफू बसेको टाँडको चारैतिर हेरें । ठूलो टाँड पनि सानो लाग्यो । त्यति अप्ठ्यारो त पक्कै हुन्थेन ।

बीचको भित्तामा उभिएर पल्लो टाँड हेरें । त्यहाँ पनि पूरै चिस्यान देखें । सिकसिक लागेर सुत्नै मन लागेन । पल्टिन पनि झ्याउ लाग्यो । प्वालबाट हेरें । बत्ती पनि बलेको थिएन । यसरी नै धेरैबेर उभिएँ ।

गिलो छाउगोठमा कसरी सुतेकी होलिन् दिदी ? किन यहाँ आउन नमानेकी होलिन् ! मलाई त उनको माया पो लाग्यो ।

आधा रात हुँदैथियो । डर कता हरायो कता । कसैले थाहा नपाउने गरी फलेको खोलेर बाहिर आएँ । बिस्तारै कछुवाको चालमा बिरालो हिँडाइ गरें । त्यही लिप्नुपर्ने भित्ताको चोइटे कापबाट हेरें ।

राम्ररी देखिनँ भागरथी दिदीलाई । अझै गहिरो हेरें ।

आकाश गड्याङ्ग भएर पूरै धरती गुन्जियो । मन झसङ्ग भयो । चट्याङ पऱ्यो लामै । अनि, उज्यालो आयो छाउघरसम्म । मेरा नजर टक्क पऱ्यो, भरत काका र भागरथी दिदीमा ।

भागरथी दिदीको टाउको भरत काकाको छातीमा थियो । भरत काकाले दिदीलाई अँगालोभरि भरेर शिरमा चिउँडो टेकाएका थिए । तीनचार चोटि बिजुली चम्किन्जेल हेरें । आँखा चिम्म थिए दुवैका । सायद निदाएका थिए । यताउता चलेका पनि थिएनन् । हाम्रा बाज्येको मूर्तिजस्ता, चुपचाप चुपचाप ! त्यस्तै थियो रात पनि ।

बोलाउने आँटै आएन । चाल नदिएर गोडा फर्काएँ । आएर कम्मल ओढेर लडें ।

मेरो पीरको मयल उड्यो । अब भागरथी दिदीलाई चिसो लाग्दैन । उनलाई तातो बनाइराख्ने भरत काका थिए ।

पाँच दिन

"कला, ए कला, कति सिन्छे यो ?"

टाठै सुनें इजाको आवाज । उठ्छु भन्दा त थरर्र हातगोडा पूरै कामेर आए । कम्मलको न्यानोले पनि तताउन सकेनछ शरीर ।

राति उठेर अरू दुई जोर कपडा लगाउँदा पनि जाडो कम भएन । लुगलुग कामेर दाँत तलमाथि भइरहेका थिए । कन्चट तात्तिएर फुट्लाजस्तो पो भो । त्यति त सरले कन्सरी समात्दा पनि भएको थिएन । पूरै हड्डी दुखेर चाक टेकाउनै सकिनँ भुइँमा । चाकमै काँडाले घोचेजस्तो भो ।

"क्या भ्यो ? केलाई उट्ठिनै कला ?"

इजाको आवाजले मलाई झन् बिझायो । ज्यानमा भन्दा पनि मनमा बिझायो । भनन्न रिँगटा लाग्यो । सकिनसकी भित्तामा अडेस लागें । फुस्स सास निस्कन बाँकी थियो ।

इजाले भागरथी दिदीलाई बोलाउनुभयो । भागरथी दिदीले आएर मलाई हेर्दै छामछुम पारिन् । केही बोल्न सकिनँ । आँखाका कापमा आँसुको गाँज जम्न थाल्यो । मन पनि लुगलुगाउँदै आयो ।

"क्या भ्यो, कला ?" भन्दै दिदीले मेरो हातमा समाइन् । अनि, निधार छाम्दै इजालाई सुनाइन्– "काखी, कलालाई त जर आय जसो छ ?"

ज्वरोको नामले अझै मन भक्कानियो । आँसु बग्यो ।

मुन्टोसम्म फर्काउन नसक्ने बलहीन भएँ । इजा गोठ पस्नुभयो । नाडी, गोडा, चिउँडो छामेर ज्वरो विचार गर्नुभयो । मलाई भने इजाले जता समाए पनि दुख्यो । जहाँ छोयो, त्यहीँको हड्डीले घोच्यो ।

ओछ्याउने बोरा, कम्मल, सिरानी, दरी समाएर बाहिरिनुभयो इजा । भागरथी दिदीले मलाई जुरूक्क उठाएर छाउगोठपछाडि राखिन् ।

लल्याङलुलुङ भएँ । इजाले बउजू बोलाउने कुरो गर्नुभयो । अनि, मलाई कम्मलमा लपेटेर न्यानो बनाउन पनि खोज्नुभयो । इजालाई पीर पऱ्यो । इजाको अनुहार धमिलो देखें मैले ।

इजाले मलाई खानेकुरा खुवाउन खोज्नुभयो । केही खान मन लागेन, बोल्ने तरानै आएन । परान फुसुक्कै जालाजस्तो भयो ।

"बेली त निक्करी सिएकी हो," भागरथी दिदीले मेरो निधार छाम्दै इजालाई भनिन् ।

इजाले सोध्नुभयो– "रातैबाट आया हो जर ?"

मैले टाउको मात्रै हल्लाएर 'अ' भनें ।

भागरथी दिदी छेउमै आइन् । मेरो घ्यारघ्यार भएको सासको अवस्थालाई बुझ्न खोजिन् । र, मेरो कपाल सिमाल्दै नाडी छामिन् । उनैको छायामुनि फेरि भुसुक्क निदाएँ ।

नौलो बोली कानमा पऱ्यो । ज्वरोले याँकेको ज्यानलाई चलाउँदै आँखा उघारें । स्वयंसेविका रहिछन् । उनले मलाई छामिन् । मेरो मुखमा ज्वरो नाप्ने राखिदिइन् । केहीछिनपछि निकालेर हेरिन् । आँखा च्यातेर गहिरो हेरिन् । औषधि खाने ठीकठीक समय भनेर स्वयंसेविका गइन् ।

यहाँ डाक्टर आउँदैनन् । उनीहरू नछुनीलाई छुन डराउँछन् । फेरि डाक्टर बोलाउन त पूरै दुइटा डाँडो काट्नुपर्छ । त्यो पनि फनफनी घुमेर । नजिक भए बोलाउँथे होलान् । टाढैबाट सोधीखोजी गरेर औषधि दिन्थे होलान् ।

इजा र बउजू भागरथी दिदीलाई मलाई ख्याल गर भनेर गए । आडमा बसेर भागरथी दिदीले मेरो टाउको मुसारिदिइन् । गोडाका औंला, हातका औंला मिचिदिइन् । फेरि भुसुक्कै निदाएँ ।

भागरथी दिदीको न्यानो र बिहानको चढ्दो घामको तातोले मेरो ज्वरो कम भयो । हड्डी दुख्न कम भएर आयो । लट्ठिएका आँखामा केही रस भरियो ।

"कला, कसो छ अैल ?" भागरथी दिदीले सोधिन् ।

बटारिएका आँखालाई मिचेर अलिअलि सन्चो भएको इसारा गरें । उनी मुसुक्क हाँसेर मेडाको डिलमा बसिन् र मकैको पात च्यात्न थालिन् । परपर हेरें । पल्लो खेतको पीपलबोटमुनि मान्छेको हुल देखें । ती मान्छे खेदिनुको कारण दिदीलाई सोधें । "आज पुनि हो ला । देवता पुद्या दिन । तु रे मु छाउ भइग्यौ । न पूजा न प्रार्थना," दिदीले भनिन् ।

हो त, भुसुक्कै बिर्सिएछु । पूर्नेमा बाज्येले देउता मान्थे । बलि चढाउँथे । घरको बोको आजै काट्लान् । यसरी नै कुल पूजा गर्न लागेका होलान् घरमा ।

अलिकति हड उठाएँ । छाउघरको खाँबोमा अडेस लागेर घरतिर हेरें ।

हाम्रो घरपछाडिबाट दस कदम पर रूइनाको रूख थियो । त्यसकै फेदमा रङ्गीबिरङ्गी ध्वजा र रगतले रङ्गिएका ढुङ्गा थिए । ती बाज्येका स्वरूप हुन् । ती बाज्येका कुल हुन् । बर्सेनि बोका खाने देउ हुन् ।

बाज्ये, बज्यै, भाइ यताउता हिँडेजस्तो लाग्यो । इजा कहिले अघि, कहिले पछि गर्दै गरेको देखें । पक्कै इजाले सामानहरू ल्याएर दिँदै हुनुहुन्थ्यो । बाज्येले धूप माग्दै होलान् । दियो बनाऊ भनेका होलान् । भाइलाई आगाको फिलिङ्गो ल्या भन्दै होलान् । बज्यैलाई ध्वजा, सिन्दूर, रङ, सालधूप, कपुरधूप, अछेता ।

चोखो कलशको पानी । दक्षिणा, फलफूल, बलि दिने बोका ठिक्क पार्न हतारो भएको होला । भाइलाई चाहिँ जहाँ पनि हात हाल्न हतारो भएको होला ।

सबै बन्दोबस्त गरिसकेकी होलिन् बज्यैले । बाज्येले बिहानै नुहाइधुवाइ, चोखोनितो गरेर यसो गर्, उसो गर् भनेर इजालाई अह्राइरहेका होलान् । अनि, बाबाले पनि बाज्येकै सिको गर्दै होलान् ।

पूजा सुरू भयो होला । बाज्येले लामो टुप्पी, गोडा, हात धोएर धूप हाल्दै संस्कृतका श्लोक पढ्दै होलान् ।

पानी, अछेता, सिन्दूर, फूल, ध्वजा के-के हो के-के देउलाई दिएर बोका मनाउँदै होलान् । बोकाले आङ फुलाएर तिनिक्क तन्किँदै आफूलाई टकटक्यायो होला । बोको काटेको हेर्न डराएर इजा कतै छेलिन जानुभयो होला । भाइ डेक्ची लिएर रगत थाप्न बस्दै होला । डोरो तानेर बोकोको

घाँटी तन्काए होलान् बाज्येले । अनि, बाबाले खुकुरीले बोकाको गर्दन छिनाइदिए होलान्– च्वाट्ट !

अन्तिमपटक 'म्याँम्याँऽ' गऱ्यो होला बिचराले !

रगतको धारो बग्यो होला । बाबाले राताम्मे खुकुरी थानमा राखे होलान् ।

बाज्येले बोकाको टाउको उठाएर थानमा राखिदिए होलान् । रगतले सेता चामल राता पारिदिए होलान् । शुभ मन्त्र उच्चारण गर्दै आफूले टीका लगाई अरूलाई टीका लगाउँदै होलान् । सबैभन्दा पहिला त मलाई लगाइदिन्थे, म कन्या भएकीले । अब त किन मलाई पहिला टीका लगाइदिन्थे होलान् र ?

नरमाइलो मान्दै भागरथी दिदीलाई हेरें । मुसुक्क हाँसेर मेरै छेउ बस्दै आफूलाई पनि बोका काट्न मन भएको कुरा सुनाइन् दिदीले । अचम्मै लाग्यो । भागरथी दिदीलाई कसरी मार हान्न मन लागेको होला ! छोरीमान्छे भएर मार्छु/काट्छु भन्ने विचार कस्तो आएको ! इजाले मलाई कहिल्यै यस्तो सिकाउनुभएन ।

"कला, तेरा घर को हान्नो छ मार ?" फेरि भागरथी दिदीले सोधिन् ।

"बाबाले," भनें ।

धेरै निडर बाबा त । त्यत्रो बोकोलाई च्वाट्ट छिनाइदिन्थे । त्यसरी काट्न कसरी आँट आएको भन्या ।

हाम्रा बाज्येका देउता पनि बदमासजस्तो लाग्छ मलाई त । बोको काटेपछि बाज्येका देउता खुसी हुने अरे । बोकोको रगत सबै मूर्तिहरूमा, ध्वजाहरूमा, अछेतामा र भुइँभरि हुन्थे । अनि, देउताले रगत खायो भनेर भन्थे बाज्येले ।

के थाहा, खायो कि खाएन ? आफ्नो आँखाले देखे पो भर लाग्नु । बिचरा पशु मारेर खुसी हुने देउता पनि हुन्छन् र संसारमा ?

दिउँसोभरि त्यसरी नै बसें । कोही आएनन् मलाई भेट्न । घरको कामले इजा पनि यहाँ आउन भ्याउनुभएन होला, नत्र इजाले मलाई बिहानै रोटी लिएर आउनुहुन्थ्यो ।

पल्लो गोठ छाउन आए हिजो आएका धौले ओड । उनी छानोमा चढे । भागरथी दिदीले भाटा, खरका मुठा, सिटा दिइन् । मैले पनि सकिनसकी मुठा दिन खोजें । दिदीले थपक्क बस भनेकी थिइन् । मनै मानेन ।

छाउगोठ छाएर धौले ओड गए । भागरथी दिदी पनि सिँगारिएर कता पो गइन् । मलाई जाऊँ पनि भनिनन् । जाऊँ भनेर के गर्नु ! म कतै जान नमिल्ने भएकी थिएँ । इजाले छुस्स थाहा पाउनेबित्तिकै बाहिर ननिस्के है भनिहाल्नुहुन्थ्यो । धन्न ज्वरोको कारणले पो आज बाहिर बसेकी थिएँ ।

इजाले भात लिएर आउनुभयो । दाल, भात, अचार हालिदिनुभयो । अर्को भाँडो देखिनँ । खै त मलाई पूजाको सिगार भनी सोधें ।

"पुजागो सिगार तुइले खानु हुनइन् ।"

हो त, कस्तो भुसुक्क बिर्सिएकी ! पूजाको त मासु पनि खानु हुँदैन । चुपचाप भात खाएँ ।

तिनको नामको केही लाउन-खान नमिल्ने रहेछ, छाउ भएका बेला । मनमनै गाली पनि गरें बाज्येका देउतालाई ।

इजा जानुभयो । म भित्र गएर पढ्न थालें । पढ्दापढ्दै फेरि भुसुक्कै निदाएछु ।

इजाको आवाज सुनें । उठेर बाहिर हेरें । अँध्यारो भइसकेको रहेछ । साँझको खाना खुवाउन आइसक्नुभएको थियो इजा ।

टुकी जलाएँ । छाउघर उज्यालो भयो । इजाले खाना खुवाएर जाने बेला केरा, चप्पल र सेतो कागजमा लपेटेको पैसाको मुठो दिनुभयो । सबैभन्दा पहिला पैसा गन्न लागें । ६० रूपैयाँ रहेछ । पाँच र दसका चारचारवटा नोट । तिनमा अलिअलि रगतको छिटा लागेको रहेछ । नोटलाई कागजमै बेरेर राखें, भाइको अक्षर देखें । उसले कागजमा लेखेको रहेछ :

कला, मलाई तेरो माया कत्ति लागेको छ । तँलाई देख्न मन लागेको छ । तँ कब आउने है । छाउगोठ आउनै दिंदैनन् मलाई बाज्येले । आज मैले रगत थापें । पैसा पाएँ । बाज्येले पाँच रूपैयाँ, बज्यैले दस रूपैयाँ दिए । मैले थानबाट पैसा निकालेर इजालाई दिएर पठाएको छु । घरमा कसैलाई थाहा छैन । राख् । स्कुलमा चटपटे खाउँला । पैसा खोजे भने मुसाले लग्यो भन्छु । तँ कब आउने है । घरमा मासु पकाएका छन् । पैसा...

उसले चिठी हतारमा लेख्दालेख्दै छोडेको रहेछ । दोस्रो पटक पनि पढें । आँखै रसायो । मन त भाइको मायाले भक्क फुलिएर आयो ।

भाइ अलिकति बदमास थियो तर यति बाठो थियो भन्नेचाहिँ थाहा पाइनँ । पहिलापहिला भाइले देउतालाई चढाएको भेटी निकालेर मिठाई किनेर खाइदिन्थ्यो । बाज्येले थाहा पाएपछि सप्पै दोष ममा थुपारिदिन्थे अनि कलाले निकाल् भनेर निकालेको भन्थ्यो । अनि, त बाज्येले मलाई कराउँथे ।

यसपालि पनि भाइले पैसा निकालेको रहेछ । तर, त्यो पैसा मलाई पठाएकाले खुसी भएँ । बरू, यसपालि बाज्येले थाहा पाएर कराउँदा कसको दोष दिएर टार्ला ?

खुसी भएर फेरि पत्र पढें ।

तीनचोटि पढेको कागजी पत्र, मजाले पट्याएर नेपाली किताबको बीचमा राखें । पैसा पनि त्यसरी नै राखें । त्यसपछि चप्पल हेरें अनि केरा । यी पनि बाज्येको देउतालाई चढाएका होलान् । बाज्येका देउता रिसाएको हेर्न मन भयो । अनि, खान थालें केरा । खाँदाखाँदै राम सम्झिएँ । उसलाई एउटा केरा छुट्याइराखें । अनि, हीरालाई पनि एक कोसा राखें । भाइलाई पनि ।

प्वालबाट एउटा जुनकीरी छिर्‍यो, प्वाल पनि बन्द गरेकी रहेनछु । कपडा समाएर बुझो लगाउन लाग्दा, भागरथी दिदीलाई सम्झिएँ । एक कोसा केरा समाएर ढोकामा उभिएर बोलाएँ– "दिदी, दिदी ।"

भागरथी दिदीले भित्रैबाट आफ्नै छाउगोठमा बोलाइन् । गएँ । भरत काका देखेर झसङ्ग भएँ । किन आएँ हुँला जस्तो भो । फरक्क फर्किन पनि सकिनँ ।

उनी बसेर चुरोट तान्दै धूवाँ उडाइरहेका थिए । दिदीलाई केरा दिएर फर्कन लागें । बस् भनिन् दिदीले । गएर पढ्छु दिदी भनें । भरत काका नै उठेर निस्किए ।

मलाई देखेर भरत काका गए या जाने समय भएर गए ? आफू यतिखेरै आएकामा थकथकी लाग्यो । भरत काका हुँदाहुँदा किन बोलाएकी होलिन् मलाई ?

"बस् । तेरा काकाले बोलाया हुन् तुलाई ।"

भागरथी दिदीले यति भनेपछि थकथकी अलिकति कम भयो ।

"दिदी, काका गया हुन् ?"

"अँ ।"

भरत काका आए पनि हुन्थ्यो नि ! उनले बोलेको सुन्न मन थियो । तर, उनी गए ।

ढोकामा आँखा हामफाल्यो– पुलुक्क-पुलुक्क ।

भागरथी दिदीले दुई थालमा भात, मासु हालिन् । खाना खाइसकेकाले मैले मासु मात्रै खाएँ । त्यो मासु कहाँबाट कसरी आयो, केही सोधिनँ । उनैले सबै भनिन् । भरत काकाले ल्याइदिएका पितृ पूजाको मासु रहेछ । एउटा नछुनी आइमाईलाई नभएर आफूलाई मन परेको मान्छेलाई ल्याइदिएका ! पर्सि भरत काका जाने हुन् भनेर अहिलेदेखि पीर गर्दै थिइन् भागरथी दिदी ।

खासमा कुलपूजा गर्न आएका हुन् धनगढीदेखि काका । तर, उनले एउटी नछुनी आइमाईसँग छोइएर बिहान कुलपूजा गरे । काकाका लागि त्यो कुलपूजा भन्दा ठूलो पूजा दिदी रहिछन् । उनी कुलका पुजारी होइनन्, प्रेमका पुजारी रहेछन् भन्ने लाग्यो ।

गोठमा आएँ । प्वालबाट पल्लो छाउगोठ हेरें । गोठको माथिमाथि जुनकीरीहरू पिलपिलाइरहेका थिए । सायद प्रेमको बासना महसुस गर्दै होलान् ।

मन्दिरबिना, मूर्तिबिना पनि प्रेमका पुजारी हुने रहेछन् मान्छेहरू । ईश्वरमा भन्दा धेरै विश्वास प्रेममा फुलाउन सक्ने रहेछन् मान्छेहरू । तिनै मान्छेजस्तो लाग्यो दिदी र काका ।

कम्मल ओढेर पल्टिएँ । हृदयको एउटा कुनामा छुस्स भयो– "कठैःदैन यिनका पिर्ता !"

छ दिन

प्रभातै उठाइन्, भागरथी दिदीले । खोला जाऊँ भनिन् । तीन दिनदेखि कपडा नधोएको फेरफार गर्ने र धुने कपडा कुटिरो बनाएर दिदीको पछिपछि हिँडें ।

भोलि सातदिनमा उम्किने रहिछन् दिदी । सबै कपडा धोयौं, नुहायौं । अनि, सरासर फर्कियौं ।

इजाले खाजा ल्याएर आइसक्नुभएको रहेछ । आलीमा शकुन्तला फुपू टुक्रुक्क बसेको देखें । उनको छेउमा कपडाको कुटिरो थियो । पक्कै छाउ बार्न आइहुन् ।

फुपू र म सँगै बस्नुपर्ने भयो । पहिलो पटक छाउ भएकीसँग अर्को छाउपडी सुत्न मान्दैनन् भन्थे । तर, इजा र फुपूको कुरा कसरी मिल्यो, केही बुझ्न सकिनँ ।

फुपू छाउगोठ पसिन् । बोरा बिछ्याएर सुत्न थालिन् । छेउमा बसेर खाना खाँदै इजाका कुरा सुन्न थालें ।

भाइले थानबाट पैसा निकालेको थाहा पाएर बाज्येले उसलाई हप्काएछन्, लौरो समाएर घरपछाडि र आँगनमा दौडाएछन् ।

बड्डाले यसरी खेदाएपछि भाइ ढोकाको भित्रपट्टि लुक्थ्यो । अनि, बाज्ये टाँडमा बसेर फतफताउँथे– "चोर हुन्या जसो छ लाटो ? अैलबटी डाँकागिरी अद्दयामी ध्यान अर्न लाग्यो । उहुऽ राम राम ! यै पिठिउँ पनि... ।"

यति भएपछि भाइ जोगिन्थ्यो पिटाइबाट । बाज्येको रिस मर्थ्यो ढाड दुखाइमा । ऊ आएर बूढाको ढाड मिचिदिन खोज्थ्यो । अनि, बाज्ये मक्खै ।

बज्यैलाई अलि सन्चो भएनछ । बूढीमाउ अलिकति बिसन्चो हुनुपर्‍यो भने मेरो बिहेको कुरा कोट्याएर क्याउँक्याउँ गर्थिन् ।

मेरो गोडाको पानी खाएर मर्ने धोको छ रे बाज्येबज्यैलाई । बाबा भने पढाउनमा जोड गर्थे । बाज्येबज्यैलाई सम्झाउँथे । अनि, बाज्येबज्यै दुईचार दिन चुपचाप बस्थे । फेरि अलिकति व्यथाले चाप्नेबित्तिकै मेरो बिहेको कुरा गर्थे ।

म बज्यैसँग रिसाएर ठुस्सिन्थें । कहिल्यै घर छोडेर जाँदिनँ भन्दिन्थें ।

मेरो कुरा सुनेर बज्यैले दम भरिएको लामो सास तान्दै भन्थिन्– "चेलो भईबट जर्मिनु पड्‌डछ घरै बस्सखिं ।"

म झनै रिसाउँथें । के छोरीले इजाको घरमा जिन्दगीभरि बस्न नपाउने कहीँ लेखेको छ र ? दुःख मान्दै इजालाई कुरा लगाउँथें । इजाले मलाई फकाउनुहुन्थ्यो, मेरो रूवाइ च्वाट्ट निको हुन्थ्यो । बज्यैसँग ठुस्सिएर कर्के हेर्ने गर्थें । बज्यैले नै मलाई खानेकुरा देखाएर बोलाउँथिन् । नातिनी म फेरि बज्यैको प्यारी हुन पुगिहाल्थें ।

इजा घरतिर हिंडेपछि किताब लिएर पढ्न थालें । फुपूले उठेर कलकल पानी खाइन् । र, मैले पढेको हेर्न थालिन् ।

म ठूली भएँ रे । हिजोअस्ति बच्चै मान्छे हलक्कै बढें रे । छोरी मान्छे बढ्न बेरै लाउँदैनन् । बूढी हुन पनि बेर लाग्दैन भनिन् फुपूले । अनि, सोधिन्– "कति दिन भया ?"

"छ दिन ।"

"अज सोलदिन छन् ला ।"

कुरा गर्दै हातैले जुम्रा झारूँलाझैं उनले टाउको कन्याइन्, खोपाको ऐनाको खपेटो घुँडोमा अड्याइन् र ऐना हेर्दै सेता रौं तान्न थालिन् । उनको रौं तनाइ निक्को लाग्यो । मैले पनि उनका फुलेका रौं तान्दिन थालें । जुम्रा हेर्दै पनि भनिन् । जुम्रा पनि हेरिदिन थालें । त्यति भेटिनँ जुम्रा । तर, लिखा भने लपक्कै थिए । तान्नै सकिनँ ।

भागरथी दिदीले बोलाएर हेरें । बाहिर बसेर कपाल कोर्दै रहिछन् दिदी । छेवैमा बसें । उनले मङ्‌ग बासनादार तेल झोलाबाट निकालेर मेरो

कपालमा लगाइदिइन् । कपाल कोरेर रातो रिबनले दुईचुल्ठी बाटिदिइन् । आँखामा गाजल, अलिकति लाली र किरिम मुखभरि पोतिदिइन् । हातगोडाको नङ काटेर नेलपोलिस लगाइदिइन् अनि निधारमा सानो टीका लगाइदिएर उनले ऐना हेर्न दिइन् ।

आहा, कति सुन्दर देखिएँ ! पुतलीजस्तै । मेरो अनुहार भरिलो लाग्यो । गालामा उमेरको अलिकति लाली उम्रिएको थाहा पाएँ ।

आँखाको आँखीभौं माथितिर तन्काउँदै राम्री देखिएकी छेस् भनिन् दिदीले ।

मुसुक्क हाँसेर लजाएँ । मेरो उमेरको पत्र थपिएछ कि ! आफैंलाई देखेर छक्क परें । मभित्र पनि गुराँसको जस्तै लाली पलाएछ ! भागरथी दिदीले मलाई राम्री बनाउनमा कुनै कसर छोडिनन् । ऐना हेरेर ओठ चुच्याईचुच्याई लाली लगाइन् ।

भागरथी दिदी जत्री भएपछि म पनि एकदम राम्री हुन्छु रे । राम्रो हुने कुराहरू छन् रे ममा पनि । मलाई मन पराउनेहरू पनि धेरै हुनेछन् रे । ओहो ! भागरथी दिदीले मलाई त मक्खै पारिदिन् ।

मनको सिक्का पल्टियो । दिदीलाई फेरि सोधें– "दिदी, एकैले निको मानेको निको कि झिक्कैले ?"

उनको बोलीको खोलामा बग्दै जान थालें । उनको सम्झाइको गहिराइमा डुब्दै जान थालें । हो, हराउन थालें, दिदीका मीठामीठा बातहरूमा ।

माया धेरैले गरेको राम्रै हुने रहेछ तर पोइ एउटा मात्र भएको राम्रो रहेछ । धेरै लोग्ने भएकालाई त रन्डी भन्दा रहेछन् । सबैले थुक्दा रहेछन् । त्यसैले एकैसित जीवन काट्नुपर्ने रहेछ । एकैको जोई हुनुपर्ने रहेछ ।

कुरा गर्दै कानको मुन्द्री पनि मिलाउन थालिन् दिदीले । आफूलाई भने कस्तो डर लाग्यो । एउटाको जोई हुनु र धेरैको जोई हुनुमा पनि यति फरक रहेछ । सोचें, रामले मात्रै मन पराए हुन्थ्यो नि !

"कला मुनडो कसो छ ?"

झसङ्ग भएँ । राम छुट्यो मेरो मनको डरबाट । भागरथी दिदीको मुन्द्रा हेरें ।

"तेरा काकाले ल्याइदिया हुन्," उनले बिस्तारै भनिन् ।

कुममा हात राख्दै घुँडो टेकेर मैले भनें– "दिदी, तमीलै निक्की छौ, तब त माया अद्दाछन् काका ।"

काकाले माया गर्ने कुरा मेरो मुखबाट खस्न नपाउँदै उनले आँखा सन्काइहालिन् । छाउगोठभित्रको फुपूलाई देखाइन् । त्यसपछि चुप्प लागें ।

मान्छे राम्रा मात्रै भएर हुने रहेनछ । "छोरी मान्छेको त भाग्य पनि गतिलो हुनुपर्छ । सरल, सुशील, मेहनती, सुवासिलो हुनुपर्छ," भागरथी दिदीले भनिन् । इजाले पनि यस्तै भन्नुहुन्थ्यो ।

आफूले चाहेको जीवन बाँचेकी थिइन्, भागरथी दिदीले । समयको भित्तामा जिन्दगीलाई फरक्कै फर्काएर बनाएकी थिइन् हँसिलो जीवन । तब त उनीभित्र प्रेमको बास थियो ।

आफूलाई सिँगारिसकेपछि उनी मुसुक्क हाँसिन् अनि मीठो स्वरमा भनिन्– "कसी धेगियगी छु ?"

उनी राम्री देखिएकी थिइन् । म हाँसें । उनले मलाई अँगालोमा भरिन् । धेरैचोटि यताउता गरिन् । गइन् आफ्नो छाउगोठतिर । भित्र पसुन्जेल हेरिरहें, भागरथी दिदीलाई । अहो, माया नै मायाले धपक्क देखें ।

▪ ▪ ▪

छाउगोठपछाडि एउटा सानो खाल्डोमा पानी तालिएको थियो । त्यही खाल्डोको डिलमा उभिएँ । अलिकति अगाडि झुकेर फेरि आफूलाई हेरें । पानी ऐनामा पनि जातिबित्तिकै राम्रो लाग्यो । दुईचुल्ठी कपाललाई अघि झारेर हेरें । कति सुहाएको मेरो कपालको फुर्को । आफ्नै आँखामा रातो रिबन सुन्दर लाग्यो । तर, के गरूँ, त्यही रातो देखिने रगतले भने छाउगोठ पुऱ्यायो ।

फत्ल्याङ्ग...

हामफाल्यो भ्यागुता खाल्डोमा । पानी धमिलो भयो । त्यो भ्यागुतालाई माटोको डेल्ला उठाएर हानें । पानीमा कता लुक्यो कता ! यताउता हेरेर थ्याच्च बसें । कच्छा र धरो खोलें । भ्यागुता बस्ने पानीमा मेरो रगत मिसिएको पिसाब पनि मिसियो ।

गोठमा पसें । फुपूले जगल्टा अझै बाँधेकी रहिनछन् । आफूले भने कापीकिताब झोलामा हालें । एक दानो स्याउ लुकाएर खल्तीमा राखेर छाउगोठ पछाडि आएर टोक्न थालें ।

"कला, ए कला !"

इजाको आवाज सुनें । खाँदै गरेको स्याउलाई खल्तीमा राखेर इजासामु आएँ । इजाले गहिरो हेर्नुभयो । बाहिर निस्केको देखेर आफैंआफैं डराएँ । तर, इजाले मुसुक्क हाँसेर भन्नुभयो– "कन्ने बाटिदियो चुल्ठो ? फुपूले ?"

टाउको हल्लाएर होइन भनें । मुख चुच्याउँदै, भागरथी दिदीको छाउगोठतिर देखाएँ ।

हात धोइपखाली मैले थाली थापें । इजाले भातमासु राखिदिनुभयो । मासु देखेर रमाएँ । हत्पत्तिएर सोधें– पूजा अरेको सिगार हो, इजा ?"

"नाइ ।"

रोकाया मास्टरको घरमा काटेको बोकाको मासु रहेछ । मेरा लागि भनेर ल्याएका रहेछन् । पूजाको मासु कुहिएर जाओस् तर छाउ भएकीलाई नदिने भए ।

"पूजाको सिगार सकिग्यो," सोधें ।

इजाले सक्किएको छैन भन्नुभयो । सम्झिएँ– चुलाको छेउमा आगो ताप्ने निहुँ गर्दै भारको सुकुटी चुँडेर पोलेको । सुटुक्क बाहिर लगेर खाएको ।

थालको मासु हेरें । खानुभन्दा अगाडि चार चौटा भागरथीलाई निकालें । दुई चौटा मासु फुपूलाई दिएँ । अनि, छिट्छिटो भातमासु खाइसकेर एक पानामा लेखें :

"मैले मासुभात खाएँ । तँलाई एउटा स्याउ राखिदिएकी छु । यहाँ मलाई माया गर्ने भागरथी दिदी पनि छिन् । तैंले दिएको पैसा राखिराखेकी छु । स्कुलमा बिस्कुट खाउँला । अबदेखि थानबाट पैसा नचोरेस् । अनि, मलाई दोष लाउने होइन नि ! स्कुल गइरहनू ।

टुङ्ग्याएँ अक्षरको बाटोलाई । मनको एक हरफ त्यो अक्षरमा मिसाउँदा केही शान्ति मिल्यो । त्यही कागजमा स्याउको टुक्रा पनि पोको पारें । हीराको कापी पनि पठाइदिएँ ।

इजा गइरहेको हेरिरहें ।

फुपूले आफ्नो कपडाको पोको खोलिन् र पेटिकोट मात्रै लगाएर मैले जस्तै कपडाको धरो बाँधेर बसिन् । कत्ति लाजै मानिनन् कपडा बदल्न । मलाई भने उनी देखेर लाज लाग्यो । एकोहोर किताबतिर हेरें ।

फुपूले आफ्नो पोकोबाट सुइरो, रातो धागो, पहेंलो धागो र हरियो धागोको गुच्छा निकालेर बुन्न थालिन् । टोपी बनाउन लागेकी रहिछन्, हेरिरहें ।

तीसवर्षे बाबाभन्दा पन्ध्र वर्ष जेठी छिन् फुपू । लाग्यो, यति बूढी पनि नछुनी हुँदारहेछन् । तर, घरमा बज्यै कहिले पनि नछुने भएको देखेकी थिइनँ ।

'बूढी मान्छे किन छुइ हुँदैनन्' भनेर फुपूलाई सोधें ।

कसैको अगाडि कसैको पछाडि हुने र रोकिने गर्छ छाउ । हावापानी र खानपानले पनि छुइ हुने र रोकिनेमा फरक पर्छ भनिन् फुपूले । कुरा गर्दै कुरूस र धागोमा डुबिन् फुपू । उनको हात चलाइमा तानिएँ । धागोको डल्लो निकालेर हेरें । धागाको डल्लो एकछिन उफारेर हेरें पनि । फ्वात्त खसेर गुड्दैगुड्दै ढोकाबाट बाहिर झऱ्यो ।

"फुपू, धागो त... !"

धागो झरेको देखेर रिसाउँदै भनिन्– "समाउन नैसक्द्या केलाई निकाली ।" उनले आँखा ठूला पारिन् । म उठें धागोको डल्लो बेर्न । धागो बेर्दै उनकै झोलामा राखिदिएँ ।

धागोमा माटो लागेको थियो । गाली गरिन् । गालीलाई वास्ता नगरीकन उनको नाचेको हातको चित्र बनाउन थालें । चित्तबुझ्दो बनाउन सकिनँ ।

आफूले सोचेजस्तो चित्र बनाउन सकिनँ भने त्यसलाई म च्यातेर फ्याँकिदिन्थें । दस पाना च्यातेर फ्याँकिसकेकी थिएँ ।

पहिलेपहिले पाना च्यात्ने बानीले इजा धेरै पटक रिसाउनुभएको थियो । मेरो चित्रमा इजालाई कुनै रूचि थिएन । तर, मैले च्यातेर फ्याँकेको पानामा मनखत थियो । त्यसमा इजाको पैसा परेको हुन्थ्यो । त्यसैले ।

अचेल त चित्र बनाइदिने कापी इजा आफैं ल्याइदिनुहुन्थ्यो । कक्षा पाँचमा पढ्दा चित्रकलामा म प्रथम भएकी थिएँ । स्कुलको जन्मदिनमा मैले पुरस्कार ल्याएर इजालाई दिएकी थिएँ । इजाको नाक फर्सीजत्रो भयो । त्यसपछि त... ।

भित्तामा अडेस लागेर फुपूलाई हेरिरहें । उनले आफ्नो झोलाबाट चुरोट निकालेर सल्काइन् । लामो तानेर छाउघरलाई धूवैंधूवाँ पारिदिन् । म मरिमरि खोक्न थालें ।

"छिः गन आई धुकाल ?" खोक्दै भनें ।

खोकी लागिरह्यो । उकुसमुकुसै भएँ । म भएतिर बसेर चुरोट तान्न थालिन् र भित्ताको प्वालबाट बाहिर फ्याँक्न थालिन् धूवाँ । मेरो खोकाइले त झन् पेटै हल्लाएर हाँस्न थालिन् । उनका त दुइटा दाँतै रहेनछन् । ट्वाङ्ग दुलो । भित्रको गिजा, तर्कुलो सप्पै देखियो ।

धूवाँले अत्तालिएका बेला कानमा मीठो धुन बज्यो । सुरिलो लामो धुनले बाहिर तान्यो । सुनें धुन, एकमन लगाएर । भागरथी दिदीको गोठबाट आएको रहेछ, दौडिँदै गएर ढोकामा उभिएँ । भागरथी दिदीले मलाई देखेर धुनै बन्द गरिदिन् ।

मैले सोधें– "क्या बजाया हौ, दिदी ?"

खै किन हो, उनले केही होइन भनिन् ।

उनले घाम देखाइन् । मैले आकाश हेरें । घाम अलि चर्केको थियो । दिउँसो भएर पनि होला । सुकाएका कपडा सुक्ने भए भनेर दिदी खुसी भइन् । गिलो कपडा घर फर्किंदा लैजान मिल्थेन पनि ।

चिलाउनेको रूखमा आँखा जुध्यो । चिलाउनेको रूखमा किचकिन्या बसेर तर्साउँछे भन्थे गाउँतिर । तर, मलाई त्यहाँ जान मन लागिरहेको थियो ।

"दिदी, चिलाउनेका रूखतिर झाउनी ?" मैले भनें ।

दिदीले हुन्छ भनिन् ।

कुहु, कुहुकुहु, कुहुऽ

कोइलीको आवाज आयो चिलाउनेको रूखतिरबाट । लाग्यो, कोइलीले बोलाइरहेकी छ ।

फेरि दिदीलाई अनुरोध गरें । दिदी पनि जान तयार भइन् ।

बुन्नुपर्ने बाँकी चकटी समाइन् दिदीले । चकटी खोसेर समाएँ मैले । बाँकी मकैको खोस्टो समाइन् दिदीले । दौडिएर आफ्नो छाउघर आएँ म । झोलाको चुङ्गी खल्तीमा राखी फुत्त बाहिर हामफालेर दौडिएँ चिलाउनेको रूखतिर । केहीछिनमा पुग्यौं ।

रूखमुनि सुकिलो भुइँ हेरेर दिदी बसिन् र चकटी बुन्न थालिन् । चप्पल बिछ्याएर बसें । चिलाउनेको छाया बाक्लो थियो । त्यही छायामा सलबलाएको थियो घुँडोसम्म बढेका मकैका बुट्यान । फराकिलो ठाउँ हेरेर चुङ्गी खेल्न थालें । भागरथी दिदीलाई खेलौं न भनें, मानिनन् ।

कुहु, कुहु, कुहु, कुहुऽ

कोइली फेरि करायो । माथि रूखमा हेरें । कोइली देखें डालीमा बसेको । उसैसँग नक्कल गर्न थालें– कुहु, कुहु, कुहु, कुहुऽ

काँ, काँ । काग कराउँदै आयो । कोइली उडेर गयो । गएकोतिर हेरिरहें । तब विणोको सुरिलो धुन आयो ।

विणोको धुनले मेरा आङका रौं ठाडा भए । दिदीको हातको विणोले उनको अनुहारमा उदासी ल्यायो । विरहको धुनले दिक्दारीलाई भुलाइदियो एकछिन । बजाउन रोक्किन् । उनको अनुहार अनिदो भयो । मलाई एकोहोरो हेरिन् । उनको आँखा मायालाग्दो देखियो ।

"यइ बजाएपाछ रून पड्ड छ," उनको घुँडोमा हात राख्दै मैले सोधें ।

दायाँबायाँ टाउको हल्लाउँदै दाँतले अलिकति ओठ चिमोटिन् । मनको एक्लोपन टिलपिल देखिन थाल्यो, दिदीको आँखामा । समालिँदै दुवै कुहिना घुँडोमा टेकाएर खोसेला च्यात्न थालिन् ।

"काखागी सौराइ लागी ?" उनको आँखामा देखिएको माया बिउँझाउन भनें ।

मायाले हेरिन् दिदीले । फेरि बजाउन थालिन् विणो । फुकेर एक्लोपन हटाउँछु झैं गरिन् । धुन सुनाएर मैले देखेको लोकमा आफ्नो प्रेम सनाउँछुझैं गरिन् । छुँदै थियो, त्यो विणोको धुनले यो लोकको परिवेशलाई । त्यसको लयमा भरिँदै थियो होला भागरथी दिदीको प्रेम । बरू, मैले पो बुझिरहेकी थिइनँ त्यो धुनको भाका । त्यो धुनले पोखेको माया । त्यो धुनले सुनाएको भित्री मर्म ।

बुझूँ पनि कसरी ! मलाई त्यो विरह परेको थिएन । हुन त मलाई पनि रामको याद आउँथ्यो । तर, प्रेमले आएको हो भनेर भन्न सक्दिनँ ।

विणो मागेर फुकें– फु, फु, फु, फुऽ

बजाउन त्यति आएन । धुनभन्दा पनि बढी थुक निस्कियो ।

तर, निकाल्न मन थियो, प्रेमको धुन । यही धुनको आवाज पुगाउन मन थियो गाउँसम्म । तर, बजाउन आउँदैनथ्यो । सिकाइमागें । फुक्नुसम्म फुकें । सुर मीठो आएन ।

विणोले पक्कै भन्यो– कति नमिठो धुन निकाल्दैछे यो कलाले ।

मैले विणोको कला पहिलोचोटि त सुनेकी हो । फुकें तर सकिनँ बजाउन । फेरि मसिनो धुन आयो । विणो मेरो हातमा थियो तर दिदीको मुखबाट पातलो धुन आयो । हेरें । दिदीको हातमा पात रहेछ । मजाले पात बजाइदिइन् दिदीले । पातमा पनि यति मीठो सुर हुँदोरहेछ । रेडियोमा बजेको जस्तै धुन । दिदीलाई विणो दिएँ । अनि, मैले पनि पात टिपेर बजाउन थालें । अहँ बजेन ।

फेरि दिदीलाई विणो बजाउन लगाएँ । उनी बजाउनमा मस्त रहिन् । धुन मेरो वरिपरि भरिएर आयो । तर पनि, म रित्तो नै भएँ । सायद मैले धुनको गहिराइ बुझिनँ कि ?

यी पातहरू, यी धुनहरू जोसँग पनि बजिदिने गर्छन् । यिनीहरूमा छोइछिटो थिएन । आज एउटी छाउ भएकीको हात, मुखबाट पनि मजाले बजेका थिए । यिनलाई बज्नसँग काम थियो । छाउ भएकी र नभएकीसँग कुनै सम्बन्ध थिएन । यो निर्जीव वस्तुमा जसले कला दिन सक्यो, उसैमा कला उर्लिएर आउँदो रहेछ ।

धुनैधुनको लहरमा साँझ पऱ्यो, जतासुकै । घाम सेलायो समयको बुटाले । कालो बादल गर्जियो, उत्तरतिरको कुनामा । हतारहतार आएर हामीले कपडा उठायौं । म कपडा राख्न गोठ पसें । दिदी पनि कपडा गोठमा राखेर सीधै आलीमा आएर बसिन् । म आफ्नो छाउगोठमा बसेर धागो खेलाउन थालें ।

टुकी जलाएँ । दैलोनिर टुकी राखेर ढोकामा बसें । दिदीले चकटी बुन्दै आफूले बुझेको कुरा पनि सुनाउँदै गइन् ।

बेमौसमको बादल ठूलो आवाजमा गर्जियो। नालाको भ्यागुता ट्वारट्वार गर्‍यो। वैशाखको अन्तिमतिर वर्षात्को बादल छायो। दिदी उठेर गोठतिर गइन्। म भने टुकीको मधुरो प्रकाशमा इजाको बाटो हेरिरहेकी थिएँ।

धेरै पछि रातको खाना लिएर इजा आइपुग्नुभयो।

फुपू खाना खान घर गएकाले मैले पनि घरबाट खाना खाएर आउन मिल्दैन भनी सोधेँ इजालाई।

तेरो पहिलो छाउ हो, अर्कोपटक जालिस् भन्नुभयो इजाले। लाग्यो व्यर्थै सोधेछु, घर जाने कुरा।

केही मासु छुट्टै कटौरामा राखेँ र भात खाँदै इजाको कुरा पनि सुन्न थालेँ।

हीराकी इजालाई धनगढीतिर लगेछन् दबाइ गर्न। हीरा घरमा एक्लै। घरको सप्पै काम भ्याउनुपर्ने। त्यसैले कतै जान पाएकी छैन अरे।

बाज्येलाई हिजोदेखि झाडा लागेछ। दिनमा चारचोटि चर्पी गएछन् रे।

मलाई नजिकै राखेर हेर्न मन छ रे बाज्येलाई। मैले रोएको, घुर्काएको, बूढालाई चिया बनाएर दिएको याद आइरहेको छ रे।

बाज्येलाई चर्को ग्यास्ट्रिक थियो। चिल्लोपिरो, माछामासु कम खानुपर्ने। तर, टाठो पिरो उनलाई बढी चाहिन्थ्यो। खुर्सानी नटोकी खानै खान्नथिए। बज्यैलाई रिस उठ्थ्यो। अनि, हकार्थिन्।

बाज्ये भन्थे– "मद्दैछ भन्या त, खाइबट मर्नु निको।"

खाएरै मर्न खोज्नेसँग कसको के लाग्छ र। यस्ता मान्छे छिटो नमरे को मर्छन् त है!

भुइँका भाँडा समाउँदै इजाले चनाखो भएर सुतेस् भन्नुभयो। उहाँको मनमा अलिकति डर बढेछ।

कीराफट्याङ्ग्राको डर हुन्छ रे। यतिका दिन भन्नुभएको थिएन। हिजो बउजूको घरमा सर्प पसेको रहेछ। खोजीखोजी मारेछन्। आज बिहान पनि इजाले आँठामा बगाले सर्प देख्नुभएको रहेछ। अस्तिको पानीले सर्प हिँडेका होलान्। यतिखेर साँप, कीराको डर नहुने कुरै भएन। एकैछिनमा गर्मी। एकैछिनमा पानी। एकैछिनमा हावाहुरी आइरहेको थियो।

फुपू खाना खाएर आइपुगिन् । लामो डकार काढिन् । थ्याच्च बस्दै पल्लो भित्तामा अडेस लगाएर चुरोट सल्काइन् । गड्याङगुडुङ आकाश करायो । पूर्वतिर बिजुली चम्कियो । फेरि बर्सिने भो पानी । अस्तिको पानीले रातभरि सुत्न दिएन । ज्वरो नै निकालिदियो । फेरि यो पानीले के सङ्कट पुऱ्याउने हो, थाहा थिएन । पल्लो गोठको ढोकामा दिदी देखें । सायद इजाको कुरा सुनिरहेकी थिइन् ।

केहीछिनपछि इजा घरतिर लाग्नुभयो ।

दिदी गोठभित्र गइन् । आकाश हेर्दै म पनि गोठभित्र गएँ ।

फुपूको बुनाइ र मनको खेलाइमा भुल्दाभुल्दै झमक्कै भो ।

दिदी सम्झनेबित्तिकै प्वालबाट हेरें । बत्ती बलिरहेको थियो । म उठेर ढोकानिर गएँ र बोलाएँ दिदीलाई ।

उनले उनकै छाउघरमा बोलाइन् ।

कटौराको मासु लिएर गएँ । उनले भित्र नै बोलाइन् । मलाई जान मन भएन । फेरि भरत काका भेटिन्छन् कि भनेर डराएँ । हात समाएर भित्र बोलाइन् ।

आकाश जोरले गर्जियो । बिजुली चम्किएर अँध्यारो फाट्यो । गयो बिजुली । रह्यो बत्तीको प्रकाश मात्र ।

कटौराको मासु दिएँ । एकचौटा खाइन् र मलाई पनि खुवाइदिइन् । अनि, चकटी बुन्दै भनिन्– "तमरी याद खुब आउन्या हो ।"

म भित्रैभित्र रसाएँ । माया छ्याप्छ्याप्ती हिंड्यो । म छिनछिनमा उनीतिर तानिन थालें । उनी भोलि फर्किंदैछिन् भनेर हो कि ! गोठ छोड्दैछिन् भनेर हो कि !

बरू, के याद आउला उनलाई मेरो ? म बच्चाको मायामा न कुनै जादु थियो, न कुनै आकर्षण । दिदीलाई याद आइरहने त्यस्तो कुनै पल दिन सकेकी पनि थिइनँ ।

उनको भने धेरै माया लागिसकेको थियो । रामको जत्तिकै । हीराको जत्तिकै । त्यसभन्दा पनि इजाको जत्तिको माया । यतिखेर सबैको मायालाई जितेको थियो भागरथी दिदीको मायाले ।

थाहा पाउँदैथिएँ, मायालाई जिताइराख्न सङ्गत हुनुपर्ने रहेछ । घुलमिल हुनुपर्ने रहेछ । यो छ दिनको बसाइमा भागरथी दिदीको मायाले ठूलै

स्थान ओगटेर आयो । उनको पछिपछि भरत काकाको माया पनि आयो ।

किन नलागोस् माया ! दिदी स्वयं मायाकी मूर्ति थिइन् । मेरो जस्तै हाडछालाको मूर्ति । यी छ दिनमा मलाई प्रेमको शिक्षा र मायाको पाठ पढाइदिएकी थिइन् । प्रेमका पात्रहरूलाई चिनाइदिएकी थिइन् । यति कुरा मैले स्कुलमा पढ्न पाइनँ । यति कुरा छाउगोठ आउनुअगाडि देख्न पाइनँ ।

भरत काका गएपछि त तिमीलाई यो गाउँ निसाइलो लाग्ला है भनेर दिदीलाई सोधें ।

"लागीबट क्या अरू त... ।"

यत्ति भनेर दिदी एकछिन चुप्प लागिन् । अगाडि बोल्न नसकेजस्तो गरिन् । अनुहारै मलिन बनाउँदै सम्झनामा बाँच्ने बानी बसाल्छु भनिन् । गाउँमा नै सानोतिनो काम गर्छु भनिन् । अनि, बिस्तारै यादहरू कम हुँदै जाने छन् भनिन् । दिदीको मनबाट काकाका यादहरू कम होलान् त ?

चौतरा चोकमा जुत्ता सिउने पसल छ दिदीको ।

जुत्ता सिएरै आजसम्म इजालाई पालेकी थिइन् । बाँकी दिन पनि यस्तै होला । जे होस्, समय त कामले भुलाउला । तर, मनलाई कसरी भुलाउने हुन् ! वर्षदिनसम्म भरत काकाको यादले कति सताउला !

कुरा गरिरहँदा चारवटा चकटी बुनिछन् दिदीले । मैले चारैवटा ओर्काईफर्काई हेरें । कति राम्रा । मैले भने राम्रोसँग बनाउन सकिनँ । तैपनि, बुन्ने तरिका भने जानें ।

"लैजा एउटा," दिदीले भनिन् ।

मैले छानेर एउटा आफूतिर राखें । उनलाई हेरेर सोधें– "झाऊँ, दिदी ।"

तेरा काका आउने हुन् । निद्रा नलागे काकालाई भेटेर जालेस् भनेर दिदीले भनिन् । मलाई भेट्न त मन थियो । तर, देख्नेबित्तिकै डर लाग्थ्यो । उनले पुलुक्क हेरेर हाँसिन् र कुरा गरिन्– "तुलाई काकाले खुब निको मान्नाछन् ।"

यहाँ आउनेबित्तिकै मलाई पहिला सोध्दारहेछन् काकाले । एक्लै कसरी बसेकी छे कला भनेर दिदीबाट बुझ्ने रहेछन् । छाउगोठमा यसरी राखेकाले घरमा पनि रिसाएछन् । उनलाई यो सबै मन नपर्ने रहेछ । छोइछिटो,

जातपात र छाउ केही बार्नुहुन्न भन्ने विचारका । गाउँका मान्छेभन्दा धेरै फरक रहेछन्, काका । दिदीले अन्तिममा आँखा रसाउँदै भनिन्– "भोल तेरा काका गइझान्या हुन् ।"

बोल्दाबोल्दै उनी अड्किन् । मलाई एकोहोरो हेरेर धमिलो भइन् । घुटुक्क एकघुट थुक निलिन् । मेरो निधारमा चुप्प गरिदिन् ।

मनभरि भरत काका भरिदिन् दिदीले । भरत काकाका लागि मेरो हृदय अझ ठूलो भयो । एक वचन बोलेकी थिइनँ, उनीसँग । उनले यति कुरा ख्याल राखेका । कति जाती भरत काका त !

छाउघरबाट बाहिर आएँ । आकाशले आँखा झिम्कायो । पूर्वतिर त कालोनीलो भएर पानी पर्न थालेको देखें ।

नालाका भ्यागुता ट्वारट्वार कराइरहेका थिए । भागरथी दिदीले फल्याको लगाइन् । दौडिएर आफू बसेको छाउघर छिरें ।

फुपू सुतिछन् । उनले उडाएको चुरोटको धूवाँको रहलपहल अझै आइरहेको थियो । दिदीले दिएको चकटी हेरीहेरी चित्र कोर्न थालें ।

गड्याङऽ गुड्डुङऽऽ आवाज आइरह्यो आकाश गर्जेको । बिजुली चम्किरह्यो आकाशभरि । फुपू घुर्न थालिन्, बाज्येजसरी ।

चकटी सिरानमा राखेर पल्टिएँ । आधारात हुँदा पनि मलाई निद्रा लागेन । यताउता पल्टिएरै आधारात काटें । बाहिर पानीको छिटा पऱ्यो । बाछिटाले हान्न थाल्यो । पानी चुहिने डर लाग्यो तर चुहिएन । फुपू त मजाले घुरेको घुऱ्यै । घरमा सुत्नै नपाएर सुत्न आएजस्तो लाग्यो ।

पानी जोडजोडले परिरह्यो ।

▪ ▪ ▪

"कला, ए कला !"

भागरथी दिदीले बोलाएको सुनें । प्वालबाट हेरें । अझै बोलाइरहिन् । मध्यरात हुँदा पनि किन नसुतेकी होलिन् ?

अनि, भरत काकालाई सम्झें । पक्कै भरत काकाले बोला भनेर बोलाएकी हुन् कि ? भरत काकाको मायाले झ्याप्पै छोप्यो । प्वालबाटै सोधें– "क्याइ बोलाय हौ, दिदी ?"

"यहाँ आ...य छिटाइ आ...य ...कला !"

उनको आवाज दबियो । घाँटीतिर थिचियो । पीडाको जस्तो । छटपटीको जस्तो । मूर्च्छा परेजस्तो । यस्तैयस्तै निस्कियो आवाजमा । मनमा चिसो पस्यो ।

छिट्छिटो फल्याको निकालें । बाहिर पानी जोडले पर्दै थियो । हामफालें त्यस्तैमा । पाइलापाइलामा डर पलाउँथ्यो । आँटले निमोठ्थ्यो डरलाई ।

मभित्र डर र आँटको भयानक लडाइँ भइरह्यो । दौडिएर भागरथी दिदीको छाउघरमा पुगेको पनि थाहा पाइनँ । फल्याको बन्द देखेर झन् डराएँ । यताउता हेरेर बोलाएँ– "दिदी, दिदी ! भागरथी दिदी !"

फल्याकोमा हान्दै तानतुन पारें । किन नबोलेकी होलिन् ? यताउता हेरें अत्तालिएर । चिच्याएर भनें– "क्या भयो, दिदी ? केइ बोल्दिनौ ?"

उनको आवाज सुन्न निरन्तर हतारिएँ । भिजेका आँखाले उनलाई देख्न निरन्तर तर्सिएँ ।

बिजुली चम्किँदा परपरको संसार स्पष्ट देखियो । तर, दिदी कतै देखिइनन् । साँच्चै, अत्तालिँदै थिएँ भित्रैभित्र । मन आतुर थियो । फर्किन पनि झट्ट सकिनँ । फेरि बोलाएँ– "दिदी, दिदी !"

अहँ, दिदी बोलिनन् । सकिनसकी फल्याको आफैंले निकालेर भित्र पसें ।

मलाई त भनन्न रिँगायो । मेरो नै होश उड्लाजस्तो भयो । मुटु त थरर्र काम्यो । चिरिर्र चिच्याएँ ।

फुपूऽ फुपूऽ फुपूऽ

ग्वाँग्वाँ रूँदै फर्किएँ । आत्तिएँ । दौडिएँ, आफ्नै छाउघरतिर । खुट्किलो चढ्न लाग्दा खुट्टा चिप्लियो । बद्ऱ्याङ्ग लडें । तल्लो खुर्खिट्टोमा मेरो दाहिने घुँडो ठोकिँदा त मूर्च्छै परें । मूर्च्छित सासलाई तानेर भित्र हुत्तिएँ । चोटको मूर्च्छाले भन्दा पनि डरको मूर्च्छाले रोएँ ।

फुपूलाई उठाएँ ।

"फुपू, फुपू !"

उनलाई उठाउनै गाह्रो भो । कति गहिरो निद्रामा सुतेकी होलिन् !

अकस्मात् उठिन् । म रोएको देखेर उनी नै तर्सिन् । म आत्तिएको देखेर उनी नै कराइन्– "को आयो ? को आयो ? कै राणको चेलो आयो ? तैगी इजालाई समाउन आया हो । तैगी बैनीलाई समाउन आया हो ? मारदिन्छु तैंलाई ।"

उनले त दाह्रै किटिन् । मुर्मुरिएर रातो न रातो भइन् । समाउन आउनेलाई गेडुलाझैं गरिन् । एकएक गाली गर्दै बर्बराउन थालिन् ।

"भागरथी दिदी, भागरथी दिदी !"

एकोहोरो बर्बराएँ । पूरै कुरा घाँटीबाट निस्कनै सकेन । भागरथी दिदीको अवस्थाबारे केही भन्नै सकिनँ । मेरा हातगोडा लुगलुग कामे । रूझेको मुसाजस्तो भएँ ।

"क्या भयो भागरथीलाई ? को आयो समाउनखिं ।"

हतपत उनले टर्च बालिन् । जुरूक्क उठेर फुत्त बाहिर निस्किन् । पछिपछि गएँ । दुवै भागरथीको छाउघर पुग्यौं ।

दिदीको अवस्था देखेर फुपू नै शिथिल भइन् । भागरथी दिदीको मुखभरि गाँज आएको थियो । साबुनको गाँजजस्तो । आँखा पिर्लिक्क परेका थिए । उनको छेवैमा मेरो नाडीजत्रै गोमन सर्प सुतेको थियो । फुपूले त्यो गोमन सर्पलाई जहीँको तहीँ मारिन् । पुच्छर समाएर प्वालबाट बाहिर खसाइन् ।

डरले लुगलुग कामें । त्यसभन्दा ज्यादा दिदी बेहोसिएको रात देखेर आत्तिएँ ।

फुपूले दिदीको गोडा छामिन् । उनको खुट्टामा टोकेको रहेछ ।

दिदीलाई बोकेर हाम्रो छाउघरमा लिएर आयौं । फुपूले कपडाको धरो पिँडौलामा बाँधिदिइन् । दिदी अलिकति झस्किएर फेरि लल्याङलुलुङ भइन् । मुटु काँपिरह्यो । मलाई भागरथी दिदी कुर्न लगाएर फुपू गाउँ गइन् । कामेको मनले भन्यो– डर कुर्न लगाइन् कि फुपूले, दिदी कुर्न लगाइन् ।

दिदी कुर्ने डरले अत्तालिएर छटपटिँदा पनि उनको बेहोसीले मलाई डाँको छोडेर रून दिएन । छाडेर अन्त जान दिएन । लुलो टाउको काखमा लिएँ । उनको अनुहार मुसारें । अहिल्यै बोल्लाजस्तो थियो अनुहार । तर,

गोरो अनुहार नीलो हुँदै गयो ।

मुखभरिको गाँज पुछें । ओठ देखियो । दिउँसो लगाएको लाली अलिअलि थियो ओठमा । त्यहीँ मिसियो सर्पको बिख पनि ।

"कसो भया छ कला तुइलाई ?" यसरी सोध्ने ओठ कत्ति बोलेको थिएन ।

बारम्बार मेरो ख्याल राख्ने दिदीलाई उठाउन खोजें, उनको त्यो तातो सास खोजिरहें । अहँ कत्ति आएन ।

"दिदी उठ, उठ न दिदी, उठ न ।"

एकोहोरो बोलेर उठाउन खोजें । उनको मुखमा गाँज बढिरहेको थियो । अनुहारमा नीलो थपिँदै थियो । म डराईडराई बोलाउँदै थिएँ । अहँ बोलिनन्, कत्ति बोलिनन् । उनको ओठमा अलिकति पानी चुहाइदिँदा पनि ओठ चलाइनन् । सकेजति उठाउन झक्झक्याएँ । अहँ, मरिगए उठिनन् । तर, उनको छाती तलमाथि गरिरहेको थियो ।

झरीले बाहिर भिजायो । आँसुले आँखालाई रूझायो । अझै भिजायो दिदीको बेहोसी अवस्थाले । गिलो तनमनले । उनलाई सुमसुम्याउँदै धेरै रोएँ । डाँको कत्ति बाहिर आउनै सकेन । झर्न आयो आँसु परेली डिलमा । अनि, पऱ्यो कैयौं थोपा दिदीको गालामा, तप्पतप्प-तप्पतप्प ।

▪ ▪ ▪

मान्छेहरू गाइँगुइँ कराउँदै आए । फुपूले फुक्ने र अन्य मान्छे लिएर आएकी रहिछन् । भागरथी दिदीको इजा पनि देखें साथमा ।

भागरथी दिदीलाई उठाउन ती मान्छेहरू छाउघरभित्र छिरे । पछिपछि तिनकी इजा पनि छिरिन् ।

करक्क भयो छाउघर । भासिएलाजस्तो भयो जमिनमुनि । सबैको भार थेग्न काम्यो छाउघर पनि थरर्र । म कापें थरर, दिदी लैजान लागेको देखेर ।

बेहोसी भागरथी दिदीलाई मेरो काखबाट मान्छेहरूले उठाए । मेरो काख चिसो भयो । म चुँडिएँ भित्रैबाट । म रित्तिएँ ।

एउटा चीत्कार बाहिर फुस्किन निकै कष्ट गऱ्यो ।

बाहिर ल्याएर आलीमा राखे दिदीलाई । लम्पसार परेको बेहोसी दिदी मेरो आँखाभरि रसाइन् । उनी पखालिइन् आकाशको आँसुमा । म भिज्न थालें, आँसुको झरीमा ।

यही झरीबाट बँच्न ओत खोज्ने मान्छे निथ्रुक्क हुँदासम्म उठिनन् । यो पानी पनि कति निर्दयी, एकछिन थामिए के थाहा, बौरिन्थिन् कि दिदी !

निरन्तर पानीले रूझाउँदा पनि होश आएन दिदीको । उनको नछुनी रगत सारा पखालिदियो । त्यो रगत निस्कने ठाउँ नै पखालियो । र, पखालिदियो उनको होश पनि । तर, अहँ पखालिएन अझै उनीभित्र चढ्दै गरेको बिख ।

परिरहेको पानीमा छाता ओढाएर राखे दिदीलाई । मलाई त नजिक पर्नै दिएनन् । मैले छाउघरमा बसेर हेरिरहें । तिनकी इजाले सुनपानी हालिन् । फुक्ने बूढाले नाडी छामे ।

बिख धेरै चढिसकेको छ । घरमै लगेर फुकफाक गर्ने सल्लाह दिए फुक्ने बूढाले । अनि, उनी अघि लागे ।

धन्न फुक्ने बूढा सार्की नै रहेछन् । यदि कुनै बाहुन भएका भए छाउ भएकीलाई नछुने । यही बूढाले त सात दिन भयो भनेपछि मात्रै मानेका रहेछन् । यो जातले पनि मान्छे खाने भो, छाउको जातले पनि मान्छे खाने भो ।

दिदीकी इजा आत्तिरहेकी थिइन् । फुपूले उनकी इजालाई सम्झाइन् । उनकी इजा रून थालिन् । भगवान् सम्झिन थालिन् । कुल सम्झिन थालिन् । जसलाई जति सम्झिँदा पनि दिदीले सम्झिनन् पानीको झरी ।

दुई जना दाइहरूले दिदीलाई उठाए । उनको हात लुलो भएर तुर्लुङ्ग झुन्डियो । झ्यालटुङ बनाउँदा लामो कपाल गलाएको सनपाटझैं लत्रक्क भयो ।

ढोकामा उभिएर हेरें दिदीलाई लैजाँदै गरेको । लाइटको प्रकाश देखिन्जेल हेरें । देखिन छोड्यो त्यो लाइटको प्रकाश । पऱ्यो आँखा छाउघरमै । बाँकी म र फुपू मात्रै रह्यौं तर रहेन हामीभित्रको मन छाउघरमा ।

हाम्रा घरका कोही आएनन् । थाहा पाएनन् होला । म भने सम्झनामा

तर्सिरहें दुखेको मुटु लिएर । भिजिरहें मनभरि सुकेको आँत बोकेर ।

"कला, फल्याको लाइदे ।"

झसङ्ग भएँ ।

फुपूले बोलेकी रहिछन् । पूरै भिजेकी थिइन् उनी ।

म फल्याको लगाएर भित्रै थुप्रिएँ । उनले कपडा फेरिन् । गिलो कपडा बाहिर फ्याँकिन् । अनि, चुरोट सल्काएर तान्न थालिन् ।

मैले पनि कपडा फेरें । प्वालबाट भिजेको लुगा बाहिर झारालें । झराल्दा आकाश जोडले गर्जिएर बिजुली चम्क्यो । बिजलीको उज्यालोमा भागरथी दिदीको छाउघर हेरें । छाउघर रोइरहेको थियो । सायद त्यसलाई सिँगार्ने मान्छे बेहोस भएर हो कि ?

"कला, ए कला !"

इजाको आवाज सुनें बाहिर । इजाले टिलिल्ल लाइट हामीतिर बाल्नुभयो । केही बोल्नै सकिनँ । डाँको छोडेर रून मन लाग्यो । दबाएँ रूवाइलाई आफैंभित्र । तर, इजाले मलाई घर लगेर सुताउनुहुन्न । र, कहिल्यै भन्नुहुन्न 'हिँड कला घरमै सुत्लेस् भनेर' ।

इजाको साथमा बउजू पनि आएकी थिइन् । दुवै आएर भागरथी दिदीको घटना बुझ्न थाले । फुपूले सुनाउन थालिन् । मैले चुपचाप सुनिरहें । लाइट बालेर चारैतिर हेरे । केही देखेनन् । फुपूले सर्प देखाइदिइन् । बउजूले एउटा लौरामा झुन्ड्याएर लिएर गइन् सर्प ।

जाँदाजाँदै इजाले भन्नुभयो– "चनाखो भइबट सियै, कला ।"

मलाई भने कत्ति निद्रा परेको थिएन ।

पूरै शरीर चिसिँदा पनि मन भतभती पोलिरह्यो । भिजेको आँखा भने लपक्क टालेर निदाउने प्रयत्न गरें ।

सात दिन

बिहानैसम्म मलाई निद्रा लागेन । अनिदोले एकै रातमा पूरै शरीर कमजोर भयो । लुगलुग कामेर बतासमा हल्लिएको पातजस्तै पो भएँ ।

छ्याङ्ग आकाश खुलेर आयो । घाम लाग्यो पूर्वतिरको आकाशमा । तर, मेरो मनमा घामको कुनै प्रकाश पुग्न सकेको थिएन । मेरो मनमा भागरथी दिदीको एकएक झल्कोले ठाउँ लिएको थियो । कानमा गुन्जिँदै थियो दिदीको आवाज । उनको हाँसोको रसले म निथ्रुक्क भइसकेकी थिएँ । उनको हातले मेरो आङभरि माया पोतिदिएको थियो । त्यसैले त होला झन्झन् माया बढिरह्यो उनको ।

आँखाभरि फिँज निकालेकी भागरथी दिदी झलझल देखिइन् । अनि, आँखाभरि त्यो सर्प पनि सलबलाइरह्यो, जसलाई सम्झेर पटकपटक डराइरहेकी थिएँ ।

इजाले भनेको कुरा सम्झिएँ : छाउ भएकीले मन्दिर जानुहुँदैन । छाउ भएकीले प्रसाद खानुहुँदैन ।

हिजो भागरथी दिदी महादेव मन्दिर गएकी थिइन् । झुक्किएर मन्दिर छोइन् कि उनले ? भोकले प्रसाद खाइदिइन् कि ? त्यसैले रिसाएर सर्प पठाएका हुन् कि महादेवले ? पक्कै त्यही कारण हो । धन्न मैले प्रसाद खाइनँ । नत्र मलाई पनि टोक्ने । म पनि बेहोस हुने । हिजो रात त्यही साँपलाई फुपूले मारिन् । साँच्चै महादेवको घाँटीमा त्यो सर्प छ कि छैन होला आज । मनमा उठेका कुराले महादेव मन्दिरतिर तानिरह्यो घरिघरि ।

छाउ भएकी दिदीले अन्जानमा मन्दिरै छोए पनि त्यसरी बेहोस नपार्नुपर्ने । मलाई त मन्दिरको भगवान्‌मा कत्ति भर लागेन । बरू, घरको देउता पो विश्वासिलो लाग्यो । बाज्येको देउता पो शक्तिशाली लाग्यो ।

लामो सास तानें । मनमनै बाज्येको देउता पो ठूलो मानें । हाम्रा देउताले रक्षा गर्छन् । कसैलाई दुःख दिंदैनन् । भागरथी दिदीलाई सन्चो बनाइदेऊ भनेर बाज्येको देउतालाई नै सम्झिएँ ।

बेली रात आएका दुई जना दाइ छाउगोठतिर आइरहेको देखेर फुपूले नै पहिला सोधिन्– "कसो भयाछ भागरथीलाई ?"

"भागरथी मरिगई ।" फ्याट्टै एउटा दाइले भनेको सुनें ।

भागरथी मरिगई । भागरथी मरिगई... ।

पूरै धरतीमा गुन्जिइरह्यो त्यो आवाज, जसलाई मैले कत्ति सुन्न चाहिनँ ।

एक्कासि मेरो मनमा चिसो पस्यो । मुटु थरर्र काम्यो । नमजाले मासी गल्यो हड्डीको । मूर्च्छा परेर घुँडो टेकें । फुस्किन लागेको डाँकोलाई मुखमा कपडा कोचारेर रोकें । बिस्तारै आँखा भिज्यो आँसुले र मिसियो आँसुकै भेलमा मेरो चीत्कार ।

गिलो आँखाले हेरें फुपूतिर । दाइहरू छाउ भएकी फुपूसँगै चुरोट तान्दै थिए । अर्को दाइले तमाखु मोल्न थाले । नछुनीले दिएको अम्मलमा पनि छाउ लाग्नुपर्ने हो । तर, छाउ नलगाउने रैछन् मान्छेहरू ।

उनीहरू कुरामा गफिन थाले । म भने दिदी बसेको छाउगोठभित्र लुसुक्क छिरें ।

भित्र पस्नेबित्तिकै भित्तो हेरें, जहाँ अस्ति भरत काका अडेस लागेर बसेका थिए । तर, यतिखेर भने भरत काकाको कुनै दकस लागेन । उनैको कुरा सुनेर मुसुमुसु हाँसिरहेकी भागरथी दिदी पनि देखें ।

म चिच्याइनँ । म कराइनँ । हो, म कत्ति पनि डराइनँ । एकोहोरो पारेछ नि दिदीको सम्झनाले । साँच्चै, मेरो सारा डर लिएर गइन् भागरथी दिदीले । मायाको शक्ति दिएर गइन् भागरथी दिदीले । त्यसैले होला निर्धक्क भएर हेर्न थालें छाउघरभरि ।

बीच्च खाँबोको कीलामा उनकै झोला झुन्डिएको थियो । त्यसमा धेरै सामान थिए । त्यही झोलाबाट निकालेर किरिम, गाजल, नङपोलिस, लगाइदिएकी थिइन् भागरथी दिदीले । त्यही झोलाबाट ऐना झिकेर सिँगारिएको मेरो अनुहार हेर्न दिएकी थिइन् । झोला के छोएँ, सम्झनामा गहभरि आँसु टिलपिलायो । खाना खाने थाली, बोट्क्या र गिलासभरि आकाशे पानी भरिएका थिए । र, ओढ्ने-ओछ्याउने दरी, कम्मल पनि निथ्रुक्क भएका थिए ।

"अब लत्ता सुक्द्या भया, कला ।" चिरिक्क घाम चर्किंदा लत्ता सुकाउँदै उनले बोलेको कुरा अनायासै मनमा दोहोरियो ।

बेलीका सुकिला लुगा रातभरिको पानीले भिजेको थियो । लुगाबाट तप्पतप्प पानी चुहिएको थियो । दिदी भएको भए बिहानै निचोरेर घाममा सुकाउँथिन् होला । यस्तो लाग्दै थियो, भागरथी दिदी सम्झिएर आँसु बगाउँदै छन् यी कपडाहरूले पनि ।

झोकको छेउमा झुन्डिएको थियो एउटा ब्रा भरत काकाले ल्याइदिएको । तिनले धीत मरून्जेल लगाउन पनि पाइनन् होला । आफ्नै छातीसँग जोडेर नापें । मेरो पातलो जीउ र सानो छातीमा त्यो खुकुलो लाग्यो ।

मनभित्र माया सरर्र बग्यो, तब गुन्जन थाल्यो सम्झनामा विणोको मधुरो धुन ।

त्यसपछि खोपामा भएको विणो उठाएर ओर्काइफर्काइ हेरें । मुखमा राखेर बजाएँ । बजेन कत्ति पनि । तर, कानमा भने दिदीले बजाएको धुन बजिरह्यो ।

छाउगोठको टाँडभरि मकैका खोस्टा भिजेर छरपस्ट थिए । भुइँमा चारवटा चकटी यत्रतत्र थिए– तीनवटा बुनिसकेका, एउटा बुन्दै गरिएको । बुन्न अधुरो चकटी र मकैका केही खोसेला समाई ध्यान दिएर हेरें ।

घ्याप्प खुर्खिट्टोमा टेकेको आवाज आयो । फर्किएर हेर्दा सरासर दुवै जना दाइ गोठभित्र आए । दिदीका सबै लत्ताकपडा पोको पारेर निस्किए । क्षणभरमै रित्तो देखियो छाउघर । र, रित्तियो मैभित्रको मन पनि मबाट बिस्तारै ।

बाहिर निस्किँदा गोपाल बाज्येकी बुहारी कपडाको कुटिरो समाएर उभिएको देखें । उनी पनि छाउ बार्न आएकी रहिछन् । म मेरो छाउघरतिर आएपछि गोपाल बाज्येकी बुहारी भागरथी दिदीले छोडेको छाउघरमा पसिन् । सायद अब उनले त्यो छाउघर सिँगार्छिन् कि ?

आफ्नै छाउघरमा पसेर मकैका खोसेला च्यात्दै अधुरो चकटी बुन्न थालें । त्यति राम्रोसँग बुन्न आएन । तैपनि, कस्सिएर बुन्न थालें । चकटी बुन्दाबुन्दै घाम टाउकोमा पुग्यो ।

चकटीको अन्तिम बिट मारेर भित्तामा ठड्याएर राखें । दिदीले हिजो रात दिएको चकटी र अहिलेको चकटी सँगै राखेर हेरें । हेर्दाहेर्दै विणो बजाउन मन लाग्यो । निकालेर फुकें– फुफुफु फुफुफुफु... ।

मेरो फुकाइले सुर टिप्न सकेन । फेरि बजाएँ । पुँउउउउँ पुँउउउउउउँ... कानमा गुन्जियो । यसपालि मेरो फुकाइ होइन शङ्खको पुँउ... सुनियो । पत्याउनै सकिनँ । हतारिँदै बाहिर आएर हेरें गाउँतिर । फुपूले गाउँतिर जान लाग्दालाग्दै भनिन्– "भागरथीको लास लैग्या, कला ।"

■ ■ ■

बाटोभरि मलामीहरूको लामै लहर थियो । अगाडिअगाडि बुर्की छर्ने छिटछिटो लम्किँदैथिए । सेतो कात्रोले बेरेको दिदीको लास बोकेर हिँड्नेहरू पनि हतारमै थिए । र, हतारिएँ म पनि दिदीलाई चकटी देखाउन । दौडिएर भित्र आएँ । दुवै चकटी उठाएर बाहिर आएँ । कुर्कुच्चा उठाउँदै तिनिक्क तन्किएर चकटी देखाएँ ।

खै, के देखिहोलिन् र चकटी ? उनको त सारा शरीर बाँधेका होलान् । मुन्टो पनि बाँधेका होलान् । उठाउनै नमिल्ने गरी बाँधिदिएका होलान् । बिचरीका आँखा पनि त बन्द होलान् । जिउँदाहरूले त्यही बन्द आँखा पनि कात्रोले ढाकिदिए होलान् ।

हृदयलाई आँसुले भिजाएरै भनें, बिछोडमा अनायासै चिच्याएर भनें– "चकटी बुन्याऽ दिदीऽ मुइले !"

थाहा भएन, मैले किन सुनाएँ । थाहा भएन, उनले सुनिन् कि सुनिनन् । तर, मेरो मन हलुको भयो । सिमली भुवाजत्तिकै ।

मलामीहरूलाई डाँडाले छेकिदियो । रूँदैरूँदै भित्र पसें । त्यही चकटी हेरिरहें । शङ्खको एकोहोरो धुन बिस्तारै पातलियो । सायद अब मसानघाटमा दिदीलाई जलाउँदै होलान् । मलाई जलायो दिदीको सम्झनाले । चकटीलाई छातीभरि लगाएर रोएँ ।

चकटी हेर्दै विणो निकालें । पलायो छाउघरमा विणोको मधुर धुन । त्यही धुन त छोडेर गएकी थिइन् दिदीले । त्यो कानमा भन्दा पनि मनमा धेरै गुन्जिरहेको थियो ।

इजाले भात ल्याए पनि मलाई खान मन भएन । झोलाको फलफूल खान्छु भनें । इजाले एउटा चाउचाउ पनि ल्याइदिनुभएको रहेछ । त्यही चपाउँदै गर्दा इजाले भन्नुभयो– "भागरथीको परान त भरतको कोखेलामी गयो, कला ।"

आँसुमिश्रित आवाज आयो इजाको । दिदीको मरणले इजाको पनि मन रोएको रहेछ भन्ने थाहा पाएँ । जे होस्, भरत काकाकै छायामुनि कहिल्यै नउठ्ने गरी दिदी सुस्ताइन् । उनकै झक्झकाइमा दिदीले प्राण त्यागिन् । धन्न भरत काका गाउँमै थिए र, नत्र दिदीको परान कति भौंतारिन्थ्यो होला यो लोकमा ।

अझै के के गरे काकाले इजा भनेर सोधें ।

"कठऽई.लाडी उइकी इजा बेहोस भइगई । पाछा द्धार पिण्ड दिने, बडु पिण्ड दिने, लासखिं काँधमा राखि घाट लैजाने पनि भरतले अऱ्यो ।"

गर्नुपर्ने कुरा सबै भरत काकाले गरेछन् । उनले प्रेमको धर्म पूरा गरे भनुँ कि समाजको धर्म !

मेरो मन धक्क भयो । आँसु नै छचल्कियो आँखाभरि । उसै पनि मल्लो जातिकाले तल्लो जातिको मलामी जाँदैनन् यो गाउँमा । अझ बाहुनका चेला काकाले त कात्रो ल्याउने, घारो बनाउने । लासलाई घारोमा बाँध्ने । आफू माउड्या भई मलामी जुटाउने । काँध हालेर मसान जाने जस्ता काम गर्दा गाउँका बाज्येहरू कति मुर्मुरिएका होलान् ! के बाहुनक्षेत्रीहरूले ट्वाँ परेर हेरिरहे त ?

इजालाई सोधें– "इजा, बाज्येलौ मसान गयाथे ?"

"बडाजु गयाइन ।"

"ब्वा ?" सोधें ।

बाबाले लास हेरेर फर्किन्छु भनेर बाज्येलाई सोधेका रहेछन्, तब बाज्येले जङ्गिएर यसो भनेछन्– "त्यइकी भट्टको चेलो लिइहाल्लछ । अछेलका मुलेले जातभात केइ नराख्या भया ।"

इजाले भने पिँढीबाट बाबालाई जाने इसारा गरिरहनुभएछ । तर, बाबा डराएर भित्र पसेछन् । मान्छे भएर मान्छेलाई काम लाग्न सक्नुपर्छ भनेर इजाले बाबालाई सम्झाएपछि मात्र बाबा मलामी गएका रहेछन् । तर, खै बाबाले दिदीको लासलाई कन्धा दिए कि नाइँ !

हाम्रो गाउँमा सार्की जाति एकदम कम थिए । अलिअलि भएका सार्की पनि परदेशतिर थिए । गाउँमा तिनका आफन्त पनि थिएनन् । आइमाई मात्रैले के गरून् ! पल्लो गाउँबाट आउन पनि धेरै समय लाग्ने थियो । अब लासै छुन हुँदैन भनेर गाउँ गनाएर राख्नु पनि नसुहाउँदो कुरा । यस्तो बेला भरत काकाले लासलाई घाटतिर लगेछन् । असहायको सहयोग गरेछन् । बाज्येको धर्मभन्दा पनि प्रेमको धर्मको पो जाती लाग्यो ।

भरत काका मभित्र तन्किँदै आए । उनले गरेको प्रेमले मलाई झन् शक्ति दिन थाल्यो । सोचें, भरत काका भगवान् हुन् । साक्षात् जिउँदो भगवान् । कति जलेछन् लास लैजान लाग्दा । कतिले मानेनछन् लास छुनलाई पनि । तर, यही समाजका भरत काकाले भने जातको कुनै वास्तै गरेनन् ।

भागरथी सर्कीनीको मलामी बाहुनक्षेत्री भए । अब घोर अनर्थ हुने भयो भन्दै कुरा काट्दै भरत काका बौलायो भन्दै थुकेछन् । जातको ओढारमा बसेर धर्मको बयान गरेछन् । कति गाउँले जान्नेसुन्नेले कुरा काट्दै चिन्ता गरेछन् । तर, भरत काकाले कसैको कुरा सुनेनछन् । बस्, दिदीको आत्मालाई शान्ति पुग्ने काम गरी छाडे । र त, गुन्जँदै थियो मेरो हृदयमा बारम्बर विणोको धुन र काकाले गरेको प्रेमको धुन ।

साँच्चै, भागरथी दिदी, तिम्रो प्रेममा शक्ति रहेछ । तिम्रो प्रेममा ईश्वर रहेछन् । तिमीले साँचो प्रेम गरेकी रहिछौ । मर्ने बेला प्रेमीको काख पनि पायौ । उनैले तिमीलाई बोकेर घाट लगे । उनैले तिमीलाई दागबत्ती दिए ।

तिमीले त प्रेमले जितेकी रहिछौ मनहरू । भागरथी दिदी, तिमीले प्रेमले राखेकी रहिछौ मान्छेहरू ।

भरत काका गएपछि त एक्लै हुन्छु भन्दा दिदीको आँखा आँसुले भरिएको थियो हिजो । उनको अनुहारको रङ्ग फुङ्ग उडेको थियो । त्यति धेरै प्रेम गर्ने मान्छे यस संसारबाटै उडिन् । मन त्यसैत्यसै भक्कानियो ।

भागरथीलाई सम्झेर नरोएस् भनेर इजाले भन्नुभयो ।

भक्कानोलाई सासैमा थुनेर पल्लो छाउगोठ हेरें । दिदीले गाएको त्यही गीत सम्झनामा गुन्जियो :

रानी खान्या हंशराज रौतेलो२, दैकेला३

रून्छ मन धड्कन्छ छात्ती, सम्झन्छु जै बेला ।

उठेर गोठको दैलोमा बसें । इजा घर फर्किन चार कदम के हिँड्नुभएको थियो, फुपू कराएको सुनें– "मलामी फर्क्या कि नाइ, ब्वारी ?"

फर्किएका छैनन् भन्नुभयो इजाले ।

"भट्टको चेलो साँझ घरै झान्या होगी ?"

"मु क्या जानु, साँपले खायो भागरथीखिं," इजाले निराश हुँदै भन्नुभयो ।

"काल आएपछि कैको के लाग्दोछ ।"

फुपूको टाठो आवाज चारैतिर फैलियो । मेरो मनमा भने काँडाझैं गड्यो ।

इजा पनि जानुभयो । फुपू पनि गोठमा आएर बसिन् । म उनकै छेउमा बसें । लामोलामो चुरोटको सर्को तानिरहेकी फुपूलाई हेरें । सायद इजाले पनि दुईचार सर्को तानेर जानुभएको थियो ।

फुपूलाई सोधें– "फुपू, यो काल कसो हुनाछ ?"

"कसो हुनो, कसोइ न कसो, आयापछि भागरथी जसो," प्याच्चै भनिन् ।

काल मैले कहिल्यै देखेकी थिइनँ । साँच्चै काल कसरी आउँछ होला ? हावा त आउँछ पात हल्लाएर । पानी आउँछ बादल गर्जाएर । घाम आउँछ प्रभात लिएर । तर, यो काल कसरी आउँछ भन्या ? के हावा, पानी, घामभन्दा पनि ठूलो हो त काल ? साँच्चै, काल ठूलो हो भने किन देखिँदैन त ? मान्छे मार्ने सत्तुर किन हुन्छ होला काल ?

कस्तो होला यो काल, कालो होला कि सेतो ? कुन ठाउँ बस्छ होला यो काल ? जमिनमा बस्छ होला कि आकाशमा ? यसको पनि चित्र बनाउन पाए ! कसले चिनाइदेला यो छाउगोठमा मान्छे खाने काल ?

कालले लगेको होइन भागरथी दिदीलाई । त्यो महादेवको मूर्तिमा बेरिएको सर्पले हो । महादेवले नै सर्प पठाएका हुन् । त्यो दिन प्वाल र ढोका राम्ररी बन्द गरिदिएको भए त्यो सर्प आउन पाउँथेन । दिदीलाई टोक्न पाउँथेन । त्यो सर्पसँगै काललाई देख्न नपाउनु अहो मेरो दुर्भाग्य !

फुपू खालि काललाई दोष दिन्छिन् । आज जानुको साटो हिजै घर गएको भए भागरथी दिदी बाँच्थिन् । यो छाउ बार्न नआएको भए उनी बाँच्थिन् । हो, उनी आफैँले छाउ भएँ भनेर नभनेको भए उनी बाँच्थिन् ।

फुपू कतिखेर कता जानुभयो, थाहा नै पाइनँ । मेरो मनमा भने एकतमासले आइरहिन् भागरथी दिदी । उनी कत्ति पनि छुट्टिएकी थिइनन् । उनकै सम्झनामा म बारम्बार झस्किरहेकी थिएँ– झसङ्ग, झसङ्ग !

टुटेको प्रेमलाई जोडेर देखाइदिइन्, यही समाजअगाडि दिदीले । यही समाजअघि भरत काकाले स्विकारे भागरथी दिदीलाई । आफूलाई त्यागेर प्रेम फुलाउन खोजेकी दिदीलाई भने चुँड्यो ईश्वरले । निर्दयी भगवान्ले पनि डाहा गर्नेरहेछन् प्रेम गर्नेसँग । दिदी नरहे पनि मगमगाइरहेको थियो प्रेमको बास्ना । सायद भोलिका कैयौं भोलि पनि यहाँ चल्नेछ, प्रेम ।

म जीवनको भाषा बुझ्दिनँ । मैले जीवन कति नै बाँचेकी थिएँ र ! भागरथी दिदीजत्री त भएकी थिइनँ । तर, बाज्येको चलनले छुट्याएको समयले बुझायो अलिअलि प्रेम, त्याग र मृत्यु ।

यति सानैमा परसर्ने गुण पाएँ । यति सानैमा प्रेम, त्याग र मृत्यु बुझ्न पाउने जीवन पाएँ । मैले यी तीनै कुरा एकैठाउँमा देखें । सायद अब कहिल्यै बिर्सन सक्दिनँ हुँला ।

हाम्रो स्कुलको बगैंचामा राजा जयपृथ्वीबहादुर सिंहको मूर्ति थियो । तिनले साउँ अक्षर चिनाएका हुन् भनेर हेडसरले उनको जन्मोत्सवमा भनेका थिए । मलाई प्रेम चिनाएर जाने दिदीको पनि त्यस्तै मूर्ति गोठअघि बनाउन मन लाग्यो ।

▪ ▪ ▪

कुराहरूको लहैलहैमा छाउघरपछाडितिर गएर चिलाउनेको रूख हेरें । त्यति ठूलो लागेन । रूखभन्दा पनि त्यसको छाया हेरें । छाया ठूलो देखें । छायाभरि भागरथी दिदी देखें । अनि, काकाको सम्झनामा दिदीको रूवाइ । खरको डाँठमा रसाएको पानीको एकथोपा मेरो हातमा पऱ्यो । छुट्याउनै सकिनँ, छाउघर रोएको हो कि दिदी !

भुइँभरि लपक्कै फूलका बोट थिए । फूलका थुँगा पनि लागेका थिए । ती फूल तिनैले एक वर्षअघि रोपेकी रहिछन् । गोपाल बाज्येको बुहारीले भनेपछि थाहा पाएँ । छाउ हुनेले रोपेको फूल सर्छ कि सर्दैन भनेर रोपेकी रहिछन् । फूलका बोट भने सरेर फुलेछन्, ढकमक्क !

इजाले भन्नुभएको, बोट मर्छन् अरे छाउ भएकीले छोएपछि । फल कुहिन्छन् अरे छुइ भएकाले छोएपछि । तर, छाउगोठ छेउछाउ यी हरिया घाँस, फर्सीका झ्याङ र फूलका बोट किन सप्रिएका होलान् ? मल हालेर गोडेका बोटझैं हलक्क भएका थिए । लागेका दाना कुहिनुपर्ने तर यहाँ सबै फल सप्रेका थिए । बज्यैले एकदिन बोटमा खरानी हालेको देखेर सोधेकी थिएँ– "बज्यै, केलाई हाल्या हौ खरानी ?"

"धेक्तिन मद्या जसा भएका, छाउ भएई राडैमौले छोइबट यसा भया हुन् ।"

गाउँका हरेक फलफूलमा छाउ लाग्ने । यहाँ भने छाउगोठमै फलफूल सप्रिने । बाँडिएको मनसँगै एकथुँगा फूल टिपेर आफ्नै छाउगोठ पसें । छाउघर बस्नेबित्तिकै चकटी हेरें । त्यही चकटीमा फूलको थुङ्गा राखेर मनमनै भनें– यसलाई आफ्नो घरको भित्तामा टाँगेर राख्छु ।

भागरथी दिदीको चित्र कोर्न मन थियो । मसँग उनको फोटो त थिएन तर थियो एउटा झझल्को । उनको हँसिलो अनुहार मनभरि, आँखाभरि ल्याएर सिसाकलमले कोरें कापीमा ।

कापीमा केर्दाकेर्दै रात पऱ्यो । टुकी जलाएँ । ओछ्यान लगाएर फुपू पल्टिन् । केही गर्न मन नलागेपछि कुप्रिएर सुत्न लागें ।

"कला ! ए कला !"

आवाज आयो, लोग्नेमान्छेको । त्यति धेरै सुनेको आवाज भने होइन । उठें । फल्याको हटाएर ढोकामा उभिएँ ।

झ्यार्र सलाई कोरेको देखें । मुखमा च्यापेको चुरोट सल्कियो । देखें, भरत काकाको अनुहार । मेडामा आएर बसे काका । भागरथी दिदी बसेझैं लाग्यो । म पनि उनकै छेउमा गएर बसें । उनको छेउमा बस्दा पनि न्यानो लाग्यो ।

एकनासले चुरोट तान्न थाले । उनी बोल्लान् र बोलूँला भएँ । तर, पनि केही बोलेनन् । धेरै पछि काकाले सोधे– "भात खाइ ?"

"अँ । तमले खाया ?"

"खान्या मन आछिन् ।"

भागरथी दिदीको शोकमा डुबेका थिए काका । किन खान मन लाग्थ्यो !

लामो सास तानेर पुतुतु धूवाँ नाकबाट उडाए । एक हातले मेरो शिरमा सुमसुमाउँदै भने– "परान जाँदा तुखिं सम्झिछ्यो । तुलाई भनिदिया भन्यइ हुनाले आया हुँ ।"

दिदीले काकालाई सम्फे/नसम्झेको सोधें । जानीजानी ।

काका केही बोल्न सकेनन् ।

परपर हेरेर चुरोट तान्दै सुकसुकाए । मन कमलो रहेछ काकाको, रून पो थाले । उनको रूवाइले मलाई नै भिजायो । हातगोडा नै लुलो बनायो । विछोडको पीडा अलिकति भए पनि काकाले आँसुबाट बगाए ।

दुवै छाप्रोको ढोकामा बत्ती झलल्ल बलेको थियो । त्यही उज्यालोमा बसेर फुपूले थाहा पाइन् काका रोएको । फुपू आएर मेरै छेउ बसिन् । पल्लो गोठबाट गोपाल बाज्येकी बुहारी पनि आइन् । केहीछिन त कोही बोलेनन् । यस्तो लाग्यो, सबैले भागरथी दिदीलाई सम्झेर मौनधारण गर्दै थियौं ।

मौन रूवाइलाई घाँटीमै थुनेर बिस्तारै सबैको अनुहारमा हेरे काकाले । अँध्यारोले उनको आँखाका आँसु स्पष्ट देखिएनन् ।

सानो आवाजमा काकाले भने– "हामीले बनाएको रीतिरिवाज हामीभन्दा ठूलो होइन । बूढापाकाको धर्म जोगाउने चक्करमा भागरथीले झैं अकालमै ज्यान गुमाउनुहुन्न, गोठमा बस्नुहुन्न ।"

गोपाल बाज्येकी बुहारी र फुपू त हेरेको हेऱ्यै भए । म त भित्रैदेखि बलें । मेरो मनमा उज्यालो घाम पो लाग्यो । कस्तो काँडा फुल्यो आङमा ।

काका उठे । ममा जन्मिएको बल सबै घट्दै गयो । खल्तीबाट दसको नोट हातमा राखिदिँदै काकाले भने– "भोल परभातै झानया हुँ । भागरथीकी इजाखिं लिइबट झान्लाछु ।"

मेरो टाउकोमा हात नचाएर भरत काका गए । जति पर पुग्दै गए, त्यति उनी खोज्यो आँखाले कालो रातमा ।

भागरथी भुलको पिरतीमा परेर भट्टको चेलो बहुलाउने भयो भनेर फुपूले भनिन् ।

"उसै पिरिम अद्दा छन् त," गोपाल बाज्येकी बुहारीले भनिन् ।

"कुरा पनि कति निको गर्छ !" फुपूले गोपाल बाज्येकी बुहारीको कुरामा सहमति जनाइन् ।

म भने गोठभित्र आएँ । गोपाल बाज्येकी बुहारी र फुपूले काका र भागरथी दिदीका केही राम्रा केही नराम्रा कुरा गरिरहे । गोठबाट सुनिरहें ।

केहीछिनपछि फुपू पनि भित्र आएर चुरोट सल्काइन् । म भने सुतेको बहाना गरिरहेकी थिएँ ।

"अब आउनैनन होलो भरत गाउमी ।" फुपूले एक्लै फुसफुसाएको मेरो कानमा ठोक्कियो । मेरो मन ढक्क भएर फुल्यो । परेला चिसिए । छातीको सास अझै जोडले चल्यो । तर, केही चाल नगरी म कम्मल ओढेर सुतें ।

आठ दिन

पूरै एकहप्ता कटाएँ छाउगोठमा । अझ पन्ध्र दिन त बाँकी थियो । थाहा थिएन यी दिनहरू कसरी कट्ने हुन् ।

उज्यालो पनि छाया लिएर आउँथ्यो यो गोठमा । त्यही छायालाई घामको राप सम्झेर झरीले भिजेको हड सुकाएँ । यही छायाको अँध्यारोमा लुकाएकी थिएँ आफूलाई नदेखून् भनेर– बाबाले, भाइले, बाज्येले ।

लुक्न आएकी त हुँ म । काम नलाग्ने चीजलाई फ्याँक्न माया लागे कुनै कुनामा थन्काउँछन्, कतै पछि काम लागिहाल्छ कि भनेर । त्यस्तै काम नलाग्ने भएकी रहेछु म । त्यसैले त लुकाउँदै हुनुहुन्थ्यो इजाले मलाई यो रगत आउन्जेल ।

आफूलाई लुकाउनु पनि काम रहेछ । कतिकतिखेर आफूलाई लुकाउन जानिनँ भने इजाको कुरा सुन्नुपर्थ्यो ।

मुटु नै थरर्र काम्थ्यो इजाको वचनले । बाबा, भाइ, बाज्ये हिँडून्, डुलून् भनेर हरबखत मैले लुकिदिनु थियो ।

भाइ, बाबा, बाज्येलाई पहिलो छाउकीले हेर्नुहुन्न रहेछ । हेरें भने ठूलो पाप लाग्छ रे मलाई । साँच्चै, मलाई लाग्ने त्यो पाप हेर्न मन लागेको छ– मजत्रो छ कि धुरीखाँबोजत्रो ? कि, आकाशजत्रो छ ?

पहिलो छाउकीले हेर्दैमा लाग्ने पाप कस्तो होला त ? देख्दैमा जन्मिने पाप कस्तो होला ? के यो पापलाई मार्ने कुनै उपाय छैन ? बाज्येका देउभन्दा पनि ठूलो हो र पाप ? मैले भेटेको भए पुक्लुक्कै जहींको तहीं ठहरै पार्ने ।

इजा पनि, मलाई लाग्ने पापसँग डराउनुहुन्थ्यो । घरका सप्पै डराउँथे, कतै छोरीलाई पाप लाग्छ कि भनेर । पापकै डरले त हो, मलाई यो

छाउगोठमा लुकाएका । पापलाई लखेटेर हामीलाई घरमै राख्नुपर्ने थियो । किन त्यसो नगरेका होलान् ?

तर, म डराउँदिनँ मलाई लाग्ने पापसँग । बरू, पाप डराउँछ होला । मेरो डर त भागरथी दिदीले लगिन् । मलाई त शक्ति दिएर गएकी थिइन् दिदीले । म मजाले लड्न सक्थें पापसँग । हारजित जहाँ पनि हुन्छ । चुङ्गी खेल्दा पनि त हारजित भएको थियो । तर, हामीले खेल्न छोड्दैन्थ्यौं ।

के पापिनी होली भनेर इजाले मलाई छाउगोठमा बाँधिदिनुभएको हो त ? कि थानको देउतालाई छोइदेली भन्ने डरले गोठमा बाँधिदिएका हुन् । पाप र धर्मको नाम लिँदै आफ्नै जहानलाई यो छाउगोठमा कसरी राख्न सकेका होलान् ? आखिर सन्तान हुँ म पनि । कसरी बस्न सकेका होलान्, आफ्नै छोरीलाई छाउगोठमा बाँधेर ?

यहाँ लुक्नु बाँधिनुजत्तिकै रहेछ । मेरा गोडा मात्रै होइन, पूरै हड बाँधिदिए । नदेखिने साङ्लोले बाँधिदिए । फलामको साङ्लो पनि होइन, जुन सजिलै देखियोस् । यो चलनको साङ्लो भने कति बलियो हुँदोरहेछ ।

साङ्लोले त हामीले हाम्रा भैंसी र भोटेकुकुरलाई बाँधेका थियौं । अरूलाई नटोकोस्, अरूका खेतमा नगइदियोस्, कसैलाई नहानिदियोस् भनेर । ती बोटबिरूवा र अन्जान मान्छेहरूलाई जोगाउन यी गाई, भैंसी, कुकुर बाँधिएका थिए ।

तर, मैले त केही पनि गर्दिनथें तैपनि म बाँधिएँ ।

पशु बाँधिए पनि सबैले छोएका थिए । सबैले घाँसपराल दिएका थिए । म बाँधिएँ तर कसैले छुन नमिल्ने गरी । म थुनिएँ, हेर्न नमिल्ने गरी । बाबा, बाज्ये, भाइ कसैलाई पनि हेर्न नमिल्ने गरी ।

बाज्येको चलनले मलाई ती जन्तुको दर्जामा उभ्याएको देखें । सोझै देखें । कतै बाङ्गोटिङ्गो लागेन । यति सरल रेखा त मैले स्केलले पनि कोरेकी थिइनँ । जीवनलाई यसरी पनि अल्झाउन मिल्दोरहेछ ।

फ्यात्त !

झस्किएँ । कुरैकुरामा अल्झिरहेको मेरो मनलाई फुपूले राखेको कपडाको पोकोले बिथोलिदियो ।

पोकोलाई बाहिरै छाडेर फुपू आएर भित्तामा अडेस लागेर बसिन् । घ्यार्रघ्यार्र सास तलमाथि बनाएर सोधिन्– "अन्नी खाइ ?"

"नाइ ।"

"हडधुन गाड झान्या है, मेरा लत्तालौ धुनाछन् ?"

उनको कुरालाई वास्तै नगरी पहिलो छाउ भएकी केटीले केटालाई हेरे के पाप लाग्छ र भनी सोधें ।

"मु के थापाउ ?" फुपूले भनिन् । तर, एकछिनपछि लोग्नेमान्छे र झुल्कँदो घाम हेऱ्यो भने पाप लाग्छ रे भनेर थपिन् । "क्यामी यसो भन्या छ, फुपू ?" सोधें ।

"धर्म शास्त्रमी ।"

धर्मशास्त्र... ।

बिस्तारै तान्यो मनलाई धर्मशास्त्रले ।

केहीछिनपछि फुपू र म नुहाउन खोलातिर गयौं ।

▪ ▪ ▪

बग्दै गरेको खोलामा डुबुल्की मारेर बहने हावाले छोयो । अनि, भागरथी दिदीको यादले पनि छोयो । सानो ढेल्लो टिपेर खोला किनारबाट परपर हानें । पानीलाई चलाउँदै डुबे साना ढुङ्गा पानीमै । आफू भने दिदी बसेर नुहाउने गरेको ठूलो ढुङ्गामा टेकेर उनैको नक्कल गरें ।

"लेसो लागेको छ, कला, ढुङ्गोमी, निक्करी बस नत्र लोटल्ली ।"

उनले भनेको कुरा मनमा गुन्जियो ।

लेउ कोट्याएँ, खुट्टाको बूढीऔंलाले । लेउले ढुङ्गालाई समाएझैं भागरथी दिदीको मायाले मलाई समाएको थियो । अनि, समाएको थियो, छाउको रगतले । त्यही रगत धुन त गाड आइरहनुपरेको थियो ।

"ए कला, छिटाइअर ।" फुपूको तिखो आवाजले बिलायो मनका लहरहरू । फुपूलाई हेरेको त आश्चर्यमा परें । लाजै नमानेर तिघ्रा देखाएर मिचिरहेकी थिइन् । मलाई त हेर्दाहेर्दै कस्तो लाज लाग्यो ।

बड्ढीका साँप्रा पनि कत्रा भन्या ! मेरो कम्मरभन्दा पनि मोटा थिए । छाती झन् कत्रा, बाबरे बाब ! त्यति ठूलो त हाम्रो घरको भैंसीको कचौंडो पनि थिएन होला ।

"छिटाई धो," छाती मिच्दै फुपूले भनिन् ।

उनलाई फर्किन हतार थियो ।

मलाई भने गाडमा नै बास बसूँ लागेको थियो । ढुङ्गाको छातीमा बसेर भागरथी दिदी हेर्न मन लागेको थियो । अनि, भागरथी दिदी नुहाउँदै गरेको चित्र यो ढुङ्गामा खोप्न मन लागेको थियो ।

मेरो हड मिचिदे ता कला– अहँ, भनिनन् फुपूले ।

आफू पनि आइनन्, मेरो ढाड मिच्न । उनी आएको हेर्न मन थियो । मायाले छोएको हेर्न मन थियो तर आइनन् ।

भागरथी दिदीले मेरो पिठ्यूँ मिचेको याद आयो ।

'फोरफोर कुडा निकरी माड' भनेको याद आयो ।

भागरथी दिदी सम्झँदा पनि कस्तो लाज लाग्यो । लजाईलजाई फोरफोर मिचेर धोएँ ।

फुपू नुहाइधुवाइ गरेर बगरमा बसिन् र कपाल सुकाउन थालिन् । आइनन् मेरो छेउमा फोक्से बूढी । छुच्ची त भइन् !

आज सबेरै मलाई उठाएर 'चुरोट खान्छु पाँच रूपैयाँ दे न' भन्दै थिइन् । मैले 'छैन' भनिदिएँ ।

बेलीरात भरत काकाले दस रूपैयाँ दिएको देखेर र्‍याल काढिसकेकी रहिछन् । हड्डी देख्यो भने हाम्रो भोटेकुकुरले त्यस्तै र्‍याल चुहाउने गर्छ ।

"बासाइतग दिउँला," भनें ।

साँझतिर दिउँला भन्देको, बड्डी त फन्केर गइन् । यी फुपू त माग्नै सिपालु तर भागरथी दिदी भने दिन सिपालु थिइन् । अझ तिनले दिएको मायाले हो कि आकाशमा जगमगाइरहने ताराभन्दा पनि दिदीको अनुहार उज्यालो थियो । अनि, दिदीको पिरतीका कुरा जति सुने पनि प्रेमको मधुर क्षण, विणोको मधुर धुनजस्तै हुँदोरहेछ ।

"कला... !" फुपूतिर पुलुक्क हेरें ।

कलकल पानीको धुनले मेरो सम्झनाका लहरहरू बगाइदियो । यो खोलाको पानीले पुऱ्याउनेछ मेरो सम्झना । 'पुऱ्याइदेऊ न खोली' भनेर अँजुलीले पानी हालिदिएँ । अनि, फर्किएँ फुपूको पछिपछि ।

इजाले खाना ल्याउनुभएको रहेछ, थाली थापेर खान बसें । कपाल टक्टक्याउँदै फुपू भने घरतिर लागिन् ।

"साँझतिर देवता चल्या हुन् बडा ज्यू," थालीमा भात राख्दै भन्नुभयो इजाले ।

"केलाई, इजा ?"

"दः पोरू पुनीमी अन्याको पूजा हेद्‌दाखिं ।"

पुर्नेमा गरेको पूजाको फल हेर्न धामी काढ्ने भनेका रहेछन् बाज्येले राति ।

कामको चापले होला इजालाई हतार थियो घर फर्किन । लिपपोत धेरै गर्नुपर्थ्यो । थान चोखो बनाउनु थियो । चाहिएको सर्जाम जुटाउनु थियो । बज्यैलाई भने बत्ती कात्न ठिक्क हुन्थ्यो ।

हाम्रो देउ बस्ने थान अलि उँचो थियो । माटोको उँचो । त्यहाँ चोखो गुन्द्री, दरी, दरीमाथि कम्मल अनि त्यसमाथि बाज्ये बस्थे । बाज्येअगाडि थरी राखिन्थ्यो । थरीभरि चामल फैलिएको हुन्थ्यो । अगरबत्तीको बासना मङमङ आइरहन्थ्यो । कहिलेकाहीँ सालधूप, कपुरधूप, आगाको कोइलामा हाल्दै घरभरि धूवाँ पनि पुत्ताइदिन्थे बाज्येले । बज्यै छेउमा बसेर बेलाबेला तेल थपिदिइरहन्थिन् । थानमा बाज्ये टोपी खोलेर, पलेटी मारेर, ढाड तन्काएर टुप्पी लर्काएर बस्थे ।

बाज्येको घुँडो बिस्तारै हल्लिँदै आउँथ्यो । बाज्ये अझ तन्किँदै जान्थे । बिस्तारैबिस्तारै बाज्ये पूरै शरीर काम्दै कुर्लन थाल्थे ।

उहुऽऽ गुटुटुटुटुऽऽ । देउ काम्न सुरू हुन्थ्यो ।

"लौ, भन परमेश्वर महाराज ।" बाबाले भनेपछि बाज्येको मुखबाट सुरू हुन्थ्यो : हेर हेर हे हे... । मु क्या बखान छाडु हेर... ।

केकेन हुन्, केकेन हुन् ।

"लौ भन परमेश्वरऽऽ महाराज ..." भनेर बाबाले देउअघि बिन्ती चढाउँथे ।

अनि, बाज्येको आङको देउले कुर्लेर भन्थे के-के के-के । म बुझ्दिनथें । 'अनि, हे हे हे ए ए ए' मिसाउँदै बाज्येले सबै बेलिबिस्तार लाउँथे । बाबाको मुखले परमेश्वर भन्दै प्रश्न गर्न छोड्थे । अनि, क्रमशः पूजाबारे, घरको स्थितिबारे भन्थे ।

भाइले मलाई कोट्याएर थानको भेटी देखाउँथ्यो । म भने इजालाई कोट्याएर भाइको पोल खोलिदिन्थें । आज भाइले कसलाई कोट्याएर भेटीमा गडेको ध्यान देखाउला ?

इजालाई, बज्यैलाई अलिकति बिमारले च्याप्यो भने पनि धामी चलेर नै हेर्थे बाज्येले । आज झन् नहेर्ने कुरै थिएन । पछितिर भने मेरो बारे सोध्थे बाबाले । काम्दै बोलाउँथे बाज्येले मलाई । म लामो त्रिशूल र चिम्टा देखेर नजिक जान मान्थिनँ । आत्तिएर कहालिएँ कतिपटक त ! पहिलेपहिले त डराएर इजाको धोतीमा लुकेकी थिएँ । पछिपछि बानी पर्दै गएको थियो ।

काम्दै मेरो टाउकोमा हात राखेर विचार गर्थे बाज्येले । थालको अछेता मुठीभरि फुकेर मलाई जोडले हान्थे । म त झसङ्ग हुन्थें । थरीको चामल हातभरि लिएर फुक्दै खान लगाउँथे । खरानी फुकेर निधारमा लगाइदिन्थे । भाइ त अझै पनि भाग्न खोज्थ्यो । हातगोडा फ्याँकेर, चिच्चोकल्लो हालेर मान्दैमान्दैन थियो । बरू, आज डराउला कि नाइ भाइ ?

अघिल्लो वर्ष हाम्रो भैंसी हरायो, बाज्येले आङमा धामी गाडेर हेरे । तीन दिनपछि भैंसी भेटियो । छाउ भएर कइसीले हाम्रो दैलो छुँदा मुखै बाङ्गियो कइसीको । कत्रो आपत् । यही देउ सम्झिएर माफी मागेपछि बिस्तारै सोझिएको थियो कइसीको मुख । बज्यैले भनेकी कसैले बिगार गरेको थियो भने त्यसलाई पनि मासिदिन्थ्यो अरे हाम्रो देउले त ।

अचम्म लाग्यो, गाउँ बचाउने पनि देउ नै छन् । गाउँ मास्ने पनि देउता नै छन् ।

यी धामीहरूबिना कुनै पनि जाँतमा पूजाआजा हुँदैन यहाँ । हाम्रो गाउँमा त डाक्टर भने पनि ओखती भने पनि धामी हुन् ।

काम्दाकाम्दा बाज्येको निधारभरि पसिनै पसिना हुन्थ्यो । कुर्लेर देउता जाने बेलामा बाबाले शिरको टोपी खोलेर देउअघि निहुरिएर ढोग चढाउँथे । बाबाको प्रणाम पाएर अन्तिमपटक अझै जोडले कुर्लिंदै देउले फ्याट्ट बाज्येलाई छोड्थ्यो । पानीको गिलास मेरो हातमा थमाएर इजाले बाज्येको काखमा पठाउनुहुन्थ्यो । बाज्येले पानी पिएर मलाई टीका लगाइदिन्थे । दक्षिणा दिन्थे । गोडा ढोगिदिन्थे । अनि, काखमा राख्थे ।

आज त्यो दक्षिणा पाउँदिनँ मैले । त्यो अछेताको झटारो पाउँदिनँ मैले । बाज्येले मायाले बसाल्ने काख पनि पाउँदिनँ । बाज्येको देउताले

कुर्लेको सुन्न पनि पाउँदिनँ । तिनै देउतालाई बचाइराख्न म छाउको कष्ट भोगिरहेकी थिएँ । तिनै देउता बाज्येको आङमा आइराखून् भनेर गोठमा थिएँ ।

इजाले प्लास्टिकको पोको मतिर दिँदै बज्यैले ल्याइदिएको लत्ता लिई भन्नुभयो । साथमा केही पैसा पनि थिए तर जेरी देखिनँ ।

"जुलेबी ल्याएइन ?" सोधें ।

"नाइ," जादाँजाँदै इजाले भन्नुभयो ।

आज चौतारोपारिको बजार गएकी रहेछिन् बज्यै । त्यो बजार धेरैचोटि बज्यैको हात समाएर गएकी थिएँ । जेरीका रस हातका कुहिनासम्म चुहिनी गरी खाँदै आउँथें । आज त्यो जेरीको रस सम्झिँदा पनि मुख मिठायो ।

प्लास्टिक पोको र पैसा लिएर भित्र पसें । पहिला एकछिन सबै पैसा गनें । किताबको बीचबीचमा राखें । केही रूपैयाँ भने स्कुलको झोलामा पनि राखें ।

सुरूसुरूमा पैसा राख्न कति रहर । त्यो रहर उल्टियो । पैसा सकिए पो पैसा चाहिन्छ । पैसा बढे पो पैसा गनिरहन मन लाग्थ्यो । ती पैसा फेरिएका थिएनन् । बढेको पनि थिएन । जस्ताको तस्तै थियो । पैसामोह पनि मेरो कम हुँदै आयो ।

लुगा भनेर ल्याइदिएको पोको खोलें । एकएकवटा पेन्टी र ब्रा थिए । कलर सेतो थियो । त्यति मन परेन ।

इजाले त्यति लगाएको देखेकी थिइनँ ब्रा । इजाको छाती ठूला थिएनन् ।

तर, यी फुपूको भने माथि ताने तल देखिने, तल ताने माथि देखिने खालको ब्रा थियो । उनको छाती पनि त बडेमानको थियो । के थाहा त्यत्रो पाइँदैन होला । त्यत्रो बनाउने मेसिनै थिएन कि ?

गन्जी खोलेर एकछिन आफ्नै छाती हेरें । कति कमलो र तिखो चुच्चो । नछुँदै कस्तो काउकुती लाग्यो । त्यसपछि छुनै डर लाग्यो । म त कस्तो फुल्लेकी । आफैंलाई देखेर लाजले राती भएँ ।

खोकेको आवाज कानमा पऱ्यो । फ्याट्ट गन्जी झारें । सबै काउकुती बिलायो । फुल्लिएको अनुहार चाउरियो । फुपू रहिछन् । भित्र आएर सुतिन् । प्वालबाट हेरें, पल्लो छाउघर । सायद निदाइसकेको थियो ।

नौ दिन

नाकबाट चुरोटको धूवाँ पस्यो, म ब्यूँझिएँ । उठेर हेरें । फुपू धूवाँको मजामा डुब्दै रहिछन् । चुरोटको धूवाँले अत्याएर फुपूलाई भनें– "फुपू धोकाल गनआई । मुखिं असजी हुनलागी ।"

कति नजाती । चुरोट नखाए उनलाई पनि असजिलो हुन्छ भनिन् ।

केही बोल्न मन लागेन । चुरोटको धूवाँ पचाएरै अडेस लागेर बसें । म्याक्सी माथि गरेर साँप्रा कनाउन थालिन् फुपूले । मलाई नै लाज लागेर आयो । चुरोटको अन्तिम सर्को तानेर खोकिन् । खोक्दा त मोटो धोद्रो आवाज पूरै छाउघरमा पट्कियो– ख्वाक्क !

मिठाईझैं मुखभरि खेलाइन् । प्वालबाट फ्याँक्न लाग्दा आधा खकारको ढेक्लो त मेरो कम्मलमाथि नै पऱ्यो ।

"छि:छि: मेरा कम्मलमी !" घिनाएर भनें ।

"हँ लाग्यो । होइ, बाइर थुक्या हुँ रे ।" बाहिर थुकेको हुँ भन्दा पनि स्याँस्याँ भइन् फुपू ।

कागजको टुक्रो दिएँ । उनले नै सोरेर फ्याँकिन् खकार । मैले जर्किनको पानीले तुरून्तै साबुन लगाईलगाई धोएँ । धोएर सुकाउँदा पनि त्यो खकार त्यहीं छ जस्तो लाग्यो ।

"कला, क्या अद्य लाछैइ ?"

गोठको दैलोबाट हेरें । दमिनी काकी रहिछन् । ठिङ्ग उभिएर सुर्ती माडिरहेकी थिइन् ।

छाउ बार्न आएकी रहिछन् । मसँग को सुत्छ भनेर सोधिन् । मैले भनें– "फुपू ।"

"को ? मङ्गलीको बज्यै ।"

'अँ' भन्दै फुपूतिर हेरें । केही चाल नगरी बसिरहेकी थिइन् फुपू । गोपाल बाज्येकी बुहारी पल्लो गोठको दैलोमा बसेर दतिवन गरिरहेकी थिइन् । मुख कुल्ला गर्दागर्दै गोपाल बाज्येकी बुहारीले काकीलाई वन जाने हो भनेर सोधिन् । काकीले जाने भनिन् । केहीछिनमै पल्ला छाउबाट काकी र गोपाल बाज्येकी बुहारी नाम्लो-आँसी लिएर वर छाउगोठको दैलोमा आए र फुपूलाई भने– "हिट्याइन ?"

फुपूलाई वन जान मन थिएन सायद । टाउको कन्याउँदै एकछिन बसिन् । तर, फेरि के सोचिन् कुन्नि, टाउकोलाई पछ्यौराले बाँधेर वन जान निस्किन् ।

म पनि उनीहरूको पछिपछि लागें । काकीसँगै दाउरा खोजें । दाउराको भारी बनाएर चुन्नीको नाम्लो लगाइदिन् काकीले र आफ्ना दाउरा बाँध्न लहरा तान्न थालिन् ।

धूपघडी भएकाले तिर्खायो आँत । पँधेरो रसाएको थियो रूखका जराजरामा । चारघुट पानी पिएर सुस्ताउन थालें । सुस्ताउँदै बाँदर र भुइँभरि छरिएर हिँडेका च्याखुरा हेरें । वनभरि फुलेका लालीगुराँस हेरें ।

"काफल खान्या है, कला ?" गोपाल बाज्येकी बुहारीले सोधिन् ।

मन रसाइहाल्यो । रसिलो भरिलो काफलका बुटा चढिन् गोपाल बाज्येका बुहारी । ओर्लिंदा ल्याइन् पछ्यौराभरि काफल । घरमा नातिनीलाई पिस्न लगाएर ल्याएको नुनखुर्सानी निकालिन् काकीले । काफल साँदेर खायौं मुखै राता हुनेगरी । झाडीमा लहरा खोज्दै गरेकी फुपूलाई बोलाएँ– "फुपू आस, काफल खानखिं ।"

केही बोलिनन् । लहरा तान्दै गुनगुनाउन थालिन् फुपू :

रिट्टाई छन् सेरीका घट्टमुथिमी पाखो नाइँ ।

सम्लाई वैशाख घन्की भाग्यो, काफलको चाखो नाइँ ॥

फुपूको गीत गुन्जियो वनभरि । जवाफ दिन थपियो गोपाल बाज्येको बुहारीको आवाज पनि :

कन्ने पाताल् चिरी लैग्यो ओछ्याउने दरीको ।

सब् माया उकेरी लैग्यो जिन्नगी भरीको ।

गीतको अन्तिम रन्को वनमै छँदा काकीले थपिन्, पातको झन्कार। भिज्दै आयो वनभरि पातको सुरिलो धुन :

पिपिरिऽ... पिपिरिऽऽ... पिपिरिऽ... पिपिरिऽ...

पातको धुनमा नाच्दै थिए हरेक पातहरू पनि। गुन्जियो वनपाखाभरि मनको झन्कार। चल्यो बतास पातपातमा। आयो बासना वनफूलको जतासुकैबाट। लाग्यो आफूलाई वनकै चरी हुँ। पलायो पखेटा मनभरि। उड्दैछु उड्दैछु, वनका बोट छिचोल्दै।

छाउगोठमा आएर दाउराको भारी बिसायौं। काकीले त एकमुठा घाँस पनि बोकेकी थिइन्। उनले गाउँ जाने मेडातिर हेरेर आफैं बोलिन्– "मेरी नातिन आउन्या होगि गउत लिइबट।" अनि, पोल्टाबाट सुर्ती निकालेर मोलिन्।

"काकीले किन गउँत खोजेको होलिन् ?" जिज्ञासा पोखें।

"दुहुना भैंसाखिं गउत हाल्यापाछ दिनाछन्।"

छाउ भएकीले काटेको घाँसमा गउँत छर्केर मात्र दुहुना पशुलाई दिनुपर्ने। दाउरा पनि गउँत या सुनपानी हालेर मात्र भान्सा लैजानुपर्ने रहेछ। नत्र, देउ रिसाउँछन् रे। छक्क परें।

महिनादिनको लिखाजुम्रा ख्वात्तै फ्याँकूलाझैं गर्छिन्, गोपाल बाज्येकी बुहारीले त। कपालका जगल्टा खोल्दै गोपाल बाज्येकी बुहारीले काकीलाई जुम्रा हेर्न लगाइन्।

'म आँखा देग्दिनँ कसरी हेरूँ जुम्रा' भन्दै काकीले उनैको मुन्टोमा धकेल्दै उठ्न खोजिन्।

गोपाल बाज्येकी बुहारीले जगल्टा कन्याउँदै डोरीले बाँधिन्। म गोठको दैलोमा बसेर हेरिरहें। साँझसम्म काकी र गोपाल बाज्येकी बुहारी बात गरिरहेका थिए।

साँझ चुरोट तान्दै फुपू गोठमा पसिन्। किताबका पानामा म भुलिरहेकी थिएँ। चुरोट तानिरहेकी फुपू एक्कासि चिच्याउँदै कराइन्– "तेरो ब्वा, तेरो ब्वा, हेर्त हेर्त कला, क्याले काट्यो मेरा पिठिमी ?"

उनले एकैछिनमा बुलुजको टाँक खोलेर पिठ्यूँ देखाइन्। अनि, आर्त्तिंदै ब्रा पनि खोलिन्। तैपनि, केही देखिनँ। तर, उनको पिठ्यूँभरि

राता बिबिरा देखें । उनले खुब रगटिन् कपडाले । मैले चाहिँ टुकी समाएर भित्तातिर हेर्न थालें । भित्तामा त बिच्छी । मेरो कापीले प्याट्ट हानेर मारिन् र बाहिर फ्याँकिन् फुपूले । मलाई सकसक लागेर पूरै भित्ता टुकीले हेरें ।

कमिलाको ताँती छानोतिर जाँदै थियो । नजिकै छेपारो पनि थियो । त्यो छेपारो मैले पहिलो दिन आउँदा नै देखेकी थिएँ ।

पूरै छाउघर कीराफट्याङ्ग्राको घरजस्तो लाग्यो । फुपूले झुम्रो बनाएर सबै कमिला मारिन् । छेपारोलाई पनि खेदायौं । झुम्रो बालेर दैलोमा राख्यौं, सर्पलाई भित्र आउन नदिन ।

बत्ती खोपामा राखें । उज्यालोमा फुपूको छाती टिलिल्ल टल्कियो । फुपूले अझै बुलुज लगाएकी थिइनन् ।

उनको छाती यताउता गर्दा पनि मज्जाले हल्लिँदै थियो । छातीको मुन्टा त नाइटोसम्म पुगेको थियो । लाग्थ्यो, उनको ज्यानले उनको दूधलाई धान्न सकिरहेको थिएन । यति ठूला दूध पनि हुन्छन् भनेर फुपूलाई सोधें ।

"क्या, दूध ?" उनले स्पष्ट हुँदै भनिन् ।

मैले टाउको तलमाथि गरें ।

तुलाई नानो लाग्यो, तेरा छातीलाई ?" उनले सोधिन् र कन्याप्प अँठ्याएर मेरो छाती पनि तान्न थालिन् ।

एकै ठाउँमा कुप्रो परेर छाती बचाएँ । मलाई काउकुती लाग्यो । नजानीनजानी हाँसेजस्तो गरें ।

"नानी भइबट बौल्लिनु हुनैन् । कत्नो हुन्छ देखाइदिउला ।"

उनी त मसँग रिसाइन् । मलाई गाली गर्न थालिन् । फुपू रिसाएकाले मलाई नमज्जा लाग्यो । व्यर्थै कुरा गरेछु भन्ने लाग्यो ।

उनी कपडा लगाएर पल्टिन् र फतफताइरहिन् । म भने कोल्टे फर्केर सुतें ।

दस दिन

सबेरै उठेर ढोकानिर बसें । गोपाल बाज्येकी बुहारीले सोधिन्– "कति दिन भयो, कला ?"

"दस दिन ।"

एकलाई सुन्ना दस । मैले गिन्ती यसरी नै पढेकी थिएँ । गणितमा लद्दु थिएँ । गणितमा जहिले पनि मेरो कम नम्बर आउँथ्यो । कमजोर भएरै त हो । आज यो गणितीय नम्बरले जोडघटाउ सिकाएको थियो । छाउ भएको दसौं दिन चिनाएको थियो ।

यो गिन्ती बनाउनेलाई बाबाले बाज्येको देउतालाई दिएको जति धन्यवाद ।

यो अङ्क नबनेको भए मेरो उमेर थाहा नहुने । यी दिनहरू नगनिने । अनि, लुक्नुपर्ने, बाइस दिन नहुने । उमेर पनि शून्य । दिनहरू पनि शून्य । अनि, छुइ हुने पनि शून्य ।

कालोपाटीमा गोलो बनाएर सरले सोधेका थिए– "यो के हो त ?"

"शून्य हो, सर !" सबैले एकै आवाजमा भनेका थियौं ।

अनि, सरले भनेका थिए– "हो, यस्तै हुन्छ पृथ्वी । कस्तो हुन्छ त ?"

हामीले एकैचोटि उठेर भनेका थियौं– "शून्यजस्तै हुन्छ, सर ।"

विज्ञान पढाउँदा हाम्रो अगाडि ग्लोब देखाएर पृथ्वी चिनाएका थिए, सरले । आश्चर्यमा परेका थियौं हामी । साँच्चै शून्यजस्तै थियो पृथ्वी ।

पहिलो छाउ पनि शून्यजस्तै लाग्यो । शून्य भएर बसिदिनुपर्ने । सुनसान-सुनसान ठाउँमा ।

बगरमा उभिएर खोलो हेरेकी थिएँ धेरैचोटि । खोलाले किनार उक्लन सधैं खोज्थ्यो । बहावमा जोर एक्कासि कम लाग्थ्यो । अनि, खोलो सीधा बग्थ्यो । ऊ बगर पुग्न पाउँदैनथ्यो । तर, बहावको जोर परेको बेला उक्लन भने खोजेकै हुन्थ्यो । उक्लन पनि खोज्थ्यो । बग्न पनि बिर्सदैन खोलोले । आज मेरो मन खोलोजस्तो भएको थियो । मनलाई एकनासले बगाउन सकिरहेकी थिइनँ ।

आफैंले आफैंलाई बच्चा भन्न पनि डर लागेको थियो । मेरो चोलाको खुड्किलो थपियो भन्थे । कला त तरूनी भई भनेर आँखा सन्काउँथे । तरूनीको जस्तो व्यवहार गरे फुपूले बच्चा भएर बच्चाजस्तो हुनुपर्छ भन्थिन् । छुट्याउनै सकिनँ । बच्चा हुँ कि तरूनी ?

"ढोकामी केलाई कल्ली ?"

इजाको कुरा सुनेर झस्किएँ । दैलोमा नै टोलाएकी रहेछु म ।

"थाल छोड," इजाले भात दिन खोज्दै भन्नुभयो ।

खाना खाँदै सोधें– "इजा, देवताले के भन्यो मुलाई ?"

"तुलाई कन्ने सोध्यो ? पूजा निगो भन्यो ।"

खाना खाँदै बोका सम्झिएँ ।

देउताले बोको खाएछन् । खुसी भएर खाएछन् । मलाई विश्वासै लाग्दैन । रगत भुइँभरि, मासु कराईभरि भएको देखेकी थिएँ । यी देउताले बोका कसरी खान्छन्, हेर्न मन लागेको थियो ।

कतिकतिखेर त म बज्यैजस्तै बूढी भएछु कि क्या हो ? जब केही कुरा बुझ्दिनँ तब गन्थनमन्थन गर्थ्यो मनले । धन्न, मन साथी भइदिएको थियो ।

दिनभरि गोठमै थुप्रिएँ । दसौं दिनको घामले डाँडो काट्यो । चारैतिरबाट कालो सर्दै आयो छाउघरसम्म ।

टुकी जलाएर सिसाकलमलाई इरेजरले घुमाएँ र ठूलो शून्य बनाएँ । त्यही शून्यलाई मान्छेको टाउको सम्झेर आँखा-नाक-मुख बनाउँदै हड पनि बनाएँ । गहिरो हेरें, बारीमा उभिएको पुत्लाझैं देखियो ।

रातको खाना खुवाएर इजाले जाने बेलामा भन्नुभयो– "कला, तेरा ब्वाले तुखिं नाखमी लाउन्या बेसरी बनाउन्या भन्यो ।"

बाबाले मेरा लागि नाकमा लाउने बुलाखी बनाइदिने भने रे । तर, मैले केही बोलिनँ । म चोखिँदा दिने बुलाखी दान हो । यत्रो बलिदान यहाँ गरेबापतको दान हो । दानदक्षिणा दिईदिई फकाउँदै थिए जहानले परम्परालाई जोगाउन । यो गोठलाई बचाइराख्न । बरू, हामीलाई बचाउने परम्परा किन सुरू नभएको होला ?

इजा जानुभयो । हात चुठेर गोठ बसें । फुपूले खाना खाएर आइन् । पोल्टाबाट चुरोट निकालेर ओठले च्यापिन् र टुकी नै उठाएर चुरोटमा ठोसिन् । लामो तानिन् । बातो नै बाहिर निक्लेलाझैं गऱ्यो । बत्ती झ्याप्प निभ्यो ।

फेरि बत्ती बालेर निभाउन मन लागेन । अँध्यारैमा पल्टिएँ ।

एघार दिन

एकलाई शून्य दस पनि पार गरें । दसको शून्यमा एक थप्न पूरै एकदिन बाँचें ।

दिन काट्नु त बाँच्नु पो रहेछ । बाँचेको लेखाजोखा राख्न पो दिनहरू गनिँदो रहेछ । झरीको दिन भए पनि, खडेरीको दिन भए पनि, बाँच । देउताका थानमा भए पनि, छाउगोठमा भए पनि, बाँच ।

वनबाट आएकी गोपाल बाज्येकी बुहारीले आज दिन काट्नै धौधौ भयो भनिन् काकीलाई ।

साँच्चै, कहिलेकाहीँ त कत्ति लामो भइदिन्छ । नदीजस्तो लामो ।

फुपू स्विटर बुन्दै थिइन् । स्विटर बुन्न सिक्यो भने आजको जस्तो लामो दिन काट्न सजिलो हुन्छ कि ?

फुपूलाई भनें– "फुपू, सिकाइदेऊ न धागो बुन्न ।"

"पछि सिकाइदिउँला," मतिर कत्ति पनि नहेरीकन भनिन् ।

मनमनै भनें– मान्छे पनि फोक्सी । बानी पनि फोक्सो ।

झोलाबाट केरा निकालेर खान थालें ।

मैले खाएको देखेर भनिन्– "कसरी एक्कली खानीछ, बाँडीबट खानलौ जान्नीन यो मुलाई, अर्खी छ ला ?"

मुख मिठ्याउँदै झोला तानेर छाम्न थालिन् । मैले आफूतिर तानेर राख्न खोजें । उनले त ठूलठूला आँखा बनाउँदै प्याच्च भनिन्– "कच्चै ! एक्ली खानी छ ।"

नाकै खुम्च्याइन् । मैले अर्को केरा निकालेर उनलाई देखाउँदै मलाई बुन्न सिकाइदिनुपर्छ भनें । उनले केरा समाएर खान थालिन् । मैले उनको धागो, कुरूस समाएर यताउता घोच्न थालें ।

"धागो छुट्टेला निकरी अर ।"

वास्तै गरिनँ उनका कुरालाई । उनले खाइसकेर कपडामा हात पुछिन् । अनि, लामो डकार काढ्दै बुन्न थालिन् ।

एकछिनपछि खै के सोचिन्, सिकाइदिन थालिन् ।

मलाई कुरूसजस्तै दुइटा सिन्का ल्याउन लगाइन् । एक डल्लो पुरानो धागो निकालिन् । टोपी बुन्ने तरिका बताउँदै गइन् । सिकाए अनुसार सिक्दै गएँ ।

घाम चढ्यो । छाया आफूमुनि आएर अड्कियो । फुपू र पल्ला छाउकाहरू वनतिर गए । म भने धागो बुन्न सिकिरहें ।

एघार दिन भयो, स्कुल नगएको । चारवटा पाठ सके होलान् सरले ।

अझ एघार दिन छुट्नेछ स्कुल । स्कुल छुटेर घरकालाई असर पर्दैन । नातिनीको भविष्यभन्दा पनि देउ ठूला थिए बाज्येका निम्ति ।

हीरा आएकी थिइन । नत्र पाठ गरिहाल्थें उसले भने अनुसार । राम आएको भए झन् निको हुने । सरले सिकाएझैं हो सिकाउने उसले । सरले भन्दा रामले पढाउँदा मज्जा हुन्थ्यो । उसले पढाउँदा दकस पनि लाग्दैनथ्यो । ढुक्क भएर पढ्थें ऊसँग । कहिलेकाहीँ पढ्दा मात्तिन्थें पनि । आफ्ना पालामा नपढेरै छोरानाति पाएको चर्चा गर्थिन् बज्यै ।

म बज्यैलाई किताबका रमाइला कथा पढेर सुनाउँथें । बज्यैलाई कथा नसुनाएको पनि एघार दिन भयो । अब त कथा पढ्न पनि मन लाग्दैन ।

ख्वाक्क... ख्वाक्क... ख्वाक्क...

इजाले खोकेको सुनें । पुलुक्क हेरें । साथमा देखें हीरा पनि । खुसी हुन सकिनँ । मभित्रको बालखपन त स्वात्तै घटेछ ।

खाजा दिएर जानुभयो इजा । तर, हीरालाई जा भन्न पनि सकिनँ, बस् भन्न पनि सकिनँ । उसले उभिएरै हेरिरही । मैले पनि हेरिरहें, ढोकामा उभिएर ।

"कसो छ कला तुलाई ?" सोधी हीराले ।

साँच्चै, बूढी आइमाईले झैं सोधी । अघिल्लोचोटि आएकी नानी हीरा लागेन । यतिखेरको हीरामा कुनै चमकै पाइनँ । काउकुती लगाउने खालको ओठमा हाँसो नै देखिनँ । गम्भीर हुँदै छाउघरभित्र आई । सम्हालिएर थपक्क बसी । मलाई अन्नी खाँ भन्दै फुपूले बुनेको स्विटर हेर्न थाली ।

खाजा खाँदै हीराको उदास अनुहार हेरेर सोधें– "क्या भो, हीरा ? इजाखिं निको भयो ?"

"थोक्काई निको भयाछ भन्यो ।"

वाक्य नसकिँदै आँखा चिसियो हीराको । ग्वाम्लाङ्ग आङैमा आई । ग्वाँग्वाँ रून थाली । रूँदैरूँदै आँसु पनि पुछी ।

उसको रूवाइमा मेरै मन आँसुले भरियो । आँखाबाट मूल फुट्यो । झर्‍यो आँसु बलेसीको पानीझैं तप्पतप्प, परेलीका डिलबाट । जसोतसो सम्हालिएँ आफू तर हीरालाई समाल्न सकिनँ, इजाको अपरेसन हुने हो भनेर आत्तिएकी रहिछ ऊ । रूँदैरूँदै हीराले आफू डराएको कुरा पनि सुनाई ।

अपरेसन गर्नुपर्छ भनेर धनगढी लगेका रहेछन् हीराको इजालाई । पेट चिरेर पाठेघर फाल्नुपर्छ रे । उपचारका लागि भैंसो पनि बेचेछन् हीराका बाले ।

उसलाई यसरी रोएको कहिल्यै देखिनँ पहिले । ऊ त हाँस्न जान्ने हीरा हो । चम्किन जानेकी हीरा हो । आज त्यो हीरामा समयले खिया लगाइदियो ।

इजाको साटो हीराले घर सम्हाल्न परेको थियो । उसले पनि स्कुल जान नपाएको थुप्रो दिन भइसकेको थियो । अब उसले रामलाई कसरी जित्थी यो वर्ष ?

कक्षामा ऊ दोस्रो हुन्थी । राम पहिलो, म तेस्रो । पढ्नमा रामलाई टक्कर दिने हीराले एकदिन भनेको सम्झन्छु– "यो वर्ष त म पहिलो भएर देखाउने हुँ ।"

यस्ती लगनशील, आँटिली हीराको सोचमा समयले कामको भार राखिदिएको थियो । इजाको अभावमा घरमा बाँधिएर बस्नुपरेको थियो उसलाई । मलाई भने समाजले गर्दा छाउमा लुकेर बस्नुपरेको थियो । आज थाहा पाउँदै थिएँ, हामी पहिलो हुन नसक्नु निरन्तर स्कुल जान नपाउनु पनि रहेछ ।

खाजा खाएपछि खोलो जाऊँ भनी । मैले पनि हुन्छ भनें । फेर्ने कपडा पोको पारेर हामी खोलातिर हिंड्यौं ।

▪ ▪ ▪

खोलामा पुग्नेबित्तिकै भागरथी दिदी नुहाउने ढुङ्गामा उभिएर देखाएँ उसलाई पूरै नदी । ऊ आई, ढुङ्गैढुङ्गामा टेकेर मेरो छेउ । एकछिन बग्दै गरेको खोलोलाई हेरी । मैले अँजुलीले पानी हुत्याएँ । अलिकति झस्किँदै सम्हालिएर ढुङ्गामा बसी ।

"क्या भयो, हीरा ?" सोधें ।

पानीलाई चलाउँदै टाउको दायाँबायाँ गरी । ऊभित्र चञ्चलता रत्ति थिएन । उसैको छेउमा गएँ । काउकुती लगाउँदै हँसाउन खोजें तर कत्ति खितखिताउन सकिनँ ।

दुइटा ढुङ्गामा एकअर्कातिर फर्केर बस्यौं । दुवै गोडा पानीमा डुबायौं । उसले आउँदा भुटेको मकैभटमास ल्याएकी रहिछे । त्यसैलाई बीचको सानो ढुङ्गामा राख्यौं र खान थाल्यौं ।

उसले भनी– "राम गयो, कला ।"

"काँ ?"

"धनगढी । भरत काखासित गयो ।"

सुन्दा पनि मन अमिलो भयो । घुटुक्क थुक निलें । हीराको अनुहार अझै धमिलो देखियो । मेरो पनि त्यस्तै भयो होला । किनभने, मभित्रको उटपट्याङ स्वात्तै सेलाएको थियो ।

बिहानभरि रामकै कुरा खेलाएकी थिएँ मनमा । उसैको सम्झनामा हिँडेकी थिएँ । उसैसँग स्कुल, गाउँ डुलेकी थिएँ । राम जाँदै रहेछ र पो उसको याद त्यसरी आएको रहेछ । सुन्नै मन नलागेको कुरा पनि सुन्नुपर्दो रहेछ ।

अनायासै मन भिज्यो । आँसु लुकाउन परपर हेरें । सायद हीराले पनि परपर हेर्ने बहानामा आँसु लुकाउँदै थिई ।

राम गएकामा दुःख मनाउने हीरा पनि छे ।

राम भजन गाउन सिपालु थियो । भजनबाटै महादेव र पार्वतीको कति बयान गर्थ्यो । ऊ भजन रूचाउने खानदानकै थियो । हीराले अस्ति महादेव मन्दिरमा भेटेकी रहिछे रामलाई । राति अबेरसम्म बसेका रहेछन् । सेल खाएका रहेछन् । भजन गाएर नाचेका रहेछन् ।

आफूले भने एकटुक्रा उखु पनि दिन नपाई गयो राम ।

"हड धुन्या होइन ?"

हीराले बग्दै गरेको पानी छ्याप्दै भनेकी थिई । म झस्कें । एक्कासि मेरो मन पानीमा तैरिएको सुकेको पातजस्तै भयो । राम उड्यो मेरो मनबाट । मन सुक्दै गए पनि हड धोएँ । राम नफर्किए पनि हामी फर्कियौं ।

हीरा घरतिर गई फेरिफेरि फर्किने गरी । राम गयो कहिल्यै गाउँ नफर्किने गरी । गोठमा बस्दा पनि मन पोलिरह्यो । पट्यायो तन पनि एकोहोरो । सम्हालिन खोज्दा पनि मनले घरिघरि बोलाइरह्यो– राम, राम, राम । मनको लहलहैमा झोलातिर ध्यान गयो । झोला छामें । हातमा उखुको ठुन्को पऱ्यो । निकालें । चाउरिएर उखुको रस घटेर गएछ तर घटेको थिएन कत्ति रामको झझल्को ।

उखु प्वालबाट हुऱ्याइदिएँ । आँखाबाट एकथोपा आँसु चुहियो । पुछें गिलो आँखा बाहुलाले । पुछियो रामको अलिकति न्यास्रो पनि । कोल्टिएर सुतें । मनमनै राम जपिरहें । थाहा थिएन, साथी रामको नाम लिइरहेकी थिएँ कि भगवान् रामको ।

बाह्र दिन

सुतिरहेकी थिएँ, उठेर के गर्नू ? काम थिएन । नछुनी हुनु भनेको त सुत्ने छुट्टी पाएजस्तो ।

पहिलोपटक छाउ हुनेको मात्रै रहेछ, लामो छुट्टी । पछिपछि त घरमा सुत्न नपाउने छुट्टी मात्रै मिल्ने रहेछ । बाँकी कामको भने छुट्टी नपाउने ।

ख्वाङख्वाङऽऽ । फुपूले लामै काँसिन् ।

कुहिनोले ढाडमा किचिक्कै टेकेर प्वालतिर तन्किइन् फुपू । पाकेको खकार फ्याँक्दै मलाई उठाइन् । "चेली भइबट, कति सिन्छइ, उठ् !" उनी फतफताइरहिन् ।

म सुतेको मन परेनछ फुपूलाई । आफू सुतेको कत्ति देख्दिनन् । कुरा गऱ्यो त झर्किएर बोल्थिन् । त्यसैले उनीसँग बोलिरहन मन पनि लाग्दैनथ्यो । तर, कुरा भने खुब घतलाग्दा गर्छिन्, सुनिरहुँ लाग्ने । उनले भनिन्– "पोइल गयालौ यइ सिन्याबानी बानी रल्ली ।"

पोइको घरमा गइस् भने पनि यस्तै बानी लाग्ला रे । भन्न नि कसरी सकेकी ! अलि रिस उठ्यो, भनें– "झिक्कै सिन्याबानी लागीछ्यो, तमलाई पोइएगा घर ।"

फुपू त तात्तिहालिन् ।

"तक्न कति ठाडो बोल्लीछ । बोल्ललै सिक् ।" बोल्नलाई सिक । आफ्नो पुसाइलाई पनि पोइ भन्छे भनेर उल्टो ख्याउख्याउ पारिन् फुपूले ।

फुपाजुलाई पोइ भनें, फुपाजुको घरलाई पोइको घर भनें । अलि राम्रोसँग बोल्नुपर्थ्यो । तर, मान्छे मन नपरेपछि... ।

गतिलो कुरा फुपूको मुखबाट कत्ति सुनेकी थिइनँ । उनी पनि त छाडाछाडा बोलेर कान पकाउँथिन् । केही बिगार्नुपर्छ थुतुनो खेलाएर, धारे हातले सराप्थिन् । अझ ठुस्स फुलिँदा त फुपू ढाडिएको जुकाजस्ती देखिन्थिन् । उनी रिसाएको हेर्नलाई पनि उत्ताउलो भइदिन्थें । उनी ठसठस कनेर बोलेको नै मजा लाग्थ्यो । बिचरीलाई ठसठस कन्नुपर्ने बिमार । घ्यार्रघ्यार्र बिमार । प्वाक्क फुल्लिने बिमार । झनक्क रिसाउने बिमार । केके हुन् केके, बिमार त । बिमारको खानी हुँदा पनि कसैलाई देखिसहिनन् ।

▪ ▪ ▪

छाउगोठमाथिबाट भँगेराको चिर्रचिर्र एकोहोरो आयो । आइरह्यो ।

ढिलो चालमा, कान थापेर सुनें । आवाज सुन्दै बाहिर निस्किएँ । धुरीखाँबोको कापमा भँगेरीको गुँड देखियो ।

सोचें– यिनीहरू छाउ हुन्छन् कि हुँदैनन् होला । छाउ बार्छन् कि बार्दैनन् होला ? बार्छन् होला नि, है ?

तर, छाउगोठमै किन गुँड लगाएको होला ! भोलि त्यसका देउता रिसाए भने बिचरालाई सताउँछन् । मैले उडाइदिनुपर्‍यो, नत्र भँगेरी देउताले दुःख देलान् । यस्तै सोचेर गुँडलाई लामो काठले घोचें । त्यहाँ त ससाना बचेरा रहेछन् । काठ फ्याँकेर खुब हेरें । आँखा उघ्रन थालेका ससाना बचेराले चारा खोजेर 'आँ' गरे । माया लाग्यो ।

ती बचेराहरूबारे फुपूलाई सुनाएँ ।

पोलेर खाम्ला, मार्न भनिन् ।

म त के बोल्नू, के बोल्नू भएँ । मलाई भित्रभित्र फुपूका कुराले चिमोट्यो ।

एकगाँस नहुने भँगेरीलाई मार अरे । भर्खर सुत्केरी भएकी भँगेरी मार्न लगाउने । यो फुपूले अर्काको त ज्यानै होइन भन्ने रहिछन् । मनमा कत्ति दयामाया नभएकी । एकगाँस नपुग्ने भँगेरीलाई मारेर पोलेर खा भन्ने, फोक्से फुपू । मनमनै तातिएँ । गोठभित्र आएर लुकाएर पैसा निकालें । पल्लो छाउघरको गोपाल बाज्येकी बुहारीलाई पाँचको सुर्ती, दसको चुरोट, पाँचको बिस्कुट ल्याइदिनू भनेर पठाएँ । उनी सुर्तीको मायाले खुसी हुँदै गइन् ।

गोपाल बाज्येकी बुहारीको सुर्ती खाने बानी मैले हिजो मात्रै थाहा पाएकी थिएँ । बिचरीले हिजो काकीसँग बसेर सुर्ती चिमोटीचिमोटी माडिन् । खाली दोकान पठाउन पनि अप्ठ्यारो लाग्यो ।

एकैछिनमा गोपाल बाज्येकी बुहारी आइन् । चुरोट र बिस्कुट दिइन् । सुर्ती मोल्दै उनी मेडामा बसिन् ।

फुपूलाई भनें– "फुपू एक चीज दिन्छु, लिन्या हौ ।"

"तु के देल्ली ला । मुसित मागल्ली जसी छई ।"

मैले चुरोट देखाएँ । टाठी भएर भनिन्– "कन्ने दियो यति सिगरेट । कोइ आया छन् गि ?"

घाँटी तन्काएर बाहिर हेर्न थालिन् । अरू कसैले दिएको ठानिन् । मैले किनेको भन्ने पत्याइनन् र सोधिन्– "पल्ला छाउकीले दिएकी हो ?"

रित्तो गिजा देखाउँदै नरम बोलिन् । न्यालै काढिन् फुपूले । लत लागेकाहरू यस्तै हुन्, अम्मलमा घुँडो टेकाइदिन्छन् ।

उनको फुल्लेको अनुहार त स्याप्पै, चुरोट देखेर । खुसी भएर चुरोट सल्काइन् ।

फुपूले कहिल्यै नदेखे जसरी मलाई हेरिरहिन् । मलाई नजिक तानेर मेरो कपाल पन्छाइन् । मायाले गाला सुमसुम्याउँदै भनिन्– "तु निकी छइ । बाठीलै छइ ।" पहिलोपटक छाउ हुँदाको कुरा भन्न भनें उनलाई ।

चुरोटको लामो सर्को तानेर खोकिन् भित्रैदेखि । मुखै रातो भयो । रसाएका आँखा पुछ्दै घ्यार्रघ्यार्रमा बितेका पल सुनाइन् । फुपूको बचपन कष्टैकष्टमा बितेको रहेछ । उनको पालामा त परसर्दा गाउँमा बस्न नपाइने रहेछ । भोकभोकै रात काटेकी रहिछन् । अहिलेजस्तो गोठमै रोटी पुऱ्याइदिने चलन पनि रहेनछ । बिचरी फुपू !

अझ मेरो जत्रोमा त फुपूले छाउ बार्न वन बस्नुपरेको रहेछ । धेरै दिन बार्नुपरेको रहेछ । राति गोठमा सुत्नुपर्ने, झिसमिसेमै वन जानुपर्ने रहेछ । ढुङ्गा छोइन्छ भनेर अलक्कअलक्क टेकेर हिँड्नुपरेको रहेछ । बाटो, गोरेटो हिँड्न नपाइएको रहेछ । बोटबिरूवा छुन पनि नदिएका रहेछन् । किन, थाहा छ ? हरेक ढुङ्गामुढामा देउताको बास हुन्छ अरे ।

"यसा लत्ता कन्ने दियोरे हामुखिं ?" फुपूले फेरि भन्दै गइन् ।

कपडाको टालोसम्म पनि फुपूले पाइनछन् । फेरफार, नुहाइधुवाइ गर्न पनि कत्ति गाह्रो रहेछ । महामारी आउने, हैजा लाग्ने, पहिरो जाने, गाईवस्तु मर्ने, मान्छे नै बौलाहा बनाउँछन् अरे देउताले भनेर कडासँग छाउ बार्ने रहेछन् । कस्तो डरलाग्दो देउता पालेका हाम्रो गाउँकाले त । सुन्दा पनि मुटु थरर्र काम्छ ।

"फुपू पुसाइले तिम्रो हेरविचार गरेनन् ?" सोधेँ ।

"छाड्ः उइका त बातै," उनले भनिन् । र, एकछिन चुप लागिन् । उनको अनुहारै अँध्यारो भयो । मलाई फेरि खसखस लाग्यो ।

पुसैको सम्झना आउँछ कि आउँदैन भनेर सोधेँ ।

उनी त चर्कै रिसाइन् । त्यसले माया गरे पो सम्झना आउँथ्यो । स्वास्नी कहिल्यै ठानेन । सधैं दासी बनायो, सधैं हेला गर्‍यो भनिन् । भन्दाभन्दै उनका ओठमुख कामे ।

फुपूले फेरि केहीबेर तल मुन्टो गरिन् । एकैछिनमा आँखा त रसाएर चुहिन मात्रै बाँकी थियो ।

फुपाजुसँग सुतिरहेको रात नै छाउ भएकी रहिछन् फुपू । छाउ हुँदा त फुपाजु पैंतीस वर्षका रहेछन् । बिहेको पहिलो रात साथै सुत्न लाग्दा छाउ भएकी रहिछन् । नछुनी भई भनेर फुपाजुले बाहिर गोठमा ल्याएर पिड्का उठ्ने गरी पिट्नुभएछ । हातै भाँचिदिएछन् । उनका हातका औंलाले कुम छुन्नन् अझै पनि । काम्रो बाँधेर सन्चो बनाएको हात के पुग्नू कुममा ! धन्न सन्चो भएछ ।

रिसैरिसमा तुरून्तै मेरै उमेरको केटी खोजेर सौता हालेका रहेछन् । त्यसपछि फुपूको जिन्दगी गोठ, घाँस, दाउरा र चिसो ओछ्यानमै बित्यो ।

नाक खुम्च्याएर फुपाजुलाई सरापिन् । जिन्दगीभरि लोग्नेको दासी भएर बाँचेकी रहिछन् फुपू । कति पापी फुपाजु त ! त्यस्ताले कीरा परेर मर्नुपर्ने । तर, भगवान्‌ले तिनैलाई लामो आयु दिएका थिए । तिनैले लामो नियम चलाएका थिए ।

बज्यैले यस्ता कथा किन भनिनन् मलाई ?

दिनभरि फुपूका कुरा सुनेर बिताएँ । अझै धेरै कुरा सुन्न फुपूलाई मायाले हेरें ।

फुपूको बालापन, फुपूको अतीत ढुङ्गामा खोपेको अक्षरजसरी बस्यो । कहिल्यै नमेटिने गरी बस्यो । धेरै महिलाको भाग्य चुहिने रहेछ । छाउ रगतजसरी चुहिने रहेछ । साँच्चै, छोरीको जीवन बालुवाको घरजस्तो । कतिखेर खहरे बढ्ने हो र भताभुङ्ग पार्ने हो ।

सुत्दिनस् अब भन्दै फुपू पल्टिन् । एकैछिनमा घुर्न थालिन् । उनको अनुहार दियोको उज्यालोमा हेरिरहें । सायद उनको घुराइमा सपना दौडिएको थियो अनि दौडिएका थिए, दुःखले भरिएका फुपूका अतीतहरू ।

भारी मनले मलाई सुटुक्क भन्यो– कठऽई.लाडी !

खोपाको बत्ती एकनासले बलिरहेको थियो । म फुपूतिर फर्केर पल्टिएँ ।

तेह्र दिन

बिहान छिऱ्यो ओछ्यानमा । पूर्वको आकाश उज्यालिएछ । उठेर फल्याको खोलें । ज्यान तन्काएर आफूलाई हेरें अनि हेरें फुपूलाई ।

फुपू उठेर लामो हाइ काढिन् । पोल्टाबाट चुरोट झिकेर सल्काइन् र नाकबाट धूवाँ फ्याँकिन् । भरियो गोठभरि धूवाँ, फुपूको नजर त्यही उडेको धूवाँभरि हरायो ।

केही नबोलेर झोला खोलें, फुपूको चुरोट र धूवाँ कापीमा कोर्न थालें ।

"हडधुन झानया है ?"

नुहाउने कुरा गरिन् फुपूले । मैले जान्नँ भनें । उनी भने कपडाको गुइठो पारेर बाहिर निस्किन् ।

सफासुग्घर भएर के गर्नू ? सुत्नु त छाउगोठमै पर्छ । आएदेखि छाउगोठका भित्ता जम्मा एकपटक लिपेको हो । त्यो पनि भागरथी दिदीको जाँगरले ।

अस्तिको पानीले ओसाएको थियो पूरै छाउगोठ । ढुँडीढुँडी गनाएको थियो बिहानैदेखि । टाँडभुइँमा कमिलाको घोल र मच्छेडको भुनभुन कम भएको थिएन । तर, कसैलाई ख्याल थिएन फोहरको डुङ्गुर हटाउने । कसैलाई वास्ता थिएन यो घिन । सुँगुरलाई फोहर मनपर्छ भनेको साँच्चै रहेछ ।

इजाले खाना लिएर आइरहेको देखें । दुब्ली लाग्यो । लामो पटुकोले टाउको बाँध्नुभएको देखेर सोचें– सन्चो भएनछ इजालाई फेरि ।

इजासँगै आएको भोटेकुकुर मेरो छेउ आयो । मायाले सुमसुम्याउँदा भोटेकुकुर रमायो । घरि मलाई घरि इजालाई छुन थाल्यो । इजाले रिसाएर भोटेकुकुरलाई हप्काउनुभयो ।

माटाका डल्ला इजाको छेउमा फ्याँक्दा कुकुर इजातिर दौडियो । र, छुस्स छोयो इजालाई । एक्कासि लामो साटोले हिर्काउनुभयो भोटेकुकुरलाई । भोटेकुकुरले कुइँकुइँ गर्दै मलाई हेर्‍यो ।

कुकुर-बिरालोको खुब रहर गर्थें । कस्तो माया लाग्यो कुकुरको कुइँकुइँले । कुकुरतिर जान लागेको, इजाले भित्र जा भन्नुभयो । मेरा हातगोडा जहीँको तहीँ रोकिए ।

"छाउगी होइ कला, ओडो पुडो जनअर ?" चर्कै हप्काउनुभयो ।

इजाको आँखा अनायासै रसायो । एकछिन नरमाइलो लाग्यो मलाई ।

भाइलाई फेरि व्यथाले च्यापेको रहेछ । आज पनि बेहोस भएछ भाइ । धेरैबेरपछि होस आएको रहेछ । उठ्दा पनि थरर्र कामेर मेरो नाम लिँदै बर्बराएको थियो रे ।

भाइको चिन्ताले होला इजाभित्र रिस हुर्किएको । त्यही रिस ह्वात्तै पोखियो भोटेकुकुरमा । इजाको पीडा आँखाभरि आँसु भएर टिलपिलायो ।

"नरून्नूस् इजा, बुदीलाई केही हुँदैन ।" यत्ति भन्न पनि सकिनँ । ग्वाम्लाङ्ग इजाको काखमा हाम्फाल्न पनि सकिनँ । कसरी सकूँ, इजालाई छोएर पीडा साट्न नमिल्ने भएकी थिएँ । आज आफू रून्न पनि लुक्नुपर्‍यो । चुहाउन सकिनँ, आँखाको बलेसीबाट आँसु । तात्तिएँ भाइको मायाले भित्रैभित्र बरू ।

इजा मेडामा बसेर टोलाउनुभो । बाहिर ढोकामा उभिएर इजालाई हेर्न थालें । म पो निरस भएँ । कस्तो छिटो चल्यो मुटु ।

"बुदी बिहोस भयो, कला ।"

इजाको कुरा गुन्जियो मनमा । सम्झिएँ, उसको हँसिलो अनुहार । अनि, मुसुक्क हाँसेर भनेको– "दिदी चटपट किनिदेन् !"

त्यस्सै मन भक्कानियो । भित्र गएर भित्तामा अडेस लागें । चुपचाप, चुपचाप रोएँ ।

आजसमेत चारपटक बेहोस भयो भाइ । आज गोठमा बेहोस हुँदा गोबरमा लडेछ । कस्तो बिमार होला ? जहाँ पायो त्यहीँ लडाउने । जतिखेर पायो त्यतिखेर बेहोस बनाउने ।

कुनै ठाउँ रोज्दैन बेहोस हुन भाइले । बेहोस हुँदै छु पनि भन्दैन । एक्कासि ढल्दिन्छ, काट्दाकाट्दैको रूख जसरी । ठिङ्ग उभिएको भाइ मेरै आँखाअघि दुईचोटि लडिसक्यो । हारगुहार मागेकी थिएँ, स्कुलको चौर र चौतारो चोकमा ।

हावा लागेको भन्दै सम्झाएका थिए मान्छेहरूले । पत्याएँ पहिलोदोस्रो चोटि त ! त्यसपछि पत्याइनँ । एकदिन विज्ञान पढाउने सरले तेरो भाइलाई मुटुको समस्या हुन सक्छ भनेका थिए ।

उसै पनि लुरे थियो, खाएको लाग्दैन, त्यसको आङमा । अझै लुलो बनाइदिएर जान्थ्यो बेहोसले ।

भाइलाई कस्तो छ भनेर इजालाई सोधें ।

"थोक्काइ निगो भयापछि ज्यूका कोखेलामी सियाइबट आय हुँ । अल्लेबासा, धामी चलले हुन बडाज्यू ।"

बेलुका धामी बस्ने, ग्रह फ्याँक्ने रहेछन् बाज्येले ।

इजाको कुरा सुनेर फेरि आँखा रसायो । यतिखेर भाइलाई छेउमा देख्न पाए ? आफ्नै हातले पानीमा डुबाउँदै बिस्कुट खुवाउन पाए ? आफ्नै कुममा गाला च्यापेर रोएँ । इजाले नरोओ भन्नुभयो । आँखाका परेला जोड्दा आँसु निचोरिए ।

आँसुले आँखा पखाले पनि मनको पीडा पखालिएन ।

भगवान्सँग रिसाएँ । यति ठूलो के पाप गरेकी होलिन् स्त्रीले, यसरी नछुनी बनाएका । दाजुभाइलाई भेट्न नपाइने कस्तो छाउ हो यो ? भाइको छुवाइ पाउन यति तड्पिनुपर्ने । एउटी छाउपडीले आफ्नै भाइ भेट्दामा के नजाती हुन्थ्यो होला र ?

भाइलाई ठूलो डाक्टरलाई देखाउनुपर्छ । काठमान्डु लैजानुपर्छ भनें ।

इजा केही बोल्नुभएन । चुपचाप इजा घाँस उखेल्न थाल्नुभयो । बच्चाका कुरा के सदर हुने र ? मेरो मन भने एकोहोरो भयो ।

काठमान्डु देखेकी छैन मैले । एकदिन नक्सा देखाउँदै काठमान्डु यहाँ पर्छ भनेका थिए सरले । अनि, भनेका थिए सरले, काठमान्डुमा ठूला अस्पताल हुन्छन् भनेर । सम्झनामा बारम्बार काठमान्डु खेलिरह्यो ।

काठमान्डु जानुपर्छ भाइलाई लिएर । काठमान्डुका डाक्टरसँग देखाउनुपर्छ, भाइलाई । जान पनि धेरै पैसा लाग्छ, काठमान्डु । महङ्गा डाक्टर हुन्छन्, काठमान्डु । धेरै दिन बस्नुपर्छ, काठमान्डु । हो, लैजानुपर्छ भाइलाई दबाइ गर्न काठमान्डु । काठमान्डुलाई गोठैमा बसेर सम्झिएँ ।

भाइलाई सन्चो बनाउन सक्छ, काठमान्डुले । धक्क मन फुलिएर छातीभरि भरियो । भाइसँगै आइरह्यो काठमान्डु ।

अल्लेबास धामी बस्ने भए घरमा । होइन होइन, झाँक्री काम्ने भए घरमा । ती त आँगनमा उठेरै काम्थे । घाँटीभरि माला, पगरी, जामा, भोटो, बाला लगाउँथे धामी चल्दा । ती माला सबै हातले समाएर जप्थे । हाम्रो गाउँतिर त खली नै नचाउँथे । पोहोरसाल आगाको धुनीमा नै हामफालेका थिए धामी । मलाई त कस्तो डर लागेको । चानचुने थिएनन् जटाधारी झाँक्री, ती सात गाउँ चहार्थे । कस्तो उफ्रन्थे । काम्दैकाम्दै हिँड्दै बोल्थे । भूतप्रेत त झाँक्रीले फुकेर फ्याँकेको खरानीले भाग्छन् भनेर बज्यैले भनेकी थिइन् ।

ग्रह पनि तिनैले फाल्थे ।

बिहानदेखि बज्यैले टपरी बुन्दै होलिन् । बाबाले सालको पात ल्याइसकेका होलान् । बाँसका मसिना सिन्काले पातपात जोड्न सिपालु बज्यै त ! कति राम्रो टपरी बनाउँथिन् । थालभन्दा पनि राम्रो । हाम्रो गाउँमा बिहे भयो भने टपरीमै भोज खुवाउँथे । खायो, फ्याँक्यो । धुनै नपर्ने ।

ग्रह फ्याँक्ने टपरी त सुपोजत्रो हुन्थ्यो । त्यसका चारैतिर ससाना नौवटा दुना बनाएर तेल हालिदिएकी होलिन् बज्यैले । सबैमा एकएक बत्तीको बातो राखिदिइहोलिन् । पीपलपात, बेलपात, पाती, अगरबत्ती, अछेता, सिन्दूर, ध्वजा, चामलको पिठो । सानो होइन, रातो बासेको भाले । फुको खरानी । चोखो जल । अगुल्टो । अरू पनि केके, मलाई ठ्याक्कै याद भएन । झाँक्रीले भनेका सबै सरसामान बज्यैले टक्र्याउँदै होलिन् । त्यसपछि झाँक्रीले गलाको माला हातले खेलाउँदै मन्त्र उच्चारण गर्दै होलान् ।

खरानीको या चामलको पिठोले रेखी कोर्दै होलान् झाँक्रीले । टपरीका सामानलाई बडो आकर्षक ढङ्गले सजाउँदै होलान् । बिमार भाइलाई छेउमा राखे होलान् । चाहिने सर्जाम र बातैबातोले बलेको टपरी भाइको तालुमाथिबाट फनफन घुमाउँदै मन्त्र बर्बराउँदै होलान् झाँक्रीले ।

नौ ताली बाचा । शनि, राहु, केतु केके हुन् केके, सबैका नाम लिन्थे । नौ ग्रह शान्त भइदिने बाचा खुवाउँदै होलान् झाँक्रीले । भूतप्रेत, बोक्सी, डैनीलाई डाँडा कटाउने मन्त्रले फुकिरहेका होलान् झाँक्रीले । कुखुराको भाले, हतियार, ग्रह टपरी समाएर गाउँको माथि चोकमा पुगे होलान् । त्यहाँबाट वन जाने बाटोतिर लगेर फ्याँक्थे ग्रहको टपरी । कुखुराको भाले त्यतै काटेर खाएर आउँथे ।

तगारो आइपुग्ने बेला बाज्येले मुठीभरिको खरानी छर्किदिए होलान् । त्यति गरे भूतप्रेत गए । भाइलाई छोडेर मसान गयो । दाषीदुस्मन हराए । तर, मैले आफ्नै आँखाले भने देखिनँ भूतप्रेतले भाइलाई छोडेको । ती भूतप्रेत, बोक्सी, डैनी जान्छन् होला त भालेको रगत चोकमा बगाउँदैमा ? नौ ग्रह शान्त होला र खरानी फुकेको भरमा ?

■ ■ ■

भुभुभु गर्दै भोटेकुकुर भुकेको सुनें । गोठको दैलोबाट हेरें । इजा घर गइरहेको देखें र पछिपछि भोटेकुकुर पनि ।

छिट्छिटो कपडाको गुइठो समाएर खोलातिर हिंडें ।

खोलोकिनार उभिएर चिच्याएँ– "फुपूऽ !"

पुलुक्क हेरे पनि केही बोलिनन् फुपू । लुरूलुरू उनको छेउमा गएर उभिएँ । कुर्कुच्चा घोट्दै उनीतिर हेरेर खिस्स हाँस्दै सोधें– "फुपू, तिमी कैले जन्मिएकी हौ ?"

"साल त मुखिं थाआछिन् ।"

मुखले जन्मेको साल याद छैन भने पनि हातका औंलाले चार र पाँच देखाइन् । पैंतालीस वर्षको उमेरमा पनि छाउ बार्न गोठ धाउँदै थिइन् फुपूले । म भने पहिलो छाउले आत्तिइसकेकी थिएँ । आत्तिएको मन लिएर कति धाउनु गोठ । बरू, यस्तो चलन त मासिए पनि हुन्थ्यो नि !

जवानीमा केटाहरू मरिहत्ते गर्थे रे फुपूलाई । कस्तो भरिली थिइन् अरे । लोग्नेले छोडेर गयो । बैंसले छोडेर गयो । अहिले भैंसी भएँ भन्छिन् । छुइको दुःखले अझै छोडेको छैन भन्दा पनि उनी अँध्यारी भइन् । पछि म पनि उनीजस्तै हुन्छु रे भनिन् । एकचोटि आफैंलाई हेरें । त्यसैत्यसै मन पानी भइदियो ।

उनले कपडा मिच्दै भनिन्– "उइबेला सुगेगा रोटी पाउनखिं धौं ।" फुपू बोल्दाबोल्दै रोक्किन् ।

खानाको त के कुरा, तिर्खाएको बेला पानी पाउन पनि गाह्रो रहेछ छुइ हुँदा ।

"एसा बात क्याखिं सोद्‌द लाछै ?" फुपूले शरीर मिच्दै सोधिन् ।

'उस्सै' भनेर नुहाउन थालें । कलकल पानीको बगाइलाई हत्केलाले रोकें । रोकिएन । कहाँ जान हिँडेको होला यो नदी ? बग्दो पानीमा तुलबुल मन मिलाइदिएँ ।

"यैसाल तु गौरा पूजा अद्‌या है खिं नाइ, कला ?" फुपूले सोधिन् ।

घरकाले गौरामा ब्रत बस्न दिँदैनन् भनें फुपूलाई । पहिला त छुइ भएकी थिइनस् भनिन् उनले । छाउ भएपछि गौरा पूजा गर्न मिल्छ कि मिल्दैन भनेर फुपूलाई सोधें ।

चोखिएपछि मिल्दोरहेछ ।

छुइ भएकाले ब्रत बस्न किन नपाउने भनेर फेरि सोधें ।

खै यस्तै छ चलन भनिन् उनले ।

छाउ हुनेले चाडपर्वै मान्न नपाउने रहेछन् । पैंतालीस वर्षमा जम्मा बीसवटा गौःरा पर्व मानिछन् फुपूले । तीजकै व्रत बसेको रात छाउ भइछन् कतिचोटि त ! पच्चीसवटा दसैं यस्तै नछुनेले पन्छाएछ । दस वर्षपछि भेटिएको भाइसँग तिहार मान्न पाइनछन् छाउले । मरेको पतिलाई पिण्डदान गर्न पाइनछन् धेरै श्राद्धहरूमा ।

माया लाग्यो फुपूको । यति धेरै दुखेर पनि बाँचेकी फुपू । धन्न बताइरहेकी थिइन् मेरो मनले खोजेका कुराहरू । चाडपर्व देवीदेउताको नामले मानिँदो रहेछ । गौःरा देवी पार्वतीको नामले मानिँदो रहेछ । नारीहरूको महान् पर्व तीज पनि पार्वती र शिवको नामले मानिने रहेछ । असत्यमाथि सत्यको विजय गरेको दिनलाई दसैं भनिँदो रहेछ । ती विजय गर्ने दुर्गामाता रहिछन् । लक्ष्मीपूजा धनकी देवी लक्ष्मीका नाममा गरिँदो रहेछ ।

अन्य कर्मकाण्डहरू, धर्मकर्महरू, देउपुज्ने, श्राद्ध गर्ने घरका देउताका लागि रहेछन् ।

अर्को कुरा खेल्यो मनमा । साँच्चै, के यी पार्वती, लक्ष्मी, दुर्गामाता छाउ भएनन् होला त ! आखिर ती पनि त नारी हुन् । तीभित्र पनि त मेरो जस्तै फोरफोर रगत थियो होला ? के तिनले छाउ बारे होलान् त ?

के थाहा ? तर, तिनकै नाममा म छाउघरमा थिएँ । तिनी नरिसाऊन् भनेर छाउ बार्दै थिएँ । तिनलाई सधैं चोखो राख्न वनको गोठमा आएकी थिएँ ।

▪ ▪ ▪

भाद्र शुक्ल चौथीदेखि गौःरा लाग्दा गाउँमा ढोलक बज्थ्यो । प्रत्येक रात त्यो ढोलक बजाइ बाक्लिँदै गाउँ नै ढोलकमय हुन्थ्यो । ढोलकको आवाजले गाउँलाई खबर दिन्थ्यो, गौःरा आयो भनेर । हाम्रो घरमा पनि गौःरा भित्रन्थ्यो । अनि, किनमेल बढ्थ्यो । लिपपोत सरसफाइ हुन्थ्यो । नयाँनयाँ लुगाफाटा बनाइन्थ्यो । मीठोमीठो परिकार बन्न थाल्थ्यो ।

सम्झिएँ, गए वर्षहरूको गौःरा र शिवपार्वतीको मन्दिरमा लागेको ठूलो जाँत । गाउँभरिका मान्छेले चार दिनसम्म रमाइलो गरेका थिए । देउडा खेलेका थिए ।

इजाले गौःरा व्रत बसेको देखेकी थिएँ । मलाई पनि रहर लाग्थ्यो व्रत बस्न । इजासँग कति जिद्दी गरेकी थिएँ व्रत बस्न । अघिल्लो साल त भातै खाइनँ रिसले । बज्यैले 'अर्खसाल बसल्ली' भनेर फकाएपछि मात्रै भात खाएकी थिएँ मैले ।

मलाई व्रत बस्न नदिएको त भोक टार्न, धैर्य गर्न सक्दिन भनेर रहेछ । अनि, अर्को खास कुराचाहिँ मेरो विवाह नभएकाले पनि रहेछ ।

हाम्री बज्यैले त नछुने नहुँदै गौःरा व्रत बसेकी रहिछन् । बज्यैको विवाह पनि छाउ नहुँदै भएको रहेछ ।

गौःरामा किन शिवपार्वतीलाई पुजिन्छ भनेर फुपूलाई सोधें ।

"दः तुखिं सुनाइबट मुखिं क्या दिन्या हैं ।"

उनले सुनाएको ज्याला मागिन् !

"सिगरेट किन्या रूप्या दिउँला," चुरोट तानेझैं गरेर भनें ।

फुपूले हात थापिन् । मसँगको पाँच रूपैयाँ उनको हातमा थमाइदिएँ । पैसा पटुकोमा च्याप्दै भनिन्– "गौःरामि पूजा अन्यापाछा मनले चिताएका... ।"

गौःरा देवीले मनले चिताएको पुऱ्याउँछिन् अरे । त्यसैले महादेव र पार्वतीको पूजा गर्नुपर्ने रहेछ ।

फुपूले भनिन् गौःराको कथा र पूजा गर्ने तरिकाहरू, गौःराको स्वरूप र श्रद्धा ।

तीजका बारे पनि जान्न मन लाग्यो । सोधें । फुपूले भनिन्– "तीज माता पार्वतीको नाउले मान्नाछन्, कला । पार्वतीले महादेव पाउनाखिं तप अऱ्याथ्यो ।"

"अनि, शिव पाहाली, पार्वती माताले," मैले भनें ।

"पाया हो । तब त चेली मान्छे शिव जसा पति पाउ भनिबट्यै व्रत बस्दाछन् ।"

हामीले पनि व्रत बस्न मिल्छ भनेर सोधें ।

हाँस्दै 'पोइ पाउ भनिबट बस् तू ?' भनेर फुपूले भनिन् ।

गौःरा र तीजको विशेषता छाउ भएपछि बुझें । जीवन भोगेर बाँचेकी फुपूले सिकाइन् । स्कुलमा त गौःरा बिदा हो, तीजको बिदा हो भनेर छुट्टी दिए । तर, यसको ऐतिहासिक कथा कहिल्यै सुनाएनन् सरले ।

पोहरसम्म दसैं र तिहार मान्दै आएकी थिएँ । यत्रो दसैंतिहार मान्दा कहिल्यै छाउ हुनुपर्छ भन्ने ख्याल आएन । आज छाउ भएकीले चाड मान्न पाइँदैन भनेपछि मन पिरोलिइरहेको थियो ।

थाहा छ, दसैंको टीका थाप्न पहिला बाबाको, इजाको अनि मेरो पालो आउँथ्यो ।

म स्कुलमा पनि तेस्रा, घरमा टीका लगाउँदा पनि तेस्रा ।

"फुपू, छाउपडीलाई दसैं मान्न दिने दिन कब आउला ?" सोधें ।

"मु क्या जानु । तेरा बाज्येले दियाभन्या धइँ ? हीट्जाउँ ।"

सोचें, बाज्येहरू नै हुन् त चाड मान्न नदिने ?

हामी गोठ पुग्यौं । फुपूले दूबो घाँस उखेल्न थालिन् । गोठको दैलोमा बसेर फुपूलाई हेरेर सोचें– यो गाउँका बाज्येहरूले छाउ बार्नु पर्दैन भनेको दिन यहाँका दिदीबहिनीको अनुहार कति उज्यालो हुन्थ्यो होला । कति बाँच्थे

होलान् इजाहरू । कहिल्यै हाम्रो पढाइ छुट्थेन होला । यो ओसमा ओसिनु पर्थेन होला । वर्षैभरिको चाड मनाउन छुट्थेन होला ।

▪ ▪ ▪

पोहोर साल राम, हीरा, मेरो भाइ, हीराकी बहिनी, म र अरू चारपाँच जनाजति भएर भस्सो हेर्न गएका थियौं र सुनेका थियौं भस्सो गीत :

सलेनाका साइ महाराज
ज्यानपुरी !
गौःरा गाउँकी रम्भा रानी
ज्यानपुरी !
गोबरको कसार बनाइछ
ज्यानपुरी !

भाइसँग तिहार लगातार मानेकी थिएँ । तर, यो तिहार मेरो नछुनीले बिथोल्छ कि ! तिहारमा भाइलाई टीका लगाइदिएर निधार भर्न पाउँदिनँ कि ! सम्झिँदामा पनि मन भरङ्ग भयो । यही छाउले खुसीहरू लुट्ने रहेछन् । धुरूधुरू रूवाउने चलन पनि के बनेको होला ?

पहिलेपहिले इजासँगै लक्ष्मीपूजा गरेकी थिएँ । आफैंले दक्षिणा थापेकी थिएँ र दिएकी पनि थिएँ । आउँदै गरेको तिहारमा म नछुने भएँ भने त ? खिन्न भएँ ।

तिहारमा भाइको घाँटीमा सयपत्री फूलको माला लगाइदिन्थें । उसले मेरो गोडा ढोग्थ्यो । इजाले फलफूल ल्याएर भाइलाई दिनुहुन्थ्यो । त्यो सबै भाइअघि टक्र्याउनुहुन्थ्यो ।

इजाले भाइलाई पैसा दिएर भन्नुहुन्थ्यो– "दिदीलाई दे ।"

अनि, पैसा समाएर भाइ भन्थ्यो– "दिनैन ! यिन्ने चटपट किनी भन्या थोरै दिनाछे ।" इजा मरीमरी हाँस्नुहुन्थ्यो ।

"कला, ए कला !"

झसङ्ग भएँ । फुपूले बोलाइरहेकी रहिछन् । मेरो मनको तर्कना उड्यो ।

उनले घाँसको डोको धकेल्न अह्राइन् । धकेलिदिएँ । उनी सरासर घरतिर गइन् । म गोठ पसेँ ।

धेरै पछि दैलोबाट हेरेँ बाहिर । रात झमक्कै भइसकेको थियो । बाहिर निस्कन मनै लागेन । त्यसैले ओछ्यान लगाएर सुत्न थालेँ । टर्चको उज्यालो दैलोमा आयो । फुपू खाना खाएर आएकी रहिछन् । प्रायः फुपूको हातमा टर्च छुट्दैनथ्यो । आउँदाजाँदा जलाउँथिन् । फुपूले टर्च निभाउँदै सिरानछेउ राखेर पल्टिएर चुरोट तानिरहिन् ।

फुपू भित्तातिर फर्किएपछि खुसुक्क टर्च तानेर खेलाएँ ।

"कला, ए कला !" पल्लो छाउबाट काकीले बोलाएकी थिइन् । मलाई जान मन लागिरहेको थिएन त्यहाँ । तर, उनीहरूले बोलाको बोलायै गरेकाले गएँ ।

च्यातिएको पेटिकोट सियोधागोले सिलाउँदै थिइन् ढोलिनी काकीले । गोपाल बाज्येका बुहारी भने मुखभरि फाँगो लिएर बसेकी थिइन् । भात खाने बेलामा चामल चपाएको ठानेँ ।

"तिरकुलो खान्या है, कला ?" गोपाल बाज्येकी बुहारीले सोधिन् ।

सिरौंला र तिल हालेर बनाएको फाँगो खान बोलाएका थिए । केही बोलिनँ । काकीले बस्न लगाइन् ।

काकीले मेरो जामामा चार मुठी फाँगो हाल्दै भनिन्– "काँ छाउ भएइ है, कला ।"

सिलाम खाँदै भनेँ– "स्कुलहै आउँना आउनै भया हुँ ।"

"छाउको केइ भर हुनैन मु पारे थान लिप्दालिप्दै भइ हुँ," काकीले भनिन् ।

मैले गोपाल बाज्येको बुहारीलाई पनि सोधेँ । उनले सुरूमा भन्न अनकनाइन् । पछि भनिन्– "मु त इस्कलहै भया हुँ । बेन्चमी रगत लागिबट छि...छि... ।"

हेडसरले पढाइरहेका बेला उठेर अर्को बेन्चमा बस्न लाग्दा पछिल्लो बेन्चको साथीले गोपाल बाज्येकी बुहारीको छाउ रगत देखेर सरलाई भन्दिछन् । त्यसपछि सरले लौरीलौरीले हानेर उनलाई बाहिर निकालेछन् ।

छुइ रगत पानी हालीहाली सफा गर्न लगाएछन् सरले । तीन महिना स्कुल जान सकिनछन् लाजले । स्कुलबाटै सीधै छाउघरमा बस्न आइछन् । तीन महिनापछि स्कुल जाँदा पनि कतिले जिस्काएछन् ।

धन्न म स्कुलमा छाउ भइनँ । नत्र मलाई पनि पिट्ने हेडसरले । बेन्च सफा गर्न लगाउने । सबैले जिस्काउने ।

सिलाम खाँदै निस्किएँ । आफ्नो छाउघरमा पसेको त फुपू देखिनँ । उनी लाइट पनि नलिई गएकी रहिछन् । एकछिन त्यसै लाइटले भित्ताभित्ता हेरें । हेर्दाहेर्दै कमिलाको लामो लर्को देखें । लाइट जलाएर ओछ्यान पनि मिलाएँ । लाइटै जलाएर केहीछिन किताब पढिसक्दा पनि फुपू आइपुगिनन् ।

प्वालबाट लाइट बालेर बाहिर हेरें । परपर मकैका बोट देखें । कीराफट्याङ्ग्रा उडेर बत्तीको उज्यालोतिर झुम्मिन थाले ।

बोलाउन मन पनि लागेन फुपूलाई । त्यही लाइटले छानाभरि चिहाएँ । बाल्दै निभाउँदै, बाल्दै निभाउँदै गरें । टर्च बन्द गरेर कोल्टे फर्किएँ ।

धड्याङ्गऽऽ । केही फालेको आवाज आयो ।

मलाई निद्रै लागेन । उठेर टर्च छानोतिर लगाएँ । बिरालो हामफालेको जस्तो पनि लागेन ।

स्वाँऽ स्वाँऽ

तिखो आवाज सुनेर प्वालबाट हेरें । पल्लो छाप्रोमा अघिको बत्ती निभेको थियो । बिरालोको चालमा उठेर लाइट समाएँ तर बालिनँ । बिस्तारैबिस्तारै बाहिर निस्किएँ ।

भँगेरीको गुँडभन्दा दस कदम पर मकैको ढोड ठड्याएर राखिएको थियो ।

खर्स्याकऽ खर्स्याक । आवाज आयो । मेरो सप्पै ध्यान तान्यो । डर पो लाग्यो । अँध्यारोले केही देखिएन । हेर्दाहेर्दै ढोडको थुप्रो हल्लिएजस्तो लाग्यो ।

निख्खर कालो थियो चारैतिर । चनाखो भएर हेरें । तैपनि, केही छुट्याउन सकिनँ ।

स्याँस्याँ आवाज आयो ।

सन्याकसन्याक बढ्न थाल्यो । स्याँस्याँले मलाई फुपू हुन् कि भन्ने लाग्यो । दिसा गर्न गएकी होलिन् । लाइट बालूँ कि ?

फेरि रिसाउने हुन् कि ! रातभरि रिसले फुल्लिइन् भने हैरान हुन्छ । बालिनँ । अझै पनि मेरो मनको तुलबुल मेटिएन । लाइटलाई बेस्सरी समाएर दुई कदम अघि बढेर हेरें, बसेको केही देखिनँ । दिसा गर्ने मान्छे त थ्याच्च बस्नुपर्ने, ठुटोजस्तो देखिनुपर्ने हो । बरू, हल्लेको देखें । मनमा चिसो बस्यो । यसरी हावामा हल्लिने चिलाउनेको भूत त होइन ?

होइन होइन, मनले भन्यो । मन कत्ति डराएन । अझै टाठो भएर सुन्दै हेरें । केही चलमलाएको देखें । स्पष्टै सुनियो स्याँस्याँ, स्याँस्याँ । फुपूको दम बढिरहेको ठानें ।

सन्याक्क ! सन्याक्क ! झन् जोरले सुनियो ।

सीधा लाइट तेर्स्याएँ । बालें त्यो गाढा कालो छायातिर बिस्तारै बटन दबाएर । रोसनी पिलिक्क फैलियो । लाइटको प्रकाश सीधै एउटा अनुहारमा पऱ्यो । मेरो त सात्तो गयो ।

म एक्कासि चिच्याएँ, लाइट भुइँमा खस्यो । फरक्कै फर्किएर छाउघरभित्र छिरें ।

त्यसरी चिच्याउँदा पनि पल्लो छाउकाले थाहा पाएनन् । कम्मल ओढेर म गुटमुटिएँ । भित्रैभित्र सास बढ्यो । छाती जोडले धड्कियो । टर्चको प्रकाशमा देखिएको दृश्य भने मनमा खेल्न थाल्यो ।

छिःछिः ।

सम्झिँदा पनि घिन लाग्यो । कहिल्यै देखेकी थिइनँ यस्तो त । भैंसीमाथि राँगो चढेझैं ऊ फुपूमाथि चढ्दै थियो । ऊ अर्थात् महादेव मन्दिरको पुजारी भगत ।

ख्वाङख्वाङ खोक्दै आइन् फुपू । उनको स्याँस्याँ अझै कम भएको थिएन । मलाई त लाज लाग्यो, उनको अनुहार हेर्न पनि । आफ्नो अनुहार भने कम्मलले ढाकेर सुतिरहेको बहाना गरें । उनको रिस गालीमा पोखिन थाल्यो– "तु डबऱ्याउनी, छबक्क सिनु नाइ... रातखिं क्यइ हिट्टछ ह... ।"

रिसमा एकोहोरो गाली गरिरहिन् । मैले केही नबोली सुनिरहें । गाली दिँदै जाने क्रममा फुपूलाई खोकी लाग्यो ।

ख्वाङऽ ख्वाङऽ ।

लहरे खोकीमै झ्यार्र सलाईको काँटी बल्यो । बिस्तारै चुरोटको धूवाँ फैलियो । उनीतिर कन्नो फर्काएर निदाएझैं गरेर सोचें– भगतजी ! यसरी बोलाउँथे गाउँका मान्छेले । उनको घर कहाँ हो, थाहा थिएन । उनी मन्दिरसँगैको कुटीमा बस्थे । मन्दिरको मुख्य पण्डित छ महिनाअघि मरेपछि मन्दिरको सरसफाइदेखि पूजापाठसम्म यिनैले गर्दै आएका थिए । त्यति पवित्र स्थानमा बस्ने भगतको चरित्र– छिःछिः !

गाउँका सबैले साधु भन्थे भगतलाई । शिवको असली भक्त हुँ भन्थें । उनको मुखबाट शिवका गुनगान खुब हुन्थ्यो । गएको वर्षको शिवरात्रिका दिन होम, पूजा र रूद्रीपाठ गर्ने भगत नै हुन् । त्यस्ता साधुलाई छाउ भएकी आइमाईसँग कसरी टाँसिन मन लागेको होला ?

भगत र फुपूको सम्बन्धले मलाई धेरै पिरोल्यो । मनमा तिनकै कुरा खेलिरहे ।

मनको खेलाइसँगै आँखा लपक्क टालिए ।

चौध दिन

उठ्दा फुपू र उनका ओढ्नेओछ्याउने दुवै देखिनँ । उनी गइन् सायद । नबोलेर गइन् । बोल्ने पो कुन मुखले, फोक्सी फुपू ।

सत्तोसराप हालेर कति रिसुठ्ने कुरा गरिन् । रातिराति आफैं नहुने नहुने गर्दै हिँड्ने, ममाथि रिस पोख्ने । लाजसरम नभएकी ।

फुपूको पालो अस्ति पुगेको थियो । तर, उनी नजानुको कारण हिजो राति मात्रै बुझें । जोई नभएको रँडो भगत । पोइ नभएकी फुपू । बुढेसकालमा पनि कस्ता छोरेट्टीजस्ता ।

हातमा चिलिम कत्ति छुड्दैन भगतको त । सानो पहेंलो तौलिया बेर्छन् कम्मरमा । पाइन्ट लगाएको कहिल्यै देखिनँ । सधैं छुस्स दारी पाल्थे । जतिखेर पनि धूवाँ मात्रै गनाएका हुन्थे ।

भाङ खाने दाइहरूले अड्डा नै बनाएका थिए महादेव मन्दिर । बाज्येको पेट दुख्यो भने त्यहीँ हो भाङ खान जाने । एक चिलिम भाङ ताने पेट दुख्न सन्चो हुन्छ अरे । भाङ खाँदा बाज्येले भात पनि धेरै खान्थे ।

भोलेनाथको बुटी । एकचोटि लामो कस तानेपछि चारचोटि धूवाँ निकाल्थे । त्यो पनि नाकको दुई प्वालबाट । चुरोटको धूवाँ त फुपूले पनि निकाल्थिन् नाकका प्वालबाट । सायद त्यही भगतले सिकाएको हो कि ?

साइली औंलाले हामीलाई टीका लगाउँदै आशिष दिने भगत मलाई राम्रो लागेन । साँच्चै, अब म भगतको हातको टीका मरिगए लाउँदिनँ । मन्दिर पनि ढोग्दिनँ । दक्षिणा पनि दिन्नँ । फोहरी पुजारी बस्ने मन्दिर के जानू !

छाउ भएकी फुपूलाई छोएर गए भगतले । के छोएर मात्रै, केके गरेर गए । जोई बनाएर गए । त्यति राति मन्दिर छिर्नुअघि कसले हालिदियो होला र गउँत ?

के महादेवलाई थाहा भएन होला, पुजारीले नछुनी आइमाईसँग लसपस गरेर आएको कुरा । कस्ता महादेव होलान्, फोहरी भगतलाई पुजारी बनाएका ।

यो फुपू त के भएकी । रातिराति, त्यो पनि फोहर झाडीमा । त्यतिखेर सर्पले टोकेको भए ? बिच्छीले टोकेको भए ? जुका लागेको भए ? बुढेसकालमा पनि के बच्चाजस्ती भएकी !

यस्तो गर्न त कसैको पनि डर लाग्दो रहेनछ । नत्र रातिराति, छिःछिः सम्झिँदा पनि घिन लाग्यो ।

देउपितृ रिसाउँछन् भनेर घरमा बस्न दिएनन् छुइ भएकीलाई । पुजारी भगत भने तिनै नछुनीहरूलाई भेट्दै हिँड्ने रहेछन् रातिराति ।

मन पातलियो फुपूसँग । उनी आउनु र जानुले मलाई प्रभाव पारेन । अलिअलि बढेको माया पनि घट्दै गयो ।

दिउँसभरि छाउघरमै बसें । यतिखेरसम्म पनि इजा आउनुभएको थिएन । आफूलाई भने भोक लागिसकेको थियो । किन छिटो भोक लागेको होला ? अघि भर्खर त अर्नी खाएकी थिएँ । सिउसिउ पनि लागेको थियो । प्वालबाट कति थुकिसकें । मुखमा पानी आएको आयै थियो ।

इजा आउनेबित्तिकै भनिहालें– "इजा, मुलाई मतमति लाग्या छ ।"

इजाले मेरो थालीमा भात हालिदिंदै भन्नुभयो– "छाउ भएइ बकत एसै हो । रगत झिक्क आया त आच्छी ?"

मैले मेरो मुन्टो दायाँबायाँ हल्लाएँ ।

"तेरी फुपू गयाहुन् ?"

"गइन् त होलिन्, उठ्दा त देखिनँ," भनें ।

"बानी निको नाई बैकान खोद्द हिट्टीछन् ।"

इजाको कुराले रातिको कुरो सम्झें । त्यसपछि ढुक्क भएँ ।

एकदिन भागरथी दिदीले भनेकी थिइन्– धेरै लोग्ने मान्छेसँग सुत्दै हिँड्ने आइमाईलाई वेश्या भन्छन् भनेर । त्यही कुरा मनमा बारम्बार खेल्यो ।

फुपू त वेश्या !

पन्ध्र दिन

गुनगुन कुरा गरेको आवाजले निद्रा खलबलियो । उठेर पल्लो छाउगोठतिर हेरें । ढोकाको डिलमा बसेर बच्चाझैं रूँदै थिइन् काकी । गोपाल बाज्येकी बुहारी पनि उनकै छेउमा बसेकी थिइन् । मेरी इजा भने मेडामा बसेर दूबो उखेल्दै हुनुहुन्थ्यो ।

"क्याइ रून्ना छौं," गोपाल बाज्येकी बुहारीले सम्झाउँदै भनिन् काकीलाई ।

काकी भक्कानिन् । आँसु र नाकभरिको सिँगान पुछेर गुन्योको फुर्कोमा हात दलिन् । लाटोको सम्झनामा रोएकी रहिछन् ।

पीर नमान चेलो हो एकदिन घर सम्झिएर फर्किहाल्नेछ भनेर इजाले सुम्झाउनुभयो । मैले चुरो कुरो नबुझेर इजाको कुरा सकिन नपाउँदै सोधें– "क्या भयो लाटाखिं ?"

"बेलीरात माओवादीको साथ गयो भन्नाछन् गाउमी," गोपाल बाज्येकी बुहारीले नै सुनाइन् ।

नाति माओवादीसँग गयो भनेर पीर मानेकी रहिछन् काकीले । त्यसैले नाति सम्झिएर सुकसुकाउँदै गाउँतिर लागिन् ।

उसको असली नाम त मनबिरे ढोली हो । बज्यैले मायाले लाटो भनेर बोलाउँदा-बोलाउँदै नामै लाटो भयो । त्यसपछि गाउँका सबैले लाटो भनेरै बोलाउँथे ।

कठैबरा खुब निको ढोल बजाउँथ्यो । परार हाम्रो घरमा खःली नचाउँदा दमाहा बजाउन ऊ नै आएको थियो । झाँक्री नाच्ने ताल खुब निकाल्थ्यो दमाहाबाट लाटोले । बऱ्याँत होस् कि जाँत, ऊ दमाहा बजाउन पुगेकै हुन्थ्यो ।

लाटो टुहुरो थियो । बाआमालाई पहिरोले लगेपछि बाज्येबज्यैले उसलाई हुर्काएका थिए । आफन्तको मायाले दमाहा बजाउन प्रख्यात भयो । बाज्येको बेडो धान्यो भनेर काकी खुसी थिइन् । बेली त्यही दमाहा लत्याएर हिँडेको थियो माओवादी हुन ऊ ।

चौधै वर्षमा घर छोड्यो उसले । यति माया गर्ने बज्यैलाई कसरी बिर्सिएर गएको होला ? किन फकाएर लगेका होलान् लाटोलाई ती माओवादीले ? मनबिरेलाई दमाहा बजाउनभन्दा अरू केही आउँथेन । गोपाल बाज्येकी बुहारीलाई सोधें– "माओवादीमी गयापाछ क्या अद्दाछन्, दिदी ?"

"बन्दुकले मान्छे माद्दा छन् ला ।"

सानो लौरालाई बन्दुकझैं मतिर तेर्स्याएर पड्काउँदै गोठतिर गइन् । मलाई त कस्तो डर लाग्यो । अब दमाहा बजाउने हातले बन्दुक पड्काउने भयो लाटोले । तर, उसलाई त बन्दुक चलाउन आउँदैन थियो ।

गोपाल बाज्येकी बुहारीलाई दैलोबाटै फेरि छोरीमान्छेलाई पनि लैजान्छन् र माओवादीले भनेर सोधें ।

गाउँतिर लैजान्छ भन्छन् भन्दै उनी गोठभित्र गइन् । मभित्र भने माओवादीको डर नजिकिँदै आयो ।

के यहाँ पनि आउलान् त माओवादी ? हामीजस्तालाई पनि लैजान्छन् होला र ? प्वालाबाट हेरें, परपर । कतै देखिनँ माओवादी ।

डराईडराई निदाएछु ।

उठेर यताउता हेर्दा आधा घाम डुबेर सेलाएको थियो गोठ । पल्लो गोठबाट गोपाल बाजेकी बुहारी निस्किन् । उनको हातमा कपडाको गुइठो पनि थियो । उनी जान लागेको देखेर सोधें– "घर झान लाग्य हौ तमी ?"

'अँ ला' भन्दै गइन् । उनले टेकेको आली हेरें । त्यही आलीआली काकी र पार्वती कइसी आइरहेको देखें ।

"आयो काखी लाटो ?" सोधें काकीलाई ।

ऊ फर्केको रहेनछ । भट्टको चेलोसँग गएको छ भन्ने हल्ला रहेछ गाउँतिर ।

भट्टको चेलो भरत काका नै हुन् ।

भरत काका । आफैंभित्र अड्कियो यो नाम ।

"तु नानगी छइ, भरत माओवादी हो, गाउँभरि उनगो कुडा चल्याछ !" पार्वती कइसी यति भनेर गोठभित्र पसिन् ।

भरत काका माओवादी ?

साँच्चै ती त प्रेमका पुजारी थिए । कोमल हृदय लिएर प्रेम बाँड्दै हिँड्ने काकाले बन्दुक बाँड्दै हिँडे होलान् त ? प्रेमको खातिर जातपात बिर्सेर भागरथी दिदीलाई अँगाल्ने मान्छेले के ज्यान मार्ने बन्दुक अँगाले होलान् त ? मैले वास्तविकता र भ्रम छुट्याउनै सकिनँ । लामो सास तानेर छोड्दा डरको सास भरिँदै आयो छातीभरि ।

गोठको बसाइपछि मूल घरलाई बिर्सिँदै आएकी थिएँ । कटेरोको मुनि अरूले नदेखून् भनेर आफूलाई भुलाएकी थिएँ । निदाएकी थिएँ बिर्सिएर छाउपडीको कष्टलाई ओसिलो भुइँमा । गोठको बसाइँमा आफूलाई रमाउन सिकाउँदा-सिकाउँदै फेरि अर्को डर सुसाएर आयो । आधा महिनापछि कटेरोमा माओवादीको डरले मेरो मनलाई कमायो । कामेको मनलाई थमथमाउन साह्रै गाह्रो भो ।

खोपाको बत्ती जलाएँ । बातीभरि दमाहा पिट्ने लाटो देखें । जुत्ता सिलाएर गाँस जुटाउने भागरथी दिदीकी इजा देखें । अनि, देखें, भरत काका ।

उज्यालो दिने दियोले धूवाँ पनि फुकिरहेको थियो । लपक्क आँखा टालियो ।

सोह्र दिन

"कला, ए कला !"

बोलाएको सुनें बाहिरबाट । आवाज मङ्गली दिदीको थियो, झटपट उठें । प्वालबाट चियाएँ । मङ्गली, कइसी, काकी पल्लो गोठको ढोकामा बसेर बिहानको घाम ताप्दै गफिएका थिए ।

ढोकामा उभिएर कतिखेर आएकी भनेर दिदीलाई सोधें ।

"अब्बै आएकी हुँ," भनिन् मङ्गली दिदीले ।

उनले काइँयो मागिन् । काइँयो ढोकाबाटै पल्लो छाउतिर हुऱ्याइदिएँ । मङ्गली दिदीले कपाल कोरेर बाट्न थालिन् र काइयो कइसीलाई दिइन् । कइसीले कोर्दा काइँयोभरि कपाल भरियो ।

'मेरा बाल त झडीबट सकिन लाग्याछ' भन्दै झरेको कपाल गुटमुट्याइन् कइसीले । कपालको गुइठोमा थुकिन् । तलेटोमा छुवाएर पर फ्याँकिन् ।

"निका स्याम्पुले धुनु होन्त," मङ्गली दिदीले भनिन् ।

"काँ पाउँ निको स्यम्पु ? रूप्पें भएत सुर्ती किनीबट्य खान्छ्या," कइसीले भनिन् र थपिन् बेलीरात रातभरि निद लागेन भनेर । "केलाई लागिन निन ?" जगल्टा फिजाउँदै काकीले सोधिन् ।

"घर उनरो हडउडी सिया, अब याँ तमरो हड लाग्यो, तब क्या निन लाग्दीछ ?"

घरमा लोग्नेको तनले छुन्थ्यो, छाउगोठमा काकीको आङले छोएकाले निदै लागेन भनिन् कइसीले । मङ्गली दिदी खुब हाँसिन् । काकी भने जगल्टा बाट्दै थिइन् ।

निरास हुँदै कइसीले फेरि भनिन्– "माया अऱ्या बानी । मायाले गोडा चढाउऱ्या बानी ।"

"ए ला, तु बैकान मुथिमी गोडा चढाउँनीछइ," कइसीले आफ्नो लोग्नेको आङमा गोडा चढाउँदाको आश्चर्य प्रकट गरिन् काकीले ।

पार्वती कइसीले निर्धक्कले भनिन्– "उनले गोडा चढाउनु हुन्या, हामुले हुनैन । मु त चढाइदिनन्छु ।"

"बिहान उठीबट गोडा ढोग्दी छैकी नाइ ?" काकीले कपालको अन्तिम फुर्कोमा काइयो घुसाउँदै भनिन् ।

"नाइ ।"

"पाप लाग्छ तँलाई ।" काकीले भन्दा मङ्गली दिदी अझै खित्का छोडेर हाँसिन् ।

मलाई यिनीहरूको कुरा सुन्न मन लागिरह्यो । तिनकै कुराहरूको झोलुङ्गामा आफूलाई भुलाइरहुँ लाग्यो । अरूको कुरा गरेर यिनीहरू कत्ति थाग्दैनन् । म भने सुनेर थाक्दिनँ ।

कस्तो रमाइलो हुने नौलानौला कुरा सुन्दा त । त्यही कुराले मनको उदासीलाई पखालिदिन्थ्यो । आफूभन्दा ठूलाहरूको सङ्गत पनि गजबको हुँदोरहेछ ।

अचम्म लाग्यो, शरीर लुकाएर पनि यतिधेरै कुराहरू मैले देख्न पाइरहेकी थिएँ । यहाँ आउने छाउकीहरूसँग चिन्न पाइरहेकी थिएँ । स्कुल नगएर पनि नयाँनयाँ कुरा सिकिरहेकी थिएँ ।

यो उमेरले शरीरबाट रगत नचुहाइदिएको भए ? चुहिएको रगतलाई छाउ नभनिदिएको भए ? यी पाका मान्छेहरू मेरा साथी हुने थिएनन् ।

छाउ हुनुअगाडि जीउ पखाल्न आउँदैन थियो मलाई । कहाँ मिच्दा कति मयल आउँछ भनेर इजालाई सोध्ने गर्थें । आज आफ्नै शरीर आफैंले पखाल्न जानें ।

पल्लो छाउका सबै घाँस गए । म भने दिनभरि उस्सै गोठमा थन्किएर बसें ।

चकमन्न रात निदाएर आयो । मनको तुलबुलले निदाउन पटक्कै सकिनँ । बिस्तारै झ्याउँकिरीको गुनगुन फैलिँदै आयो । परपर स्यालहरू कराए– हुइँऽ हुइँऽ

कम्मल ओढेर सुनिरहेकी थिएँ स्यालको हुइयाँ र मनको हुइयाँ बराबरी ।

एक्कासि मान्छेहरूको गाइँगुइँ सुनें । ननिदाएको मनले मुन्टो उठायो । प्वालबाट हेरें । एउटा हातमा आगोको ज्वाला र काँधमा बन्दुक भिरेर उभिएका मान्छेहरू देखें । केही जनाको माझमा लाटो पनि बसेको देखें । अनि, देखें गोठको दैलोमा मङ्गली दिदी, पार्वती कइसी र लाटोलाई सुमसुम्याउँदै सुकसुकाइरहेकी काकी ।

फल्याको सारेर दैलोमा चुपचाप बसेर हेरें ।

"के पाउँछस् बन्दुक बोकी रातबिरात हिँडेर ?" मङ्गली दिदीले लाटोलाई भनिन् ।

"परिवर्तन ! कइलसम्म सहूँ शोषक सामन्तीको तलेटो ढोगीबट," लाटोले भन्यो– "एकदिन हामु यइ समाज परिवर्तन अरिधेग्याउन्या हौं, बज्यै ।"

लाटोको कुरा सकिनेबित्तिकै हातमा ज्वाला लिएर उभिएकी छोरेट्टीले भनिन्– "हो बज्यै कमरेट मनबिरेले साँचो भन्दै हुनुहुन्छ । जातीय छुवाछूत, महिला हिंसा, छाउपडी प्रथाजस्ता कुरीति र अन्धविश्वासको अन्त्य हुनुपर्छ । जाग्नूस् तपाईंहरू पनि । कहिलेसम्म यसरी गोठमा बस्नुहुन्छ ?"

मेरो मनकै कुरा बोलिरहेकी थिइन् ती छोरेट्टीले । साँच्चै, बन्दुकको आडमा यो गोठ भत्किन सक्ला र ? यो समाज परिवर्तन होला र ?

"कमरेट मनबिरे, अब हामी हिँड्नुपर्छ," अर्को कुनै छोरेट्टेले भन्यो । मनबिरे उठेर बडो तात्तिएर बोल्यो– "मुखिं ढोली कन्ने बनायो यइ समाजले, मुखिं बन्दुक कन्ने उठाउन लगायो यइ समाजले, हामुन, कइलसम्म घृणाको पात्र बन्ने ?"

मङ्गली दिदी केही बोलिनन् । केहीछिन मौनता छायो त्यहाँ । सायद लाटोको कुराले सबैलाई छोयो कि ! राँको समाउने कमरेट छोरेट्टी र बन्दुक भिर्ने छोरेट्टे हिँडे । लाटो जाने बेला बज्यैलाई ढोग्यो, चारकदम अगाडि बढेको लाटो बिलायो अँध्यारोमा । ऊ परिवर्तन खोज्न हिँड्यो, यता लाटो खोजेर उसको बज्यैका आँखा भिज्दै आए ।

लामो सास फेरें । फल्याको लगाएँ र ओछ्यानमा पल्टिएँ ।

सत्र दिन

अल्छी ज्यानलाई उठाएर फल्याको खोलें । हेरें भ्याएसम्मको आकाश । दिन धमिलो थियो । पूर्वतिरको आकाशमा बादल मडारिँदै आयो । सायद मौसम पानीपानी हुन खोजेर हो कि बादल थुप्रिएको । भत्किएको भित्तो हेरें । अनि, हेरें गर्जिएको बादल । छिरेर चिसो बतास छाउगोठमा, मलाई छोएर आउनेजाने गर्न थाल्यो ।

ज्यान तनकतुनुक पारें । तिर्खा लागेर पानी पिएँ । पल्लो छाउघर गएँ । मङ्गली दिदीले बेली खोला जाउँला भनेकी थिइन्, त्यसैले उनलाई उठाएँ । उनी आँखा मिच्दै उठिन् ।

कपडाको गुइठो समाएर खोलातिर हिँड्यौं हामी ।

"दिदी, रात लाटो आया होब ?" मैले केही थाहा नपाएझैं लाटो आएको कुरा सोधें ।

ऊ आएको रहेछ, दिदीलाई माओवादीमा लैजान । त्यो सुनेर मेरो मन चिसो भयो । के दिदी पनि माओवादी हुन जालिन् त ? बन्दुक उठाउलिन् त ? मैभित्रको डरले प्रश्न गरिरह्यो ।

खोला पुगेपछि सधैं नुहाउने ढुङ्गामा बसें म, मङ्गली दिदी भने लुगा धुन थालिन् । लुगा धोएर नुहाउनका लागि दिदीले आफ्ना कपडा खोलिन् । उनको शरीर देखेर म त हेरेका हेरै भएँ । उनको देब्रे काखीमुनि कम्मरसम्म आउनेगरि कालो दाग रहेछ । त्यो दाग कसरी बस्यो भनेर दिदीलाई सोधें । उनी झनक्क रिसाइन । जलेको भाग लुकाउन खोज्दै भनिन्– "छाउगोठले जलाया होब ।"

दिदी एकछिन मौन बसिन् । उनका आँखा रसाइसकेका थिए ।

पर ढुङ्गाको कापमा धेरै काग कराएका थिए । ती काग उड्दै, बस्दै गरिरहेका थिए ।

काँ काँ काँ काँऽऽ

"दिदी, कौवा क्यइ वास्त्या हुन् ?"

उनले कागहरू कराउँदै उडेकोतिर हेरेर भनिन्– "कि डिङ्गो मऱ्या होला, कि कौवा मऱ्या होला ला ।"

हेर्न जाम् भनें दिदीलाई । उनी राजी भइन् ।

हामी काग कराएतिर गयौं । खुट्टा भिजाउँदै नदी किनारैकिनार हिंडेपछि अझ बाक्लै काग कराएका देख्यौं । ढुङ्गाको चेपचेपमा हेऱ्यौं । हेर्दाहेर्दै मन त चिसो भयो, अलि पर मान्छेको जुत्ता देखेर ।

डराएर मैले दिदीलाई फर्कौं भनें ।

के रहेछ हेरेर आउँला भनेर दिदी अघि बढिन् । म उनको पछिपछि हिडें ।

अलिकति हिंडेपछि ह्वास्स गन्ध आयो । सायद हावाले त्यो गन्ध हामीतिर ल्याउँदै थियो । सिनोझैं गनाएतिर हामी गयौं । दिदीले नाक थुन्दै अलिकति अघि तन्किएर हेरिन् ।

मैले पनि त्यतै हेरें । नभन्दै मान्छे मरेको रहेछ ।

लासलाई सुँघ्दै थिए केही स्यालले । अनि, झुम्मिएका थिए कागहरू कराईकराई ।

हामी फर्कियौं पहिलेकै ढुङ्गानिर । मङ्गली दिदीले हतारिँदै कपडा पोको पार्न थालिन् । दिदी डराएझैं देखिन्थिन् । मलाई छिटो ज्यान धुन भनिन् ।

"कसरी मऱ्या होलो दिदी ?" दिदीको कुरालाई वास्तै नगरी सोधें ।

"मु के था पाउ । माओवादीले माऱ्या हुन्ना ।"

"को माऱ्या होलो दिदी माओवादीले ?"

"मु के था पाउ, हिट् डबऱ्याउनी ।"

मलाई त गाली नै गरिन् दिदीले । दिदी मुरमुरिँदै पिसाब गर्न बसिन् ढुङ्गाको छेल पारेर । मैले भने बग्दै गरेको पानीलाई चलाउँदै सोचें : बिचरो त्यो मान्छे पानी खान आएको होला । पानी खाँदाखाँदै परान छोड्यो

होला । कसले मारेको होला त्यो मान्छेलाई ? माओवादीले ? लाटोले पनि पछि मान्छे मार्ला कि नाइ ?

देखें, चारपाँच जना मान्छे परबाट आइरहेका थिए । मान्छेहरूलाई हेर्दै दिदीले भनिन्– "पक्का तती माइस, लास लैजान आया हुन्ना ।"

म आत्तिँदै दिदीको छेउमा आएर टालिएँ । अनि, चियाएर हेरें ती एकहुल मान्छेलाई । देखें तिनै भीडमा बन्दुक भिरेर लासतिर लम्किरहेको काकीको नाति ।

दिदीले पनि मलाई कोट्याउँदै सासले फुसफुसाइन्– "होइ, लाटो लौ छ ।

एकैछिनमा मान्छेहरू लास उठाएर खोलाको किनारैकिनारै गए ।

हामी पनि खोलाको किनारैकिनार गोठतिर फर्कियौं ।

साँझ भयो । मसिनो छिटा बतासमा भिजेर आयो आकाशे पानी । बाहिर सुकाएको लुगा उठाएर छाउघरको दैलोमा बसें । पल्लो गोठको दैलोमा बसेर मङ्गली दिदीले आकाशसँग हात थापिन् । हातभरि सिमसिम पानी लिएर मुखलाई भिजाइन् । उनको नक्कल गर्दै मैले पनि हात थापें ।

मङ्गली दिदीलाई बोलाएँ । गोठमा दुवै खुब जिस्कियौं । उनले पहिलोपटक छाउ हुँदाको कुरा गरिन् । बाइसवटा दिन काटेकी रहिछन् ।

पचाससाठी घरका चेलीहरू आउँथे यहाँ । प्रत्येक महिना सबैको पालो आउँथ्यो । सातदिन, पाँचदिन, चारदिन बसेर जान्थे सबै । तर, यसलाई सुग्घर बनाएर राख्ने ध्यान कसैलाई आएन । गोठ हो, किन लिप्नुपऱ्यो भन्ने ठान्थे होलान् । दिदीलाई सोधें– "दिदी, छाउगोठका बान्नो क्याइ लिप्दाइनन् ?"

"घर जसो होइनब यो, तब एसो अद्दाछन्," मन मारेर दिदीले भनिन् ।

हुन पनि हो, घरका भित्ता त चाडपर्वमा मात्र पोतिन्छ । झन् यो गोठ ? यहाँ कहिल्यै चाडपर्व नै आइपुग्दैन, फेरि के लिपिरहनु यी भित्ताहरू ?

भागरथी दिदी भन्थिन्– "यहाँ देउगणको शासन बढी चल्छ अनि चल्छ बूढापाकाहरूको शासन । त्यसैले देउ रहे बाज्येहरू रहन्छन् । बाज्येहरू रहुन्जेल छाउगोठ रहन्छ यहाँ ।"

मलाई पनि त्यस्तै लाग्यो ।

▪ ▪ ▪

दिन ढलेको पत्तै पाउँदिनँ । आउँछ घाम छाउघर माथिबाटै र ढल्छ चुपचाप घाम, छाउघरको भित्तातिर । झन् आज त त्यही घामलाई दिनभरि बादलले छेकिदियो । डुबाएर घामलाई बादल छिटाछिटामा झर्दै थियो धरतीभरि ।

छाता ओढेर कालो भुइँमा लाइट बाल्दै आउनुभयो इजा । रातको खाना खुवाएर जान थाल्दा मङ्गली दिदीसँग सुतूँ भनेर इजालाई सोधेँ ।

"इतिका दिन एक्ली सिइ, आज डर मानी ।"

इजाको बोली चर्को सुनें । इजाभित्रको ममता कठोर थियो । ममताको एक थोपा मेरो अँजुलीमा राखिदिए ? मलाई नछोए पनि बोलीको माया देखाइदिए ? यो चिसो बादलले पोखेको शीतल पानीको थोपाजत्तिकै हुन्थें म ।

चुपचाप मुन्टो झुक्यो मेरो । चलनचल्ती र रीतिरिवाजको बखान गर्दै सम्झाउनुभयो इजाले । डरले ओगटेको मन सम्झाइबुझाइमा के मान्थ्यो र ! निरन्तर एक्लै नसुत्ने अटेर गरेपछि मङ्गली दिदीलाई बोलाइदिनुभयो इजाले ।

मङ्गली दिदी पनि खुसीखुसी आइन् मसँगै सुत्न । डरको काँडा मर्‍यो । अलिकति मनमा खुसी पनि फुल्यो । भित्तोले कत्ति नछेकेको डर मङ्गली दिदीको आडले छेकिदियो । मान्छेको आड पनि यति बलियो हुँदोरहेछ ।

इजा फर्किनुभयो घरतिर । दिदी बसेर कपालको जगल्टा बाँधेर अडेस लागिन् । म भने चित्र बनाउन थालें । उनले चित्र हेर्छु भनेपछि आफ्नो विज्ञान कापी दिएँ । उनले सुतीसुती चित्र हेरिन् । हेरिसकेपछि आफूलाई गोठमा पढ्न किताब दिएनन् भनिन् ।

"क्यइ दिएइन, दिदी ?" मैले सोधें ।

"अछामतिर यिसै रित अद्दाछन् ला । मामल अछामी हुन् । पाप लाग्दो भन्नाछन् ।"

अछामतिर छाउकीलाई पढ्न पनि नदिने रहेछन् । त्यहाँको छाउ कडा रहेछ ।

दिउँसो सुतेकी थिएँ, निद्रा लागेन भनिन् दिदीले । अनि, गीत गाइन् ।

उनको गीत सुन्न थालें । यस्तैमा मतिर ढाड फर्काएर भित्तातिर फर्किंदै घुर्न थालिन् ।

कापीमा चित्र बनाउँदा-बनाउँदै मनमा कुरा खेल्यो– पाठ पनि धेरै पढाइसके होलान्, सरले । एकछिन किताब पल्टाएर हेरें । किताबका पानामा कक्षाकोठा देखें । पहिलो पिरियडमा हाजिर लगाउँथे सरले ।

"रोल नं. एक !"

"एस सर !"

"रोल नं. दुई !"

"एस सर !"

"रोल नं. तीन !"

कोही बोल्दैनन् । बोल्ने कला छाउघरमा थुनिएकी थिई । अनि, कसैले उठेर भनिदिए होलान्– "कला आएकी छैन, सर !"

सत्र दिन भयो, स्कुलको रजिस्टरमा मेरो हाजिर नचढेको । म हाजिर कत्ति छुटाउँदिनथें । प्रत्येक महिनाको अन्तिम दिन निरन्तर हाजिर लागेका विद्यार्थीलाई पुरस्कार दिन्थे हाम्रो स्कुलमा । म सधैं पहिला हुन्थें । कहिले कापी, कहिले कलम पाउँथें ।

अब प्रत्येक महिनाको सात दिन स्कुल जान पाउँदिनँ किनभने छाउ बार्न गोठ आउनुपर्छ । सधैं मेरो पुरस्कार खोसिने भो ।

निरन्तर पातलो छिटा झारिरहेको थियो आकाशले बाहिर । त्यही छिटाछिटामा भिजेर आएको हावाले छोइरहेको थियो हामीलाई । एकछिन किताब बन्द गरेर प्वालबाट पल्लो छाउघरतिर हेरें । छाउगोठबाहेक केही देखिनँ । हेरिरहन पनि सकिनँ गोठलाई, उनै भागरथी दिदी देख्थें म ।

त्यो अग्लो चिलाउनेको रूखतिर पनि हेरें । कालो देखिएको थियो त्यो रूख । रूखै छाया भएको थियो । अनि, परको कालो वन हाम्रो स्कुलको कालोपाटीजस्तै देखिएको थियो । तर, त्यो कालो भुइँभरि जुनकीरीको ज्योति बल्दै निभ्थ्यो । निभ्दै बल्थ्यो । बल्दै निभ्थ्यो । निभ्दै बल्थ्यो ।

मङ्गली दिदीको घुराइ कानमा आइरहेको थियो । प्वालमा कपडाको बुझो लगाएर झोलालाई थन्क्याउँदै पानी खाएँ ।

छाउ भएका बेला धेरै पानी पिउनुपर्छ भनेर भागरथी दिदीले भनेको सम्झिएँ ।

लोटा फेरि उठाएर चार घुट पानी खाएँ । मङ्गली दिदीलाई उठाउँदै भनें– "सुत्यौ, दिदी ?"

उनी निदाइसकेकी थिइन् । खोपाको बत्ती निभाएर ओछ्यानमा पल्टिएँ । निदाउन आँखा चिम्लिएँ । मनको होस भने टाठै थियो, फिटिक्कै निद्रा लागेन ।

चुप्प भएर लडेको ज्यानलाई लठ्याउन खोज्दै थियो निद्राले । मन भने खेलिरहेको थियो आफैंसँग । झ्याउँकिरीको आवाजमा मनुष्य आवाज मिसिएर कानमा ठोकियो ।

एकछिन सास रोकेर सुनें । त्यस्तो केही लागेन । बरू, मङ्गली दिदीको घुराइ टाठो सुनियो । मनको शङ्का उनको घुराइमा मिसियो । उनीतिर फर्केर निदाउन आँखा लपक्क टालें ।

भड्याक्कऽ भड्याक्कऽ । कसैले हिर्काएझैं लाग्यो ।

स्वाआँऽ स्वाआँऽ निद्राको तन्द्रामा आफ्नै श्वासप्रश्वास बढ्दै आयो । स्वप्न बनेर आँखामा खेल्यो । तर, कानले बिपनाको अनुभूति गर्दै थियो ।

ऐठनमा झैं म तड्पिएकी थिएँ । मेरो मुख थुनिएको थियो । आवाज आउन सकिरहेको थिएन । हातगोडा फ्याँक्दै थिएँ । खाँद्दै थियो कसैले । रोक्दै थिएँ बलपूर्वक । दबाउनेले मलाई नङ्ग्याउँदै थियो । सुनसान ठाउँमा । चुपचाप चुपचाप ।

भल्याट्टऽ

मेरो साँप्रो जोडले दुख्यो । फ्याट्ट आँखा खुल्यो । चिरिर्र चिच्याएँ ।

अजङ्गको मान्छेले मलाई झम्टियो । त्यही बेला मङ्गलीको आवाज फुस्स भएर फुसफुसायो ।

"को राँडाको चेलो आया छऽ काखीलाई बोला, कला ... ए काखी काखीऽ । बचाया हो, यै पापीले मार्न्याहो काखीऽ ।"

म पनि आत्तिंदै एकै सासमा कराएँ– "काखी काखी, याँ को मान्छे आया छ । मङ्गली दिदीलाई जबरजस्ती... !"

कपाल लुछेर जोरको थप्पड हान्यो मलाई । आर्त्तिंदै नाकमुख नै थुन्न थाल्यो ।

भएभरको बल लगाएर हातमा टोकिदिएँ । मेरो गाला चड्कायो । हुत्याइदियो भित्तातिर मलाई । कच्याककुचुक भएर थुप्रिएँ । टाउको ठोकिएर रून थालें । अनि, त्यो मान्छेले दिदीलाई अचेट्न थाल्यो निर्दयी भएर ।

मेरो त होसहवास उड्न थाल्यो । चिच्याउँदै फुत्त बाहिर हामफालें । अतालिँदै पल्लो छाउघरको ढोकामा उभिएर सबैलाई बोलाएँ । आत्तिएर सबै उठे । तीनै जना जोरजोरले कराउँदै मेरो गोठतिर हान्नियौं ।

एक्कासि त्यो मान्छे फुत्त बाहिर निस्कियो । दौडिँदा पछारियो । मङ्गली दिदी फुत्त निस्किएर भुइँमा हान्ने हतियार खोजिन् । भाग्यो त्यो मान्छे । मङ्गली दिदी, काकी र पार्वती कइसीले उसलाई लखेट्न थाले । म पनि पछिपछि दौडिएँ । भेट्न सकेनौं । एकैछिनमा त्यो मान्छे चिलाउनेको बोटतिर जाँदाजाँदै हरायो । हामी सबैको सास एकदम छिट्छिटो चल्यो ।

रूँदै, फतफताउँदै मङ्गली दिदीले हुनीनहुनी गाली गरिन् । हामी फर्कियौं । हामी छाउघरमा आएर एकैठाउँ थुप्रिएर सोच्न थाल्यौं ।

ग्वाँग्वाँ रोइन् मङ्गली दिदी । र, दाह्रा किट्दै भोलि समाज जोड्ने, त्यो मानिसलाई नछोड्ने कुरा भनिन् ।

छातीभरिको डरले हातगोडा लुला भए, थचक्क काकीछेउ बसें ।

तर, यस्तो घटना गाउँमा पुग्यो भने त हाम्रै इज्जत जान्छ भनिन् काकीले ।

"तइलाई डबऱ्याउनु, तइकी इजाको पोइ, हे मास्टो, तइका हडमी किरापडी मरझाउ त्यो नरपशु ।"

मङ्गली दिदीले सत्तोसराप नै दिइन् । र, फेरि थपिन्– "इजतका बात जनअर काखी । तइ राँडाको चेलोगो त ।"

"त्यसो जनअर ला तइलाई चिन्नोछइ ?" अलिकति डराएर काकीले सम्झाउन थालिन् तर मङ्गली दिदीको हातगोडा तातिएका थिए । रिसले भतभत बल्दै थिइन् । त्यस असतीलाई भेटेरै काटुँभैं गर्दै थिइन् । तर, इज्जतको पनि डर थियो दिदीलाई । भोलि समाजले उसैलाई सुम्पिदिने डर देखाइदिइन् काकीले ।

र त त्यसरी झम्टिने पशुको टाँसा पर्नुभन्दा कसैलाई नभनेकै निको भनिन् मङ्गली दिदीले । तर, मलाई चिच्याएर यो घटना पूरै गाउँमा सुनाउन मन थियो । त्यस अधर्मीलाई चिनाउन मन थियो ।

आखिर आफू बिक्नुपर्छ भनेरै केही गर्न सक्दैनथे छोरीहरू । इज्जत जान्छ भनेरै समाजसँग डराउँथे । गाउँको डरले आफ्नो इज्जत एकान्तमा खोलिदिन्थे । अनि, नाङ्गिएको इज्जतको भरपूर आनन्द उठाएर इज्जतको पाठ सिकाउन जान्थे मान्छेहरू ।

मुख सबै छोपेको थियो, मान्छे हेर्दा ठूलै ज्यानको थियो तर चिन्न भने सकिनँ भनिन् मङ्गली दिदीले । "निक्करी चिन्नु पड्यो, तब विजतीअरी सक्किन्या हो, तइ कुगुरखिं," पार्वती कइसीले पनि थपिन् ।

राम्ररी चिने मात्र त्यस कुकुरलाई बेइज्जत गर्न सकिन्छ भन्दा आङ तातियो । तर, मेरो मनमा गहिरो डर पस्यो । त्यस पापीले हानेको थप्पडको रन्काइ मुटुमा गड्यो, जसरी छिप्पिँदो रात गडेको थियो । एकछिनको मौनता चिर्दै काकीले मङ्गलीलाई सम्झाउन लाग्दा मङ्गली दिदीको डाको नै छुट्यो । रूँदैरूँदै केही भन्न सकिनन् । म पनि ग्वाँग्वाँ रून थालें ।

मङ्गली दिदीको रूवाइमा मेरो रूवाइ झन्झन् मिसियो ।

अठार दिन

उठ्दै कपाल सम्हालेर बाँधें । कोही देखिनँ म बसेको छाउघरमा । भित्तामा अडेस लागें । त्यो पापी मान्छे छर्लङ्ग देखियो आँखाभरि । यसो जामा माथि सारेर हेरें । साँप्राभरि थप्पडको डाम थियो ।

मुटुको तार अझै हल्लिरहेको थियो । आँसुको टाटैटाटो बसेको थियो आँखाको कापमा । उज्यालो भित्र छिरेर रसाएको आँखा सुकाइदिन खोज्दै थियो । तर, मूलजस्तो आँखा रसाउन कहाँ छोड्यो र ? डरले सुत्नै सकिनँ रातभर । कतिखेर हो, निदाएछु ।

गालाको दुखाइले पनि मुटुमा घोचिरहेको थियो । उसले खाँदेको । अँठ्याएको । ठूला हत्केलाले मेरा कलिला छाती चिमोटेको । अहिल्यै हो झैं लाग्दैथ्यो । कति निर्दयी हुँदारहेछन् मान्छेहरू ।

गाला छामेर खोपाको ऐना उठाएर हेरें । उसका पाँच औंलाका छाप खोज्न थालें, कलिलो गालामा । देखिएन त्यो छाप । तर, दुखाइ भने मुटुसम्म पुगेको थियो ।

ओठ च्यातेर दाँत हेरें । आँ गरेर जिब्रो पनि हेरें । राम्ररी बङ्गारा हेरें । हिजोको रात यही दाँतले मलाई बचायो । यही हतियार बनाएर रक्षा गरें आफूलाई ।

मेरो दाँतको डाम त्यसको नाडीमा गहिरो हुनुपर्थ्यो । यतिबेला गाउँभरिका लोग्नेमान्छेलाई एकै ठाउँमा उभ्याए भने मङ्गली दिदीले उसलाई चिन्न सक्दिनन् होला । तर, म सजिलै चिन्न सक्थें । उसको नाडीमा भएको मेरो दाँतको निसानीका आधारमा ।

धन्न, ऊ एक्लो आएको रहेछ । अर्को पनि आएको भए त ! हामी दुवैलाई तिनले बाँकी नराख्ने ।

मलाई छोडेर मङ्गली दिदीलाई याँक्यो । म बच्चा भएर होला सायद । सम्झिँदा पनि डराएँ । राति मैले मङ्गली दिदीलाई नबोलाएको भए, म सिकार हुने उसको । उसले मलाई याँक्ने थियो । कहाँ त्यति मात्रै, मलाई त गुटमुटाएर... सायद म जिउँदो हुन्थें या हुन्थिनँ ।

हातको ऐना खोपामा राखेर प्वालबाट पल्लो छाउघर हेरें । तीनै जना कुरा गर्दै बसिरहेका थिए । मङ्गली दिदी अलि झ्याउरी देखिएकी थिइन् । म पनि गोठको दैलोमा आएर बसें । मेडातिर हेरें । दुईतीन जना आइमाई घाँस काट्न जान आउँदै थिए । तिनीहरू जहिले पनि आउँथे र एउटा न एउटा साथी लिएर जान्थे । हातको आँसी, नाम्लो राखेर मेडामा बसेर कुरा गर्न थाले ।

"झाउँ घाँस काट्ट," एउटीले भनिन् कइसीतिर हेरेर ।

"रात ज्वर आइ । झाडा लौ लाग्यो । मु झानैन," मङ्गलीले भनिन् ।

उनीहरूको साथमा पार्वती कइसी र काकी गए । मङ्गली दिदी दैलोमा बसेर टोलाइरहिन् । एकछिन केही नबोली हेरिरहें तिनलाई । मनको बोझ हलुका बनाउन चाहेकी थिइन् । तर, त्यो बोझ जहाँ बिसायो त्यहीँ फुत्किनेवाला थियो । त्यो भारीलाई धकेलेर बोकाइदिनुको साटो भत्काएर फैलाइदिने मान्छेहरू थिए गाउँतिर । बेलीबासाको घटनाले उनी निन्याउरो देखिएकी थिइन् ।

कसरी थपथपाऊँ मङ्गली दिदीलाई ? मलाई त धेरै चोट पुगेको थियो, झन् उनको मनमा कति पुगेको होला ! एउटा बलात्कारी मान्छे, निर्धक्कले गाउँ घुमेको होला यतिखेर । तर, सिकार हुन पुगेका हामी पलपल आडभरोसा खोज्दै थियौं ।

हृदयभरि पीर लिएर ज्यान कतिन्जेल बचाउने गोठमा ? छाउरगत सुकाउन आएका हामीलाई बिटुल्याउन रातबिरात आउँछन् लोग्नेमान्छेहरू । यत्तिका डरैडरैले पनि यो छोरी मान्छेले कसरी सत्तरीअसी वर्ष बाँचेका होलान् । बज्यै पनि साठी वर्ष पुगिन्, बाज्ये सत्तरी वर्ष । बाह्रतेह्र वर्ष कटाउन

यति हन्डर खाँदै थिएँ मैले । आँसु बगाउँदै थिएँ डरैडरले । तर, हाम्रा ती बूढापाकाले कसरी यतिका उमेर काटेका होलान् ?

यहाँ त हरेक पटक लुटिने सम्भावना थियो । आङको घाग्रो खोलिनु, हामी लुटिनु सामान्य भयो तर देउपितृ बिटुल्याउनु भएन । किनभने, देवीदेउतासँग हाम्रा बाज्येहरू पनि डराउँथे ।

हृदय चरा भएर उड्न खोजिरह्यो । डरैडरको पीरभरि मान्छे कतिन्जेल हुर्केला ! कलिलो मुन्टा निमोठेर फाल्न आउने आत्माहरूसँग कहिलेसम्म भनाबोली गरूँ र पन्छाऊँ डरको थुप्रोलाई ! आफ्ना हौसला मारेर रोइरहेकी थिएँ । सपनामा समेत डरको काँडाले घोच्न थालेपछि कसरी बचाऊँ ?

आफैँसँग कुरा गर्दागर्दै घाम ओरालो लागिसकेको थियो । वन गएका काकी र कइसी आएर गोठको दैलोमा सुस्ताउँदै मङ्गली दिदीसँग गफिँदै थिए ।

दियो जलाएर किताबका पाना पल्टाएँ । डराएकाले किताबी अक्षरमा मन लागेन । दियोको बातो नाचेझैं मन नाचिरहेको थियो गोठको बाहिर र भित्र । मलाई छुने घटनाले पिरलिएकी थिएँ सायद ।

केहीछिनपछि दिदी मेरो गोठमा आइन् । डर अलिकति कम भए पनि हामी टाठो भएर ओछ्यानमा पल्टियौं । निदाउन आँखा टालिए पनि आफूलाई जोगाउन मन टाल्नै सकिनँ ।

उन्नाइस दिन

चिरिर्रिऽ चिरिर्रिऽ चिरिर्रिऽ

मसिनो रूवाइ एकोहोरो कानमा ठोकियो । बिहानै निद्रा खलबलिएर उठें । पल्लो भित्ता त चर्को रूवाइले उचालिएको थियो । एकछिन अलमलिएँ ।

कुनै केटीले भनिन्– "मलाई यो कहाँ राखेको ? मलाई हेल्थपोस्ट लिएर जानूस् । म मर्छु यहाँ, मरें नि आमा ! मलाई अस्पताल लैजानूस्, मलाई मार्न खोजेको यो अनकन्टार छाप्रोमा राखेर ?"

"तुलाई अनकन्टार लाग्यो, हामुले एइ गोठहै बाह्रबाह्र चेलाचेली जन्माया हौं ।" यसो भन्ने सायद ती रून्ने महिलाकी सासूआमा थिइन् ।

सानो काठे झ्यालबाट चिहाएँ, केही देखिनँ । अलिकति कुर्कुच्चा उठाएर फेरि हेरें । रूपा बउजू, उनकी सासू र उनका आफ्ना मान्छे थिए । सबै आत्तिएका थिए । किनभने, उनलाई सुत्केरी व्यथा लागेको थियो ।

बउजूको पेट दबाउन लागिरहेका थिए, आफन्त । उनका दुवै गोडा फाटिएको देखें । उनको अनुहार रातो भएको थियो । उनका जगल्टा पनि फिँजारिएका थिए । बउजूलाई व्यथाले साह्रै पीडा दिइरहेको रहेछ । त्यसैले चिच्याउँदै ठसठस कनेकी थिइन् ।

"क्या हेद्दी छइ, जनहेर ।"

झसङ्ग भएँ । छाउगोठबाहिर इजा देखें । मेरो मुन्टो घरी इजातर्फ घरी रूपा बउजूतर्फ मोडिन थाल्यो । बउजू चिच्याउँदै थिइन् ।

पोहर साल गाई ब्याउँदा पनि इजाले हामीलाई हेर्न दिनुभएन । छोरा मान्छेले त झन् हेर्नै नहुने रहेछ ।

सुन्न थालें, पल्ला गोठको चिच्चोकलो र सुत्केरी व्यथाको अवस्था ।

"थोक्काई कष्ट अरिदे," उनकी सासूले भनिन् र पेट दबाउन थालिन् ।

"मेरो प्राण निस्कने भो, मलाई अस्पताल लिएर हिँड्नूस् । नत्र म मर्छु के," बउजूले चिच्याएर भनिन् । अहो कति भयानक चीत्कार थियो !

लगातार त्यही झ्यालबाट हेरें । इजाले बाहिरबाट सुडेनी बोलाउनु भएन भनेर सोध्नुभयो ।

"बोलाउन लाया हुँ अइलसम्मलै पुग्याइन," बउजूकी सासूले भनिन् ।

"स्वयंसेविकालाई बोलाउँ ?" इजाले सोध्नुभयो ।

"त्यो बेलीकी स्वयंसेविका क्या जान्नाल्ली ।"

रूपा बउजूकी सासूलाई स्वयंसेविकाप्रति कुनै विश्वास लागेनछ ।

"क्या सुडेनी चाइयो । हामुले एक्लीले बाह्र चेलाचेली जर्मायौ । थोक्काइ कष्ट त हुन्याइ भ्यो जत्कालमी," रूपा बउजूकी सासूले पेटमा तेल मिच्दै हिम्मतले भनिन् । र, बउजूलाई सामान्य हो भनेर बुझाउन खोजिन् ।

बेलाबेला सासूले बउजूको पेटिकोट माथि तान्दै हेर्न खोज्थिन् । तर, रूपा बउजूले उनको हात फ्याँकिदिन्थिन् । छटपटिएर मूर्च्छा पर्दा पनि लाज मानेर भनिन्– "त्यहाँ किन हेरेको ? मलाई यहाँबाट लिएर जानूस् अस्पताल । म यहाँ बाँच्न सक्दिनँ के !"

जङ्गलको रूवाइ भयो बउजूको । ठूलै खैलाबैला मच्चियो । महिलाहरूको भीडै लाग्न थाल्यो तर बउजूको अनुरोध कसैले सुनेनन् ।

प्रायः गोठमा जन्मिन्थे यहाँका बच्चाहरू । गाईगोठ । भैंसीगोठ । छाउगोठ ।

बाबा पनि यस्तै गोठमा जन्मिएका हुन् । बाज्येबज्यै र म पनि यस्तै गोठमा जन्मिएका हौं ।

बज्यैले भनेकी, पहिलापहिला त यस्तो व्यथा लाग्दा डोकामा बोकेर दौडिने गर्थे रे । त्यसो गरिएमा बच्चा पाउन सजिलो हुन्छ भन्ने मान्यता रहेछ ।

होला पनि है, नजिक अस्पताल थिएनन् यहाँ । अहिले त छैनन्, झन् पहिलेपहिले के हुन्थे !

बूढी सुडेनी आइन् । कपाल पाकिसकेका । अघिल्ला दाँत पनि झरेका । बउजूलाई एकछिन मुसारिन् । बिस्तारै हात पेटिकोटतिर घुसाइन् । अभि... । डरै लाग्यो मलाई त ।

त्यत्रो हात कसरी हालेकी होलिन् ! तान्दा टाउको चुँडियो भने ? हात फुत्कियो भने ? औंला भाँचियो भने ? कस्ती निडर यी सुडेनी बज्यै त !

बउजूलाई साह्रै व्यथा लागेको थियो । उनको मुखबाट फुसफुस सास सुस्केरामा निस्किएको थियो । दाह्रा किट्दै पूरै ज्यानले बल लगाएकी थिइन् । हातखुट्टाका नसा फुल्लिएर फुट्लाजस्तो भएको थियो ।

सुडेनी बज्यैले बउजूलाई मुसार्दै हात हालिन्, कराइन्, सम्झाइन् । बउजू रून्नकराउन छोडिन् । फेरि एक्कासि कराइन्– "मेरी आमाँ, म मरें नि !"

उवाहाँऽ उवाहाँऽ उवाहाँऽ

बच्चाको मसिनो आवाज छाउगोठभरि फैलियो ।

"बच्चा निक्लिग्यो । ल्या ल्या न्याउटो काट्टागी, केछ दे ।"

बउजूकी सासूले घाँस काट्ने आँसी दिइन् । बउजूले देखेर बेहोसीमै बोलिन्– "यत्रो आँसीले के काट्ने ?"

नाभि काट्ने भन्दै सुडेनीले आँसीले नाभि काटेर बाँधिदिइन् ।

टाँडभरि रगतको खोलो बग्यो, मसिनो च्याहाँच्याहाँ गुन्जियो छाउघरभरि । रूपा बउजूको रूवाइ हरायो । सुडेनीले त्यो बच्चा काखमा समाएर एउटा टालोमा बेरिन् । बच्चा हातगोडा उठाएर अझै रोयो, उवहा... ।

रूपा बउजूको आँखा शीतल देखिए । उनले पुलुक्क मलाई हेरिन् । मैले हाँस्न खोजें तर जानिनँ ।

"हेर, तेरो त चेलो भयो लाउ ।"

सबैको अनुहार मुस्कुरायो । प्रभातै छोरो पाइन्, रूपा बउजूले । उनकी सासू भित्र आइन् । बच्चा समाएर भनिन्– "लौ हामरो गणेशको चेलो भयो । कति निको चेलो पायो धइँ ।"

बोहरा परिवारमा खुसी मुस्कुराएर आयो । गाउँभरि फलानीकी बुहारीले, ढिस्कानीकी जोईले छोरो पाई भन्दै झ्याली पिट्दै होलान् दिदीबहिनीहरूले । आफन्तीहरूलाई सुत्केरो जुठो परेको सुनाइदिँदै होलान् ।

बउजूले टाँडको फोहर रगत सफा गरिन् । रगत पोसेर अर्को कपडा लगाइन् । बच्चालाई काखमा राखेर दूध खुवाउन थालिन् । तर, सुडेनीले रोक्दै भनिन्– "पइल्लीगो दूध फाल्लुलै पड्डछ ।"

"कसले भन्यो, बरू पहिलो दूध बच्चालाई खुवाउनुपर्छ भन्नू न !"

बउजूले प्रश्न गर्दै सुडेनीलाई सम्झाइन् । तर, दूध चुसाउन थाल्दा सुडेनीले दूध खुवाउन दिइनन् । रूपा बउजूलाई दूधको गानो निचोर्न बाध्य पारिन् । चारपाँचचोटि दूधको फोहरा निस्कियो ।

बउजूले बच्चा काखमा राखेर दूध खुवाइन् । मैले कुर्कुच्चा उठाएर हेरें । मुसुक्क हाँसेजस्तो गरिन् बउजूले ।

सुडेनी गइन् ।

यो बच्चा सुडेनीको हात जन्मिएको हो । सुडेनीलाई सेवा गर्नु रूपा बउजूको धर्म हो भनिन् उनकी सासूले । बूढीमाउका कुरा मैले पनि सुन्दै गएँ ।

सुडेनीलाई एकजोर राम्रो धोती दिनुपर्ने रहेछ । नदिए भारा लाग्छ भनिन् । बाबरे कस्तो निडर सुडेनी त !

बउजूकी सासूले सामानहरू मिलाउन लागिन् । त्यो देखेर रूपा बउजूले सोधिन्– "इजा, घर जाने होइन र ?"

"अब एगार दिन याँइ बस्तो पड्या हो । न्वारन अरेपछि मात्तर झान हो ।"

"तर, हाम्रो माइतमा त न्वारन घरमा नै गर्छन् । यो सुत्केरी पनि अस्पतालमा हो । कसरी बस्ने यस्तो फोहोर गोठमा ?"

"तेरा बडा ज्यू रिस्सिन्या हुन् । देवता सहनाइन घर भित्र लैगया ।"

ससुरा रिसाउँछन् रे । छोइछिटो गरेन भने कुलले सहँदैन रे ।

सासूका कुरा सुनेर रूपा बउजू केही बोलिनन् ।

रूपा बउजूका बारे त्यति थाहा थिएन । यति भने थाहा थियो, उनको माइत काठमान्डु हो । गणेश दाइ पढ्न जाँदा बउजूलाई सँगै लिएर आएका थिए ।

बउजूलाई घरमा ल्याएर टीकाटालो गरेको भने याद थियो । बज्यैको हात समाएर म भोज खान गएकी थिएँ । खुब रमाइलो गरेका थिए । बोहरा खानदानको नाकै कत्रो, काठमान्डुबाट छोरोले दुलही ल्याएकामा । विवाह गरेर ल्याएको जम्मा सात महिना भयो कि ? सात महिनामा रूपा बउजूले बच्चा पाइन् ।

मङ्गली दिदीले इजाको छेउमा बस्दै सोधिन्– "के हो काकी, सातै मैना भयो रूपा बउजू आएगा, चेलो भैग्यो त । गणेश दाइ त तगडा रैछन् ।"

इजाले भन्नुभयो– "पशुपतिनाथ मन्दिरमा पोःर ब्या अऱ्याहो भन्नाछन ।" गणेश दाइले तीन महिनाको बच्चा छ भनेर घरकालाई पहिले नै जानकारी गराइसकेका रहेछन् ।

"कोहीकोहीले त सातै महिनामा पनि सन्तान जन्माउँछन्," मङ्गली दिदीले भनिन् ।

पृथ्वीनारायण शाह पनि सात महिनामा जन्मिएका हुन् भनेर सरले भनेका थिए ।

मैले त्यही कुरा इजालाई भनें । उहाँले भन्नुभयो– "को हो पृथ्वीनारायण शाह ?"

इजालाई कसरी भनूँ ! इजालाई किताबको अक्षर थाहा थिएन । यो गाउँको भन्दा परका मान्छेबारे के जानून् । घाँस, दाउरा, चुलो, रोटी, कुँडो, भैंसीभन्दा परका कुरा केही थाहा थिएन ।

"राजा पृथ्वीनारायण भनेका नेपाल बनाउन्या राजा । अहिलेका राजाका बाका बा, बाका बा, बाका बा, बाका बा ।"

मङ्गली दिदीले इजातिर हेर्दै आँखा तन्काएर आँखीभौं नचाइन् । तिनको अनुहारको रङ्ग बुझ्न गाह्रो भएन ।

■ ■ ■

केही समय झ्यालमा बित्न थालेको थियो । अलिकति कुर्कुच्चा उठाउन पाएकी थिएँ । आँखाले इजा भएकी बउजूलाई हेर्न पाएकी थिएँ । त्यो सानो बालकको च्याहाँच्याहाँ निरन्तर सुन्न पाउँदा घरमा बसेकी छुझैं लाग्दैथ्यो ।

बच्चालाई समाउन मन लागेको थियो तर छाउ भएकी थिएँ । बउजूझैं रगतैरगत भएकी थिएँ । उनी बच्चा पाएर रगतै भएकी थिइन् । म बच्चा पाउन सक्ने भएर रगतमय भएकी थिएँ ।

झ्यालबाट बाहिर हेरें । मङ्गली दिदी घाँस काट्न गइन् । इजा पनि जानुभयो घरतिर । रूपा बउजू र बच्चा बाहिरै थिए, तिनीहरूलाई हेरेर चित्र कोर्न थालें कागजमा । कति गाह्रो चित्र कोर्न त !

मनमा अलिकति डर कम भएको थियो । हाँसेको थियो मनको कुनै अंश । किन होला ? बेलुका सुत्न डर लाग्ने भएन । सुनसान चिर्ने बच्चा थियो । बच्चालाई कोखेलामा राखेर दूध चुसाउँदै भुलाउने रूपा बउजू थिइन् ।

बालक कपडामा लुटपुटिएर सुतेको थियो । बउजूले कम्मरमा पटुकी बाँधेर लोहरी गाउँदै भुलाइरहेकी थिइन् ।

"बउजू तम्रो चेलोको मुख धेगाउन," मैले भनें ।

'हेर्ने हो...' भन्दै उनले बच्चाको मुखबाट कपडा हटाइदिन् । साना आँखा । कमलो गाला । गोरा छाला । निदाएको उसको सानो पेट तलमाथि गरेको थियो । कस्तो समाऊँसमाऊँ लाग्यो ।

"तमी जसो छ । नाक भन्या गणेश दाइका जसो," मैले भनें ।

"छोरो कस्को हो भन न, पहिला ।"

उनले फूर्ति झारिहालिन् । छोरो पाएकामा उनलाई पनि गर्व थियो ।

आज उनको कोख हलुका भएको थियो । उनको पुक्क पेट स्याप्प भएको थियो । पातली देखिएकी थिइन् । अघि रोएको मान्छे अहिले हाँस्न थालेकी थिइन् । सारा व्यथा भुलेर बच्चा खेलाउन थालिन् । उनकी सासू कताबाट आइपुगिन् ।

देख्लिन् भनेर झ्यालमा उभिन छोडिदिएँ । बसेर किताब हेर्न थालें ।

धूवाँ गनायो । जुरूक्क उठेर झ्यालबाट हेरें । तीनवटा ढुङ्गा राखेर आगो जलाएका रहेछन् । बाहिरबाट उनकी सासूले थाल, सानो कटौरा, गिलास, एउटा दरी सानासाना कपडाको थाङ्ना राखिदिइन् ।

सासूले उनलाई सिकाउँदै गइन् । बउजूले त्यसै गर्दै गइन् ।

ज्वानोको मीठो बासना आयो । बज्यैले हलुवा बनाउँदा ज्वानो हाल्थिन् । मैले कतिचोटि खाएकी थिएँ । नाकैमा झुन्डियो बासना । ज्वानो हालेर बउजूले तातो तेल बनाइन् । अनि, पेटमा सेक्न थाल्नुभयो ।

उनकी सासूले भात, दाल, तरकारी दिइन् । दूध, दही, मासु, माछा केही नदेखेर बउजूले सोधिन्– "इजा, दूध ल्याउनुभएन ?"

सासूले उनलाई हप्काउँदै के-के फतफताइन् ।

सुत्केरीले पनि दूध, दही खानु हुँदोरहेनछ । घ्यु खान पाँच दिनपछि मात्रै पाइने भएछ । बोहराको घरमा माछामासु कमै खान्छन् । अब बोका काटेर तीन दिनपछि खान पाइने कुरा भयो । बउजूले त्यसैसँग भात खाइन् । निस्तो भात खाँदै बउजूले भनिन्– "हाम्रो त माइतमा सुत्केरीलाई दूध, दही, माछा, मासु पहिलो दिनमै दिन्छन् । अनि, सुत्केरी पनि पहिलो दिनमै चोख्याउँछन् । यहाँचाहिँ के यस्तो चलन हो !"

"तम्रा जसो चलन आछिन् । माइतमी जसो हुनइन जानी । काठमान्डुका माइस छाउ मान्नाइन ?" सासू अलिकति कड्किएर बोलेकीले बउजू चुपचाप भइन् । सासूअघि त्यति बोल्ने कुरा पनि भएन ।

बउजूले भात खाँदै पानी मागिन् । सासूले पानी पनि नछोई हालिदिइन् । कस्तो अचम्मको चलन है । यसरी सन्तान पाएको खुसीमा केही मीठो दिनु त पर्छ । मलाई त टिठ लाग्यो । उनले पुलुक्क हेरेर सोधिन्– "कला, भात खायौ ।"

खाएँ भनें । धूवाँले कोठालाई न्यानो बनायो र धूवाँले आँखा पनि पोल्यो । कुनै वास्ता गरिनँ । तातो आवश्यक थियो बउजूलाई । अनि, त्यो सानो बच्चालाई पनि ।

राजधानी काठमान्डुकी केटी । यो विकट ठाउँमा दुलही भएर आइन् । कसैको मायाले आइन् । यो गाउँको केटोसँग पूरै जीवन बाँच्न आइन्, जहाँ कैयौं अभाव थियो । कैयौं कुसंस्कार थियो । कैयौं रूढिग्रस्त समाजले च्यापिएका मान्छेको बसोबास थियो ।

केहीछिनपछि सोधें– "बउजू, तम्री ज्यु गएइहुन ?"

"अँ जानुभयो । किन र, कला ?"

"उसै सोध्याँ हुँ, बउजू । तम्रा गाउँमी यसा छाउगोठ बस्नु पड्डछ ?"

बउजूले भनिन्– "हाम्रा माइततिर यस्तो गोठमा बस्दैनन् अनि अलग्ग थापेर खानु पनि पर्दैन ।"

"तसो निको सहर बस्त्या मान्छे, केलाई आया त एसा गाउँमी ?"

"त्यही त, म पनि छक्क परेकी छु । यो गाउँमा आउन कसरी लेखेको होला भाग्यमा । सोच्दा पनि अचम्म लाग्छ ।"

उनी कुरा गर्दै जान थालिन् । उनको कुरा सुन्न थालें ।

गणेश दाइ क्याम्पस पढ्न गएका हुन् काठमान्डु । बिए पढ्न गएका दाइले बिहे गरेर फर्किए । पढाइको चक्करभन्दा प्रेमको चक्कर बढी भएछ ! त्यसपछि त रूपा बउजू घरमा भन्दा ज्यादा गणेश दाइको कोठामा बस्न थालिछन् । अनि, बिहे गर्ने निधो गरेछन् ।

गणेश दाइले दुईचार वर्ष गाउँ बस्ने कुरा राखेछन् । त्यसपछि अलिअलि पैसा कमाएर काठमान्डुमा कुनै व्यापार गर्ने सल्लाहअनुसार दाइले बउजूलाई लिएर आएका रहेछन् ।

प्रेमका लागि रूपा बउजूले राजधानी छोडिन् । बाबा-इजा छोडिन् । यो विकट गाउँमा आइन् । अभाव फल्ने ठाउँ पुगिन् । प्रेमका लागि मान्छेले सबै सुख त्याग्न पनि सक्ने रहेछन् । कति जितेको यो प्रेमले । प्रेम भन्ने कुरा चानचुने भने होइन रहेछ, जो बिहान खेलेर साँझ बिर्सने ।

दाइले बउजूलाई यहाँ ल्याएर तीन महिनाजति बसे । तीन महिनाको गर्भ बोकेर आएकी बउजूले अरू तीन महिना यो गाउँमा दाइसँग बिताइन् । त्यसपछि दाइ विदेश गए ।

पढेलेखेकाहरू यहाँको माटो कोट्याउन अल्छी मान्थे । अन्य आम्दानीको बाटो केही थिएन यो गाउँमा । गरे पनि, नगरे पनि, खेतको माटो हो । त्यही मलिलो माटो पनि बाढीपहिरोले बगाएर लैजान्थ्यो बर्सेनि । तीन महिना गाउँ बसेर नौ महिना भारत पस्थे लोग्नेमान्छेहरू । आइमाईहरूको काम त्यही हो । गाईभैंसी, खेतकान्ला, बच्चाबच्चीको स्याहारसुसार ।

रूपा जोशी हो बउजूको पूरा नाम । बोहरा बाज्येको घरमा जोशी केटी बिहे गरे भनेर मक्खै । तर, बाहुन जोशी होइन, नेवार जोशी रहिछन् बउजू । अचम्म ! उनी नेवार भएर पनि नागरिकतामा रूपा जोशी नाम रहेछ । यो कुरा गणेश दाजुबाहेक घरमा कसैलाई थाहा रहेनछ ।

नेवारहरू सुत्केरी र नछुनी हुँदा बार्दा रहेनछन् ।

"बउजू, नेवारगा चलनमी छाउ कसोअरि बाद्दाछन् ?" सोधें ।

बउजूले भनिन्– "नेवारहरू पनि धेरै प्रकारका हुन्छन्, जस्तै : मानन्धर, शाक्य, महर्जन, श्रेष्ठ, जोशी, नकर्मी, बज्राचार्य, पोडे यस्तैयस्तै । प्रायः गरेर नेवारहरूमा सानैमा बेलसँग विवाह गर्दिन्छन् । बेलसँग विवाह गर्नु

भनेको हाम्रोमा व्रतबन्ध गरेजस्तै हो । कसैकसैका भने सानैमा गुफा बस्ने चलन पनि छ । तर, नछुनी हुँदा यस्ता छाउगोठमा आउनुपर्दैन ।"

कत्ति सजिलो यो बउजूको माइततिरको चलन । हाम्रोमा यस्तो चलन गर्ने कहिले होला ? फेरि सोधें– "बउजू तम्रातिर देउ मान्नाइन ?"

"मान्छन् ।

"देउ रिसाउनाइन ?"

"नछुनी हुँदा पूजाकोठामा जाँदैनौं । त्यति हो । सधैं नुहाइधुवाइ गरेर सफा हुन्छौं ।"

आश्चर्यमा परें । पूजा कोठाबाहेक अन्त जहाँ पनि डुल्न पाइने । हाम्रो गाउँमा भने यस्तो ओसिलो गोठमा बस्नुपर्ने । घरको कोठा त परै जाओस्, आँगनमा टेक्न मनाही थियो । ती नरिसाउने देउ काम्थे होलान् कि नाइँ ?

"बउजू वाँ देउ काम्दाछन् कि नइ ?"

"काम्छन् नि ! कुनै देउता काम्ने हुन्छन्, कुनै हुँदैनन् । अनि, सुन, देउता सबै एउटै हुन् । तिनका स्वरूप भने फरकफरक आकृतिका हुन्छन् र पुज्ने तरिका पनि फरक हुन्छ ।"

मलाई अझै छक्कै पारिदिइन् बउजूले ।

"बउजू तसो भया तम्रा माइत छाउ मान्नाइन ।"

"मान्छन् । तर, यो गोठमा आएर होइन । अनि, यसरी लुकेर पनि होइन । जसरी हाम्रो कपडामा फोहर लागेपछि हामी धुन्छौं । फेरि लगाउँछौं । अनि, फोहर हुन्छ । फेरि धुन्छौं । अनि, लगाउँछौं । हो यस्तै हो हामी र छाउ ।"

बउजूको कुरा त सुनिरहुँ लाग्यो । हो त, हाम्रो नछुनी पनि त फोहर हो । यसलाई धुनुपर्छ । धोइरहनुपर्छ । यति सफा त हामी पनि हुन्थ्यौं घरमै बस्न दिएको भए बाज्येले ।

छाउ हुँदा लोग्नेमान्छेसँग सुत्छन् कि सुत्दैनन् भनेर पनि सोधें ।

"सुत्छन् तर यौन सम्पर्क गर्दैनन् । सुत्केरी हुँदा झन् सजिलो छ । यसरी वनमा बस्नुपर्दैन । घरमै पराल बिछ्याएर या बाक्लो र न्यानो लुगा बिछ्याएर सुत्केरी गराउँछन् । सकभर त अस्पताल नै लैजान्छन् । नेवारहरूको त एकदिनमै चोख्याउने गरिन्छ । पहिलो दिनमा नै चोख्याएर

राम्रो ठाउँमा राखेर सेवा गर्छन् । दूध, दही, घ्यु, माछामासु खुवाउँछन् । तर, यहाँ भने ठ्याक्कै उल्टो चलन देखें ।"

त्यस्तो समाजकी एउटी आइमाई, प्रेमलाई बचाइराख्न यहाँ आइन् । यो अस्तव्यस्त समाजमा आइन् । अनि, भोगिन्, प्रेमले दिएको उपहार जन्माउँदाको कष्ट । यो सङ्कट । यो एकान्त ।

"घरैसुत्केरी भयालौ देउ रिसाउनाइन ?" बउजूलाई सोधें ।

"रिसाउँदैनन् । देउता यहाँका र त्यहाँका एकै हो । हामीले सम्झने नाम मात्रै फरक हो । आफ्ना देउताको सबैलाई श्रद्धा छ नै । तर, यहाँ अलि संस्कृति र संस्कारका नाममा आफूलाई ठूलो हुँ भन्ने देखाउने रहेछन्, कला ।"

मनको गाडा उलार भएर धर्मको बाटोमा कोल्टियो । छाउ हुँदा पनि घरमै बसेर धर्म जोगिएकै थियो । धर्मका नाममा पूजा भइरहेको थियो । मन्दिरैमन्दिरको सहरमा हुर्किएर यत्रो जीवन बाँचेकी रूपा बउजूले कहिल्यै छाउगोठमा छुइ बारिनन् । तर, हाम्रा बाज्येहरूले घरमा बसेका देउको डर मानेर गोठमा पुऱ्याए छोरीचेलीलाई ।

बउजूलाई यो समाजले पनि याँक्यो । सबै थाहा पाएर पनि केही गर्न सकिनन् । आखिर यो समाजले उनलाई पनि यो पीडा भोग्न बाध्य पाऱ्यो । कति जितेको है पढेलेखेकालाई पनि यो चलनचल्तीले ।

च्याहाँऽ च्याहाँऽ

बच्चा रून थाल्यो । बउजूले बच्चा काखमा च्याप्दै मुखमा रागिएको दूधको मुन्टा राखिदिइन् ।

पहाडको कालो छाया फैलिएर आयो भुइँमा । आकाशको तलतलतिर कलेजी रङ्गहरू गाढा हुँदै आए । मङ्गली दिदी सुटुक्क आई लुङ्गी सम्हाल्दै झ्यालबाट सोधिन्– "कसो छ चेलो, बउजू ?"

उनले भनिन्– "तपाईंको दाइजस्तै ।"

"नाउ क्या राख्ल्या हौ ?"

"अँ त है, के राख्ने होला नाम ?"

बउजूको प्रश्नको उत्तर नदिएरै मङ्गली दिदीले बस्दै भनिन्– "हामुले नाम सोचिबट क्या अद्द्या ? गणेश दाइकी इजाले 'ए लाटा' भनिबट बोलाउन लागन्नी, वाछि गाउँभरि लाटा नाउ चलिजान्छ ।"

मङ्गली दिदीले मुसुमुसु हाँस्दै आँखीभौं तन्काएर हेरिन् । उनी हिजोभन्दा उज्याली थिइन् । उनले सबै अतीत बिर्सिन् सायद । न बिर्सिएर के गर्नू ! सधैं निराश भएर जीवन बाँच्न पनि किन बिर्सनू र ?

▪ ▪ ▪

हिजो परेको पानीका कारण आकाश खुलेको थियो । त्यसैले चम्किला तारा र चन्द्रमा हेरेर बसिरहेकी थिएँ ।

"चन्द्र भगवान्खिं क्याइ हेद्दा लाछई ?" मङ्गली दिदीले सोधिन् ।

म अचम्ममा परें । सरले चन्द्रमालाई उपग्रह भनेर विज्ञानमा पढाएका थिए । तर, दिदीले त... । सोधें– "चन्द्रमा भगवान् हो, दिदी ?"

"विज्ञान किताबमा चन्द्रमालाई उपग्रह भने पनि हाम्रा बाज्येबज्यैले चन्द्रमालाई भगवान् ठान्दछन्," दिदीले भनिन् । र, स्कुलमा परार भागवत् पुराण लगाउँदा सुनेको थप कुरा सुनाइन् :

"पुराणमा तारा भन्ने स्त्री थिइन् रे । चन्द्रमा भन्ने पुरूष र बृहस्पति भन्नेचाहिँ बूढा पुजारी थिए रे ।

"चन्द्रमाको घरमा एकपटक कर्मकाण्ड चलाउन पुजारीका रूपमा बृहस्पतिलाई बोलाएछन् । अनि, बृहस्पतिले श्रीमती तारालाई पनि लिएर आएछन् रे ।

"बृहस्पति यज्ञमा व्यस्त भएछन् । यता चन्द्रमा र तारामा मायापिरिम चलेछ । कर्मकाण्ड सकेर बृहस्पति तारालाई साथमा लिएर फर्किन खोज्दा चन्द्रमाले तारालाई केही दिन आफ्नै घरमा राख्न चाहेछन् रे ।

"बृहस्पतिले विश्वास गरेर एक्लै फर्केछन् रे ।

"दिन, हप्ता गरेर धेरै दिन हुँदा पनि अट्ठाइस श्रीमतीका पोइ चन्द्रमाले तारालाई फर्काएनछन् । आफू एक्लैले तारा फर्काउन नसकेपछि बृहस्पतिले देउताहरूलाई बोलाएका रहेछन् । देउताहरूको कचहरीपछि तारा फर्कनुपर्ने बाध्य हुँदा ताराले चन्द्रमाको पेट बोकेको कुरा राखिछन् रे ।

"त्यसपछि देउताहरूमा ठूलो खैलाबैला परेछ रे ।

"चन्द्रमा र बृहस्पतिमा ठूलो युद्ध पनि चलेछ रे । अनि, देउताहरूले तारालाई चन्द्रमासँगै बसेर त्यो बच्चा पाउन लगाएछन् रे । बच्चा पाएर

एकचोटि नछुनी भएपछि मात्रै तारा स्विकार्ने कुरा बृहस्पतिले राखेछन् रे ।

"यसरी स्त्री जातिले प्रत्येक महिना नछुनी भई चारपाँच दिन अलग बस्ने रिवाज भित्रियो रे ।"

यति भन्दै मङ्गली दिदी चुप लागिन् । तर, मेरो मन भने चुपचाप बस्न सकेन । मनमा अनेक तर्कना खेलिरहे ।

▪ ▪ ▪

च्यहाँऽ च्यहाँऽ च्यहाँऽ च्यहाँऽ

पल्लो कोठाबाट बाबुको आवाज आयो । उठेर झ्यालबाट हेरें ।

बउजूले बच्चालाई दूध चुसाउन थाल्दै थिइन् । तैपनि, बच्चा रोइरहेकाले सोधें– "बाबु केलाई रोयो, बउजू ।"

"खै, किन रोयो । मङ्गली सुतिन् ?"

मङ्गली दिदीलाई हेरें । उनी त नभन्दै सुतेकी रहिछन् ।

"सुतिगइ, बउजू ?" मैले भनें ।

बउजूले सोधिन्– "कला, किन नसुतेको तिमी ?"

"निन लाग्या आच्छी । अँ, तमी केइ सिनाइन ?"

"कसरी सुतूँ, बाबु छिनछिनमा उठ्छ !"

बउजूले बाबुलाई थपथपाइन्, बाबु रून छोड्यो ।

"कला, मङ्गली नानीलाई उठाऊ न, एउटा कुरा भन्छु ।"

मैले मङ्गली दिदीलाई उठाएँ । र, हामी दुवै टाठो भएर सुन्न थाल्यौं । पल्लो कोठाबाट बउजूले भनिन्– "धर्मग्रन्थमा पनि सबै सही लेख्छन् भन्नु बेकार हो । सबै धर्मग्रन्थ एकैले नलेखेको हुँदा फरकफरक कुरा आउन सक्छन् । अघि मङ्गलीले भनेका कुरा सुन्दै थिएँ । उनले ताराको पालादेखि नछुनी हुने रिवाज सुरू भयो भनिन् तर मैले सुनेको पुराणले महिनावारीबारे अर्कै कुरा भन्छ । सुन्छेऊ ?"

हामीले हुन्छ भन्यौं ।

बउजूले सुनाइन्– "सुरूसुरूमा यो महिनावारी बार्ने प्रचलन थिएन भनिन्छ । धर्मग्रन्थमा यो चलन देवराज इन्द्रको पालादेखि चलिआएको हो भन्ने किंबदन्तीहरू यदाकदा सुन्नमा आएको थियो ।

"एकपटक राजा देवराज इन्द्रले रिसको आवेगमा विश्वरूप नामक ब्राह्मणको हत्या गरिदिएकाले उनीमाथि ब्रह्महत्याको दोष लागेछ रे । देवराज इन्द्र यस पापको सजायबाट बच्न लुकीछिपी भागिहिँड्न थालेछन् रे ।

"राजा नभएपछि देवलोकमा अराजकता फैलिन थालेछ रे । त्यसपछि देवराज इन्द्रलाई राज्यमा फिर्ता ल्याउन र उनको पापमोचन गर्न ब्रह्माले ऋषिमहर्षिहरूलाई हारगुहार गरेका रहेछन् । र, उनीहरूकै सल्लाहमा पानी बग्दा तथा खस्दा निस्कने फिँज, वनस्पतिबाट निस्कने चिपचिपे पदार्थ, स्त्रीहरूमा हुने मासिक धर्मका क्रममा बग्ने रगत र आगोमा इन्द्रको पाप सारिदिएछन् रे । त्यसैले पानीको फिँच, वनस्पतीको चोप, मासिक धर्म भएका स्त्री र आगो जल्दा भरभराउनुलाई अपवित्र मानिन्छ रे । कुनैकुनै पुस्तकमा मरुभूमिलाई पनि अपवित्र भनिएको छ ।"

नर्स पढेकी रूपा बउजूले धार्मिक पुस्तक पनि पढेकी रहिछन् । उनका बाज्ये पनि नेवार समुदायका पण्डित नै थिए रे । त्यसैको प्रभाव मलाई पनि अलिअलि परेको छ भनिन् बउजूले ।

माइतमा बसेर पनि यत्रो पढ्न पाएकी रहिछन् बउजूले । हामीलाई भने बाज्येले कहिल्यै धार्मिक पुस्तकबारे बताएनन् । बाज्येका किताब छुन दिन त मान्नु हुन्थेन इजा । अझ शास्त्रमा के भनेको होला ? सोधेँ– "छाउका विषयमा शास्त्रले क्या भन्या छ, बउजू ?"

बउजूले भनिन्– "महिनावारीको पहिलो दिन महिला चण्डाल्नीझैं घृणित हुन्छे रे, दोस्रो दिन ब्रह्महत्या गर्नेसरहकी अपराधी हुन्छे रे, तेस्रो दिन महिला धोबीनीसरह हुन्छे रे र चौथो दिन नुहाइधुवाइ गरी, चोखो कपडा लगाएर गाईको गउँत खाएपछि शुद्ध मानिन्छे रे भनिएको छ शास्त्रमा ।"

शास्त्रमा पनि चार दिन मात्रै छाउ बार्नुपर्छ भनेको रहेछ तर बाज्येहरूले किन बाइस दिन राखेका होलान् ? अठार दिन थप्न कसले सिकाएको होला हाम्रा बाज्येहरूलाई ? के बाज्येका देउताले होला त ?

च्यहाँऽ च्यहाँऽ । बाबु चर्कै रोयो । बउजूले तोतेबोलीमा फकाउन थालिन् । बाबुको रूवाइ थामियो ।

सुन्दासुन्दै मङ्गली दिदी निदाइछन् । मलाई भने निद्रा लागेन । बउजूका दुईपत्रे ओठमा अझै अल्झिएँ म । अझै बोल्छिन् कि भन्ने सोचमा एकोहोरिएँ ।

आफ्नो एकाग्रतालाई भङ्ग हुन कत्ति दिइरहेकी थिइनँ । तर, बउजूले केही बोलिनन् ।

■ ■ ■

गाँज त भात छड्किँदा पनि आउँथ्यो । त्यो माड गाँजै त हो ? त्यो पनि अशुद्ध भएन र ? प्रत्येक घरघरमा भात पकाइन्थ्यो । सप्पैलाई थाहा छ, माड नै गाँज हो । त्यही गाँज काढेर पाकेको भात चुले देउतालाई नचढाई खान पाइँदैन । बाज्येले नखाई खान पाइँदैन ।

गाईको गउँत भुइँमा पर्दा गाँज आउँछ । त्यहाँ पनि साबुनको जस्तै फिँज आउँछ । त्यो पनि फोहर हो नि ! तर, त्यो पिसाब गउँत भयो । त्यो गाईको पिसाब छर्केपछि हामी चोखियौं ।

बज्यैलाई गउँत चाहिएपछि बोलाउँथिन्– "ए कला, थोक्कै गउँत छोड ।"

म गिलास समाएर गाईको फोरफोर तल थाप्दै भन्थें– "मुतीमुती गाई । साउन ब्याई ।"

उसै पनि फोरफोर कुराबाट आएको थियो गउँत । त्यो गाईको पिसाब किन फोहर भएन ? त्यो गाँज किन अशुद्ध भएन होला । त्यो गउँत छर्केपछि तिनका देउतासमेत प्रसन्न हुन्थे । घर पनि चोखो हुन्थ्यो । त्यसलाई शिरमा छर्केर पिउँथे हाम्रा बाज्ये र शुद्ध हुन्थे । त्यस्तो पिसाबलाई गउँत भनिदिए ।

अर्को श्राप वनस्पतिको चिपचिपमा राखिएभन्दा झन् अचम्म लाग्यो । त्यो चिपचिप श्राप रहेछ भनेर बुझ्दा छक्क परें म त । कलिलो टुसा हालेको बेलौतीको मुन्टालाई मैले धेरैचोटि चिमुटेर फ्याँकेकी थिएँ । त्यहाँ पनि चिप्लो चिपचिप आएको थियो तर कहिल्यै छाउ भएन त्यो बुटो । त्यो बुटोको हाँगाले हाम्रो घरको छेउखाँबा छोएको थियो । त्यो घर कहिल्यै अशुद्ध भएन । आँसी कोप्दै सालको रूख चढेका थिए हाम्रा बाज्ये । त्यतिखेर खोटोको खुब चिपचिप आयो । त्यो नछुनी भएर अपवित्र भई त ?

त्यतिखेर के बाज्ये फोहर भए होलान् त ?

बाज्येले रूखका पात झारेका थिए । टपरी बुन्न पात लगेका थियौं । त्यो टपरीमा प्रसाद राखेर देउतालाई चढाएका थिए बाज्येले । अब त्यो अशुद्ध भएको भए देउता किन रिसाएनन् त ?

बाज्येले सालको बोटबाट सुकेको खोटो निकालेर सालधूप भनी पोको पारेका थिए । अनि, त्यसलाई कोइलामा हालेर भगवान्‌लाई सुगन्ध दिन्थे । त्यो धूप पनि खोटो हो नि, त्यो पनि नछुनी भएर आएको रगत हो, होइन र ?

दोष थुपारे हामीमाथि । राजालाई बचाए पापबाट । दोषमुक्त गरे सधैंलाई । म त भन्छु, राजा इन्द्रले त एउटा ब्राह्मण मारेर पाप गरे । तर, ऋषिहरूले सम्पूर्ण नारी जातिलाई जिउँदै मारेर पाप गरे ।

आइमाईलाई लत्याउने महर्षिहरूको पालादेखि भएको रहेछ ।

यी माताहरू पनि डरपोक रहेछन् । के देवीहरूभन्दा ऋषिहरू ज्यादा शक्तिशाली थिए त ? के ऋषिहरूले भनेको देवीदेउताले मान्नुपर्ने थियो ? के इन्द्रदेव बढी महत्त्वपूर्ण रहेछन्, त्यतिबेला ?

महत्त्व भएर त होला, दोष साटिएको । भागेका इन्द्रलाई बोलाईबोलाई राज्य चलाउन लगाइएको ।

आखिर इन्द्रलाई बचाउन अपनाइएको चलाखी मैले भोगिरहेकी थिएँ ।

यस्तै सोचिरहेकी थिएँ, बउजूले भनिन्– "कला, निदायौ ?"

म झस्किएँ । "अहँ ।"

"के सोचिरहेकी छौ ?"

"भगवान्‌को लीला ।"

"धेरै नसोच, बुझिनसक्नु छ ।"

केही जवाफ दिइनँ । धन्य छन् ईश्वरका अपरम्पार लीला । सत्य थिए कि असत्य, जान्दिनँ तर बउजूका कुराले मन पिरोलिइरह्यो । छटपटाइरहें बउजूले चिनाइदिएका ईश्वरहरूसँग । गुनासो फतफताइरहें बाजेका अज्ञानतासँग ।

ढोकासँग आँखा जुध्यो । हुलो लाउनै बिर्सेकी रहेछु फलिकोको । एकछिन फलिको नलगाई हेरें अँध्यारो रात । स्याँठ खेलेर भित्रियो गोठभरि र बत्ती निभ्यो झ्याप्प !

सलाई कोरेर जलाएँ । फेरि पनि निभ्यो बत्ती । टुकीको ढक्कन खोलेर हेरें, मट्टितेल सकिएको रहेछ । फल्याको लगाएँ ।

ओछ्यानमा पल्टिएर चुपचाप निदाएको रातलाई सुन्न खोजें। सुनसान पोखिरहेको थियो, उज्यालोको पर्खाइमा रातले । रात अन्माउन खोज्ने झ्याउँकिरीका बऱ्याँत फुसफुसाइसकेका थिए। यी रातलाई प्रेम गर्ने ताराहरू आकाशमा ब्यूँझिइरहेका थिए । र, म ब्यूँझिएकी थिएँ आधा रातसम्म निद्रा नलागेर ।

कहिलेकाहीँ रात पनि लामो भइदिन्थ्यो। बलजफ्ती आँखा चिम्लिएँ। मङ्गलीको घुराइ कोठाभरि भरियो ।

बीस दिन

च्यहाँऽ च्यहाँऽऽ च्यहाँऽऽऽ

कानमा बच्चाको रूवाइले घोच्यो । उठेर भित्तामा अडेस लागें । उज्यालो भइसकेछ । कतिखेर निदाएँछु, थाहै पाइनँ ।

यताउता हेरें । मङ्गली दिदी देखिनँ । सायद पल्लो छाउगोठ गइन् होला । उठेर सानो झ्यालबाट हेरें । बच्चालाई दूध चुसाउन थालेकी थिइन् बउजू । मेरो सासको गन्ध थाहा पाउनेबित्तिकै मुसुक्क हाँसिन् । मैले पनि हाँसेजस्तै गरें ।

"भर्खर उठेको, कला ?" बउजूले सोधिन् ।

"अँ बउजू । बाबु उठ्यो ?"

"अँ उठ्यो, दूध खाँदै छ ।"

"कला, ए कला !" इजाको आवाज सुनें । झटपट दैलोमा उभिएँ । इजाले ल्याएको खाजा खाएँ । पल्लो गोठको ढोकानिर उभिएर मङ्गली काकी र पार्वती कइसीसँग कुरा गर्न लागेको देखें ।

"लाटो बेलीरात आयाथ्यो भन्नाछन् गाउँमी," इजाले काकीतिर हेरेर भन्नुभयो ।

"अडिमो पडिमो बौर बुतो अरि पालें तेलाई । अैल मुखिं माया मारिबट गयो," काकी बोल्दाबोल्दै अँध्यारो भइन् ।

गाउँसमाज उज्यालो बनाउन हिंडेको थियो लाटो, आफ्नी बज्यैलाई अँध्यारो पारेर । बन्दुक भिरेर रातबिरात हिंडेको थियो, शोषक सामन्तीको अन्त्य गर्न गाउँले जगाएर । तिनीहरूले एकदिन यो गोठ पनि भत्काएर छाउपडीलाई मूलघरैमा बस्न मिल्ने बनाएको भए हुन्थ्यो नि !

"ब्या अर्दिनुथ्यो लाटोको तब रन्छ्यो घरमी," मङ्गली दिदीले भनिन् ।

बाँकी केही बोलेनन् । इजा भने घरतिर जानुभयो ।

■ ■ ■

"गौतम बुद्धले पीपलको बुटामा कैयौं वर्ष तपस्या गरेर बुद्धत्व प्राप्त गरेका हुन् ।"

हेडसरले बुद्धको पाठ पढाउने बेला भनेको यो कुरा मलाई अझै याद छ ।

बुद्धले ज्ञान पाए, तपस्या गरेर । साँच्चै, हाम्रा बाज्येका देउले कसरी पाए होलान् ज्ञान ?

बाज्येको आङमा कामेर हिजो, आज र भोलिका सबै कुरा भन्दिछन् देउले । त्यो काम्न सक्ने शक्ति, भविष्य बताउन सक्ने ज्ञान कसरी पाए होलान् ? कसरी उत्पत्ति भए होलान् त देउ ? किन भए त यी घरघरले मान्नैपर्ने देउ ?

काकीलाई फेरि सोधें– "काखी, यी देउ केईभया हुन् ?"

काकीले भनिन्– "हमुले मानिबट भयाहुन् ।"

अचम्मै लाग्यो । भागरथी दिदीले मर्नुभन्दा अघिल्लो दिन देउताको कुरा गरेकी थिइन् । मर्ने बेलामा कुनै देउता आएनन् । हामीले मानेर भएका देउताले किन भागरथी दिदीलाई बचाउन सकेनन् त ? आखिर भरत काकाले लास बोके । भागरथी दिदीका लागि त देउता भरत काका पो भए । हामीले मानेको देउता के कसरी देउता भए ?

म पानीले निथ्रुक्क भएर काम्दा भागरथी दिदीले न्यानो दिइन् । मेरा लागि त्यतिखेर देउ भागरथी दिदी पो भइन् त ? आपत्‌विपत्‌मा सहयोग गर्ने पो देउता ! दीनदुःखीलाई रक्षा गर्ने पो देउ !

नछुनी भएका बेला बाहिर गोठमा राख्न बाध्य बनाउने । देउले मागेको सबै सर्जाम दिनुपर्ने । वर्षवर्षमा बोका चढाउनुपर्ने । यो सबथोक नगरे उल्टै सताउने । गरी खाँदाखाँदै जोगी बनाउने । अब यी देउता भए त ?

मानिसको रक्षाभन्दा पनि दुःख पर्दा बदला लिने हतियार बनाइएको रहेछ देउतालाई । यस्ता स्वार्थी देउ पाल्ने हाम्रा बाज्ये कति लाटा । देउले त

केही नखाएर, धूपको भरमा मान्छेलाई भक्त बनाउनुपर्ने हो, होइन त ? पुज्दा देउता बन्दिने, नपुज्दा राक्षस बन्दिने, मान्छेले सिकाएका जस्ता देउता पनि ।

काकीले भनिन्– "उसै देवता कोही हुनाइन । शक्तिका लोभ हरेक प्राणीमी अझैलौ छ ।" ज्यानको शक्ति, जहानको शक्ति, बुद्धिको शक्ति, धनको शक्ति, उमेरको शक्ति र देउताको शक्ति सबै प्राणीले खोज्दोरहेछ । र, त्यो शक्तिलाई हत्याउन सबै मान्छे चाहन्छन् रे ।

आखिर शक्तिले दुस्मनलाई प्रहार गर्नुपर्ने हो । शत्रु विनाशका लागि शक्ति जम्मा गरिनुपर्ने हो । आफ्नो सुरक्षाका लागि शक्ति प्रयोग गर्नुपर्ने हो । तर, यहाँका मान्छेले शक्ति निर्बलसँग देखाए । टाठोबाठोले शक्ति लाटोगाँडोलाई देखाए । लोग्नेमान्छेले शक्ति स्वास्नीमान्छेलाई देखाए । त्यसैले त सुत्केरी बउजू छाउगोठमा थिइन् । नछुनी बाल्खा, यो गोठमा थिई ।

मान्छे धर्मका नाममा आफूलाई शक्तिशाली ठान्दारहेछन् । आफूलाई अझै शक्तिशाली बनाउन घरघरमा देउता मानियो । देउको शक्तिको आडमा आफू रहन चाहे । तिनै शक्ति कम होला भन्ने डरले छोरीबुहारीलाई छाउगोठ खेदाए । अनि, आफू तिनको नाम जप्दै शक्तिशाली बन्न लागे ।

देउ एक विश्वास हो । आत्माले खोज्याको सन्तुष्टि मात्र हो– काकीले यति भन्दा मन झिलिक्क भयो । सललल बग्यो, कुराहरू मनको कुलोमा ।

आफूलाई देखाउन र चिनाउन बनाएको अलग विश्वास नै त रहेछ देउ ।

विश्वास दिगो थियो । त्यो विश्वास पुर्खाले दिएको थियो । त्यो विश्वास यहाँको भीडले दिएको थियो र यहाँको समाजले दिएको थियो ।

"तमले देवता धेग्याछौ, काखी ?" सोधेँ ।

काकीले भनिन्– "देउता कसैले देखेका छैनन् । हामीले सम्भिए त्यसको छाया अमूर्त भएर आउने हो ।"

अचम्म लाग्यो, त्यस्तो अमूर्त छायाले मान्छेलाई कत्रो बसमा पार्न सकेको ! जसको आकार छैन, त्यसलाई बाज्येहरूले मूर्तिमा, थानमा, घन्टामा, ध्वजामा, त्रिशूलमा खोजिरहे । अझ बढी आत्माहरूमा खोजे विश्वासका साथ ।

सम्झीसम्झी देउता किन बोलाउन परेको होला बाज्येहरूलाई । के

देवीदेउताबिना सुरक्षित छैनौं र हामी ? देउको छाया पर्नैपर्छ र हामीलाई ? देउ नभए विश्वास फुल्दैन र ?

"देउ एउटा अदृश्य शक्ति हुन् । त्यो अदृश्य शक्तिले हाम्रो विश्वासलाई मजबुत बनाएको छ । त्यो अदृश्य शक्ति छाउगोठमा पनि छ । घरको थानमा पनि छ । अदृश्य शक्ति ब्रह्माण्डभरि छ र त्यो शक्ति नै ईश्वर भगवान् हुन् ।

"तर, त्यो अदृश्य शक्तिवान् भगवान्लाई मान्छे आफ्नो मुठीमा बाँध्न चाहँदैछन् । त्यो भगवान् आफूद्वारा चलाउन खोजिरहेका छन् । त्यसैले त हिंसा, मारकाट, लडाइँ, झैंझगडा भएका हुन् । विश्वमा ठूलठूला युद्ध धर्मकै कारण भएका थिए र भइरहेका होलान् । छाउ हुनु हाम्रो धर्म हो । तर, घर छोडेर गोठ आउनु बूढापाकाको शक्तिले जितेको थियो । तर, ती धर्मात्मी भने होइनन् । र, हामीले भोगेको, कसैले दिएको श्राप पनि होइन ।"

काकीले अन्तिममा थपिन्– "तु अैले नानी छइ, ठूली हुनइ गयापछि आफुइ बुज्द्या होइ ।"

"यति ठूला कुडा नसोच कला, मुन्टो खाएइला," बीचैमा प्याच्च भनिहालिन् कइसीले ।

मलाई अकमाइदिइन् । फेरि सोध्ने मेसो नै आएन । एकछिन घोरिएर सोचें– हामी बाँचेर नै देउता ठूलो भएका थिए । हामी मरेपछि देउता रहँदैनन् । बाज्येलाई बुझाउन पर्ने । उनको देउताले पनि दुःख नपाओस् । हाम्रो ज्यानले पनि ।

राम घरमा पनि थिए । राम मन्दिरमा पनि थिए । महादेव हाम्रा थानमा थिए र मन्दिरमा पनि थिए । मन्दिरमा तिनको रेखदेख भगतले गरेका थिए ।

तर, बाज्येका कुलदेउता घरमा नै किन बसिरहेका होलान्, ठूलो मन्दिर बनाएर राखेको भए ! हामी घर भित्रबाहिर गर्न त पाउँथ्यौं । घरमै सुत्न त पाउँथ्यौं । यतिका दिन छाउघरमा बसेर यो यातना भोग्नु त पर्थेन ।

महादेवलाई मन्दिरमा राख्न मिल्छ भने यो कुल देउलाई किन मन्दिरमा राख्न नमिलेको होला ?

देउता त पाल्तु गाईभैंसीजस्तै लाग्यो मलाई । यिनको रेखदेख गर्न धेरै ध्यान दिन्थे बाज्ये । कहिलेकाहीँ त बाज्ये आफैं देउता हुँ जसो गर्थे ।

अरूले पकाएको खाएका छैनन् बाज्येले आजसम्म । आफैं भान्से बन्थे । यो 'चुलोखानी' बाज्येको पहिलो धर्म भइदिएको थियो ।

म छाउ भएको पहिलो दिन बिहान बाज्येले नै खाना बनाएर खुवाएका थिए । बाज्ये चुलोखानीमा पसेपछि कसैको सुन्दैनथे । इजा घाँस काट्न गएको दिन बाज्येले आफैं हो पकाउने । चुलोखानीले जे होस्, इजाले कहिलेकाहीँ भान्साको काम गर्न पर्दैन ।

चोखो भएर एउटा लामो धोती बाँध्थे । नाङ्गो पैताला चुलोछेउ बसेर भात, दाल, तरकारी पकाउँथे । त्यो भात पकाएर चुलालाई चढाउँथे । पलटी मारेर पसिना आउनेगरी बसेर खान्थे । खाना खाएर थाली माझेर राख्थे । अनि, कपडा फेरेर दौरा-सुरुवाल लगाउँथे ।

यति गर्दा पनि बाज्येलाई कुनै झन्झट लाग्दैन थियो । बाज्ये जहाँ पायो त्यहीँ खाना खाँदैनथे । अझ पहिलापहिला बाज्येका लागि चुला नै अर्कै बनाउनुपर्थ्यो ।

इजाले, बज्यैले खाना बनाउनुपर्‍यो भने नुहाइधुवाइ गर्नुपर्थ्यो । जगल्टा फिजाउनुपर्थ्यो । छाती ढाकिने गरी पेटिकोट बाँधेर माथिबाट पातलो सेतो चोखो कपडा बाँध्नुपर्थ्यो । त्यसपछि खाना बनाउन जानुहुन्थ्यो इजा ।

खाना बनाएर नखुवाउन्जेल पिसाब पनि गर्न जान पाउनुहुन्थेन । अरू त अरू, चप्पल पनि लाउन पाउनुहुन्थेन । घरमूली बाज्येले नखाएसम्म अरू कसैले पनि खान पाउँदैनन्, जत्ति भोक लागे पनि खान पाइँदैन ।

बाज्ये यसलाई आफ्नो धर्म सम्झन्थे । बाज्येका बाबाले सिकाएको रे । बाज्येलाई यस्तो गरेन भने धामी आउँथ्यो कि सन्चो हुन्नथ्यो । बाज्येको देउता रोग पनि हो, औषधि पनि हो ।

तर, यो कुरा बाबालाई मन पर्दैनथियो । तर, बाज्ये ठाड्ठाडै बाबासँग बाझेर, कत्रो चर्काचर्की गर्थे । बाज्येलाई चुलोखानी निको लाग्थ्यो रे । तर, बाबा बाज्येको काम गराइप्रति माया देखाउँथे ।

"बुढेसकालमी कैलेसम्म पकाइबट खान्या हौ ?" बाबाले सोधेका थिए एकदिन ।

"हातखुट्टा चल्लासम्म बनाउँछु ।" यसरी बाबालाई कत्तिचोटि सरल उत्तर दिन्थे ।

यति सुनेपछि बाबा चुप्प लाग्थे । यसो गर्नु देउको निम्ति हो । चुलोखानी गरेपछि बाज्येको आङमा देउ चोखो र सुरक्षित हुन्छन् रे ।

देउलाई घरमा संरक्षण दिएर राख्नु पहिलो प्राथमिकतामा पर्थ्यो । घरका छोरीबुहारी दोस्रो नम्बरमा परियो ।

▪ ▪ ▪

हृदयको सीमा तन्कियो, केही जिज्ञासाका साथमा । त्यसैले छटपटिन्थें घरिघरि प्रश्नैप्रश्नको खातले । अनि, उत्तरको दौडाह लाग्थ्यो यी सामुन्ने आएका मान्छेहरूसम्म ।

कक्षाको कालोपाटीमा लेखिएको अक्षरको रङ्ग छुट्याउन सक्ने भएँ यो गोठको बसाइले । अलिकति मनन गरेर सोच्न सक्ने भएँ यी दिदीबहिनीको सङ्गतले । धेरथोर कनीकुथी कुरामा चिडचिडाउन थालेकी थिएँ यहाँको वातावरणले ।

यति फराकिलो बाटो देखाउने समयलाई के भनौं । थाहा छ, मैले पनि यहाँ ज्ञान पाइरहेकी थिएँ ! हो ।

छ कक्षा पढुन्जेल स्कुलमा यति ज्ञान पाइनँ मैले । साँच्चै पाइनँ । जोड, घटाउ, गुणा, भाग सिकें स्कुलमा । आजसम्म त्यस चारवटा सङ्केत मेरो जीवनमा प्रयोग गर्न पाइनँ ।

बाज्येले पैसा दिंदा, मैले के सोध्थें, थाहा छ– "यो कति पैसा हो, बाज्ये ?"

अनि, बाज्येले नोट देखाएर भन्थे– "यो एक रूपैयाँ हो । यसमा एउटा सुन्ना थप्यो भने दस रूपैयाँ हुन्छ । यसमा दुई सुन्ना थप्यो भने सय रूपैयाँ हुन्छ ।"

बाबाले प्रायः मेरो छेउमा बस्दै पैसा गन्न थाल्थे अनि म सोधेर हैरान पार्थें– "बाबा यो कतिको नोट हो ?"

"यो हात्ती भयाको एक हजारको नोट हो, बाघ भयाको पाँच सयको नोट हो ।"

जनावर चिनाउँदै पैसा चिनाउँथे बाबाले ।

अङ्क त मैले बोल्न थालेदेखि सिकेकी थिएँ । तर, कक्षाका सातवटा

विषयभन्दा परको विषय यो कलिलो उमेरमा सिक्दै थिएँ । छाउपडी विषयको किताब पढ्न नपाए पनि समयले भने पढाएरै छोड्यो । त्यसैले त यहाँ आउन बाध्य पार्ने देउताहरूका बारे सोचिरहेकी थिएँ ।

यो घडीमा आएर अलिकति भारी कुरा सोच्न थालेकी थिएँ । यति भारी कुरा मैले स्कुलका सरसँग सिक्न पाइनँ । किताबी पानाभन्दा परका कुरा सरहरूले सुनाएनन् । नयाँ कुराबारे हामीमा सोध्न सक्ने क्षमता नभएकाले पनि होला ।

देउताको उत्पत्तिले मेरो मनमा हलचलै ल्याएको थियो । देउता नभइदिएको भए सायद म यो छाउगोठ आउनुपर्ने थिएन । देउतालाई सुरक्षित राख्न छाउ भएकीलाई असुरक्षित ठाउँमा पठाइदिए बाज्येहरूले । हामीभन्दा पनि देउ ठूला रहेछन् बाज्येबज्यैको आँखामा त ।

अरू त अरू, मरेको मान्छे बाइ भएभन्दा अचम्म लाग्छ । मूर्दा पनि बाइ हुन्छन् त ? ती त भूत भएनन् र ? पिचास भएनन् र ? कसरी वायु भए त ?

साँच्चै, यो वायु शक्तिशाली भएरै हो त, हाम्रो बाज्येको आङमा जोरजोरले कुर्लेर आएको । के चिहानबाट आएको हो त वायु ? यसलाई काकीले कसरी बुझेकी होलिन् ! एकचोटि नसोधी भएन । तर... ।

"काखी, मु त गया । यै कलाको हुन्या नहुन्या कुडा सुनिवट मुन्टो खाइन्या हो ।"

मङ्गली दिदीलाई मेरो कुराले दिक्क बनाएको रहेछ । नबनाओस् पनि कसरी ?

"के हुन्या नहुन्या । निको कुडा त सोधेगी छ ।"

मङ्गली दिदीले काकीको कुरालाई नाक खुम्च्याएर टारिदिइन् । तर, काकीले मङ्गली दिदीलाई मारी हकारिन्– "तुइलाई त कइगो बैकान कति निको छ जसा कुडा भया निकरी सुन्याछी ।"

कइसी त खुब हाँसिन् । काकीका कुराले मलाई केही ढाडस दियो । अझै बल आयो, सोध्न सक्ने ।

"अँ चोड्यायो तम्रो ज्ञानका कुराले । बासा घाँस काट्न नगया खानोलौ दिनाइन ।"

बाहिरबाटै मङ्गलीले यति भन्दै कम्मरमा दाम्लो बाँधिन् ।

केही कुरा ठीकै पनि हो मङ्गली दिदीका । घाँस काट्नु । खेताँ जानु । गाई गोठालो जानु, पहिलो ज्ञान हो । त्यो ज्ञानले रोटी-दाल दिन्थ्यो । यो ज्ञानले खालि मन राख्ने बाटो थियो । पेट भरिए त मन भरिन्थ्यो ।

काकीले भनिन्– "तसो नभन, मङ्गली । ज्ञानले झिक्कै कुडा सिगाउन्छ... ।"

ज्ञानको भोको मान्छे जिन्दगीभर बरालिन्छ रे । पेटको भोको मान्छे एकैछिन हो रे । तिमीहरूले किताब पढेका भए थाहा पाउँथ्यौ ? यो कला निकी छ । यस्तो मान्छे पछि केही राम्रो गरी देखाउँछन् अरे । तिमीहरूको त घाँसदाउरामा जिन्दगी गयो भनिन् काकीले ।

छाती फराकिलो भयो । हृदय नै रसाएर आयो । उनको अनुहार हेर्दा गुरू सामुन्ने नै छन् लाग्यो । त्यही जमानाको मान्छेमा पनि यति ठूलो विचार । युगले होइन, मान्छेले पो युग रचाउने रहेछ क्यारे । बाज्येको युग पनि त्यति नराम्रो त कहाँ रहेछ र ?

मैले काकीलाई सोधें– "काखी, वायु कसरी हुनाछन् ?"

"संसारमा हरेकसँग शक्ति हुन्छ... ।" एक्कासि बउजू बोलेको सुनें । काकी पनि टाठो भइन् । काठमान्डुमा नर्स पढेकी रूपा बउजूको कुरा सुन्न झन् हतारिएँ म ।

"भन् ब्वारी भन्, यै कलालाई निकरी बुझाइदे ।"

काकीले पनि बउजूलाई बोल्न फुक्का गरिदिइन् ।

बउजूले भनिन्– "कोही शक्ति जितेर बनाउँछन् । कोही शक्ति त्यागेर बनाउँछन् । गौतम बुद्धले स्वयं आफूलाई त्यागेर ज्ञानको शक्ति पाए । अलेक्जेन्डरले लडेर शक्ति बनाउन खोजे । हिटलरले बोलेरै, मान्छे मारेरै, शक्ति हत्याउन खोजे । शक्ति पाउन बल र बुद्धि उत्तिकै खाँचो पर्छ, कला ।"

हिटलर र अलेक्जेन्डर फेरि कुन देउताका नाम हुन् ? काकी त एकछिन चुप्प लागिन् । मैले तुरून्तै कुरा समातें– "बउजू, अलेक्जेन्डर र हिटलर को हुन्, गौतम बुद्ध जसा हुन् ?"

"होइनन् । अहिंसा रूचाउने गौतम बुद्धलाई भगवान् मानिन्छ । आज विश्वमा उनले देखाएको बाटोमा करोडौं अनुयायी छन् । हिटलर भने क्रूर

शासक हुन् । मान्छे काट्नु वधशालामा पशु काट्नुजतिकै ठान्थे उनी । यता अलेक्जेन्डरले लडेर संसार आफ्नो बनाउन खोजे ।"

फेरि बउजूले थपिन्– "संसारकाससाना शक्तिलाई आफ्नो शक्तिमा गाभेर विशाल शक्तिको सपना देखे तिनीहरूले । कतिपयका पूरा भए, कतिपयका भएनन् । अरूको विनाश गरेर पाएको शक्ति धेरै दिन टिक्दैन, कला । त्यसैले त हिटलर र अलेक्जेन्डरको कथा चामलमा बियाजस्तै थिए ।

"शक्ति भनेको गौतम बुद्धको जस्तो हुनुपर्छ, कला । जो लाखौं वर्षपछि पनि उनको वर्चस्व रहिरहनेछ । तिम्रा बाज्येको शक्तिले संस्कृतिको जगेर्ना लामो समय गरिरहन सक्दैन । देउतालाई यसरी मानिँदैन । मानव धर्म पो ठूलो धर्म । मानव धर्म गरेर नै सिद्धार्थ गौतम, गौतम बुद्ध भएका हुन्, कला ।

"अरूको भलो चिताउने मान्छे पो धार्मिक मान्छे । दुईचार देउता मान्दैमा, दुईचार संस्कृतका श्लोक जान्दैमा, बिहानबेलुका नुहाई धूप जलाएर पाठ गर्दैमा कोही धार्मिक हुँदैन । त्यो केवल देखावटी आडम्बर हो । ती केवल शक्ति प्रदर्शन गर्ने माध्यम हुन् । ती केवल आत्मसन्तुष्टिका आधार हुन् । फरक यत्ति हो कि, शक्तिको अवधि हुन्छ । त्यो शक्तिलाई परिवर्तन गर्ने पहिलो भगवान् आत्मा हो, कला ।"

बउजू चुप लागिन् । हावा पनि रोकिएझैं लाग्यो एकछिन । उनी बोलिनन् । काकी मतिर हेरेर मुसुमुसु हाँसिन् । फेरि बउजू बोलिन्– "काखी, तपाईंको कुरा पनि राख्नूस् । मैले बीचैमा कुरा काटें । नरिसाउनुहोला ।"

"केइ रिसउल्ला मु । उमेरले मात्रै जेठी हुँ । ज्ञानले, पढाइले त तम अघि छौ । तमी जसान मिलिबट हामु जसलाई यिसा कुडाहरू सिकाउनु पड्या छ ।"

कति सरल यी काकी त ।

"काखीऽ काखीऽऽ, वन झान्या होइनब ?" पार्वती कइसीले पल्लो छाउबाट आवाज लगाइन् ।

अरू कुरा पछि गरौंला भन्दै काकी निस्किन् ।

तीनै जना वनतिर लागे । परबाट आइरहेका महिलाहरू पनि वन गए ।

"सुन्यौ, काखीको कुरा ?" काकी गएपछि बउजूले भनिहालिन् ।

अनि, फेरि थपिन् बउजूले– "काखीका कुराले त मलाई पनि अचम्म लाग्यो, कला । घरका देउका बारेमा आजै थाहा पाएँ । काकी पनि यस्ता

कुरामा खुब मन पराउने रहिछन् । तिमीलाई यस्तो कुरा सुन्न कस्तो मन लाग्छ भन्या ।"

"लाग्छ बउजू । घरघरका पित्तरले अद्दा याँ छौ हामु ।"

काकीले मेरो मनमा अड्केका मयल सबै पखालिदिइन् । साह्रै हलुका भयो मन । यति कुरा घरका बाज्येले कहिल्यै भनिदिएनन् ।

घरकै देउ घरकै सन्तानलाई नचिनाई धर्मकर्ममा लाग्ने बाज्येहरू छन् ।

छोरीले पितृ पुज्न नपाउने भएर होला, यसबारे नभनेका बाज्येले । तर, तिनै देउतालाई पुज्न जता पनि कन्या चाहिन्छ । थान लिप्न, चोखो पानी राख्न, तिनको नामको टीका थाप्न छोरीलाई अगाडि राखिन्थ्यो । इतिहास थाहा पाउने अधिकार भने छैन चेलीलाई ।

पुज्न र ढोग्न पनि विभेद छ यहाँ । सन्तानसन्तानमा विभेद छ । एउटै कोखबाट जन्मिन्छन् सन्तान । छोरा भए बाज्येको पुर्खालाई पुज्न पाउने । छोरी भए पाउँदैनन् ।

दिन ढल्यो काकी र बउजूका कुरा सुनेर । रातको बत्ती जलाएँ । इजाले खाना खुवाएर घर फर्किनुभयो । मङ्गली दिदी आएर टाँडमा बसिन् । उदास देखें उनलाई । उनको अनुहारको रङ्ग बुझ्न सकिनँ र सोधें– "क्याइ उदास छौं, दिदी ?"

उनले हातको औंठी हेर्दै परेला भिजाइन् । औंठी र आँसुको सम्बन्ध बुझ्न खोजिरहें, दिदीले नै धेरैबेरपछि बुझाइन् । मन भरङ्ग भयो ।

उनले मागेको केटो माओवादीद्वारा मारिएको रहेछ । पुलिसको जागिर खाएका रहेछन् मङ्गली दिदीलाई माग्ने केटाले । मङ्सिरमा बिहेको मिति छिनेका रहेछन् । बिचरा !

उनी भक्कानिएर हातले मुख छोपिन् । सायद आँसु लुकाउँदै थिइन् । चुपचाप हेरिरहें डाको फुटोस् भनेर । खोपाको बत्ती निभाइदिएँ, आँसु बगोस् भनेर । कोल्टे फर्किएर सुनिरहें, उनको सुकसुकाइ । मेरा आँखा टालिए लपक्क ।

एक्काइस दिन

च्याहाँऽ च्याहाँऽऽ च्याहाँऽऽऽ

बच्चाको मसिनो चिच्चोकलो आयो । निद्रा छ्याङ्ग छुट्नेबित्तिकै उठेर सोधिहालें– "बउजू, केलाइ रोया हो, बाबु ?"

"नानी, राति दूध धेरै कम आयो । यसलाई दूधले नपुगेर रोएको हो कि लाग्दैछ ।"

केही बोल्न सकिनँ । बच्चा रोएको पनि दूधका लागि त होला ।

रोएर भन्दै होला– मलाई दूध पुगेन, इजा ।

हरियोपरियो खान पाए पो दूध आउँथ्यो । दूध, दही, घ्यु, माछामासुजस्ता चीज पूरै बन्चित नै थियो । बिचरो त्यो बाल्खाले के थाहा पाओस् इजाले पोषिलो खान नपाएको !

रगतको खोलो बगाएर बच्चा पाउँदा शरीर कमजोर हुन्छ भन्ने सबैलाई थाहा थियो । तैपनि, खान दिइँदैन आँत भरिने पोषिलो चीज ।

घरमा पालेको गाईभैंसीलाई बचाउनु थियो । नत्र, भोलि दूध खान नपाउलान् भन्ने डर घरकालाई । भैंसी मरी भने ठूलो नोक्सान हुन सक्छ यहाँ तर एउटी सुत्केरी इजा मरी भने नोक्सान हुँदैन यिनका निम्ति ।

हिजोसम्म चल्ने दूध आज सुत्केरी हुनेबित्तिकै छुनै नमिल्ने भइदियो । सुत्केरी दूध, दही खानै मिल्ने भइनन् । अनि, यो सुक्खा नुनखुर्सानी र रोटीले के दूध आउँथ्यो ? कहिले आँत भरिएला ?

बाज्येले भैंसी ब्यायो भने धेरै स्याहार गर्थे । त्यो भैंसीलाई दिनरात हरियोपरियो घाँस हाल्थे । बिहानबेलुका मकैको कुडो खुवाउने । नुहाइधुवाइ गराइदिने । गोठमा गोबर रहनै नदिने, सफा र चिटिक्क पार्थे ।

एकदिन मैले बाज्येलाई भैंसीलाई यतिधेरै घाँसकुडो किन गरिरहेको भनी सोधेकी थिएँ ।

बाज्येले भनेका थिए– "निकरी हेरविचार अऱ्यापाछा झिक्कै दूध दिनोछ ।"

आखिर पोषिलो खुवाए त दूध आउँदो रहेछ । राम्ररी स्याहारसुसार गरे त धेरै दूध आउँदो रहेछ । घरघरकालाई थाहा छ, हरियोपरियो खुवाउँदा नै धेरै दूध आउँथ्यो भन्ने कुरा । यहाँ भैंसीको दूध घट्छ कि भनेर चिन्ता थियो तर रत्ति चिन्ता थिएन बच्चालाई दूध पुग्दैन भन्ने ।

"केलाई रून लाग्यो चेलो ?" रूपा बउजूको सासूको चर्कै आवाज आयो ।

जुरूक्क उठेर झ्यालबाट हेरें । उनको त अनुहारै रिसले बलेको देखें ।

बउजू अलि नरम भएर बोलिन्– "खै किन रोएको हो ? राति पनि तीनचोटि रोएको थियो । दूध पनि कम आएको छ । दूधले नपुगेर हो कि रोएको ।"

मैले झ्यालबाट हेरिरहें । तिनकी सासूले बउजूलाई भात खान लगाइन् र आफूले बच्चालाई काखमा राख्दै मायाले हेरिन् ।

"केलाई आएन त दूध ?" बउजू केही नबोल्दा पनि सासू झर्किइन् । आँखा लाग्यो कि भनेर पनि कचकच गरिन् । म पनि डराएँ गाली गर्लिन् भनेर । थ्याच्च बसें । फेरि फतफताउँदै बउजूलाई सुनाइन्– "यइ नानो बालखाखिं दूध पुग्याइन, कसो हड पाइहै ?"

पोषिलो खान पाए पो शरीरले दूध बनाउँथ्यो । पेटभरि बच्चाले दूध खान पाएको थिएन । आँखा लाग्यो भनेर कुरा घुमाउँदै थिइन् बूढीमाउ । नबुझेर हो कि जान्ने भएर होला यस्तो भनेकी ! बुहारी हुनु पनि गाह्रै रहेछ ।

सुत्केरी भएको पहिलो दिन नुहाएकी थिइन् बउजूले । त्यसपछि नुहाएकी थिइनन् । बच्चाले हगेका र सुत्केरीले लगाएका कपडा पनि धोएकी थिइनन् । मैलिएर छाउगोठको छानामा राखेकी थिइन् । पानी हालिदिने मान्छे पनि थिएनन् । हिजो साँझ बउजूले पानी मागेकी थिइन् कपडा धुनलाई । यी बूढीमाउले के भनिन्, थाहा छ ?

"तूइखिं पानी हालुँ कि भैंसाखिं घाँस काटु । रोटो पकाइ ल्याउँ कि, तेरा लत्ता धोइदिउँ ।"

यिनका भैंसी भोकै रहला भन्ने चिन्ता थियो । तर, चिन्ता थिएन, एउटी सुत्केरी आइमाईलाई पानी चाहिन्छ भन्ने, बच्चालाई सफासुग्घर हुनुपर्छ भन्ने । यतिका वचन लाउँदा पनि बउजू केही बोलिनन् । सायद बुहारी हुनुको धर्म निभाउँदै थिइन् ।

▪ ▪ ▪

दिउँसोको खानामा बउजूकी सासूले घ्यु ल्याएर दिएको देखें । उनको कुरा सुन्दैजाँदा आफ्नै घरको भैंसीको घ्यु होइन रहेछ । किनेर ल्याइदिएकी रहिछन् । घरको घ्यु दिन नमिल्नाको कारण देउ रिसाउँछन् कि भनेर रहेछ । भैंसो बिमार हुनसक्ला भनेर रहेछ । बउजूकी सासू गएपछि बउजूलाई सोधें– "बउजू, तमरो माइत दूध, दही खान पाइनैन ।"

"पाइन्छ । तर, यहाँको चलन हो कि के हो, म त केही बुझ्नै सकिनँ, कला । यस्तोमा कसरी बसेका छन् मान्छेहरू ?"

"याँको चलन यसै छ, बउजू ?"

"यो चलन होइन, कला । यो त दमन हो । बाँच्ने अधिकार खोसेको हो । हाम्री भाउजू पनि सुत्केरी भएको देखेकी थिएँ । ढासा हो, कला ।"

बउजूको आवाज त कस्तो चर्को बल्यो । मलाई पो शक्ति दियो । तिनलाई रिस पनि उठेको थियो सायद । नउठोस् पनि किन ! यस्तो अभाव भएको गाउँमा यस्ता स्वभाव भएका मान्छे देखेर तीनछक पर्दैथिइन् बउजू । हाम्रो गाउँको चलन देखेर दिक्क लाग्यो होला । उनको विचार बुझ्न मैले भनें– "हामरा गाउँका माइस र चलन देखिबट दिक्क लाग्या होलो धेग्या, बउजू ।"

"मान्छे राम्रा, सोच नराम्रो । चलन चलाउनुपर्छ तर अरूलाई दुःख दिएर होइन, कसैको अधिकार खोसेर होइन । यहाँ त पूरै संस्कृतिको उत्थान गर्छु जस्तो गर्छन् । अनि, सुन, यो जुन मिन्स बारेका छौ नि, यो पनि वाहियात हो । म त तिम्रो दाइ र बच्चाको मायाले यो गोठमा छु ।"

गजब मीठो कुरा गरिन् बउजूले । मलाई त दुईवटा शब्द नौला पनि लागे- मिन्स र वाहियात । तत्कालै सोधिहालें– "बउजू ! यो मिन्स र वाहियात भन्या क्या हो ?"

"अङ्ग्रेजीमा छाउलाई मिन्स भन्छन् । अनि, वाहियात भनेको बेकार । यो बेकारको चलन लादेर के-के न धर्म जोगाउन खोजिएको छ । यस्ता रिवाजले कोही धार्मिक बन्दैनन् । यहाँका बुजुर्ग खालि भ्रममा बाँचेका छन् ।"

"बउजू आखिर केलाई मिन्स हुनाछौं ? इन्द्रकै सराप हो ?"

"धर्मशास्त्रहरूमा यस्तो भनिए पनि विज्ञानले यसलाई स्विकार्दैन ।"

"विज्ञानले के भन्छ त, बउजू ?"

"विज्ञानले मिन्स महिलाहरूमा हुने सामान्य प्रक्रिया हो भन्छ । निषेधित डिम्ब रोपणका लागि बाक्लो भई तयार भएको पाठेघरको भित्री तह गर्भधारण नभएको स्थितिमा योनिमार्गबाट रगत आउनुलाई हामीहरू सामान्य रूपमा महिनावारी हुनु, नछुने हुनु, छुइ भई, छाउपडी, पर सर्नु, रजस्वला हुनु वा मासिक धर्म हुनु भन्छौं । यसलाई अङ्ग्रेजीमा मेन्स्ट्र्चुएसन या मिन्स भनिन्छ । यो इन्द्रको श्रापबाट हुने होइन, प्राकृतिक प्रक्रियाबाट हुने कुरा हो । यो कुनै नराम्रो, लुकाउनुपर्ने, लाज मान्नुपर्ने कुरा होइन । तर, हाम्रो पुरातन सोचका कारण हामी महिला सदियौंदेखि विभेद, अवहेलना र उत्पीडनको सिकार भइरहेका छौं ।"

छाती नाङ्लो जत्रो भो बउजूको कुराले ।

प्रकृति पनि कति अनौठो– खेतभरि मकैका हरिया पात हुन्थे । हुर्केर एकदिन जुँगा पलाउँथे । घोगा हाल्थे । भित्र कलिलो दुधिलो हुन्थ्यो । त्यस्तै रस ममा पनि भरिदियो प्रकृतिले ।

मकै पाकेपछि पहिला घरका देउलाई चढाउँथे । देउले खाएपछि हामीले खाने चलन थियो । थानमा लगेर दुईतीन घोगा झुन्ड्याउँथे । त्यो त्यहीँ कीरा लागेर सकिन्थ्यो ।

आज म पनि त पाकेकी थिएँ । उमेर मात्रै बाह्रतेह्र पुगे पनि यो छाउले मलाई पकाउन खोजेको त होला ? यो छाउले दुनियाँलाई फल खाने बेलाकी भई भनेर चिनाएको होला ? तर, बाज्येले नछुनी भई भनेर छाउगोठ पुऱ्याइदिए ।

बोटको मकै थानमा चढाउन मिल्थ्यो । तर, छाउ भएकी कला घरमै बस्न नमिल्ने भई । यता बउजूले सन्तान उमारेर छाउगोठ आउनुपऱ्यो ।

प्रकृति चिन्न नसक्नेहरू छन् हाम्रा गाउँका बाज्येहरू । हाम्रा बाज्येहरूलाई यही मकैको पाठ पढाइदिने मान्छे पनि भएनन् । यिनलाई यिनकै भाषामा बुझाइदिने कोही मान्छे भएनन् । के थाहा, बुझ्नै चाहेनन् कि देउता रिसाउलान् भनेर !

. . .

धर्मको आडमा भोग्न लगाएको नियतिलाई फेर्न विज्ञानको भाषा बुझ्न आवश्यक रहेछ । यो गोठको संरचना भत्काउन छाउको वैज्ञानिक धारणा बुझ्न खाँचो रहेछ । हाम्रो गाउँका बाज्येहरूले यो छाउपडी मान्नुको पहिलो कारण विज्ञान समयमा बुझ्न नसक्नु लाग्यो । धर्मका अक्षरहरूका आधारमा संस्कार र संस्कृति बनाइयो । दुःख भोग्न लगाइयो । तैपनि, यिनका चाम्रिएका आँखामा कुनै पश्चात्तापको दृश्य थिएन । यिनलाई मनमा रत्ति पनि भूल गरेको लाग्दैन । यिनलाई घमण्ड थियो, आफूले लादेको कुरीतिमा । यिनलाई गर्व थियो, यो धर्मलाई बचाइराखेकामा । यिनीहरू खुसी थिए, यो चलनलाई बलियो बनाउन सकेकामा । बउजूले खोकेको सुनें । बाबुसँगै बउजू पनि सुतेकी रहिछन् । बाहिर पुलुक्क हेरें । छाया लामो भएर पूर्वतिर बढ्दै थियो । घाम ओरालो झर्दै थियो ।

"कला, के गर्न थालेकी छौ ?"

"केइ नाइ बउजू, तम्रै कुडा मनमी सोच्न लागेइ छु ।"

"ए, त्यसरी सोच्नु हुन्न, यो उमेरमा । दिमागमा असर पर्छ । आँखा कमजोर हुन्छ । मुटुमा समस्या पर्छ ।"

"बउजू, केही कुरा नबुझीबट रोगी हुनुभन्दा, झिक्कै कुरा बुझीबट रोगी भया निको ।"

"ए, कुरो त्यसो हो । होइन, यति मीठो कुरा गर्न कसले सिकायो तिमीलाई ?"

"इजाले, बज्यैले, छाउगोठका सप्पैले ।"

"तिमी पढ्नमा मात्रै होइन, कुरा गर्नमा पनि सिपालु रहिछौ । तिमी सधैं स्कुलमा फस्ट हुन्थ्यौ ?"

"नाइ बउजू, फस्ट त राम हुन्थ्यो, दोस्रा हीरा हुन्थी, मु त तेस्रा ।"

"अब तिमी फस्ट हुन्छौ ।"

"सदाई स्कुल जान पाय, फस्ट हुन्याथिएँ, बउजू । यै छाउले बाइस दिन छुट्यो । पाछ पाछ पनि छुट्टे हो ।"

"अब छुट्दैन । तिम्री इजासँग म कुरा गर्छु । तिमी राम्रो विद्यार्थी हौ । तिम्रो मेहनतमा मलाई विश्वास छ । तिमी फस्ट हुन्छ्यौ ।"

बउजूले धन्न चित्त राखिदिइन् । मभित्रको निराशपन पखालिदिएर आशाको ज्योति बालिदिइन् । गोठकै ओतमुनि भए पनि छिटपुट ज्ञान दिइन् । सायद पढेलेखेकाको सङ्गतले हो कि ! मन हुनेहरूको प्रेमले हो कि ! यी परिवेश र घटना हाम्रो किताबमा कहीँ थिएनन् । यी पात्रहरू हाम्रा पाठहरूमा घोक्न कहिल्यै पाइएन । हाम्री बज्यैले भनेको साँचो लाग्यो– मान्छे कि पढेर जान्दछ कि परेर जान्दछ । ठ्याक्कै मिल्यो । यी बूढापाका नहुने हो भने त हामीले केही सिक्नै नपाइने रहेछ ।

पोहोर साल पनि सरको किताबबाट पढेको भरमा सामाजिक शिक्षाको परीक्षा दिएकी थिएँ । थोरै नम्बरले पनि धन्न पास भएकी थिएँ । धेरै नम्बर त किताब पढ्न पाए पो आउनू !

यो नछुनी कुप्रथा भनेर जानें । साँच्चै, यो मैले पोहोरको वर्ष जानेको भए मैले बज्यैलाई, बाज्येलाई, इजालाई आफ्नो पाठ पढेर सुनाउने थिएँ ।

औंलाको भरमा देखाएर चन्द्रमा हो भनेर आकाशको फललाई पढाउँथे हाम्रा सरहरूले । त्यसलाई यो बाह्रतेह्र वर्षको उमेरसम्म छुन सकिनँ मैले । म यत्री भइसकें तर त्यो चन्द्रमा त्यत्रै छ, त्यस्तै थियो । व्यवहारमा बेहोरिने खालको पाठ पढ्न पाए अझ कति जाती हुन्थ्यो होला !

सिकाउनु यो छाउपडी प्रथाको पाठ सिकाएको भए ? यो कुप्रथा हो भनेर बुझाएको भए ? यो महिलाको मासिक धर्म भनेर पढाएको भए ? नछुनी हुँदा पनि घरमा नै बस्न मिल्छ भनेर पढाएको भए ? म यो छाउगोठमा आउँथिनँ । यो रगत देखेर चिच्याउँदै दौडिने थिइनँ ।

कक्षा नौको जनसङ्ख्या तथा स्वास्थ्य शिक्षा किताबमा प्रजननबारे एक पाठ पढ्न पाइन्थ्यो भरेर भनेकी थिइन् मङ्गलीले । त्यो पनि छाउपडीको विषयमा भन्दा पनि छुइको चरण र बच्चा हुने विषयमा रहेछ ।

छ कक्षामा नछुने भएर छाउगोठ बस्नुपर्ने । दस कक्षामा पुगेर नछुने हुने विषयको पाठ पढ्नुपर्ने ? जीवनले सिकाएको पाठको अघि र पछि पाउने किताबी ज्ञान मन नपरेको उपहारजस्तै भएन र ?

उपहार हो, नलिऊँ त के भन्लान् ? लिऊँ त मन परेको थिएन ।

▪ ▪ ▪

मुटु तन्किएर त्यान्द्रो भएको थियो । त्यो त्यान्द्रो जलाऊँ भने पनि आगो ताप्न पाउँदिनँ । ह्वारर्र बलेर फुस्सै निभ्ने पीर थियो । न त कोइला भएर राप दिन सक्थ्यो त्यान्द्रोले । न खरानी ताप्न नै मिल्थ्यो । परालको त्यान्द्रोजस्तै लाग्यो बउजूले भनेका कुरा ।

यता, एक त्यान्द्रो अन्धविश्वास बाज्येको मनको टौवामा अझै थियो । चुलाउने हो कि थुत्ने हो, म दोधारमा परिरहेकी थिएँ ।

मेरो मनको त्यान्द्रो त हाम्रो स्कुलको झ्यालमा हालेको सरियाजस्तो दरो र बलियो भयो । जोरले चिच्याएर 'म घर आउँछु इजा' भन्न मन लागेको थियो तर आवाजै निस्किएन । डरायो, मेरो आवाज पनि, बाज्येको विरूद्धमा । अब स्कुलको घन्टीझैं बजाउन मन थियो, मेरो आवाज । छाउघरको टुप्पोमा बसेर सारा गाउँलेलाई सिकाउन मन लागेको थियो बउजूका एकएक कुरा ।

आजै, अहिल्यै सबैलाई बोलाएर यो छाउगोठबाट बिदा माग्न मन लाग्यो । तर, ताल मिलेन । मादलको तालमा देउडा नाचेकी थिएँ तर नाच्न डराएँ यो मनको तालमा ।

कुप्रथाको झ्याली खोलामा बगाइदिन मन लागेको थियो । कुरीति र अन्धविश्वासविरूद्ध बाज्येबज्यैको कान फुक्न मन लागेको थियो, बाज्येले पैसा दिएर भाइको कान फुकेजसरी । यो परम्परा र चालचलन छान्न मन लागेको थियो तोरी र कुसुरो छानेजसरी । यिनको चेतमा आगो सल्काउन मन थियो, घुर्‍यान सल्काएजसरी । तर, कसरी ?

▪ ▪ ▪

चारैतिर अँध्यारो बढ्यो । निद्रा लागेको थिएन । टुकी जलाएँ । सम्झिएँ– गोठ सुत्ने अन्तिम रात हो मेरो ।

मन घरतिर झुकिरहेको थियो । कहिले बिहान होला ? र, कतिखेर

पुगूँला घरमा ?

बाज्ये सम्झिएँ ।

बाज्येको काँसो लहरे हुन्थ्यो । काँसोले ऱ्याल निकालिदिन्थ्यो तैपनि तमाखु छुट्थेन । गालाभरि मुजा पारेर खितखिताउँदा काँसोले छोप्थ्यो, अचेल छोप्छ कि छोप्दैन होला । मेरो बिठ्याइँमा कहिलेकाहीँ चिडचिडाउने बानी कम भए होला कि नाइ ! तुलसीको मठलाई प्रत्येक बिहान लिपिदिन्थें । तात्तातो चिया बाज्येका ओछ्यानमै पुऱ्याउँथें । अचेल त्यसले निरन्तरता पाछ कि पाछैन होला ?

एक डोको औषधिले बिसेक भइन् होला कि नाइ, बज्यै ! घ्यार्रघ्यार्र कम भयो कि भएन होला ! कथा सुनाउने बानी छुट्यो होला कि छ होला ? भोलि घरको खलोमा मलाई देख्दा मेरी बज्यै कति खुसी होलिन् ।

यत्तिका दिन घरमा थिइनँ म, कस्तो भयो होला घर ! इजाले पस्केको खाना बाबाअघि मैले टक्र्याउँथें । अचेल कसले टक्र्याउँछ होला ! बाबा कस्तो भए होलान् !

एकखुट्टे खेल्ने रेखा कोरेकी थिएँ खलोमा मैले । त्यसलाई भाइले मेट्यो होला कि नाइ ? ढ्याक खोसाखोस हुन्थ्यो । तँ पहिला कि म पहिलाको निहुँमा झगडा गर्थ्यौं । यत्तिका दिन उसले कोसँग कलह गऱ्यो होला ?

साँच्चै, तगारोका दुवै किनारमा मैले फूलका बोट सारेकी थिएँ, सरे होलान् कि मरे होलान् ? घरको बाटो कस्तो भए होला ? त्यही बाटो भाइलाई डोऱ्याएर स्कुल लैजाने मै थिएँ । पर्सिबाट त स्कुल पनि जान पाउनेछु । स्कुलमा साथीहरूले देखेर सोध्ने होलान्– "यत्तिका दिन कहाँ गएकी थिइस्, कला ?"

सकभर म ढाँट्नेछु । तर, सत्य कुरा हीराले भनिदिनेछे ।

भोलिको रात त म घरमा सुत्नेछु । तर, आज, एक्काइस दिनको रात, म गोठमा छटपटिँदै थिएँ । एउटा छटपटी मनमा हुँडलिएको थियो । खुसीको हो कि पीडाको, बुझ्न सकिरहेकी थिइनँ ।

पल्टिएँ । कम्मल ओढें । निदाउने प्रयास गरें । गरिरहें ।

बाइस दिन

भुँभुँभुँऽऽ

भोटेकुकुर भुकेको आवाज सुनें । निद्रा छिचोलियो । आँखा मिच्दै उठें । ज्यान अलिकति भारी भएको थियो । उठ्न साह्रै अल्छी लागे पनि दैलोमा आएर बसें । मलाई देखेर भोटेकुकुरले पुच्छर लगातार घुमाउँदै खुड्किलो चढूँलाझैं गर्न खोज्यो । भोटेकुकुरलाई एकछिन मुसारें । सायद कुकुरले पनि थाहा पाइसक्यो कि आज छाउगोठ छोड्ने दिन हो भनेर ।

सधैंको झैं ओछ्यान मिलाएँ । धुने कपडाको एउटा गुइठो बनाएँ । फिनो उठाएर खुट्किलोको छेउ पसारिदिएँ ।

"कला, आज त तिमी उम्कने दिन है ?" रूपा बउजूले सोधिन् ।

"अँ, बउजू । तमी कैल झान्या हौ घर ?"

"छ अझै केही दिन । घर गएर स्कुल जान नछोड्नू है ।"

"मु क्याइ छोडुलो समयले इस्कुल नझाने बनाइदिनोछब ।"

"समयलाई दोष नदेऊ । समयसँग उज्यालो पनि छ, अँध्यारो पनि । नबिर्सनू है ।"

"क्याइ बिर्सुल... ।" यति भन्न पनि मनै भारी भयो । गलामा आवाज नै रोकिएलाझैं गऱ्यो ।

इजाले अर्नी लिएर आउनुभयो । मुख धोएर खाजा थापें । खाँदै गर्दा इजाले भन्नुभयो– "कला, रोटा खाइबट हड, लत्ता धुन गयइ । मु आएपाछ गउँत हालुँली । यो साबुन, सेम्पु, तेल, यो तेरा ब्वाले ल्याइदिएको नयाँ लत्ता ।"

सबै कुरा देखाएर इजा जानुभयो घरतिर । पल्लो छाउगोठबाट मङ्गली दिदी निस्किन् । आज उनको पनि घर फर्किने दिन हो । तर, उनलाई आउनुजानुले कुनै फरक पारेको थिएन । मलाई भने घर फर्किने दिन नभएर बिरानो देश जान लागेको अनुभूति भइरहेको थियो ।

मङ्गली दिदीसँग खोला गएँ । खोलाको किनार बसेर बग्दै गरेको पानी हेरें । यो खोलो कहाँ जाँदै होला ? यो खोलो फर्किएर आइदिएको भए भागरथी दिदीका बारेमा सोध्थें नि ! बाइस दिनको यो बिहान बुझाउँथें नि ! मनमा कुरा खेलाउँदै कपडा धुन थालें ।

कम्मल र दरी धुन सकिनँ । मभन्दा पनि भारी भयो भिजेर । उचाल्नै सकिनँ । पानीले भिजेका लुगा भारी त हुने नै भए । धोएजस्तो मात्रै गरें । मङ्गली दिदीलाई बोलाएर निचोर्दा फिँजैफिँज आयो ।

"कसो लत्ता बनाइदिए कला ?" हाम्रोतिर पहिलो छाउ भएकीलाई नयाँ एकजोर लुगा बनाइदिने भएकाले सोधेकी थिइन् मङ्गलीले ।

मन मारेर हरियो सुट ल्याइदिएको कुरा सुनाएँ ।

यही हरियो सुट लगाएर घर भित्रिँदै थिएँ आज । तर, म कत्ति खुसी थिइनँ । किनभने, मलाई यो गोठ छोड्न मन थिएन । यत्रो दिन यही छाउघरले मलाई ओत दिएको थियो । यसैले मूलघर सम्झेर मैले आफूलाई लुकाएकी थिएँ । यसैलाई माया मारेर फर्किनुपर्ने थियो । तर, मन मानिरहेको थिएन ।

मलाई त यो गोठलाई मूलघर बनाउन मन थियो । यो गोठलाई कुलघर बनाउन मन थियो । यो गोठलाई लैजान मन थियो मूलघरमा मिसाउन । यहाँ पनि सबै जहान बस्ने घर बनाउन मन थियो । तर, चाहँदैमा मनको कुरा कहाँ पूरा हुँदोरहेछ र ? बरू, बाज्येले यो गोठलाई मूल घरमै गाभेको दिन हाम्रो मनले कति शान्ति पाउला ? गोठको संरचना भत्किएको दिन यहाँका दिदीबहिनीले कति आशिष देलान् ?

"दिदी, छाउगोठखिं घरै लैझान्या दिन कैल आउला ?" सोधें मङ्गली दिदीलाई ।

"गोठ लैझान्या जनसोच ला, गोठखिं छाड्या दिनहो आज ?" मेरो कुरालाई गहिरो नसोची भनिन् ।

"दिदी, भत्काइ झाउ यै छाउगोठखिं," अनायासै भनें मैले ।

मङ्गली दिदीले गहिरो हेरिन् मलाई । अनि, चर्कै आइलागिन्– "क्या पागल्ली जसो कुडा अद्दीछइ ? तेरा बाज्येखिं सोध धइँ, क्या भन्नाछन् ?"

पागल्नी नै बनाइन् दिदीले । बाज्येलाई भन्न नसकेर त भन्दै थिएँ उनलाई । बाज्ये रहुन्जेल गोठ भत्किन्न भनेर त भत्काऊँ भनेकी थिएँ उनलाई ।

गोठ छोड्ने दिन भएरै हो कि मेरो मन आत्तिएको । यो गोठ यहाँ रह्यो भने छाउगोठ आइरहनुपर्नेछ । यसलाई भत्काएर जान पाए घरमै सुताउँथे कि बाज्येले ! हुरीपानीले गोठ भत्काएर हामीलाई निथ्रुक्क बनाउँदा पनि घर बोलाएनन् । यो गोठ जति भत्काए पनि पुनःनिर्माण हुने होला ।

यो छाउगोठ त छोडेर जान पो आएका रहेछौं । आउनु नै जानु पो रहेछ । हो पनि है, जन्मनु त मर्नु रहेछ । भागरथी दिदी गइन् । आएर त गइन् । आउँदै नआएको भए के गइन् भन्नु र ?

फेरि कहाँ पाउनु मैले यो परिवेश, यो वातावरण, जसले मलाई डर चिनायो र डराउनबाट बचायो । अब म घर फर्किन डराइरहेकी थिएँ ।

बाइस दिनको साँझ भित्रिँदै थिएँ, देउघरमा । बाज्येको घर के भन्नु र ? त्यो त देउपितृ बस्ने घर पो हो । ध्वजापताका फहराउने थान पो हो ।

यो बाइस दिनको बिहान उदाइसक्यो । पाखाभरि फुलेको लालीगुराँसको लाली चुमेर शीतका थोपा तप्प खसिसके । ती कलिला घामका किरण धरतीमा फैलिइसके । आशाका रङ्गहरू तिनै प्रकाशमा भिजेर दिन उदायो । तर, उदाएन मेरो मन कत्ति पनि । बढेन मभित्रको खुसी रत्ति पनि ।

यो बाइस दिनको खुट्किलोमा उभियो मन । तर, बिहानैदेखि म निराश थिएँ । उदास थिएँ । चञ्चल पानीसँग खेल्दा पनि चुलबुले हुन सकिनँ । अहो, फेरिएँ त म । कस्तो बूढो मन भइदियो । जतिखेर पनि कुराहरू मात्रै खेलाइरहने । अनावश्यक सोचेर छटपटिरहने ।

पानीपानी हुँदै थिएँ । किन, थाहा छ ?

मलाई छाउगोठको धेरै माया लागिरहेको थियो । यसलाई छोडेर जानै मन लागेको थिएन । गोठसँग गहिरो प्रेम बसिदियो, भागरथी दिदीको प्रेम भरत काकाको मनमा बसेजस्तै ।

गोठको माया कत्ति कम भएको थिएन, खोला पनि बग्न छोडेको थिएन। रामसँग खेल्दा पनि खोलो बगेकै थियो। भागरथी दिदी र फुपूसँग आउँदा पनि खोलो बगेकै थियो। आज अन्तिम दिन आउँदा पनि बगिरहेको थियो।

अझै प्रेम बगाइरहेको छ नदीले किनार चुमेर। अझै किनार पर्खिरहेको छ नदी आउँछ भनेर। यस्तै प्रेम मेरो मनमा बगाएर गइन् भागरथी दिदीले।

यो अन्तिम दिन भनेर एकैछिन खोलो रोकिएको भए, म चिच्याएर भन्ने थिएँ– भागरथी दिदी, मेरा बाइस दिन पुग्या, मु झाँन्लाछु देउघर।

▪ ▪ ▪

"छिटाई हड दो कला, झानबेर हुन्या हो।" एकोहोरिएको मेरो ध्यान उग्रियो मङ्गली दिदीको आवाजले।

छ्यापछ्याप ढुङ्गामा पछारिरहेकी थिइन् बग्दो पानीमा पेटिकोट भिजाउँदै।

नुहाउनलाई इजाको पेटिकोट लपटेर हडको लत्ता खोलें। काखीसम्म ल्याएर पेटिकोटका तुना बाँध्न लाग्दा आफ्नै छातीमा आँखा पऱ्यो। कति पोटिलो र चुच्चो भएर रात्तिएको। कति निकोरी पुस्टाएछ छाती। लालीगुराँसको जस्तै लाली पो चढ्न थालेछ।

पेटिकोट बाँधेर कच्छा खोलें। फनफन बेरेको धरो र कपडाको गुइठो पनि निकालें। गुइठोलाई हेर्दाहेर्दै भागरथी दिदीको सम्झना आयो। उनैले दिएकी थिइन्। अरूले देख्लान् कि भनेर यताउता हेरेर बग्दै गरेको पानीमा छोडिदिएँ। नदीले लग्यो आफ्नै बेगमा।

छाउको पहिलो दिन खुब डराएकी थिएँ म। त्यो डर सधैंसधैंलाई लिएर गइन् दिदीले। डर भरिने ह्दयमा माया भरिदिएकी थिइन् उनले। त्यसैले ठान्दथें, मेरो पहिलो पाठशाला गोठ हो। अनि, मेरो गुरू इजा, भागरथी दिदी हुन् भनेर। यस्ता असल गुरूबाट कोही बन्चित हुन नपरोस्।

मैले जीवन भोगाइको स्वर्ग देखें। बाल्खाले स्वर्गको कुरा गर्दा नमज्जा लाग्ला। तर, मेरा लागि स्वर्गै देखेजति हो। यो उमेरमा यति कुरा सिक्न पाउनु चानचुने कुरा पनि त थिएन।

यहाँ जन्म देखें, मृत्यु देखें। विज्ञानका चमत्कारदेखि धर्मका अन्धकार पनि देखें। आत्मीय मन र बेहोसी शरीर देखें। अनि, देखें गहिरो माया भागरथी दिदी र काकाको।

कतिले देउता चिनाइदिए, कतिले छाउ सुनाइदिए। इन्द्रको पापदेखि गौतम बुद्धको त्याग, तपस्या र धर्म पनि बुझाइदिए। धेरै बुझें भन्दिनँ तर बुझें अलिअलि-अलिअलि।

थोरै सास आएको थियो, हिजोभन्दा बलियो सास आएको थियो। मेरो अबोध मनमस्तिष्कमा ऊर्जा भरिदिन अलिकति लगानी छाउगोठमा भेटे जतिको थियो। सायद म यिनलाई कहिल्यै बिर्सने छैन।

सिक्न चाहेपछि जहाँ पनि स्कुल हुने रहेछ। पाठशाला मात्रै स्कुल रहेनछ। सिक्न चाहे प्रकृतिले सिकाउने रहिछन्। उमेरले सिकाउने रहेछ। वातावरणले सिकाउने रहेछ। यो प्रकृति। यो उमेर। र, वातावरणका अघिल्तिर स्कुलका हेडसर पनि फेल हुने रहेछन्। किताबी ज्ञान कुलो मात्रै त रहेछ। असली ज्ञानको पानी खोलो रहेछ भन्ने बुझें।

नुहाइसकेर इजाले ल्याएको हरियो सुट लगाएँ। धोएका कपडाको कुटिरो बनाएँ। मङ्गली दिदीको पछिपछि फर्किएँ। मङ्गली दिदी सरासर घरतिर लागिन्। पार्वती कइसी र काकी भने हिजै साँझ गइसकेका थिए।

धोएका कपडा सुकाएँ। एकछिन कपाल झट्काएर सुकाएँ। तेल लगाएँ। बिहान जाँदा किताबको झोलासहित सबै सामान निकालेकी थिएँ। कपाल कोरीबाटी गरें।

इजाले गउँत लिएर आउनुभयो। सुकाएको कपडामा छर्कंदै भन्नुभयो– "तेरो बुदी खुब खुसी भया छ।"

"बुदी खुसी होला, मु खुसी आच्छी," अलि ठुस्सिएर भनें।

"केलाई ?" इजाले सोध्नुभयो।

"अब यइ गोठकी झिक्क माया लाग्याको छ।"

"अब चलन रीतिथिति यसै हो। याँ आउन जान साइत हेद्द पड्डैन।"

मन नमज्जाले कुँडियो।

"अझ छाउ भयापाछ मु याँ आउन्या ?" अलिकति आपत्तिका साथ भनें इजालाई।

"आउनै पड्‌डछ । तेरा बाज्ये मान्नाइन ।"

"नाई मु आउनैन । बाज्येलाई घरबटहै निकालिदिन्या हुँ ।"

इजाले टक्क मलाई हेर्नुभयो । मैले इजाको आँखामा आँखा जुधाएरै हेरें । यसरी हेरेको पहिलो पटक थियो । इजा हेर्दाहेर्दै मुसुक्क हाँस्नुभयो । सायद मैले हावादारी आँटमा बोलेकाले हो कि ! फेरि मतिर गउँत छर्किंदै भन्नुभयो– "तु क्या निकाल्ली, बरू तेरा बाज्ये तुइखिं निकालना ।"

"केलाइ निकाल्ला मुखिं, बाज्येको घर होगि ?" निर्धक्कसित भनें ।

"कै गो हो, तेरो गि ?"

"नै बाबाको घर हो," निकै गर्वसाथ भनें ।

"बाज्येले दिइवट, बाबाको भया हो, तेरा बाज्येले सोच्या भन्या तु, तेरा भाइ, तेरा ब्वा र मुखिं घरबटै निकाल्न सक्दाछन् ।"

मेरो मन पोल्यो । निहुँ खोज्ने बाटाहरू बन्दै भइदियो । अनि, मैले जुरूक्क उठेर भनें– "तब हो छाउगोठ पठायाँ बाज्येले मुखिं ।"

"झिक्क जनबोल, हिंट् घर ।" मलाई थमथमाउँदै घर हिंड्ने कुरा गर्नुभयो इजाले । मेरा हातगोड थरर्र कामे ।

म केही बोलिनँ । इजासँग व्यर्थै बोलिरहेथें । किन बोल्न मन लाग्यो, थाहा थिएन । मन शान्त अझै थिएन । इजासँग अझै धेरै छलफल गर्न मन थियो । त्यसैत्यसै पिरोलिएर आयो मन ।

घाम ओरालिएर भुइँ सेलाउँदै आयो । छायाहरू बढ्दै आयो र बढ्यो माया गोठको पनि । त्यसैले मलाई फर्किन मन लागेको थिएन घरतिर । हो पटक्कै मन लागेको थिएन ।

छाउको पहिलो दिन मलाई लुकाउन हतारिने इजा आज घर लैजान हतारिनुभएको थियो । तर, मलाई हतार थिएन घर जान । किनभने, गोठसँग मेरो प्रेम बसिसकेको थियो । झरी छेक्ने, हुरी छेक्ने, डर छेक्ने यही गोठ थियो । र त, प्रेमले बाँचेकी थिएँ यहाँ ।

गोठछेवैमा आली थियो । आली तन्किएतिर हेर्दै गएँ । आलीको रेखा धमिलियो । त्यो रेखा खोज्दाखोज्दै घरमा टक्क आँखा पऱ्यो । घर हेरें । आँखाभरि बिजायो घर । आफू जन्मेको घरभन्दा पनि बाज्येका देउता बस्ने देउघरजस्तो लाग्यो ।

भोटेकुकुर छेवैमा थियो । पुच्छर घुमाउँदै मलाई सुमसुम्याइरह्यो । उसलाई हतार थियो, मलाई घर लैजान । त्यसैले ऊ धेरैबेरदेखि म वरिपरि भुलिरहेको थियो ।

चकटी काखीमा च्यापें । खोपाको विणो उठाएँ । मनमा गुञ्जियो विणोको मधुर धुन । हेरें पर चिलाउनेको रूख, आयो हावामा भिजेर त्यो पातको सुसेली । हाँस्न थालिन् भागरथी दिदी मुसुक्क । भिज्न थालिन् रौंरौंमा छपक्क । अनि, सुसाइन् मनमा– "झा, भोल परभातै उठेइ हा, मु तुलाई भेटीबट झानया हुँ ।"

त्यसैत्यसै मन भारी भयो । सायद मनभरि प्रेम रसाउँदै आयो दिदीको । बिस्तारै आँखा पनि रसायो । आँसु परेलीका रौंरौंमा उनियो । दिदीको माया मुटुभित्रैभित्र थुनियो । कति जिउँदो है सम्झनामा मान्छे ।

कपडा र भाँडा उठाएर हिँड्नुभयो घरतिर इजा । झोला बोकेर दुई कदम पछि फर्केर हेरें । छाउघर रोयो । थाहा थिएन, कति रोयो ।

तर, थाहा पाउँदैथिएँ म रोएको । मनमनै रोएको । पल्लो छाउघरतिर हेरें । हेरिरहें । ढोकामा भागरथी दिदी झुलुक्क देखें । मुसुक्क हाँसेर भनिन्– "हामीलाई नबिर्सनू है, कला ?"

झसङ्ग भएँ । रूपा बउजू रहिछन् । मन फुलिएर हिक्का घाँटीमा अड्कियो । आँखा टिलपिलाए । आँसु लुकाएँ । बेरसिलो मुस्कुराएर हल्लाइदिएँ हात । त्यही लयमा बउजूले पनि हल्लाइन् कि हात !

भिजेका आँखा निचोर्दै सरासर हिँडें । नफर्किएर हिँडें । कुकुर अघिअघि, म पछिपछि ।

■ ■ ■

"दिदी... ।"

आँगनबाटै बोलाउँदै भाइ मतिर दौडियो । भाइको आवाजले घरको ध्यान नै तान्यो । उसको पछिपछि हीराकी बहिनी पनि दौडिएर आई । भाइ ग्वाम्लाङ्ग मेरो अँगालोमा आयो । हीराकी बहिनीले टुलुटुलु हेरिरही ।

म ठूली भएको बुझेर हो कि, या धेरै दिनपछि भेटेर हो, भाइले दिदी भनेर बोल्यो । नत्र उसले कला नै भनेर बोलाउने गर्थ्यो ।

"आई तू । बज्यै, बाज्ये, दिदी आई ।"

सायद, बाबा घर नभएर होला, उसले बाबालाई बोलाएन । इजा मसँग आउनुभएकाले इजालाई पनि बोलाएन । बाँकीलाई चिच्याईचिच्याई म आएको खबर दिइरह्यो । हर्षले आत्तिँदै दौडियो बज्यैलाई बोलाउन । बाज्ये भित्रबाट आएर पालीमा बस्दै मलाई टुलुटुलु हेरे । मैले नदेखेझैं गरें । हीराकी बहिनीलाई हेरेरै टारिदिएँ ।

गाईको गउँत छर्किँदै बज्यै आइन् । इजाले ल्याएको सबै कपडामा छर्किन् । इजालाई पनि छर्किदिइन् । मेरो छेउमा आएर मुसुक्क हाँसिन् । दाँतभन्दा ज्यादा गिजा देखिए । गउँत छर्किँदै भनिन्– "हात छोड्, गउँत खा ।"

दुवै हात फैलाएँ । बज्यैले तितेपातीले गउँत छर्किन् । एक हातले अर्को हातमा चोपेर जिब्रोले चाटें । शिरमा लगें । दुवै हात दलेर गउँत सकें । सायद म पवित्र भएँ बाँकीका नजरमा ।

बज्यैले सबै फलफूलका बोटबिरूवा, आँगन र घरवरिपरि छर्किन् गउँत । यसरी गउँत छर्केपछि घर चोखो भयो ।

भाइ मसँग लडबुडिएको थियो । हातको पैसा देखाउँदै खिस्सखिस्स हाँस्यो । उसको गाला समाउँदै सोधें– "कन्ने दियो ?"

"बाज्येले दिया हुन् ।"

उसको यही चुलबुले बानी र उसको छुवाइमा रमाउन कति रोएँ छाउगोठमा । मन एक्कासि आँसुले भिज्यो । परेला रसाए बिस्तारै ।

"दिदी, हीरा गई ?" भाइले भन्यो ।

"काँ ?" उसलाई र उसैको छेउमा उभिएकी हीराकी बहिनीलाई बराबरी हेरेर भनें ।

"उसैकी इजासित," भाइले भन्यो ।

हीराकी बहिनीले कहिल्यै नदेखेझैं हेरिरहेकी थिई । मलाई टाउको तलमाथि गरिदिई । मन त्यसै खोक्रो भयो । लुलो भएँ । फेरि भाइले भन्यो– "यैकी इजालाई दबाइ अद्दाखिं भारत लैग्या । उलौ इजासित गई ।"

इजालाई हेरें । यो कुरा इजाले भन्नुभएको थिएन । मैले केही सोधिनँ । तर, इजाले हीरा जानुका कारण भन्नुभयो । अप्रेसन गर्नुपरेछ, हीराको इजालाई । त्यसैले रेखदेख गर्न गएकी रहिछ ।

बज्यै भित्र गइन् । हातमा टीकाको थाली समाएर बाहिर आइन् । अछेतालाई दैलोमा छर्किन् । केही फूलका थुँगा राखिन् र मलाई बोलाइन्– "ए कला, ल आ लाटी, टीका छोड ।"

"मु टीका लाउनैन, बज्यै ।"

सबैले मलाई हेरे । अति शङ्का र आश्चर्यले हेरे । बाज्येले त अझ मुसुक्क हाँसेर नै हेरे । मेरा आँखा झुके । मेरा कुरा बाज्येलाई चुट्किला लागेछ क्यारे ।

"आ दिदी, बज्ये पैसा दिन्या हुन ।"

भाइले पैसाले लोभ्यायो मलाई । तर, पैसाले तानेन मलाई । भाइको हात छुटाएँ । इजाले भैंसीलाई घाँस हाल्दै भन्नुभयो– "झानिन टीका लाउन ।"

इजाको ठाडो कर्कशले मलाई फेरि डस्यो । इजाले अह्राए पनि अहँ, गइनँ । इजाको कुरा सुनेर नि नसुनेझैं गरें । भाइ गयो, बज्यैका छेउमा । उसले टाउको समेत तल झट्काएर भन्यो– "आ दिदी, आउनिन ।"

"आ लाटी, यीह तुलाई तेरा बाज्येले लत्ता ल्याइदिया छन्, तेरा बाबाले तुइलाई आजबटी सिकारभात खुवाउन्या सिकार ल्याउन गयाछ । यीह पैसालौ... ।"

"मु लाउनैन भनेपछि, केलाई बोल्नु पड्यो ?"

अलिकति झर्किएँ । मेरो अनुहारभरि देखियो कि रिस ! बाज्येले पुलुक्क हेरे । "टीका लाउन्या है कि, छाउगोठ बस्न्या है ?" बाज्येले अलिकति जिस्काएर, अलिकति हेपेर बोले ।

"अँ तम्रो घरमी भन्ना छाउगोठमा निको होलोब ।"

मेरो ठाडो कुरा इजालाई मन परेनछ । रिसाउँदै म भएतिर आइहाल्नुभयो । एक थप्पड दिइहाल्नुभयो गालामा– चड्याम्मऽऽ ।

सबैका कान टाठा भए । मलाई पिटेरै भए पनि बाज्येको मन राखिदिनुभयो इजाले ।

तर, अहँ ! रोइनँ । आँसु त पलायो आँखामा तर डाको छोडिनँ । गोडाको बूढीऔंलामा बल पर्‍यो । दबाएर भुइँ घोट्न थालें । सायद मेरो रिस पोखिँदै थियो भुइँभरि खुट्टाको बूढीऔंला हुँदै । चुहियो मौन रूवाइमा आँसु पनि, तप्पतप्प ।

बज्यैले इजालाई हप्काइन् र मलाई फकाइन् । लाउने कुराहरूको

बजार लगाइदिइन् मेरो अघि । लालित्य बोलीले पनि मलाई तानेन । पैसाको पसल राखिदिइन् तैपनि पग्लिन सकिनँ ।

म चुपचाप-चुपचाप उभिरहें । तप्पतप्प आँखाबाट दुई थोपा आँसु झरे । बाज्येले लामो काँसेर सासलाई केही छोडेर भने– "आँ, टीका छोड ।"

उठ्दै बज्यैको हातको थाली समाए बाज्येले । बज्यै भने उठेर मतिर आइन् । भाइ पनि आयो । पिंढीमा बसेर हीराकी बहिनीले हेरिरहेकी थिई । ऊ केही डराएर मलाई हेरिरहेकी थिई ।

"क्या भ्यो, इजाले हान्यो तइखिं मु हप्काउला, अठौरो जनअर आ ।"

फकाउँदै नाडी समाएर तानिन् बज्यैले, मेरा पाइला अघि बढेननन् । कत्ति बढेनन् । बज्यैले पुलुक्क हेरिन् मेरा आँखामा । सायद थाहा पाइन् म रोएको ।

इजा आएर हात समाएर आफूतिर झड्काउनुभयो । पिठ्यूँमा एक चोट दिनुभयो । भएभरको बलले मलाई हुत्याउनुभयो । हुत्तिँदै पालीछेउ पुगें । बज्यै नजिक आइन् र हेरिन् ।

रिसैरिसमै इजा भित्र पस्नुभयो । हातमा केही स्याउ, केरा, दक्षिणा ल्याएर अर्को थाली बाज्येको अघि राखिदिनुभयो । मैले झोला निकालेकी थिइनँ । बज्यैले झोला निकाल्न लागिन् । तर, निकाल्न दिइनँ ।

"क्या भयो, तक्दिनइ, तुलाई मन पड्या रातो टीका बनाया," बज्यैले थालीको टीका देखाउँदै भनिन् ।

मैले कुनै रहर देखाइनँ टीकाप्रति । बज्यैको हातको टीकाको थाली बाज्येले समाए अनि टीका हातले मुछे । र, टीका मेरो निधारतिर ल्याउँदै भने– "आ टीका छोड । अनि, चाहा बनाइबट लैया ।"

टीका पनि लगाउँदिनँ र चिया पनि बनाउँदिनँ भनेर चर्कै भनें ।

"क्याइ ?" बाज्येले पुलुक्क हेरेर भने । "पैल्ली कसम खाऊ ।"

"क्या कस ?" खिस्स गिजा देखाउँदै भने ।

"अब कला छाउ भयालौ घरै राख्त्या हुँ । घरै सियाउन्या छु भनिबट ।"

मैले कुरा सक्न नपाउँदै इजाको चर्को बोली आयो– "क्या भन्नालाछै,

कला ?"

"बाज्येले देउपितृको नाउ पाडीबट कस खाया मात्र मु टीका लाउन्या हुँ," रूँदैरूँदै भनिभ्याएँ । इजा त रातो भएर जहाँको तहीँ अडिनुभयो ।

बाज्ये भने टीकाको थाली भुइँमा राखेर टोलाए । बज्यै मेरो सामु आइन् । इजाले मलाई एकोहोरो हेरेको हेऱ्यै गर्नुभयो । भाइ र हीराकी बहिनीले सबैको मुखमा पालैपालो हेर्न थाले । मेरा नजर भने झुक्दै, उठ्दै, झुक्दै, उठ्दै गरे ।

"कन्ने सिकायो तुलाई यसा बात," बाज्येले हातको टीका झड्काउँदै गर्जिए ।

"तमीलौ थानलाई हातलाइबट कस खाऊँ । मेरी नातिनी छाउ भइभन्या घरमी राख्त्या भनिबट, कस खाउ ।"

बाज्येलाई रिस उठेछ क्यारे । उनी त जुरूक्क उठेर टाँडमा बस्दै मलाई हेरेर गर्जिए– "कस हाल्लैन मु । तुले टीका नलाइभन्या तुलाई बस्तै दिनैन मु घरमी ।"

"मुलाई तम्रा घर बस्त्या मन आछीन," मैले पनि चिच्याएर भनिदिएँ ।

प्याट्ट !

ढाड एक्कासि पड्कियो । इजाले कपाल भुतालेर अर्को दुई थप्पड हान्नुभयो । अनि, चर्कै भन्नुभयो– "घर नबस्या काँ झान है । छाउगोठ । तेरो पोइ बस्या छ कि !"

इजाले त मलाई घोक्र्याउँदै घुँडा टेकाउन थाल्नुभयो । मैले बल लगाएर घुँडा टेक्न रोकें । सायद बाज्येको रिस पनि मलाई पोख्दै हुनुहुन्थ्यो । या त कर्तव्यनिष्ठ बुहारी बन्दै हुनुहुन्थ्यो ।

बज्यैले भने फकाउन थालिन् । तर, अचानक बाज्येले एक थप्पड कसेर हाने मलाई । जोडजोडले फतफताउन थाले– "यसी पाइग्याले मुलाई देउपितृगा कस खा भन्या । देउपितृ क्या हो था छ तुलाई ? यैको विद्या कस जसो हो देउपितृ । यो मेरो धर्म नाश अर्न खोज्दया । यो मु माद्द बट्टिन्या, यइखिं त ?"

बाज्ये त जरजरिएर फेरि झम्टिन थाले । तर, बज्यैले छेकिरहिन् । हात कमाएर आँखा पो तर्न थाले खाउँलाझैं ।

मैले भनें– "मुलाई छाउगोठ मार्नाकी लाया हौ तमले । ताँ बस्ताले

भागरथी दिदी मरी । मङ्गली दिदीलाई रात कसैले तानीबट धकालपकाल अऱ्यो । गणेशको बच्चाले पेटभरि दूध खान पाएइन । तम्रा देउपितृ ठूला भया । तम्रो धर्म राम्डो भयो । तम आफ्नो देउ राख घरमी, मु बस्तैन, एक बस्तैन दुई बस्तैन ।"

बोल्दाबोल्दै मेरा कदम पछि सरे । चार कदम पछि सर्दा मेरो कुरा सकियो । इजाले मलाई झम्टिन नपाउँदै फरक्क फर्किएँ । कदम छिटछिटो अघि सर्न थाले । गोडा दौडिन हतारिए ।

मभित्र सायद गोठको प्रेमले ऊर्जा दिँदै थियो कि दौडिन सक्ने !

इजा हतारिएर झम्टिनुभयो । बज्यै उठेर मतिर लम्किन थालिन् । बाज्ये उठेर मतिर हामफाले । भाइ र हीराकी बहिनी तिनीहरूको पछि दौडिन थाले । थाहा भएन यतिखेर वल्लापल्ला घरकाले हेर्न भ्याए कि भ्याएनन् !

तर, मैले अघि मात्रै हेरें । दौडिएँ कदम टक्कटक्क टेक्दै । गोडालाई छिटो चलाउन थालें । इजाको आवाज आयो– "कलाऽ, ए काँ झानया हैऽ ?"

म दौडिरहें । मेरो खुट्टाको हतारो मैले नै रोक्न सकिनँ ।

आँसुले भिजेको गलामा बज्यैको आवाज फुसफुसियो– "कलाऽ आऽ, मु कसम खाउँलीऽऽ ।"

म दौडिरहें । मेरो कुदाइ रोक्न सकेनन् कसैले । म कुदिरहें । मलाई छेक्न सकेनन् कसैले ।

आफू दौडिरहेको दिशाको धेऽऽरै पऽऽर हेरें ।

पश्चिमको घाम डुब्दै थियो सायद । म भने डुबिसकेकी थिएँ मेरो दौडाइमा कत्ति पछि नफर्किएर । हेक्का थिएन मलाई, कहाँ दौडिरहेकी छु । तर, म दौडिरहें । एकोहोरो दौडिरहें ।

"कलाऽ तुइले जिति, मुइले हाऱ्याऽ, मु कसम खाउँलाऽ ।" घाम डुबेको आकाशतिरको पहाडमा ठोक्किएर बूढो आवाज आयो । त्यसपछि मेरो आत्माले कुनै आवाज सुनेन ।

सायद अन्तिम घुम्तीपछि देखिनँ छोडें कि म ती सबैका आँखाबाट ।

म भने दौडिरहें । दौडिरहें । दौडिरहें ।

डोट्याली शब्दको अर्थ

इजा – आमा

उट्ठ्या हई – उठ्ने होस्

छि:छि: गनआई – छि: छि: गनायातल्तिर झानया है – तलतिर जाने हो

तु देवताखिं पानी राखिबट खाएई रोटो – तँ देउतालाई पानी राखेर खानू रोटी

काखी – काकी

पख हे ला, आइग्या – पर्खे है आइहालें

कला, कुँडामी निक्करी आगो लाएई – कला, कुँडामा राम्ररी आगो लगाएस्

तेरा ब्वा, बजेई, बुदी आउन्या हुन् आज – तेरो बाबा बज्यै भाइ आउन्या हुन् आज

खेल्ल जनझाएइ – खेल्न नजानू

मु पनि राख्दछु थानमी पानी – म पनि राख्छु थानमा पानी

विद्या माग, अनि निगो पोइ पाऊँ भनी माग – विद्या माग अनि राम्रो पोइ पाऊँ भनी माग

मागीबट पोइ दिन्या हुन् कि देउ ? – मागेर पोइ दिने हुन् कि देउ ?

बाज्यै, दिनदिनै पूजा अरिबट तमी क्या माग्दा छौ ? – बाजे, दिनदिनै पूजा गरेर तपाई के माग्नुहुन्छ ?

मु तेरा लागि विद्या माग्दछु – म तेरो लागि विद्या माग्दछु

मेरी चेलीलाई निक्को झोला ल्याइदिउँला – मेरो छोरीलाई राम्रो झोला ल्याइदिउँला

घरै बसेइ हा – घरै बस है

सिन दे – सुत्न दे

केइ ? – किन ?

इजासित गडा गयाछ भन्यो – इजासँग बारीमा गएको छ रे ।

केलाई छल्लाई – किन छक्काइस्

यै कन्नोले निउड्डलै हुनैन् – यो ढाडले निउरिन पनि हुँदैन

खलो – आँगन

पाण – तलो

इस्कुल झाऊ ला – स्कुल जाऊ न

कला, छिट्टाइ आ – कला छिटो आ

मु गया – म गएँ

राम, पख्न ! सातै झाउली – राम, पख न सँगै जाउँला

भात छिटाई खा – भात छिटो खा

गडा – गरा

द्यौकी – देवीलाई चढाइएका कन्याहरू

इस्कुल झान लागेइ होइ – स्कुल जान लागेकी हो

आउन लाग्या हुन्ना – आउन लाग्दै होलान्

तु इस्कुल झा – तँ स्कुल जा

निक्करी पढेई, नतर मेरा जनरी घाँस काट्ट रे ग्वालो हुनु पड्ला – राम्ररी पढ्नू नत्र मझैं घाँस काट्ने र गोठालो हुनपर्ला

द हेद्दी गोडा कसा घिनालाग्दा – ल हेर त गोडा कस्ता घिनलाग्दा

झा धोइबट आ – जा धोएर आ

झानैन – जाँदैनस्

झा... कच्छाइनै गु आइग्यो – ला, कच्छामा नै गु आयो

क्या भ्यो कला, क्याइ चिडानी छई ? – के भयो कला, किन चिच्याउँदै छेस् ?

जुगो होइनब – जुको होइन के

ब्वारी – बुहारी

बाइर जन आया, कला छाउ भई – बाहिर नआउनुस् कला छुइ भइ

पारे चौतरा पुग्याछन् भन्यो – पारि चौतरातिर पुगेका छन् रे

इजा, मु झाउ, चौतारो यँाइलाइ त हो – इजा म जाऊँ, चौतारा त यही त हो

जन झा – न जा

क्यइ बोलाया, काखी ? – किन बोलाएको, काकी

मुखी गउत हाल्देरे – मलाई गउँत हालिदे र

सक्कभर एई हेरिराख धइँ – एक्कैछिन यसलाई हेरिदे त

तमलाई छोइबट क्या हुन्या हो – तपाईंलाई छोएर के हुने हो

बउजू – भाउजू

चेलो रिसउन्या हो – छोरो रिसाउने हो

फिनो –गुन्द्री

क्याइ लाज मान्निछ यो – किन लाज मान्दैछे यो

छोरेट्टो आच्छी – केटाहरू छैनन्

रगतै बस्त्या है अर्खा लत्ता ला – रगत नै बस्ने होस् अर्को कपडा लगा

तुइले दिदीलाई हेद्‌दो हुनैन, लाटा – तैंले दिदीलाई हेर्न हुँदैन लाटा

कैलसम्म लुगाइबट राख्त्या हौ ? – कहिलेसम्म लुकाएर राख्ने हो ?

बाइस दिनतक लुगाउनो पड्या छ, नत्र देउपितृ... – बाइस दिनसम्म लुकाउनु पर्ने हो नत्र देउपितृ

मु काँ सिन्या – म कहाँ सुत्ने ?

गोठ सिनैन – गोठ सुत्दिनँ

छाउगोठ क्याइ लाउन्या हौ रे ? – छाउगोठ किन लैजाने हो र ?

नानकी छ पालीमी सेल्ली – स्यानी छ पालीमा सुत्ली

पारे गाई गोठौडी... – त्यो गाई गोठमा नि

पारे थानमी लिइबट राख छाउगीलाई... – बरू थानमा लगेर राख छाउपडीलाई

धइँ धेगला तम्रालौ तमासा र मनामानी – अनि देखौला तिम्रा तमासा र मनोमानी

देउपित्रगी नमान्या पाछ – देउपितृलाई नमानेपछि

मु काँ बस्त्यारे – म कहाँ बस्ने रे

नाइ झानैन – नाइ जाँदिनँ

पइल्ली छाउकी बेला बुदीखिं हेद्‌दुनाइ – पहिलो छाउको बेला भाइलाई हेर्नुहुँदैन

लुक्दु पड्ढछ – लुक्नुपर्दछ

हेद्दीछ – हेर्दिछ

नन्नलौ ठूली भैगइन – नन्द पनि ठूली भइहालिन्
होइ, कला लौ बाइर सरी – ए, कला पनि बाहिर सरी
कै तक हो – कतिखेर हो
छबक्क भितर बसेइ – छपक्क भित्रै बस्नू
मु एक्कली ? – म एक्लै
नाइ, तम्रा पोइ आउन्या हुन – नाइ तिम्रो पोइ आउने हुन्
हेरेइ हा – हेरेस् है
खुब निगो रैछ तम्रो डागो – खुब राम्रो रहेछ तिम्रो स्वर
हड – शरीर
तेरा ब्याले ल्यायाहुन् तुइकी – तेरा बाले ल्याइदिएहुन् तँलाई
मु एक्काली सिन्या, डर लाग्दिछ – मलाई एक्लै सुत्न डर लाग्छ
अरू को सिन्छ त – अरू को सुत्छ त
भागरथी ताँ एक्कली सिएकी छ । क्यै हुनैन – भागरथी त्यहाँ एक्लै सुतेकी छे, केही हुँदैन
नन्नेबुदी कोखिला लाइबट सियाउन्या हुन् – नन्देभाइ काखमा राखेर सुताउने हो
तुइलाई जोतोइ कोखिला लाइबट सियाउन्या हुन्न – तँलाई जोकोहीले काख हालेर सुताउँदैनन्
अटेर जनअर – अटेर नगर
एक्कली सिया पनि – एक्लै सुते पनि
डरै मान्निन – डर मान्दिन
हडीऽ हडीऽ – कुकुरलाई धपाउने शब्द
तुइले कट्टो केलाई कुगुरखिं लाइदिई ? – तैंले कट्टो किन कुकुरलाई बिछ्याइदिइस्
ल काँ हेद्दलाछ – ल कहाँ हेर्दैछेस्
तुइलाई डर लागिन – तँलाई डर लागेन
मऱ्याछि – मरेको थिइस्
हड धुन । कलालौ झान्या होगि काखी – ज्यान धुन कला पनि जाने हो कि काकी ?

यसै कुटुरो बनाइदिउँला तुखिं – यस्तै पोको बनाइदिउला तँलाई
तमले क्या राख्या हौ ? – तिमीले के राखेकी हौ
ए, रगत जनचुइयौ भनिबट राख्या हुँ – ए रगत नचुहियोस् भनेर राखेको हुँ ।
केलाई बढी बोल्ल लाछै ? – किन बढी बोल्दैछेस्
इस्कुलका पाठ याइँ पढ्यै – स्कुलका पाठ यहीँ गर्नू
काँ झाने होइ ? – कहाँ जाने होस्
इस्कुल – स्कुल
झानु हुनैन – जानु हुँदैन
पाछा झाल्ली – पछि जालिस्
बुदी इस्कुल झान्या हो – भाइ स्कुल जाने हो
ऊ धेख्द्या हो तुखिं – ऊ देख्ने हो तँलाई
बैकान – लोग्ने मान्छे
खानैन – खाँदिन
डाँको – आवाज
ठन्नो – चिसो
देउपित्तर रिस्सिन्छन् – देउपित्तर रिसाउँछन्
बालख्ख जसो जनअरेइ – बच्चाझैं नगर
अब तुँ ठूली भैगइ – अब त ठूली भइस्
राम छकालै आयाछ्यो – राम बिहानै आएको थियो
मावल गयकी छ भन्यापछि नबोली गयो – मामाघर गएकी छ भनेपछि नबोली गयो ।
तेरा लाग्दा ऊ भोलबटी यँही आइबट बसला – तेरो निम्ति भोलिबाट यतै आएर बस्ला
भिट्ट त हुनुछ – भेट्न त हुन्छ
कल्लिए – उभिएँ
छोरेट्टी – तरूनी
रामखिं दिनीइन मिठाइ – रामलाई दिँदैनस् मिठाई
खिं – लाई

हेर त ला, अँनारो भइगयो – हेर त बाइ अँध्यारो भइसक्यो

क्या भ्यो, कला ? मु याँइलाई छु – के भयो कला म यहीँ छु

तु जान्निछई चकटी बुन्न – तैंले जानेकी छेस् चकटी बुन्न

नाइ, झान्नैन – नाइँ, जान्दिन

मु सिकाइदिउला । सिक्त्या है – म सिकाइदिउँला सिक्ने हो ।

क्याइ बोल्लाइन – किन बोल्दिनस्

अछेलै – अचेलै

बोल्ली छ – बोल्दछे

क्याखी आया हौ यै मध्याारात – किन आउँछौ यो मध्यरात

क्याइ खाना छौं यति सिगरेट – किन खान्छौ यति चुरोट

यसा माल किन्ना लाज मान्नाइन तमी – यस्तो माल किन्न लाज लागेन तिमीलाई

बेली – हिजो

तमले खाया – तिमीले खायौ

आज निक्करी निन लाग्यी गि नै – आज राम्ररी निद लाग्यो कि नाइँ

जाँत – मेला

झिक्कै जनसोच – धेरै नसोच

गाड झान्या हौ हड धुन – खोला जाने हो ज्यान धुन

बुन्यापाछा – बुनेपछि

झाउँली – जाउँला

भयाछ्यो – भएथियो

तु कैतग आइ – तँ कतिखेर आइस्

अझ डुब्द्या है – अझ डुब्छेस्

बासा मन्दिर जाँत लाग्द्या हो । आएई हा – साँझ मन्दिरमा मेला लाग्ने हो, आउनू है

तुइले पूजा अद्दो हुनैन – तैंले पूजा गर्नु हुँदैन

उसै गइ क्या हुने हो जाँत – त्यस्सै गएर के हुने हो मेलामा

नाइहे, कन्ने भन्यो तुँलाई – होइन बाइ, कसले भन्यो तँलाई

खलौ – जमिन्दारले वर्षभरि काम गर्ने मजदुरलाई दिइने अन्नपात

मेग लाग्दया जसो छ – पानी पर्ला जस्तो छ
निन पुगि ला – निद्रा पुग्यो
काँलाई बस्त्या – कहाँ बस्ने
कति सिन्छे – कति सुत्छे
क्या भ्यो ? केलाई उट्ठिनै – के भयो, केलाई उठ्दिनस्
जर – ज्वरो
आय जसो छ – आए जस्तो छ
निक्करी सिएकी हो – राम्ररी सुतेकी हो
पुनि हो – पूर्णिमा हो
देवता पुद्या दिन – देउता पुज्ने दिन
तु रे मु छाउ भइग्यौं – तँ र म छाउ भइहाल्यौं
पुजागो सिगार तुइले खानु हुनइन् – पूजाको मासु तैंले खानु हुँदैन
अैलबटी – अहिलेदेखि
अद्दयामी ध्यान अर्न लाग्यो – गर्नमा ध्यान गर्न लाग्यो
चेलो भईबट जर्मिनु पड्डछ घरै बस्सखिं – छोरो भएर जन्मिनुपर्छ घरै बस्नलाई
निको – राम्रो
झिक्कै – धेरै
मुनडो – मुन्द्रा
कसी धेगियगी छु – कस्तो देखिएकी छु
कन्ने – कसले
समाउन नैसक्द्या केलाई निकाली – समाउन नसक्नेले किन निकाली
यइ बजाएपाछ रून पड्ड छ – यो बजाएपछि रूनुपर्दछ
काखागी सौराइ लागी – काकाको सम्झना लाग्यो
मद्दैछ भन्या – मर्नु नै छ भने
लागीबट क्या अरूत... – लागेर के गरूँ त
कै राणको – को राडीको
तैगी – त्यसको
बैनीलाई – बहिनीलाई

तैलाई – त्यसलाई

चनाखो भइबट सियै – चलाख भएर सुतेस्

लत्ता सुक्द्या भया – कपडा सुक्ने भयो

कठऽई.लाडी – कठै बिचारी

उइकी इजा बेहोस भइगई – उसको इजा बेहोस भइहाली

पाछा – पछि

अऱ्यो – गऱ्यो

माउड्या – नायिके

बाज्येलौ मसान गयाथे – बाज्ये पनि घाट गएथे

बडाजु गयाइन – ससुरा गएनन्

त्यइकी भट्टको चेलो लिइहाल्लछ – त्यही भट्टको छोरोले लैजाला नि

अछेलका मुलेले – अचेलका केटाहरूले

केइ नराख्त्या भया – केही नराख्ने भए

कैको के लाग्दोछ – कसको के लाग्छ

केलाई हाल्या हौ खरानी – किन हालेको खरानी

धेक्तिन मद्या जसा भएका – देख्दिनस् मर्ला जस्तो भएको

छाउ भएई राडैमौले छोइबट यसा भए हुन् – छाउ भएकी राँडीहरूले छोएर यस्तो भएको हो

तुखिं सम्झिछ्यो – तँलाई सम्झिएकी थिई

भन्यइ – भनेको

भोल परभातै झानया हुँ – भोलि बिहानै जाँदैछु

लिइबट झान्लाछु – लिएर जाँदैछु

चमारका पिर्तामी पडिबट – चमारको पिरतीमा परेर

बौल्लीन्या भयो – बौलाउने भयो

उसै पिरिम अद्दा छन्त – त्यसै प्रेम गर्दछन् त

लेसो – लेउ

लोटल्ली – लड्लेस्

दः पोरू पुनीमी अऱ्याको पूजा हेद्दाखिं – ल अस्ति पर्नेमा पूजा गरेको हेर्नलाई

ल हेर तकला तुइले भाकी, मुइले भोग्या – ल हेर नर, तैंले भाकिस् म आएँ

पुछाइँ अरि मु डगाइ– सम्झिएर मलाई बोलाइस्

हे मु गैजान्छु, औतिर केइ छकी – हे, म जाँदैछु, अरू केही छ कि

फुपू धोकाल गनआई – फुपू, धूवाँ गनायो

मुखिं असजी हुनलागी – मलाई अप्ठ्यारो हुन थाल्यो

क्या अद्य लाछैइ – के गर्न लाग्दैछेस्

हिट्याइन – हिँड्दैनौ

आस – आऊ

आउन्या होगि गउत लिइबट – आउने हो कि गउँत लिएर

नानी भइबट बौल्लिनु हुनैन् – स्यानी भएर बौलाउनु हुँदैन

कत्नो हुन्छ देखाइदिउला – कत्रो हुन्छ, देखाइदिउँला

देःलामी केलाई कल्ली – दैलोमा किन उभिएकी

थाल छोड – भात खा

तेरा ब्वाले तुखिं नाखमी लाउन्या बेसरी बनाउन्या भन्यो – तेरो बाबाले तँलाई नाखमा लाउने बुलखी बनाइदिन्छु भन्नुभाछ

कच्चै – बदमास

बज्यै तमले क्याइ पढ्याइन – बज्यै तिमीले किन नपढेको

पढिबट हात्ती ठूलो भया हो – पढेर हात्ती ठूलो भएको हो

दः क्यामी भन्या छ – ए, केमा भनेको छ

चेली भइबट कति सिन्छइ उठ् – छोरी भएर कति सुत्छेस्, उठ्

झिक्कै सिन्याबानी लागीछ्यो, तमलाई पोइएगा घर – धेरै सुत्ने बानी लागेको थियो तिमीलाई पोइका घर

तु के देल्ली ला। मुसित मागल्ली जसी छई – तँ के देलिस् है, मसित माग्ले जस्ती छे

यसा लत्ता कन्ने दियोरे हामुखिं – यस्तो कपडा कस्ले दियो र हामीलाई

थोक्काइ निगो भयापछि – थोरै सन्चो भएपछि

ज्यूका कोखेलामी सियाइबट आय हुँ – सासुको काखमा सुताएर आएको छु

अल्लेबासा, धामी चलले हुन बडा ज्यू – आजसाँझ धामी बस्ने हुन् ससुराज्यू

थाआछिन् – थाहा छैन

एसा बात क्याखिं सोद्द लाछै – यस्तो कुरा किन सोधेको

दः तुखिं सुनाइबट मुखिं क्या दिन्या हैं – ए, तँलाई सुनाएर मलाई के दिने होस्

दियाभन्या धइँ ? हीट्जाउँ – दिए भने खै हिँड जाऊँ

तु डबऱ्याउनी, छबक्क सिनु नाइ. – तँलाई खाल्डोमा गाड्नो पने थपक्क सुत्न सक्दिनस्

रातखिं क्यइ हिट्ट्छ ह... – रातभरि किन हिँड्छेस् हँ

तु नानगी छइ – तँ स्यानी छेस्

उनगो कुडा चल्याछ – उनको कुरा चल्या छ

मुखिं ढोली कन्ने बनायो – मलाई कसले ढोली बनायो

हामुन, कइलसम्म – हामीले कहिलेसम्म

तु बैकान मुथिमी – तँ लोग्नेमाथि

डिङ्गो – सिनो

कौवा – काग

तइकी इजाको पोइ – त्यसको आमाको पोइ

मास्टो – स्थानीय देउता

तइका हडमी किरापडी मरझाउ त्यो नरपशु – शरीरमा किरा परेर मरोस् त्यो पशु

थोक्काइ कष्ट त हुन्याइ भ्यो जत्कालमी – थोरै कष्ट त हुने नै भयो व्यथा लाग्दा

न्याउटो काट्टागी, केछ दे – नाइटो काट्ने के छ दे

हामरो – हाम्रो

पइल्लीगो दूध फाल्लुलै पड्डछ – पहिलो दूध फाल्नुपर्दछ

एगार दिन याँइ बस्तो पड्या हो – एघार दिन यहीँ बस्नुपर्ने हो

अरेपछि – गरेपछि

मात्तर झान हो – मात्र जाने हो

तम्रो – तिम्रो, तपाईं
धेगाउन – देखाउन
आछिन् – छैन
हुनइन जानी – हुँदैन बुझिस्
माइस छाउ मान्नाइन – मान्छे छाउ मान्दैनन्
तसो निको – त्यस्तो राम्रो
बस्त्या – बस्ने
केलाई आया त एसा गाउँमी – किन आउनुभयो त यस्तो गाउँमा
कसोअरि बाद्दाछन् – कसोगरी बार्दाछन्
क्याइ हेद्दा लाछइ – किन हेर्दैछेस्
धेग्याछौ – देख्याछौ
नगया खानोलौ दिनाइन – नगए खाना नै दिँदैनन्
निन लाग्या आच्छी – निद्रा लागेको छैन
अँ, तमी केइ सिनाइन – अँ, तपाईं किन नसुतेको
अडिमो पडिमो बौर बुतो अरि पालें तेलाई – अर्मपर्म दुःखसुख गरेर पालें तेलाई
अैल मुखिं माया मारिबट गयो – अहिले मलाई माया मारेर गयो
"ब्या अर्दिनुथ्यो – बिहे गर्दिनुथियो
रन्छ्यो घरमी – रहन्थ्यो भरमा
मुन्टो खाएइला – टाउको खाइदेला
झिक्कै कुडा सिगाउन्छ – धेरै कुरा सिकाउँछ
अन्यापाछा झिक्कै दूध दिनोछ – गरेपछि धेरै दूध दिनेछ
सदाइ – सधैं
झानबेर हुन्या हो – जानबेर हुने हो
भयापाछ मु याँ आउन्या – भएपछि म यहाँ आउने
आउनै पड्डछ । तेरा बाज्ये मान्नाइन – आउनैपर्छ, तेरो बाज्ये मान्दैनन्
नाई मु आउनैन – नाइँ, म आउँदिनँ
बाज्येलाई घरबटहै निकालिदिन्या हुं – बाज्येलाई घरबाटै निकालिदिने हुँ
तु क्या निकाल्ली – तँ के निकाल्लिस्

निकालना – निकाल्लान्

होगि – हो कि

कै गो हो, तेरो गि – कसको हो तेरो कि

छोड – थाप

यैकी – यसकी

अद्दाखिं – गर्नलाई

लाउन्या – लाउने

लाउनिन – लाउँदिनँ

भन्ना – भन्दा

होलोब – होला नि

नाउ पाडीबट – नाम पारेर

चाहा – चिया

पैल्ली – पहिले

भन्नालाछै – भन्दैछेस्

यसी पाइग्याले – यस्ती बच्चीले

देउपितृगा कस – देउपितृको कसम

अर्न खोज्दया – गर्न खोज्ने

यो मु माद्द बट्टिन्या, यइखिं त – यो मलाई मार्न कस्सिने, यसलाई त

राम्डो – राम्रो

धन्यवाद

धेरैको सहयोग पाएको छु उपन्यास यो स्वरूपमा आइपुग्दासम्म । सम्झिरहेछु ती तमाम पत्रपत्रिका तथा सहयोगी मनहरूलाई ।

पुस्तक लेखनमा सहयोग पुऱ्याउने प्रथम सामग्रीका रूपमा सङ्गम वार्षिक पत्रिका, छाउपडी विकिपिडिया अनलाइन पत्रिका, विजय चालिसेद्वारा लिखित डोटेली लोकसंस्कृति र साहित्य, गुडुल्की मासिक पत्रिका, छाउपडी प्रथा र महिला अस्तित्वमाथि प्रहारजस्ता पत्रपत्रिका ।

छाउपडी प्रथालाई लिएर बृहत् छलफलका क्रममा सल्लाह-सुझाव दिनुहुने सिफल निवासी आचार्य खेमराज केशवशरण ।

कर्मकाण्ड गर्नुहुने नुवाकोटका लेखनाथ नेपाल, पण्डित्याइँ गर्नुहुने दिलबहादुर लामिछाने र ज्योतिषी प्रेमप्रसाद अधिकारी ।

छाउको वैज्ञानिक परिभाषा र महिनावारी चरणबारे सल्लाह-सुझाव दिनुहुने बिए नर्सिङ विष्णु कुमारी ।

कुलदेउता तथा सामाजिक परम्परामा आधारित डोटेली लोकसंस्कृतिबारे सल्लाह-सुझाव दिनुहुने तारा रैकाल, सुरेश प्रतीक, राजेन्द्र रैकाल, दिलबहादुर लामिछाने, निर्देशक रूपेश उप्रेती तथा कलाकार श्रीदेव भट्टराई ।

पहिलो पटक छाउ हुँदाको अनुभूति सुनाएर लेखनमा टेवा पुऱ्याइदिनुहुने कमला आग्री, सीमा राई, बसन्ती कठायत, सानी श्रेष्ठ, अस्मिता जोशी, रजनी चौधरी, गोमा खतिवडा र सुमित्रा लामिछाने ।

उपन्यास लेखनमा ऊर्जा प्रदान गरिरहने मित्र रमेशकुमार रसाइली, टेकु बज्रपात, विश्वनाथ सुनुवार र सुरेश जीसी ।

पाण्डुलिपि पढेर सल्लाह-सुझाव दिनुहुने प्राइम बुक्सका संस्थापक पुरन थापा मगर ।

पाण्डुलिपि पढेर गतिलो उपन्यासको अपेक्षाका साथ सल्लाह-सुझाव दिनुहुने कथाकार रामचन्द्र नेपाल र मित्र जीके पोखेल ।

छाउघरमा प्रयुक्त संवादलाई डोटेली भाषामा भावानुवाद गर्न सघाउने असई बमबहादुर बोगटी ।

डोटेली भाषाका सम्पादक तथा धार्मिक लोकपरम्पराबारे थप सुझाव-सल्लाह दिनुहुने कलाकार/निर्देशक राम दाहाल ।

राम्रो किताबको अपेक्षा राखी अहोरात्र खटिँदै सल्लाह-सुझाव दिनुहुने अग्रज दाजु अजित बराल ।

भाषाशैलीका लागि सन्तोष शर्मा ।

लेआउट गर्नुहुने सरोज रम्तेल ।

सुन्दर आवरणका लागि उवाहाङ नेम्वाङ ।

पुस्तकलाई पाठकसमक्ष ल्याउन अहं भूमिका निर्वाह गर्ने नीरज भारी र फाइनप्रिन्ट परिवार ।

पूजनीय बुवाआमा र जीवनसाथी दुर्गा लामिछाने ।

सबैको ऋणी छु ।

rajsargam7@gmail.com

१८ असार २०७३

www.ingramcontent.com/pod-product-compliance
Lightning Source LLC
La Vergne TN
LVHW100223051026
849517LV00006B/1790
9789937665117